冷鬼志

詩說 냉귀지

초판인쇄 2012. 10. 23. | 초판발행 2012. 10. 30. | 지은이 최병현 | 펴낸이 김광우
편집 최정미 | 디자인 박솔 | 영업 권순민, 이은경, 허진선 | 펴낸곳 知와 사랑
서울시 영등포구 당산동 3가 558-3 더파크365빌딩 908호
전화 (02)335-2964 | 팩시밀리 (02)335-2965 | e-mail jiwa908@chol.com
등록번호 제10-1708호 | 등록일 1999. 6. 15.
ISBN 978-89-89007-68-5 (03810)

값 15,000원

www.jiwasarang.co.kr

이 도서의 국립중앙도서관 출판시도서목록(CIP)은 e-CIP홈페이지(http://www.nl.go.kr/ecip)와
국가자료공동목록시스템(http://www.nl.go.kr/kolisnet)에서 이용하실 수 있습니다.
(CIP제어번호 : CIP2012004783)

詩說
냉귀지
LANGUAGE
최병현 지음
제1회 현진건문학상 수상작
개정판
知와 사랑

차례

序

삼십여 년 전, 세월에 강도를 당하고 길가에 쓰러져 절판된 책을 선한 사마리아인 같은 출판사가 보고 딱했던지 일으켜 세워 살려놓았다. 한동안 대지를 베개 베고 쓰러졌던 자는 몸보다 의식이 먼저 일어나는 것을 느낀다. 산속에서 잠들었던 립밴 윙클보다 거의 두 배가량 깊은 잠을 잤으니 온몸이 녹슬어 방아쇠가 당겨지지 않는다. 그때의 사냥감은 사라지고, 사냥감을 쫓던 개마저 보이지 않는다. 남아 있는 것은 달리다 골짜기 바위에 부딪쳐 멍들었던 메아리일 뿐이다. 그때의 처절함은 이제 미학적으로나 평가될 수 있을는지 모른다.

어느덧 자서전을 쓸 나이가 되어, 지난날 한 움큼 번개를 움켜쥐고 밤하늘의 칠판에 휘갈겨 쓴 것을 햇살이 눈부신 오후에 천천히 읽으려 하니 그때의 진동과 감동이 어찌 같으리요만, 검색대를 통과해야 비행기를 탈 수 있기에 마지못해 바구니에 냉귀지를 담는다, 신발과 함께. 은근히 누군가 나를 비행기 태워줄 것을 기대하면서.

그러나 재판再版은 재판裁判이다. 그리고 심판審判이다. 어리석게도 나는 나를 재판에 회부한다. 의심의 눈초리를 정중하게 초대한다. 유대인의 왕이 받았던 조롱마저 감수할 각오로. 다만 그동안 내가 무시했던 세상과 이를 대변하는 판사들이 좀 달라졌기를 기대하면서. 그리고 마침내 세상으로부터 버림받은 책이 세상과 다시 화해하기를 희망하면서.

올챙이 꼬리는 때가 되면 떨어져나가는데, 『냉귀지冷鬼志』에 대한 어렵다는 세간의 인식은 쉽게 떨어지지가 않는다. 떨어져나가야 할 꼬리가 몸의 일부가 된 것을 생각하면, 걸핏 스치는 바람에도 부대끼는 작가는 괴롭기만 하다. 과연 『냉귀지』는 어려워 영원히 한국 문학의 독도가 되고 말 것인가?

오렌지를 먹으려면 껍질을 벗겨야 하고 자두는 껍질째 먹어야 제격이다. 눈으로 먹는 책도 읽는 방법이 다를 수밖에 없는데, 『냉귀지』처럼 껍질이 두꺼운 책을 자두인 양 생각하고 읽으면 『냉귀지』의 맛은 원래의 맛과 전혀 다를 수밖에 없다. 이 사실을 책의 장마다 땅끝까지 전하고 있건만, 독자들은 자두만을 생각한 나머지 계속 오렌지 밭에서 자두만을 찾고 있다 눈밭에서 신발과 발자국을 착각하고 있다. 그러니 『냉귀지』가 모두의 입맛에 맞지 않는 것이 당연하고, 어렵고 뭐가 뭔지 알 수 없는 떨떠름한 맛으로 입소문이 나게 된 것이다. 살아 있는 화석이 된 것이다.

달고 시큼한 『냉귀지』의 맛을 삼팔선처럼 가로막는 그 빛나는 껍질은 대체 무엇인가? 『냉귀지』는 이른바 시설詩說이다. 시이자 소설인 것이다. 이 새로운 장르를 좋아하지 않는 독자에게는 시도 아니고 소설도 아니겠지만, 사실 시설이야말로 시와 소설의 원조인 것이다. 구태여 예를 들자면 서사시가 그런 것이고, 사설시조에 판소리가 그런 것인데 시간과 세상의 흐름 속에서 홍수에 그만 뗏목처럼 이산가족이 된 것이 바로 이들인 것이다. 시를 시로만 알고 소설을 소설로만 알고 쓰다 보면 오히려 시와 소설이 본래의 모습으로부터 멀어진다는 것을 발견한 나머지, 『냉귀지』의 저자는 1970년대 말, 미국유학의 자유스러움을 틈타 독자들에겐 물어보지도 않고 전격적으로 시와 소설을 한일합방했던 것이다. 그러니 고정관념에 불타는 독자들에게 어찌 반발이 없을 것인가?

독자들의 원한을 산 것은 이뿐만이 아니다. 이야기의 주인공이 사람이 아닌 언어, 즉 냉귀지라는 사실이다. 믿음이 부족한 사람들이 원하는 것은 실상인데, 보이지 않는 것의 실상인 믿음만을 내세운 데다, 투명인간만도 못한 언어가 내 이야기의 주인공이라고 명함을 돌렸으니, 실망이 원망으로 변하는 것은 시간문제였다. 벽돌보다 건물을 원하는 사람들은 무관심의 벽돌을 집어던졌다. 지성의 세계에서 막노동을 해보지 않은 사람들이 더욱 거칠었다.

그러나 그들이 성급한 나머지 몰랐던 사실은 『냉귀지』는 언어이자 인물이라는 사실이다. 그것도 그냥 인물이 아닌 일구라는 역사적인 인물이라는 사실 말이다. 일구라는 이름은 그의 성인 사 자字를 더하면 왕년에 유명했던 연예인만큼이나 분명해진다. 그의 동생인 일육도 비록 이복이기는 하지만 성을 대면 모르는 사람이 없을 정도다. 사일육과 오일육이라는 역사적인 인물을 이야기했는데도, 아니 노래했는데도 사람들이 쉽게 알아보질 못했으니, 이들을 한번쯤 내가 마련한 7080 무대에 띄워야 될 이유가 있지 않은가? 이들에게 교복과 군복을 입히고, 주인공인 일구에게는 냉귀지라는 호號를 더하고 로고스라는 자字를 더해서 말이다. 자유를 위해 스스로를 희생했으니 감히 말씀이란 이름을 감당할 자격은 충분하다고 믿었던 것이다.

혹자는 『냉귀지』에 있어 플롯을 이야기하나, 그것은 소설과 시설의 플롯을 사뭇 착각하기 때문이다. 『냉귀지』의 플롯은 어쩌면 작품의 설정 하나만으로도 충분할는지 모른다. 사일구라는 주인공이 학생혁명은 물론 조선의 강직한 선비정신을 대변하는 상징적인 인물로서, 군사독재시대에 모두의 기억에서 삭제된 자신의 생일, 즉 4.19 학생혁명 기념일 하루를 어떻게 행진하면서 헤매는지, 시대의 흐름과 의식의 흐름을 흑백으로 줌인하고자 함이다. 몸은 한가로운데 마음이 분주하게 되면 어떻게 되는지 그 실상을 파헤치고자 함이라. 그러나 의식이라는 것이 지하철과 같아서 가다서다 하는 것이라서 총 아홉 정거장을 만들었으니, 그것이 바로 9장章인 것이다. 이만하면 플롯으로서 충분하지 않은가? 백년해로는 몰라도 신혼살림을 시작하기에는 충분하지 않은가?

『태백산맥』이나 『토지』는 길어서 못 읽고 『냉귀지』는 질質려서 못 읽는 다는 견해에 대해서는 선뜻 동의하는 바이다. 원래 만리장성보다는 피라미드를 선호하는지라, 세월의 찬바람에 허물어지는 성벽보다는 차라리 신의 질투 때문에 허공에서 멈춰버린 바벨탑이 나의 모델이다. 언어의 양적 부피보다는 질적인 다양화가 내가 함부로 쏘고자 하는 과녁이다. 한 나라는 한 사람이 있어 중요하고, 한 사람은 한마디 말이 있어 중요하다 했으니, 인간의 절반은 자신이요, 그 나머지는 표현이라 했으니, 한마디 말을 남기고자 말의 탑을 쌓고 허무는 시지푸스적인 예술에 바윗돌을 굴려서 시동을 건 것이다. 일찍이 호랑이띠로 태어나 송하맹호로 자란지라, 죽어서 한 장의 명함을 남기고 쑥과 마늘이 있는 동굴 속으로 다시 사라지고자 함이라. 사람으로서 마땅히 남겨야 할 말의 가죽 말이다.

동작에 있어 절정은 춤이고, 소리에 있어 절정은 음악이니, 말에 있어 절정은 시일 수밖에 없다. 말로 이루어진 문학이 지향하는 것은 시의 상태에 도달하는 것이다. 소설을 달리는 마라톤에 비유할 수 있다면, 시는 장대높이뛰기이다. 거꾸로 하늘을 향해 치솟는 기분을 어찌 말로 다 카운트다운할 수 있으리요? 또 장대를 버리고 해탈한 모습으로 꽃잎처럼 떨어질 때 느끼는 희열을 어찌 궤도에 진입시킬 수 있으리요? 그러나 한 가지 명백한 사실은 장대높이뛰기도 최소한의 달리기를 필요로 한다는 것이다. 이 시대에 있어 시가 설을 필요로 하는 이유다. 달려야 뛰어오를 수 있듯이 최소한의 이야기가 있어야 시가 추진력을 갖게 되는 것이다.

언제까지나 우리는 책 속에서 죽은 말만을 갈아엎으며 살 것인가? 학자가 아닌 책벌레로 둔갑하고 말 것인가? 그나마 죽은 말조차 거들떠보지 않는 자들은 책벌레보다 더 끔찍한 눈 먼 두더지로 카프카하고 말지만, 무엇보다 시급한 것은 우리의 삶과 삶에 얽힌 언어의 품질과 생산성을 어떻게 한꺼번에 향상시킬 것인가 하는 문제이다. 그러기 위해서는 장대높이뛰기 선수가 거꾸로 하늘에 오르듯, 우선 종래의 언어적인 관행을 구조조정해야지 정년 때까지 마냥 기다려서는 안 될 것이다. 디스코를 디스코스로 바꾸고, 주인공도 사람에서 언어로 바꾸고, "빛이 있으라 하니 빛이 있었다"를 주문처럼 외워야 할 것이다. 그러다 보면 소설이 있으라 하니 시가 있게 되는 것이다. 이것이 시설인 것이다.

그런데 시를 주문했더니 욕이 배달된 것은 어찌된 셈인가? 데모는 말로도 충분한데 왜 힘으로 하려고 힘쓰는가? 말의 힘이 무력해서인가? 물러가라 물러가라 사자성어 하나로 나아가고 후퇴하면서 민주주의를 하는 것을 보여주었건만, 물러가야 할 파도가 오히려 백사장에 텐트를 치고 여기가 좋사오니 하고 쓰레기만 쌓고 있으니, 자유를 갈망하는 마음 풍경이 어수선하지 않은가? 과연 누가 이 엄청난 말의 기름띠를 치우고 흰 수건으로 검은 바위를 닦을 것인가? 과연 누가 그 바닷속 깊은 상처를 치유할 것인가? 언어의 폭력은 군부의 폭력을 갱신하고 말 것인가? 몇십 년 사이에 왕따와 가해자의 구분이 사라졌으니, 모두가 가해자고 모두가 피해자인 세상이 내 사는 세상이 되어버렸단 말인가? 선악이 구분이 안 되는 세상이야말로 위험하지 않은가? 아파트에서 뛰어내리는 것보다 학교 옥상에서 뛰어내릴 때가 좋았던 것 아닐까?

　이 시대에 『냉귀지』의 미션 임파서블은 나쁜 언어와 싸우는 것이다. 혈기방장할 때는 동생하고 싸우고 독재와 싸웠지만, 나이 들어서는 팔다리를 덜 혹사하면서 정명正名을 해치는 자들과 한판 엉켜 붙고자 한다. 마음을 흐리는 거품과 찌꺼기와 싸우고자 한다. 적당한 숫자의 구경꾼과 활로어만 있어 준다면, 못난 자신과 또 한판 신나게 붙어보고 싶다. 자신을 이기는 것이 남을 이기는 것보다 더 큰 승리라고 했으니, 그 옛날 공식이 아직도 유효하다면, 말의 군기를 잡고 훈관정음訓官正音을 선포하리다. 백성들이 쓰는 말투가 심히 허황되고 저속하여…… 등등으로 시작하는 나홀로 담화문을 발표하고, 과감하게 언론은 얼론으로, 소설은 시설로 바꾸는 것이다. 사과나 사죄를 대신한 유감이란 말은 엄격히 규제하고, 알면서도 모른다고 잡아떼는 관행을 타파하기 위해 무식한 사람도 모른다는 말을 아예 못쓰게 할 것이다. 훈관정음을 처음으로 사용하여 녹슨 책이 목민심서이니, 『냉귀지』의 혀와 칼끝은 사이비의 심장을 겨누도다. 겉으로 호박씨 까는 북곽을 호질하면서. 국회라는 제일 맛없는 회를 욕하면서. 다짜고짜 황금이 녹슬면 쇠는 어떻게 되느냐고?

　수만 리를 헤엄쳐 외딴 섬 백사장에 알을 까는 왕거북을 보았는가? 지느러미 같은 두 발로 모래를 파헤치고 그 모래의 허망함 속에 수백 개의 알을 낳지만 그중 과연 몇이나 부화해 꼬물거리며 저 멀리 밀려오는 파도에 몸을 실을 수 있을 것인가? 햇살로 짠 바구니에 알을 가득 담아보지만 그 어느 것도 닭이 되어 아침을 깨우지 못하고, 한낱 제주도 같은 에그프라이가 되어 바다접시 위에 놓이고 마는가? 『냉귀지』가 까고 파묻은 수많은 말들도 그 운명이 별반 다르지 않으리니, 오, 해 아래서 수

고함이여! 알을 낳고 묵묵히 바다로 돌아가는 소리 없는 일꾼이 바로 내가 아니던가?

무슨 서문이 이리도 길고 지루하단 말인가? 이러다간 누군가 남대문처럼 불 지르지 않겠는가?『1812년 서곡』보다도 장엄장황하니 시설의 서문이라 신경이 쓰인 것인가? 2백년이 지난 2012년, 통과하지 못한 개선문이라면 몰라도 막간에 대포소리만은 빼놓지 않게 잔소리를 하기 위해서인가? 야에서 여로 변신한 청중들을 위하여, 퇴각하는 나폴레옹을 뒤쫓는 영원한 반말과 반발을 위해, 무법을 주도하는 무서운 십대를 위해, 차마 말의 숨을 거두지 못하고 효력도 없는 유언을 스치는 바람 테이프에 녹음하는가? 젊어서는 가진 게 없어 저항하고, 늙어서는 젊기 위해 저항하는가? 향후 세대 간의 전쟁은 어떻게 될 것이며, 또 어떻게 변질되고 비꼬일 것인가? 줄기세포로 연명하는 고령들은 무엇을 향해 물러가라고 외칠 것인가? 쿠홀린처럼 파도와 싸울 것인가, 적군과 아군도 분간하지 못한 채? 과연 힘없는 목소리에 실려 나온『냉귀지』는 보이지도 않는 골문을 향해 마지막 발길질을 할 수 있을 것인가? 다 이루었다! 푸른 하늘 올려다보며 힘없이 떨어뜨린 힘 있는 그 한마디, 발등에 떨어지기 전에 받들리라. 망망한 바다 솟구치며 낚아채리라.

열章

어떤 짐승을 사모할 것인가? 어떤 거룩한 성상을 파괴할
것인가? 누구의 심장을 깨뜨릴 것인가?
— 아르튀르 랭보, 『지옥의 계절』

나는 이 얘기를 터무니없이 시작하고 싶은 강한 충동을
느낀다. 때문에 구태여 상상을 억제할 생각은 없다. 그러면
이렇게 한 번 시작해 볼까.
— 로렌스 스턴, 『트리스트람 샌디』

물러가라 물러가라 물러가라 물러가라
물러가라 물러가라 물러가라 물러가라
물러가라 물러가라 물러가라 물러가라
물러가라 물러가라 물러가라 물러가라

는데 와와와와 오기는 왜 와 와
최루탄을 그냥 팡팡 눈물은 그저 펑펑
데모하니까 크라시가 없어 좋고 싫구나.

학생의 학생을 위한 학생에 의한 사회를
파괴 건설 복구 부흥 통일 하리 끼리
우리끼리 그러니끼리.

아 아 피, 피, 가뭄으로 부르튼 땅의 입술에
독재로 중독 중화된 아스팔트의 힘줄에 수혈을, 수술을.

붉은 십자가, 차, 사람, 붉은 링게르 병 흘린 피를 싣고
십자가가 달려오고 있는데 신호등이 빨간 잉크하거든
무시 상관하지 말고 붉은 등대 비컨라이트
희뜩 번뜩 희뜩 켜 뜨고.

부정부패에 눈이 밝은 탐관오리처럼
또는 사회 질서 정의에 눈이 밝은
방독 마스크를 쓴 군인 경찰들처럼.

달려오라 딸려오라

매달려 오라는데 오기는 왜

안 臥臥臥臥.

쉬 ― 조용히, 여러분 쉬 ―

영차 영차 영차 영차

영구히 ― 들리는 ― 나아가는 소리

靈車 靈車 靈車 靈車.

으샤 으샤 으샤 으샤

저 힘찬

義死 義死 義死 義死.

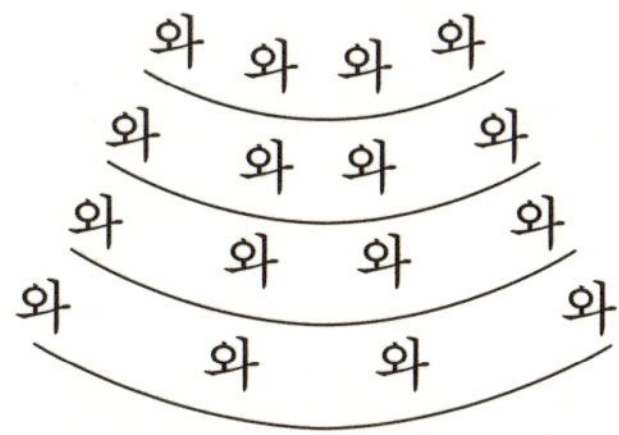

보라

살아 있는 사지가 빛나는 언어의 유리구슬이

어떻게 짖깨져 흩어지는가.

War War War War

War War War War

臥臥臥臥 臥臥臥臥

와 와 와 와
와 와 와 와
와 와 와 와
와   와
와 와

영차 영구차 꽃도 없이 꽃을 싣고
광화문 서대문 지나
북망산 꽃동산으로 ―

너는 꽃이니 꽃으로 돌아가리라.
꽃 피를 흘렸으니 꽃 피리라.

일어나 넘어지고 일어나 넘어지는
파도 파도 파도 파도
평화의 해변 바라보며
따옥 따옥 따옥 따옥
오 닿을 듯이.

동해물과 백두산이 마르고 닳도록
물러가라 물러가라 외쳤던 것은
어서오라 어서오라 물처럼 갈라지고
산처럼 솟아나라 염원했기 때문
그러나 이제는 지쳐
아예 관 뚜껑 닫아걸고
조용히 쉬리라 무덤에서
내 영혼의 주소는 ―
받아 적으오.
진달래 필 때 만납시다.

Ainsi point de vieillese, ni de dangers[1]

엮어라 오 바람을 엮는 자여,
올라가라 회오리바람의 수만 계단을.

내 풍금 목소리를 울려 노래하나니
한 알의 먼지가 인간이요,
그 먼지가 모이고 쌓인 곳이 나라일지니
바람이 불면 나라는 모조리 공중에 뜨게 된다.

이 먼지는 저 먼지를 들이받고 저 먼지는
이 먼지를 가리우니 서로를 탓하는 소리는
하늘을 뿌옇게 만들도다.

먼지가 먼지를 깔고 앉은 것을 독재라고 부르고
그 무거운 엉덩이가 바람에 흩어지는 걸 자유라 하나니,

먼지의 관점에서 본 독재와 자유의 의미가 자욱하여라.
자욱한 먼지 속에서 길 찾는 자여,
바람을 엮는 자여.

엮어라 눈앞에 불어오는 것을 이것과 저것을
언어와 리듬을, 미움과, 사랑을

침 뱉어 흙을 이기고 속살같이 하얀 백자를
구어내리라 타버린 것은 그렇게 깨끗할 수가 없어라.
우리는 아무래도 흙의 속성을 버릴 수 없나니.

오 바람을 엮는 자여,
내 먼지의 목소리를 흩어져 모으게 하라.
뙤약볕에 주저앉아 회오리바람을 껴안고 사막을 형성하라.
검은 바위가 되고 알찬 모래가 되어라.

다시 시작하라 태초부터 다시 시작하라.
시작과 끝을 알 수 없는 것이 인간의 역사이니
몸통과 심장을 가지고 머리카락과 발톱을 해석할 수밖에
없는 건가 있는 건가 아아 바람아 불어라.

하늘 가득히 먼지들을 태우고 바람이여 비행기여,
나는 우주의 어느 공항에
마치 기다리기라도 하듯 서 있는가.

아직도 밖에서는 물러가라 물러가라
먼지들이 먼지들을 물러가라고
먼지 뭔지 물러가라고
와와와와가 일어나고 자빠지는데

한 쪽에선 열 것인가 닫을 것인가.

가게 문 앞에 서성거리는 햄릿과 아버지 귀신들
공포로 창백한 유리창과 불빛
날마다 쌓이는 데모적자, 불알과 불안

거리에선, 강물 같은 거리에선 빵빵빵빵
허기진 자동차들, 택시와 자가용의 불평등
헝그리와 앵그리
무력한 붓의 성질과 과격한 망치의 린치

수많은 문자들이 한꺼번에 조간신문의 포로로 사로잡힐 때
죄인들은 정작 바람처럼 불구속일 때
내 한대 꽝 얻어맞은 뒤통수를 들어
거리의 면상을 바라보니

앙앙앙앙 지치고 앙만 남아
쌀쌀한 좁쌀들아 쌀좀 쌀좀, 쎌라!
밥통 같은 인간들아 밥좀 밥좀
돌아선 등 뒤에다 날좀 보소 날좀 보소.

위정자들이여 가파른 보리 고개 손잡고
함께 넘자꾸나 불도자로 밀어버리든가

아무튼 랄랄라 위쎌오버컴
We sell overcome

팔 수 있는 건 다 팔고 수출해서
몸은 꽁꽁 묶고 영혼은 포장해서 발전하는
독재민주주의 먼지를 향해 바람을 일으키는 것을
데모라고 하나니

처음으로 무대에서 본 학생들
경무대 공연이 대성황을 이루고
행인은 관객이 되고 앙코르는 길거리를 목 메운다
앙코르는 집에 가다보면 알코올이 되지만

그때와 다른 지금 대사가 다르고 배우와 연출이 바뀌었다면
초가지붕들의 몰락과 논두렁 우렁들의 억울한 죽음
판자집 아파트, 교회와 십자가

경무대의 막이 오르자마자 푸른 기와집 문전에서
구걸하는 학생들, 자유 한 푼
군중 속에 들리지 않는 내 목소리.

물러가라 독재자에게 무슨 자유가 있다고, 독재라면 몰라도
차라리 백록담한테 군불을 달랠 거지.
물러가라 물러가라 서로 물러가질 못하고
땅은 조용히 피를 마시고 이슬로 입술을 훔친다.

더 이상 아무 소리도 들리지 않아서 좋소.

무덤 속은 물속처럼 고요하오.
그리고 용궁처럼 화려하오.
영원이 조각된 산호가 보이고
진주조개들이 평화스럽게 흙을 먹고 있소.

갈구하는 마음에서 갈증이 일어나나
그것은 단지 목마를 때 일어나는 물러가라
물물물물, 일렁거리는 마음속의 물결일 뿐이오.

죽는다는 것은 ─ 안개 속에서 화살을 쏘는 것이오.
달아난 화살은 돌아오지 않고
픽, 저승의 땅에 곧게 박혀 꽃나무로 변하지요.
그러면 저승의 신이 그 향내 나는 가지를 꺾어
다시 이 세상으로 쏘아 보낸다오.

이것이 탄생의 의미지요.
아도니스의 정원, 짙은 안개
신비스런 병풍의 앞뒤
이 세상 저 세상의 영원한 전쟁 놀음
아아, 아윌 텔 유 올.

삼일: 일구야 일구야

　네 이놈, 꼭 네 이름을 만세삼창을 해야겠느냐?

　그래야 일어나고 꺼꾸러질 테냐?

　늘 깨어 있어야 할 때에 늘 미련을 꿈 깨고 있다면

　모든 건 태초부터 다 글러버린 것 아닌가?

　일할 수 있는 이한테 잠을 주시사

　하늘은 어이 시간을 낭비하라고 하심인고?

일구: 휴우 ─ 어리석음을 쉬게 휴우 숨을 내쉬는데

　입은 온천마냥 연기와 훈김을 내뿜고

　팔다리는 힘껏 계집엘 켜고 그게 끝남

　또 고갤 숙이고 무릎을 굽혔다 펴면서

　폭설에 눌렸던 대나무처럼 햇살을 향해

　정력적으로 불끈 일어나는 것입니다.

　아버지, 부르셨습니까?

삼일: 일구야 어디 있느냐, 보 바스트 두

　무화과 잎이 웬 말이냐?

　어찌하여 하숙방 이불 속에 숨었느냐?

　어서 파고다공원으로 가지 않고? 파가야로

　기필코 나를 상경하게 할 작정이냐?

　이불을 까고 어서 일어서지 못할까.

　담뱃대가 어디로 갔나?

　어서 어서 벌레 몸둥아리를

허물 밖으로 내밀지 못할까?
옴츠린 고개를 어깨의 칼집에서
쑥 뽑으란 말이다. 덴민국 만세!

일구: 덴민국 말세!
　　오 — 아 스위치가 고장 났나 봐요.
　　의식의 퓨즈가 나갔어요.
　　제 신경줄이 아버지 구리목소리와 합선된 것 아닐까요?

삼일: 합병이고 뭐고 어서!

일구: 어서 어서 어서 어서
　　어서 어서 어서 어서
　　어서 어서 어서 어서
　　어서 어서 어서 어서
　　뭘 어쩌겠다는 것입니까?
　　빨갱이들이 빨갛게 쳐들어오기라도 하나 둘이요?
　　또 오면 동무대신 친구해주면 되잖아요?
　　오 그 옛날 오랑캐꽃 피던 언덕
　　그리고 잔디 금잔디 어쨌단 말입니까?
　　금강산이 빨갛게 단풍드는 게
　　공산주의 영향이란 말입니까?
　　물론 난 알아요, 앓아요.
　　변명은 물론 억지억지 어거지 거지라는 것도

그렇다 하더라도 정말 어서 어서 종말 뭘
어쩌겠다는 것입니까? 일어나라 선언하라.
총칼 앞에서 아무런 실권도 없는 태양 앞에서
말세를 부르라 하시는데 차라리
따뜻한 아랫목에 코브라처럼 쾌지나칭칭
양반의 가부좌를 동여틀고
생각의 술독에 누룩처럼 빠지는 건 어떤지요?
선악과 보리수 밑에 계수나무 토끼 앉아
혜성이 머릿속으로 날파리처럼 날아들 때까지
고질인 치질이 다 아물 때까지
제 말이 틀렸습니까? 아니면 가렵습니까?
틀리다면 틀렸겠죠, 어법이 어버이가, 틀렸어요?
에이 — 틀리든 맞든 간에 뽑든지 안 뽑든지 간에
당분간 가라지 뿌리는 건드리지 말고
일어나 꼬꾸라져야겠습니다. 맞지 않고 맞았으면
고문을 받지 않고 고문관이 되든가.
고문을 받아 고문관을 만들어 내든가.
생각지도 못한 목사가 될 때까지.
아니면 장관 모가지를 참해
조간신문 헤드라인에 걸어놓든가.

뚜따 땃따다 뚜닥닥닥 기상 ♪
사천만, 머리 사천만, 영롱한 눈동자 팔천만, 점호 끝.
오늘 그간 사십 년간 싸워온 냉전을 종식하는

마지막 날 유종의 미를 치장화장 장식하는 뜻에서
모두 일어나 화염처럼 하늘로 치솟으면서 맹렬히
싸울 것. 홍군 백군 싸우고 붙으면 붉은색도 묽어지겠지.

그러니까 어서 어서 어서 어서 일어나란 말인가요?
꿈을 꾸면 온몸이 꿈꿈하니까.
에잇 ― 이불을 차고 굴러 떨어져 바지 속으로
양말 속으로 신발 속으로 들어갔다 방을 나오라.

감히 대문을 교문을 박차고 나가지는 못해도
이까짓 이등 방문쯤이야.

문은 밀어야 열립니다.
밀어密語라야 열립니다.
태곳적 패스워드로.

그러면 앞마당 정원이 나오고 소나무가 하나 둘 셋
모두 세 사람 라일락은 하나 그리고 젊은 과부가
무궁화처럼 싱싱하게 피어 있는 것이 보입니다.
어떤 꽃송이는 오므리고 ― 춘향이처럼 ―
어떤 꽃송이는 분홍 이빨을 드러내고 ― 황진이처럼 ―
― 교수님 질문 있습니다. 루즈와 침이 섞인
밑도 끝도 없는 질문 하나 있습니다.
Zetetikos[2]로 태어나서인지 알고 싶어서 미치겠습니다.

어째서 —? 이 사람아 그걸 질문이라고 하는 건가?
지문이라고 찍는 건가?

말이 되면 질문도 되는 줄 알았습니다.
하지만 선생님, 웃는 꽃만 있지 우는 꽃은 한 년도 없습니다.
꽃들은 다 어디 갔습니까?
꽃의 눈물을 받아먹는 새는 천 년을 산다고요?
꽃의 설움처럼 오래가는 것도 없으니까요.
우는 꽃만 있지 웃는 꽃은 하나도 없습니다.
그래서 우리는 설움이 노망이 들 때까지 장수하는 것 아닐까요?
도대체 꽃들은 다 어디 갔습니까? 여기저기
호박만 주렁주렁 매달려있습니다 언제나
값싼 미소의 꽃은 먼저 자리 잡고 피어있습니다, 매스컴처럼.
선생님, 어째서 꽃은 입속에 자궁이 있습니까? 저 끔찍한
미소의 직경을 보십시오. 사람은 어찌하여
배설하는 것으로 자식을 만들어 냅니까?
새끼가 어미를 낳을 수는 없습니까?

이 사람아! 이 사람아!

그러나 선생님 보십시요. 화분 속에 버려진
제자를 보십시요. 꽃은 웃지 않으면 죽습니다.
장마당에 나가 눈치 보며
자신을 팔지 않고서는 연명할 수가 없습니다.

정원에 대한 월세가 밀릴 때 벌떼 나비떼 삼키는
저 만발한 꽃들을 보십시오, 소리 없는 죽음을
사람들은 쾌락이라 부릅니다.

우리는 모두 녹두새요 청포장수입니다.
푸른 하늘 은하수 그 먼 가운데 하얀 쪽배입니다.
그렇다고 항상 노래 속에 산다는 얘긴 아닙니다만,
칙칙폭폭 칙칙폭폭 호남선 삼등열차 밤은 길고 먼데
긴긴밤 치마폭 속을 흔들흔들 달달달달
구름에 달 가듯이 또는 달에 구름 가듯이 아무렇게나
가도 상관없이 가는 나그네 김삿갓입니다. 그러나
시도 쓸 줄 모르는 하늘과 원수진 사나이들입니다.
만수산 뻐드렁니 얽혀진 드렁칡입니다.
풀잎에 물든 짚신발로 노들강변에 모두 퍼져 버렸습니다.

얄리 얄리 얄라성 랄라리 랄라 여러분 우리는
유신나라에 유신국민입니다.
모두 새롭고 만족스럽습니다.
오늘이 만족스럽지 못하다면 어제는 틀림없이
만족스러울 것입니다, 무신보다는 역시 유신이 낫습니다.
웬일로 사람은 늙어가고 법은 젊어 갑니까?
사람도 못 먹는 보약을 먹은 것 아닙니까?
흐르는 물이 고이면 썩고 말듯이 사랑도 맹세도 헌법도 애국도
공약도 변치 않으면 썩고 맙니다. 그런데 법이 좀 변한다 해서

뭐가 어떻다는 것입니까? 하나님이 발톱 깎아 버린 반 토막
나라에서 막걸리와 고무신짝이 존재하는 한
공명선거와 민주정치가 제대로 될 리가 있습니까?
거국내각이라니요 거국내각이 뭡니까?

얄리 얄리 얄라성 랄라리 랄라
옛날부터 지금까지 받아먹은 막걸리 어서 모두 죄다
왜왜왜왜 와와와와 토해놓고
헌 고무신짝도 다 집어 차 던지고 엿판을 뒤엎으면서
맨 발로 맨 발로 타타타타 뛰십시다.
밤낮 좁은 땅덩이를 팔고 사는 복덕방은 역적입니다.
왜요? 그렇다면 그런 줄만 아시오.

해마다 전라도에 홍수는 넘쳐도 난리는 일어나지 않습니다.
설마 선거자금이 홍수가 되지는 않겠지요? 무슨 놈의 비가
밤낮으로 쏟아질 때 홍수가 그 넓은 어깨에다
강둑을 짊어지고 어깨춤을 춤추는 걸 본 적이 있습니까?
늘 외국이름을 가진 태풍이 왜놈들처럼 남쪽지방을 쳐들어오면
난리도 아마 그 난리 통에 끊어진 강둑마냥
어디론가 떠내려가기도 했을 것입니다. 강물은 강둑을 달리고
기차는 철도를 달려야 하는데 강물이 철도를 달리다니요.
난리도 난리 나름이지만 난리를 일으킬 수 없는 난리처럼
큰 난리는 없습니다. 우리는 오랫동안 난리를
불끈 일으킬 수 없었던 정치적인 고자들이었습니다.

면목보다 힘이 없어서 고개를 못 들었습니다. 그러니
어찌 예루살렘을 신부로 맞을 것이며 서울과
한 방을 쓰겠습니까? 강남벌판에 거문고를 놓고
남산을 보면서 울고만 싶습니다. 그렇다고 누가
내 목소리의 봉화를 쳐다보기나 하겠습니까?
Y와 H, 두 글자를 집어 들겠습니다. Y가 사람이 거꾸로
매달린 모양이라면 H는 언제나 서로 팽팽히 맞서는
모습 아닙니까? 얄리, 에치 — 무슨 재채기람.
재채기처럼 체면을 안 처리하는 것도 없습니다. 긴장이 돼서
여간 미안 죄송 천만에요 합니다, 허나
여공들이 불쌍하지 않습니까? 도대체 누가 낳은 자식들입니까?
여자라고 당하고 직공이라고 당하고 식모살이 도망해서
공장으로 뛰어들었더니만 그게 유치장일 줄이야.
내 젊음의 백합은 시들어 가는데 유리창이라도 있음
때려 부수고만 싶어유 — 옥상 꼭대기라면
낙화암 삼천궁녀 뛰어내리고 싶습니다. 차라리
휘발유 속에 까맣게 타버리든가. 전태일입니다.
그래도 살고 싶습니다, 살 수만 있다면.

여보 당신 어쩌려고 감히 그런 얘기를? 유서라도 써 놨소?
당신이 나 같기에 하는 말이지만, 낮말은 영어요 밤말은
우리말이니 속풀이와 뒤풀이를 몸 생각하면서 해야 합니다.
대낮에 밤말을 질렀다가는
캄캄 밤중 쏴 올린 폭죽처럼 밤하늘에 증거가 남아요.

유세를 당선으로 해석했다가는 큰 일 나요. 여기저기
안테나가 괜히 있는지 아십니까? 당신 뒤에도
공중전화가 있어요. 조심하시오.
세상은 점점 비밀이 없어지고 비밀이 없는 세상처럼
위험하고 안전한 세상은 없습니다.
안安 그렇습니까, 빅 브라더?

남산 깊고 깊은 골짜기 남산 골 샌님들 다 쫓아내고
인간 새들이 큰 둥지를 치고 살고 있소. 그래서
그 조류와 인류가 우는 소리 웃는 소리, 노래하는 소리
매일 삼천리 방방곡곡에 울려 퍼집니다.
들어라 날개 없는 두 발 짐승들이여,
크륵크륵 비베비베 스스스
새소리처럼 단조로운 것도 없습니다.
저들은 언제나 마이크 시험 중입니다. 그래서
아아 하기도 하고 어어 하기도 하고 그래서
아 다르고 어 다르고, 하긴 그래야
사천만의 양심이 졸리겠지요.
수천 킬로와트의 강력한 수면전파 말입니다.
숙직하는 양반들과 전화기만 빼놓고 모두모두
한밤의 음악편지도 다 받았으면 그만 자시오.
애국가 마지막 길이 보전하세 조용히 끝나 갑니다.

잠깐! 잠깐! 여보시오 이것 보시오.

당신 지금 무슨 소리를 하고 있는 거요?
도대체 이게 소설이요 시요 아니면 노래요?
설마 대설은 아닐 것이고?
책이란 고전이 된 후에 사도 늦지 않건만 이미 성급하게 사셨으니
후회한들 무슨 소용이 있겠습니까?
안타깝게도 작가는 책값을 물어주는 사람이 아닙니다.
당신이 휘파람을 불고 야유를 던지고 싶다면,
나도 한 몫 끼게 해 주시오.

글은 써야 하고 속은 풀어야 합니다.
나는 원래 병 주고 약 주는 글을 좋아합니다.
당신은 어떠신지 모르겠습니다만 나는 의사로서
환자가 내 직업입니다. 나는 절반이 여자인 남자입니다.
한 몸뚱이에서 남녀가 공학하고 있습니다.
젖가슴이 달린 눈먼 점쟁이입니다.
내가 그렇게 되고자 한 것이 아니고
진리가 나를 이 지경으로 만들고 말았습니다.

그렇다면 작품의 청사진을 얘기하지 맙시다.
실로 염치없는 얘기가 아닙니까? 독자가 작가를
이심전심으로 이해하면 됐지 무대의 막이 오르자마자
카타르시스를 찾다니요? 술집 가서 술부터 찾는 것과는
뭔가 달라야 되지 않소? 나는 당신과 같은 시시한
독자를 위해서라도 신분과 주소가 불확실한 글을

쓸 수밖에 없습니다. 당신은 길을 찾을 때까지
광야를 헤매야 되는 소설의 독자라는 것을 잊지 마시오.

가나안을 나 안 가겠다니요? 구슬은 꿰는 것이고
의미는 발견하는 것입니다. 독서가 보물찾기가 아니라면
당신은 미안할 것도 없이 냉귀지와는 인연이 먼 것 같소.
도대체 장르가 어떻다는 것입니까?
Tragical-comical-historical-pastoral[3]이면 됐습니까?
아니면 Prosaic-comic-epic[4]이든가? 휠딩, 당신이 답답하니
내가 답답하고 내가 답답하니 당신도 답답할 것이오만
답답하면서도 답이 없으니 아예 백지를 내든가, 아니면
단일화를 하든가, 제발 계란 좀 그만 던지시오.
암탉이 어떻게 생각하겠소? 후보는 얻어맞아서 울지만
암탉이 울면 나라가 어찌되느냐 말이오?

주인공은 금년 19세의 일구라는 청년입니다.
아직 쓰지도 않은 이력서를 베낄 수가 없어 소개는
이 정도가 좋다고 생각합니다. 우리는 이제까지 그가
잠에서 깨어난 것을 목격했습니다. 잠을 자고 깨는 것은
라자로처럼 실로 어려운 문제지만, 아무튼
우리는 일구가 사일구 아침에 잠자리에서
기상천외한 사건을 목격한 증인이 됐다는 사실입니다.
독자는 말의 증인이니까요.
작가는 말의 검사고 그래서 자신을 검사하고.

아무튼 문제는 단도직입적으로 찌르면 내용이라고요?

그럴는지도 모르죠가 아니라니까요지만, 정말 박카스처럼

시원하게 히야시 해두었던 말씀을 따드릴까요? 저는 이제까지

지금도 또 앞으로도 아니 영세무궁토록이든가, 일구가

생각하고 꿈꾸는 바를 땅 끝까지 전하겠다는 것입니다. 새로운

마음이 있지 아니하면 새로운 시가 안 나오고 늙은 것들은

죽지도 않고 노망만을 계속할 테니까요. 어쨌든

생각의 질량과 마음의 부피는 글자 수와 모양에 정비례합니다.

내용의 순도를 보세요. 믿어지지가 않지 않습니까.

금은방 저울을 빌려다가 글자들의 무게를 달아보시면 되죠.

그래도 의심스럽다면 처음부터 읽어보시든가. 댁이 읽으신 시간과

일구가 생각에 잠긴 초현실적인 시간이 단 일초의 차이라도 있는지?

유레카! 이것이야말로 유명한 알기 뭣하겠어요의 원리가 아니겠습니까?

발견은 그가 하고 쓰기는 우리가 씁니다.

언어의 십자가에 뭣 박히는 게 시인의 운명입니다.

아니 종이에 붙은 밥풀이 시인이던가요?

이 땅에도 재래문학의 시대가 去하고 별종문학의 시대가 來했습니다.

그리하여 문학이 거래되는 시대가 되긴 했습니다만,

아 어쩌구 저쩌구 간에 나는 일구처럼

그 나이에 그렇게 생각해 본 적이 없다고요?

장차 19살이 되어도 그렇게 생각지 않을 것이라고요?

댁이 쥐약을 드시고 안 드시는 것은 우리 문학과는 상관이 없습니다만,

오직 댁의 자유와 나의 자유를 복잡하게만 할 뿐이지만, 나의
아리스토텔레스에 의하면 일구는 오늘 사일구 아침 삶과 역사의
특수 지점에 와 있습니다. 그렇다면 어찌 시의 엄중한 검문검색이
없을 것입니까? 세상이 주민등록증을 안 가지고 돌아다닐는지도
모르지 않습니까?

오늘은 우리나라 역사에 최초의 학생혁명이란
커다란 별똥이 튀긴 날입니다. 아득한 옛날 첨성대의 천문관이 보고
고개가 피사의 탑처럼 갸우뚱했던 그 이상한 유성이 수천 년 동안
달리기에 지쳤는지 이렇게 눈물 떨어질 줄이야 그리고 이 땅에
떨어진 별에서 새나라 문화가 나올 줄이야. 내 말을 믿을 수가
없단 말입니까? 확실히 당신은 20세기에 살고 있는가 봅니다만,
별은 우리들과는 불가분의 관계에 있습니다. 우리는 지구라는
별 위에서 죽고 군인이라는 별 밑에서 살고 있지 않습니까?

그런 의미에서 당신도 나도 군인도 민간인도 모두 스타입니다.
육십만은 일등병들이고 사천만은 일등국민들입니다. 구태여
나라나 스크린을 독점할 필요가 없습니다. 별은 다는 것이 아니고
따는 것은 더욱더 아니고 오직 가슴에 느끼는 것입니다. 그런 느낌을
느낄 수 있는 가슴을 별가슴이라 하는데 별가슴은 자기가 인수인계한
역사와 사회현실에 대한 의식의 화학작용을 일으킵니다. 그뿐입니까?
품질 좋은 국산 애국심과 예술정신을 만들어냅니다. 한국의 별가슴이
만들어낸 별의식은 이승에 유성으로 떨어진 별을 네온사인으로 휘감아
하늘의 은하수처럼 보이지 않는 파도를 일으키면서 흐르게 하는데

그것이 때로는 밥 짓는 냄새처럼 공중을 떠돌면서 각 개개인,
즉 별별 사람들의 후각과 영혼을 꽤나 들락거릴 때가 많다는 것입니다.
열 장

그런데 일구는 오늘이 자기 생일인 사실을 알고 있나요? 갑자기 무슨
질문이 그렇습니까? 남의 영감을 박살을 내도 분수가 있지!
연탄불에 발뒤꿈치를 마저 구워야 할 것 아닙니까?
이렇게 노크도 없이 덜컥 문을 열다니
냉귀지를 Xanadu[5]로 만들 작정입니까? 하긴 미로의
비너스는 팔뚝이 잘려 유명하기도 하지만,
아무튼 차차로 알게 됩니다. 냉귀지를
끝까지 읽는 자는 가히 인내가 있다 할 것입니다.

삼일:아직도 잠이 덜 깼단 말이냐?
    누에처럼. 잠자기 위해 태어났단 말이냐?
    너는 깨기 위해 태어나지 않았느냐? 어서 나가서
    조용히 내리는 가랑비의 가르침을 받을지어다.
    공수空手로 공손하게. 래來하고 대답하고.
일구:시적인 치욕은 견딜 각오로 있습니다만,
    가랑비 가랑이로 들어가면 잠이, 깰, 까요?
    잠과 꿈이 비빔밥이 되어 서로 비비고 부비지 않는다면,
    고사리 가닥이 밥덩어리를 체포할 수 없지 않아요?
    누에처럼 꿈의 뽕잎을 뜯어먹는 내가 잠이 깬다면,
    나는 시간의 뽕잎이 될 것 아니겠습니까?
    잠을 더 자야겠습니다. 잠자고 계십시오.

항상 날아다니는 나에게 날개를 접으라 하심은

나보고 베틀에서 내려오라는 소리가 아닙니까?

나는 깰 수 없습니다. 깰 수도 없고, 나는

이제사 막 비단을 짜기 시작했습니다. 그것으로

가난한 천사들을 호사시킬 작정입니다. 보시오

내 북에 감긴 빛나는 언어의 실을

홀매치고 이빨로 끊어야 하겠습니까?

삼일: 만세는 정말 한없이 부르고 싶더라.

지금의 네가 그때의 나 같단 말이냐? 그러나

새벽이 문 앞에서 기다리다 돌아가고 지금은 아침이

기다리고 있단다. 누군들 천막을 거두고 싶으리요만은

잔치와 잠은 깨질 수밖에 없고 보이지 않는 수레에

실을 수밖에 없으리. 도대체 개꿈이 잠을 합병한 때가 언제던가?

일구: 개꿈이라면 제 모든 대답은 잠꼬대가 아니면

꿈꼬대겠지요. 꿈이란 꿈을 모조리 꾸다보면

그물 속에는 개꿈도 걸리고 구두짝도 걸리고

누군가 신데렐라처럼 신고 다니다 잃어버렸던 것

말입니다. $7\frac{1}{2}$이라는 문수. 꿈을 깨지 않기 위해서는

꿈속을 헤매야만 됩니다. 군인에게 꿈을 소매치기 당할 수는

없지 않습니까? 화병을 깨뜨리면 꽃의 향기는 거기에

잠시 머물다가 떠나갑니다. 그러나 저러나 저는

오페라가 아니고서는 얘기를 못 합니다. 아버지도 잘 아시는

이차돈 있죠?

삼일: 누구 사돈이라고?

일구 : 신라 불교의 베드로 말예요.

번쩍 빛나는 칼 그림자에 목이 비행접시가 되자

젖빛 핏기둥이 분수처럼 섰다 하지 않습니까? 피는

그칠 사이 없이 몸 둘레에 쏟아지는데 그가 걸쳤던 흰 장삼은

아직도 흰 채로만 있지 않아요? 꿈이 어둠이 아니라면,

우리 눈이 백색보다 더 잃어버리기 쉬운 색깔은 없을 것입니다.

이차돈은 결국 우유 빛 세계로 사라집니다. 그러나

그의 젖빛 피는 진홍의 피로 밝아옵니다. 새벽처럼.

피의 어둠은 묽어지나 기억 속에 홍건이 고입니다. 간밤에

악마가 또 가라지를 뿌리고 갔습니다. 잡초에 질식하는 꽃들.

오 잡초로 가득한 정원! O unweeded garden![6]

에이 — 운동이나 할까 봐요.

새 마을 새 마음 새 영혼, 뼈와 근육의 대부흥회

비오는 날이 역시 좋다.

방직공장에서 뽑아져 나오는 흰 실.

햇빛무늬 가진 보슬비 비단 옷감을

정원수들이 마네킹처럼 걸치고 있다.

푸른 속살이 어렴풋이 들여다보인다.

일구는 벌떡 일어나 마당으로 내려갔다.

뜀뛰기 시작. 뛰면서 팔다리로

십자가를 만들고 가위를 만든다.

옷감을 펼치면 싹뚝싹뚝 하나 둘 하나 둘

후후후후 휘휘휘휘

잠옷 자락이 잠깨 펄럭거린다.

　　방직공장의 흰 실
　　비 비 비 비
　　무지개 베틀 세우고
　　휘 휘 휘 휘
　　빗방울 옷감 짤거나
　　이마에 살짝 걸치면
　　끊어지는 비단실.

자지러질듯 도는 팽이처럼 일구는 제자리로 섬으로 돌았다.
정신 차린 놈팽이의 생각의 엔진은 꺼졌다가 켜지기도 하는데,
그것이 어떻게 발동하는가 하면 이 바퀴와 저 바퀴에 스스르
피댓줄이 걸려 작은 바퀴, 큰 바퀴, 작은 연결은 큰 연결에
목을 걸고 피댓줄은 수많은 생각을 속기하고 한편으로는 삭제하고
그러면서 제품이 이루어지는데 운동과 하차와 덤핑은
흔히 있을 수 있는 위험, 흰 바탕에 붉은 글씨, 하지만
언어는 어디까지나 빗방울로 짠 옷감이니까.

「올해도 직녀는 견우를 만날 수 있을까?」
선생님 작문의 제목치고 너무 애매모호하지 않습니까?
춘향은 옥창너머로 이몽룡이 준 별을 바라보았다.
칠월칠석 어둔 밤이 푸른 하늘을 구름 먹칠하는 날
바시시 타는 갈망. 몽롱한 춘향의 망막에 몽룡이 비친다.

노크도 없이 들어서는 모습 견우여 약속을 지켰구려!
그동안 내가 짠 눈물과 그리움의 비단이 여기 있소.
아직도 북실을 쥔 채 직녀가 베틀에서 내려선다.
가랑비가 소리 없이 은하의 뜰을 적시고
점점 천지는 귀뚜라미 울음소리,
포도 익는 냄새, 반딧불의 비행으로 가득 찬다.
둘은 손을 잡는다. 눈물이 엉키고
미소와 미소가 키스를 한다. 그러나
도포와 치마 속에는 사람이 없다.
오직 바람과 공포와 야릇한 온기만이 서려 있을 뿐.
춘향이 깨어난다.
반딧불은 축축이 젖어 있다.

무슨 생각이 이 모양이람 하고 일구는 생각했다.
올챙이 생각들이 꼬리를 떨어뜨리고 개구리가 되어
폴딱폴딱 뛰어 오른다.

그대 악공이여 어루만지라 무릎에 거문고를
그리고 노래하라 깨진 목청으로 별무리 속에 사라진 한 별을,
해신의 삼지창에 찔린 용사를, 꿈속에 소식만 전하는 님을.
노래하라 노래하라 음산한 바람 일어 다시 흩뜨릴 때 잠시 일어나는
불꽃처럼 어떻게 용사가 돌아오는가 어떻게 사랑이 승리하는가.
마지막 심지 타는 순간에 귀가한 그림자, 자유의 초라한 모습,
문기둥을 어루만지는 사람이 바로 그 사람인가?

여보 장모, 여보 세상, 이리 오너라 여보 장모 마누라 마호메트.
이리 오너라 모두 비웃고 조롱하리라 씨름으로 시험하리라.
활로 합격하리라. 아무도 알지 못할 그때가 오기까지 모두 모두
밤의 열기 속에 미치리라. 보라 내 때 묻은 근육을
멸시와 천대의 고깃덩이를 던지는 자여 오 노래하라.
키 큰 목소리로 백두산 어깨의 소나무처럼.
기쁨이 도둑처럼 다가온 날에
의기의 죽순이 해 닿는 날에 정의의 활시위 부르르 떨자.
권력의 이른 아침에 참새떼처럼 쨱쨱거리던 예스맨들
의사당 안마당에 꼬부라져 떨어진다. 오 예스, "쨱"
돌아가시면서 남기신 마지막 말씀이었습니다. 모두가
어느 어느 후손들의 어버이들이었습니다. 역사가로서
증언하겠습니다. 종교가로서 양심 발언하는 것입니다.
시인으로서 저속한 증언일는지 모르겠습니다.
며느리해서 받아들이면 됩니다.
쨱쨱 대신 쩝쩝 하라 이 말씀입니다.

쓰러진 백팔명의 구혼자들, 사라진 백팔번뇌들.
오만하던 안티노우스, 호색하던 변학도, 토색하던 조병갑이여,
국록의 흰 쌀밥에 살찌더니 구더기 밥상에 올라 눕는가!
잔치로 시작하여 잔치로 끝나는 인생이어라.
어찌 흥분하지 않으리요? 각하! 이런 버러지 같은 자식을 데리고
정치를 하니 정보부가 제대로 되겠습니까? 탕 탕
이런 구더기들하고 밥상에 앉았으니 살이 찌겠습니까? 탕 탕

이왕 시작한 탕탕이니 탕탕탕

어찌 허무하지 않으리요?

「이자가 바로 세상을 뒤흔들던 자인가?」 14:25

이 사람을 보라! Ecce Homo! 사람들아 이 사람을 보라 참혹하여라.

악사여 어찌 노래할 수 있으리요. 차라리 피리 불어

감회의 맥박만 뛰게 하라.

삼천만이 수용된 감옥, 창살 너머로 안중근은 역사의

밤하늘을 쳐다보았다. 별이 된 사람들의 별이 빛나는 밤하늘.

나는 이제 이등방문을 죽인 일등방문이니 의사로서 참사하고

의사하리라. 꽉 막힌 역사의 길을 뚫어주고, 지중해 포도주

푸른 파도의 뗏목을 타고 누워 율리시즈 올리브나무를 꿈꾼다.

언제 그녀와 함께 누우리요? 사랑, 꿈나무, 벚꽃놀이.

파도의 잠자리 편치 않아라. 춘향, 나의 페넬로프여 나요

어떻게 떨리는 손을 잡으리요. 몽룡은 뒤돌아 헤어진 갓을 고쳐 쓴다.

암행어사 출두야 암행어사 출두야 골목길에서 뛰쳐나온 자유의 출두야.

땅바닥 기어 다니시던 어르신네의 기저귀야. 독재는 군화를 거꾸로 신고

방바닥 오강단지 차면서 나 살려라 하고 나라 살리려고 달아나거라.

높고 높은 푸른 기와담장 넘지 못하고 죽어나가는 해발 칠천 미터

물구나무 선 인간들, 이제부터는 과거와 보복을 노래하리.

기말 작문시험 결과 —

내용: 불순 내지 애매모호 22점, 논리: 뒤죽박죽 좌충우돌 22점,
문학효과 0점, 총점 44: 마흔네 번의 죽음, 일흔 번의 일곱 번이라도 용서
그리고 부활, 그러나 선생님, 「님의 침묵 알 수 없어요」
「나그네」 「국화 옆에서」가 그리 대단한 시란 말입니까?
철썩 철썩 찰싹 찰싹 부셔라 때려라 따귀 때리라면 안 때리지만
교과서는 부수라면 부수겠어요. 정말 알 수 없어요. 모란이 빨리
져버렸으면 감상적인 시가 없어져서 좋겠습니다. 그래도 그게 아니라고
가르치신다면, 나는 청마 타고 깃발이나 날리겠습니다. 그러나 육사의
깃발만은 못 날리겠습니다. 손수건의 콧물을 말리면 말렸지. 밤새도록
불만을 복창하고 설음의 불놀이나 하겠습니다. 구리 빛 동천에 푸른 구름
금잔디 모두 활활 불 지르고 만주로 상항으로 김포로 공항으로 떠나가
풋풋한 이국의 봄 냄새 맡으며 죽어도 아니 눈물 흘리겠습니다. 죽은
눈처럼. 당신이 부르다가 죽어도 대답하지 않을 것입니다.
영원히 통화중일 것입니다.

「This is my page for English B」 Langston Hughes,[7]
갱제가 아니고 경제예요. 치과에 가서 발음 좀 고치세요.
장문을 작문하고 자장자장 읽어 가는데,
아직도 비가 내린다. 하늘의 눈물은 땅의 가슴에 저리도
자연스럽게 스며든다. 감상의 바이러스가 빗물에 섞여
가슴속에 파고들면 대지는 알지 못할 아지랑이의 신열을 느낀다.
마음은 얼마나 상처를 입었기에 빗물만 살짝 달아도 이리도 쓰린고.

설마 눈물의 홍수는 안 지겠지? 그 지겨운 수해의 연금
홍수 좀 모아놨다가 가뭄에 쓸 수는 없나? 데모 좀 모아 놨다가
난리에 쓸 수는 없나?

오라 오늘이 바로 그날이렸다.
열아홉 번째의 생일이자 데이트 날
어찌 생일의 최대행사가 아니리요?
밀화! 마돈나!
그대는 보느냐 이 분홍빛 봄비를?
그대도 느끼느냐 이 심장 갉아먹는 벌레를?
내 목은 목적지에 다달았노라.
밀화여 너의 살 내음에 취하게 해다오.
고통이나 다름없는 쾌락, 오 냉귀지! 도우 아트 시크[8]
한 마디로 끝내주는 시. 오늘은 너의 노래가 듣고 싶어라.
어느 산수 좋은 다방을 찾아가 거기 담배연기 아지랑이
찻잔에 고이는 약수를 받아먹으면서 한바탕 쓸데없는 얘기나
신명나게 지껄이다 올거나 그러다가 산새처럼 노래하는 것이
싫증이 나면 창경원에라도 훌쩍 훌쩍 날아가 나는 임금 되고
너는 왕비 되고 궁전이 동물원이 된 그곳에서 한 번 동물처럼
놀아보는 것이 어떠리. 젊음처럼 동물에 가까운 것이 없으리니
그곳에 가면 손을 안 잡는 것이 부자연스럽고, 입을 안 맞추면
어색해서 견딜 수 없으리. 그곳은
괜히 돈 내고 들어가는 곳이 아니고
동물만도 못하던 인간이 참된 동물이 되어보겠다고 맘 먹고

들어가는 곳이니 그 의미가 심장하고 데이트의 명승지로서

서울특별시에서도 특별하지 않는가? 평생

고생만 하던 시골아줌마가 소주 몇 잔에

치마고 저고리고 다 벗어던지고 아저씨도 다 잊어버리고

춤 한바탕 추고 나면 하늘이여 땅이여 꺼지라고 추고나면

그 어지러운 춤 속에서 자기도 인간으로 태어나서

인간이라고 비로소 한 번 살아본 것 같은 느낌이 들지 않는가?

성종 임금께서 남편 잃고 세상에서 별 볼일 없는

세 과부 왕비들을 위해 창경원을 지었으니

그곳에 들어가면 당신도 왕비가 되고

죽은 남편을 만나고 별을 볼 일들이 헤아릴 수 없이 생겨나

사랑하면 안 될 사람도 사랑하게 된다 이거지. 데이트란

서로를 떠봄이요 사랑이란 서로를 가라앉힘이라. 처음에는

스치고 그 다음에는 닿고 그 다음에는 잡고 만짐이니

나는 오늘 너를 만져 무슨 청자로 빚어놓을꼬.

나는 너에게 새 술을 가득 담으리니 너는 독한 술을 담고도

취하지 않고 의젓하여라. 오, 활짝 핀 꽃이여

꽃가루를 날리며 웃어다오. 나는 너를 통해

나의 술을 들이마신다. 네가 희희하면 나는 아득히 낙낙落落하리

너의 고운 마음은 나의 찌꺼기를 거르나니 사랑의 즐거움은

새 사람이 되는 것인가. 헌 세상에 태어나 새 사람이 되고

새 사회를 두드려 짓는 것보다 큰 공사가 없으니 사랑과 혁명은

장차 결혼까지 해야 할 연인관계요 오늘은 창경원 데이트라도

해야 되는 관계 아닌가 — 오 냉귀지, 도우 아트 시크 —

그렇다면 시간이여, 장미꽃 하품 속에 오고야마는 시간이여,

사랑은 권태의 안개를 뚫고 오는 알바트로스,[9]

Call me Ismael,[10] 떠나야 하리라. 밀화, 나의 후로리멜,[11]

달콤하고 향긋한 이름이여.

---

1 '그래서 늙지도 않고 위험도 없는 곳에서'라는 의미. 아르튀르 랭보의
  『지옥의 계절 *Une Saison en Enfer*』.

2 Zetetikos: '진리를 구하는 사람'이란 뜻으로 무엇이든 알 때까지 거침없이
  물어보는 사람.

3 '비극적 — 희극적 — 역사적 — 목가적'. 햄릿 2막 2장 폴로니우스의 말.

4 '산문적 — 희극적 — 서사시적'. 헨리 필딩의 소설 『톰 존스 *Tom Jones*』의
  서문.

5 재너두 Xanadu: 영국시인 사무엘 테일러 코울리지의 시, 「쿠블라 칸 Kubla
  Khan」에 몽고의 황제가 사는 궁전이 있는 곳으로 가상의 지명임. 이 시는
  걸작 중에 하나이지만, 정작 시인 자신은 미완성으로 생각했음.

6 햄릿 1막 2장.

7 '이것이 영어 B반 작문 숙제에 대한 나의 답변입니다'란 의미. 20세기 초
  미국 흑인 시인 랭스턴 휴즈의 시 「영어 B반 작문 주제 Theme for English
  B」의 마지막 행.

8 19세기 영국시인 윌리엄 블레이크의 시, 『경험의 노래 *Songs of Experience*』에
  나오는 「오 장미여, 그대 병들었구나! O Rose, thou art sick!」

9 알바트로스: 영국시인 사무엘 테일러 코울리지의 시, 『늙은 수부의 노래 *The
  Rime of The Ancient Mariner*』에 나오는 새.

10 허먼 멜빌의 소설 『백경 *Moby Dick*』의 첫 문장.

11 후로리멜: '꿀을 머금은 꽃'이란 뜻을 가진 이름. 스펜서의 『선녀왕 *The Faerie
   Queene*』에 나오는 인물일 수도 있음.

異장

내 소설에서 무슨 모티브를 발견하려고 하는 독자는
고소를 당할 것이다. 내 얘기에서 줄거리를 찾느라고
법석을 떠는 자들은 아예 총으로 쏴 버릴 것이다.
― 마크 트웨인

— 대체 시설詩說이란 무엇입니까?

— 시설은 시도 아니고 소설도 아니며, 시설이라 하면
  시설이 아닌 것이 시설입니다. 생김새가 노자의 도를 닮아
  작명이 어렵습니다. 오래전부터 있던 것이어서
  결코 새삼스러운 것이 아니고
  또한 당연히 합당한 이름이 있어야 했을 것이나
  아무도 그 이름을 불러주는 자가 없었습니다.
  시설가는 세상의 태어남과 그것이 커온
  역사를 하나의 큰 얘기로 보나니, 인간의 얘기 중에
  시설이 아닌 것이 없고 시로서 다듬고 광을 낸다면,
  하찮은 먼지 같은 얘기라 할지라도
  성스러움과 위엄을 갖출 수 있다는 것입니다.
  그러니 시설의 끝없음과 무궁무진함이여.
  시설은 돈처럼 세상을 돌게 되니
  우리는 그것의 궤도를 알 수 없으나
  그것은 만인의 예술이요
  세상 사람들이 모이는 굿마당이라.
  한국 사람들은 시설 속에서 막혔던 코를 풀 것이니
  드디어 역사의 숨통이 틔는 것 같고 답답한 가슴이
  열리는 것 같다는 것입니다.

— 대체 시설이란 무엇입니까?

— 시설이란 시적인 소설이요 소설적인 시인데 시가 형님이므로
  재판을 하기로 한다면 시 쪽에 가깝다 할 것입니다. 시설은

그 원리가 짬뽕과 같으니 중국집에서 인스피레이션을 얻은 지가 이미

삼 년이 넘었습니다. 싸구려에서 비싼 것이 나왔고

육체가 취하는 것에서 마음이 취할 것을 얻었으니

그것이 또한 시설입니다.

하나의 그릇 속에서 국수는 국물과 어울리고

매운 것과 짠 것, 찬 것과 뜨거운 것, 고기와 해물과 야채 등이

모이고 안주하고 싸움하고 화해하고 질투하고

등과 배를 뒤엎으면서 맛의 역사를 만들어가는데,

육지와 바다와 하늘이 자기네 대표들을 파견하고 응원하는데,

시설이란 단지 읽는 것이나 듣는 것으로 그치는 싸구려

가짜 인조문학이 아니고 직접 먹고 맛볼 수 있는

시장기를 채울 수 있는 문학이어야 된다는 생각이 들었습니다.

시설은 언젠가 중국집 메뉴에 오를 날이 올 것입니다.

댁이 평균수명만큼만 살 수 있다면

시를 먹을 날이 올 것입니다. 반드시.

— 대체 시설이란 무엇입니까?

— 시는 우라늄입니다.

거대한 에너지를 생산할 수 있는 우라늄입니다. 그래서

시는 인간의 핵입니다. 이 시라는 핵물질은

인간이 사는 세상과 인간의 주변을 궤도를 그리면서

돌고 있는 얘기의 위성 속에서 발견할 수 있습니다. 따라서

시설은 부분과 전체를, 개인과 국가를,

가운데와 둘레를 함께 얼싸안는 말이요 예술이라 할 수 있습니다.

이 말은, 이 예술은, 지금 무서운 잠재력과 파괴건설적인
에너지를 가지고 인간의 생명을 위해 사용될 날만을
기다리고 있습니다.

— 그렇다면 귀하의 냉귀지는 시설입니까?
— 시설의 시설만을 갖추었을 뿐입니다.
그것은 내 휘파람 소리입니다. 당신도 흥이 움직인다면
거기에 가사를 부치고 나머지는 노래와 바꾸시오.
예술이 건드려서 새로운 것으로 안 바뀐 적이 있습니까?
시설가를 부르는 시인은 자연을 씨앗으로 임신시킵니다.

액션! 작두가 허공을 자르자마자 펼쳐지는 활동사진의 시대.
교황처럼 서서히 비행기에서 내리는 이승만.

친애하는 국민여러분,
내가 나라를 찾느라고 그동안 자주 못 왔습니다.
나라 안에서는 나라를 찾을 수 없어 미국에서도 찾아보고
하와이에서도 찾아보았습니다. 그러나 그 일이 쉽게 되지 아니하고
이마에 주름살만 장만하고 말았습니다.
오늘은 꿈같은 날입니다.
잠이 부족한 늙은이가 꾸는 꿈입니다. 내 쫓겨날 때까지는
다시는 이 땅을 떠나지 않을 것이요
다시는 남의 땅을 밟지 않을 것입니다.
내 오늘 하지 중장을 만나면 하지 감자를 삶아주고

어떻게 해서든지 구어 설마 김구는 만나지 말라고 당부할 것입니다.

나 김구는 게릴라여서 그런지는 몰라도
성이 나면 고릴라처럼 고약합니다.
오랫동안 상해 무대를 주름잡았기에
경무대에 출연하면 왠지 어색하기만 합니다.
샹하이, 샹하이, 두루마기 입고 추는 트위스트처럼.
어희於戱! 정치라는 것은 다 이런 것입니까?
해방 이후로 히트치는 것은 하나도 없고
하는 소리마다 다 모르는 소리라니,
일본 놈들한테 버린 성질 같아서는
당장 경무대로 여우를 사냥하러 가고 싶지만
죽어도 나보다 나이 많이 먹은 늙은이의 손에
죽을 수는 없지 않는가? 내 일찍이 젊었을 때
일본 놈의 손에 죽을 기회를 잃고 말았으니,
내 삶의 영광은 그때 끝장이 난 것 아닌가?
애국자는 비참하게 죽는 사람인가 봅니다.
애국자는 명이 길어서는 못 씁니다.

대통령은 국민이 시키는 것입니까, 아니면
하늘이 시키는 것입니까? 비 내리는 호남선에 올라타
남쪽으로 내려가서 대통령은 국민이 시키고
민심이 뽑는 것이라고 무리한 말을 퍼뜨리러 가다가
엉뚱한 종착역에 내리고 말았으니 대통령은 하늘이

시키는 것이 된 셈이요, 나는 하늘의 희생양이 되고 말았습니다.
나는 하늘을 민주주의의 원수로 만들었습니다.
잘못된 역사의 배후인물로 만들었습니다.

그것은 나 조병옥이도 마찬가지입니다.
매사에는 순서가 있고 사물에는 이치가 있으니 권력도
순서대로 잡아야 되고 순서대로 물려주어야 하며, 또
이치를 보아가며 사용해야 된다고 하지 않았겠습니까?
아무리 그가 적수를 잘 죽이는 명수라고 하지만
그 앞에서 인상 한 번 크게 못 써본다면
어찌 조병옥이라 할 것입니까? 그런데 그 양반에게
그런 쌀쌀함이 있을 줄이야. 글쎄 나보고 쓸데없이
정치무대에 설 것이 아니라 집에 가서 병이나
다스리라는 것입니다. 그러나 나는 암과 싸우고 암보다도
지독한 이승만과 싸울 것이라고 말했죠. 그렇게 도전함으로써만이
그에게 암적인 존재가 됨으로써만이 이 나라 민주주의의
고질적인 암을 치료할 수 있다고 믿었으니까요. 그러나 하늘은,
의사와 같은 하늘은 두 환자를 놓고 하나만을 일으켰으니
그중 일어나지 못했던 자가 바로 나였습니다.

마누라를 잘못 얻은 바람에 출세했고
똑똑한 자식을 둔 바람에 죽었습니다.
권력을 모으는 데 시간이 걸렸지만
아첨은 배우지 않고도 깨우쳤고

각하를 위해서는 염치를 제거해드렸습니다.
내 비록 인격이 부족해 남의 존경과는 인연이 멀었지만
권력만은 넉넉해서 사무실은 깡패들의 사랑방이었습니다.
그들의 충성으로 나라에 무슨 일이 생길 때마다
쥐구멍을 막았습니다. 그런데 정작 사월 달에
막을래야 막을 수 없는 큰 구멍이 터질 줄이야?
나의 내리막길은 너무도 짧았습니다.

부모를 쏴 죽인 놈이 무슨 할 말이 있으리요만은
그것은 그렇게밖에 갚을 수 없는 빚이었습니다.
나는 내게 생명을 준 그들에게 다시 가져가라고
그것을 그 더러운 것을 집어던진 것입니다. 한창 젊은 나이로
다이아몬드 같은 한을 안고 죽는 것도 쉽지는 않습니다만
죽음의 잔치 속에서 오히려 나는 어지러운 행복감을 느꼈습니다.
내가 죽던 날은 나의 생일이었습니다.

도대체 애국은 무엇이며 애국자는 무엇입니까?
나라를 망치는 사람이 애국자 아닙니까? 자기 나라
자기 국민밖에 모르는 사람은 결국은 자기에 미쳐
자기밖에 모르는 사람이 되지 않습니까? 그렇다면
애국자가 섬기는 신은 나라가 아니고 실상은 자기입니다.
자기 사랑이고 자기도취입니다.
독재는 애국자가 자신의 애국을 과신하는 데서 생기니
나는 독재와 애국의 얼굴이 쌍둥이 같은 데 놀라지 않을 수 없습니다.

이승만은 독재자요 애국자였습니다.

이것이 단순한 역설이란 말입니까? 일제 36년간,

이조 오백 년간, 아니 헤아릴 수 없는 긴긴 세월 동안

미움 속에 살아왔습니다. 약자만이 가질 수 있는 미움 말입니다.

그 미움이 있었기에 우리는 온갖 시련을 견딜 수 있었을 것입니다.

우리는 일제 36년간 그 미움을 갈고 닦으며

나라를 찾기 위한 무기로 연마해 왔습니다.

일본을 미워하는 것은 한국을 사랑하는 것이었으니

미움을 사랑의 칼집에 넣고 다닌 셈입니다. 그러자 해방이 되고

장마가 그친 여름하늘이 되었습니다. 오랫동안 시달린 사람들에게는

잃어버린 시간이 다시 시작하는 순간이었습니다.

끊긴 역사의 리듬이 이어지고 쇠약했던 민족혼의 맥박이

박자를 되찾았습니다. 그러나 그토록 놀라운 천지개벽,

새 하늘과 새 땅은 불과 감회의 안개가 걷히기도 전에 사라지고

우리는 모이기만 하면 서로 다투기 시작했습니다.

서로 다툴 뿐만 아니라 일제하에서 일본 놈을 미워하던 그 미움으로

서로를 미워하기 시작했습니다. 미워하는 것이 사랑하는 것이요

사랑하는 것이 미워하는 것이 습관화된 우리는

자신들의 혼동을 정리할 여유도 없이 다툼에서 이겨야 했고,

이기는 일은 그 자체가 애국이자 생존의 문제였습니다.

미움에 익숙해진 우리는 일단 다투기만 하면

남이 하는 일은 다 일본 놈이 하는 짓처럼 눈에 보였고, 미움도

그 강렬한 불꽃 속에서 제2의 원수를, 일본 놈을 수도 없이

만들어내는 것이었습니다. 그래서 애국자들이 모이는 곳에는

우선 다툼이 있었고 미움은 다툼을 비서처럼 뒤따라 다녔으며,
그들의 애국이 크면 클수록 더 큰 이기와 아집이 생기게 되었습니다.
그들은 일제하에서 가슴에 쌓인 미움의 태산을 미처 소각하지 못하고
그것을 동족에 소화시켰으니 해방된 지 불과 얼마 되지 않아
나라가 갈라진 것은 조금도 이상한 일이 아닙니다. 그때부터 지금까지
독재가 연속되는 것은 단지 뿌린 씨앗을 거두는 것에 불과할 따름입니다.
얼마나 많은 사람들이 애국으로 시작해서 독재로 끝났습니까?
이승만으로 시작한 것이 박정희로도 끝나지 않는 이치를 아십니까?
빨간 잉크로 쓴 역사책, 지우려하지 말고 충혈 된 눈으로 읽으시오.

캇! 사일구가 일어나고 경무대를 걷어치운 후
장면은 장면으로 바뀌었다가 그 장면이 독재로 바뀐 것은
다음에 지금 하자고. 그러면 장면은
언제나 영원한 현재로 돌아와서 캇! 하지만
그것은 정말로 괴로운 장면.
얻어맞는 것을 보느니 차라리 얻어맞고 말지.

주먹과 발길질이 떨어지면 뼛속에 타오르는 불
꺼지지 않게 하라. 이놈들아. 너희들이 끼얹는 기름으로
내가 타오른다. 온 나라가 불이 붙을 때까지.
나는 불쏘시개, 꺼져가는 자유의 불쏘시개
아궁이에 타오르는 말이여.

캇! 초생달 눈썹이 지워진 하늘

죽은 어머니가 살아 있는 어린 것을 안으려는데
캇! 지금 어디로 가고 있어? 아니 누가 물어보고 있어?
큰길이 막혔으면 골목길이라도 좋소. 허파에 바람이
들어도 좋소. 운전면허증도 없는 두 다리
부모 허락은 받지 않아도 무방하오. 들어봐 틀어봐
자규인지 재규인지 라디오 소리를.
비바viva! 비가 오고 있어. 염분이 없는 눈물
내 의식의 둥근 다알리아 뿌리, 흙속에 헝클어진 수염
오, 자연의 넌센스. V ㅣ V ㅏ B ㅏ B ㅏ! 룰러. 정치하는 식으로
무작정 무법한 생각을 처리해간다면: 라일락 ― 디라일락
― 오, 마이 마이, 불 꺼진 창, 나의 락Lac
내 마음은 썩어버린 호수요
기름띠 두른 물결을 지국총 지국총 그대 노 저어가오.
차차차 나가는 역사, 뽕짝에 깜짝. 오! 언어의 넌센스!
시혼의 커먼 센스! 독재의 검은 센스!
모든 사물의 조리 부조리 아 모조리!
세계의 지붕 위로 올라가는 상상의 박넝쿨
탐스런 의미의 박 덩어리 절반으로 갈라 창자와 염통을 긁어내고
빈 바가지 만들어 설레는 마음 출렁거리는 호수 물 모두
퍼내리라 마음의 호수가 메마른 마음속에 그대가 노 저어 오도록.
내 마음은 호수요 드러난 밑바닥이요 경고도 사랑이요
경제개발 오개년 계획, 단계를 위한 단계, 목포의 눈물은
아직도 안 말랐단 말인가? 광주의 눈물이 금지곡이라고?
접속곡으로 부르려고 했더니 시민의 목쉰 노래 아물거리고

나는 6월 29일 항복했습니다. 7년 후에.

일구야 일구야 야호 …… 메아리야.
일구야 백구야 정몽주야 훨훨 날아가거라,
까마귀가 날아온다. 까마득한 하늘에서 마귀가
날아온다. 일구야 캬오, 일구야 캬오! 일구를 찾는
계모의 음성이다. 한여름 빨랫줄 같은 성대
찬바람의 외줄 기타, 사랑도 아니고 미움도 아닌
모호한 것의 어중간한 사이에서 불어오는
부름, 윙윙, 마치 친절같이. 카랑한 음파 속에
실려오는 독과 꿀, 가시와 반창고, 실로 난
이 목소리가 무서워요. 고막을 틀어막을 초도 없는데,
아담! 네! 여기 라일락 그늘 속에서 숨어있나이다.
토끼 새끼로 변했나이다.

— 일구 어디 있니?

가요. 안가요가 가요대행진
재미없어 꺼버려
다른 데로 돌리든가.
짜증과 애정 사이엔 깊숙한 모호성의 골짜기가 있다.
계모의 아리아와 일구의 메아리 대답은 늘 여기에서 만들어진다.

— 일구야! 일구아가!

아직도 현실이 나를 부른단 말인가?

초청장이야 독촉장이야? 내가 김대중인가?

여기 있어요. 어제든지, 그런데 Why요?

Pourquoi?[1] 부르기만 하고 알아듣지 못하는 사람아,

왜 불렀구와? 썩어버린 호수를 바라본들 무엇하랴?

아니 썩어버린 호소던가? 어쨌든 물러가라 물러가라

생각은 영차영차 물러가라 냄새처럼 사라져라.

자 파도의 돗자리를 말아들고 거울이 깨진다고

얼굴조차 깨질 소녀? 밖에 가마는 준비 됐으렷다.

안으로 들어가자. 그렇다면 다시 내 마음은 사정없는

반복이요 호수요, 그대는 — 허나 한 번 깨지고 나면

— 오오 노오오오 노오오오 비록 흔적 없는 물일지라도

처녀성만은 회복할 수 없으리라. 강간당한 호수의 요정,

제기럴 그대여, 물위의 나비여, 오오 솔레미오.

설레설레 고개를, 노노 예스예스 아이 러브 유는 사랑유.

사랑해 당신을, 당신을 사랑해. 순서가 바뀌어도

상관없는 말 아니 노래.

죽어 묘 자리만한 둥그런 상에 식구 네 식구

둘러앉는다. 초가집 울타리처럼. 아버지 어머니 일구 일육,

애비 어미 자식새끼 밥을 놓고 강강수월레.

바다바다 수업료.

삼일: (일구를 향해) 오늘이 네 생일인 것을 알고 있니?

일구:그래서 아침 새벽부터 옆 교회당에서 찬송가 부르는 소리가

　　시끄럽게 들렸군요. 혹시 택시에서 내려

　　길 물어보는 사람 없었나요?

현실:네가 좋아하는 시루떡 좀 찌고 미역국을 끓였는데 많이 들어라.

일구:미윗국요? 나는 이래 뵈도 입맛이 까다로운 귀신이요.

　　뱀처럼 갈라진 혓바닥으로 맛을 보지요. 한 가닥 혀로는

　　야옹 눈을 가리고 고양이처럼 날름날름. 칸트를 두 번 읽을 수 있어

　　당신의 정체를 잡으려고.

현실:뭘 생각하니? 어서 먹지 않고?

일구:어서 죽지 않고? 젓갈이 쩩짝인데요?

현실:쩩짝은 짝쩩으로 바꾸면 되지 않니?

일구:그러려면 헌법부터 바꿔야지요. 아니면 지방자치제든가.

일구는 건네주는 젓가락을 받아들고 잠깐 유심히 살펴본

다음 상위를 세 번 두들겨 길이를 모으고

주사위만한 빨간 깍두기 하나를 집었다.

상투 자른 대가리 같은 깍두기, 논산훈련소에 우글거리는 것들.

일육:그렇다면 내가 형의 생일이 사실인지 참말인지

　　한번 운을 떼어볼까?

일구:총각 딱지를 떼 주겠다고? 불러라, 삿갓이 모자라면.

일육:먹자요.

일구:오늘이 바로 떡국 먹는 날이렷다.

일육:먹자요.

일구: 멱자를 던지기에 앞서

일육: 멱!

일구: 그것을 아느냐 모르느냐?

일육: 멱자요.

일구: 내가 멱자에 막힌다면

일육: 멱자요.

일구: 너보다도 일찍 멱국을 먹지 않았으리라.

일육: 멱!

일구: 그래도 멱자 놀음이냐?

일육: 멱!

일구: 할 수 없이 멱자를 받아드니

일육: 멱!

일구: 멱자란 말만 들어도 지겹고

일육: 멱!

일구: 진땀으로 멱을 감는구나.

일육: 멱!

일구: 전생에 멱자와 무슨 원수를 졌길래

일육: 멱!

일구: 너는 멱자만 불러대니

일육: 멱!

일구: 네놈의 멱살을 잡고 목을 졸라야

일육: 멱!

일구: 멱 소리를 그치난다?

일육: 멱!

일구: 정녕 멱자 귀신이 붙지 않았다면

일육: 멱!

일구: 멱자 자손임이 분명하니

일육: 멱!

일구: 조상을 닮아 피로 멱을 감고

일육: 멱!

일구: 형님의 멱국마저 식히는구나.

일육: 멱!

일구: 그래도 끝까지 멱이라 하겠느냐?

일육: 멱!

일구: 없다고 막莫하는데 덮자고 멱冪하다니

일육: 멱!

일구: 죽을 때도 멱하고 죽을 놈아! 네 세모난 스핑크스.

　　대가리가 삿갓에 맞아 떨어지다니 멱숨이란

　　그렇게 끝나는 것이렷다. 네 발 달린 것이 두 발이 됐다.

　　세 발로 걷는 것은 다 그렇게 허무하게 끝나는 것이렷다.

　　네 놈이 멱자 수수께끼를 가지고 얼마나 사람을 잡아먹었으면

　　그걸 하나 푼 걸 가지고 사람들이 나를 왕이라 하겠느냐.

　　내 눈알이 눈 속에 박혀 있는 한 나는 왕 눈깔을 뜨고

　　잘못을 흘겨보리라.

일육: 말에서 화약 냄새가 나서 좋아. 실탄이 떨어질 때까지 쏘라고

　　무차별 사격으로 멱자를 명중시켜 떨어뜨렸으니 떨어진 것은

　　싹이 나는 법이고 싹튼 것은 때가 되면 생일을 갖게 되는 법이니

　　오늘이 틀림없는 사일구렷다. 대가리 수를 점호할 수 없던 날,

팔다리를 무리하게 쓰고 목청을 유난히 혹사시켰던 날.
깡패들이 다 두들겨 맞았던 이상하고 말이 안 되는 오늘이 바로
그 날이었던가? 그렇다면 생일을 축하해 축포와 대포를
발사할 수밖에 없는데, 황금과 유황과 몰약이 어디 있더라?

일구: 뭐야. 굵은 똥과 양잿물과 쥐약을 선물로 받으라고?
천사들이 그렇게 시키더냐? 어깨의 별을 쫓아온 놈이
마구간이 구린 내가 난다고 코가 시키는 대로 말한단 말이냐?
멋 적은 놈 같으니라고. 뭐 생일을 축하해 대포를 쏴? 사랑해
쌈도 않고 헤어지자고? 예예예예 사분의 사박자 차라리 죽자.
죽음에 죽음을 올려놓고 아득한 지평선으로 나누면 0 역시 죽음이
라 그것을 다시 수많은 물결로 나누면 제로라, 죽음이라. 천재적인
죽음의 수학자, 일구 공식 1+9 =0 그러나 1×9=9 일구는 역시 일구.
일구의 혁명공식으로 일육을 풀면 1+6 =7.
억세게 운이 좋은 놈 오 일육.

일육: 천만에 우연에 필연을 더한 것이 행운이지.

일구: 한 개의 우연이 여섯 개의 필연과 손을 잡으니 북두칠성이 되었다
이거구나. 그렇다면 원래 축하는 남의 것을 네 것으로 만들어
네 것인데 임자가 수상한 것을 가지라니 그런 것을 받고
웃으란 말이냐 울란 말이냐?
하나는 어리석고 하나는 어림없으니
지평선을 걷어차 봐라. 끄떡이나 하는가.

일육: 정말 내가 군화발로 한번 차볼까?

일구: 군화발이 아니라 네놈의 탱크 발톱까지 깎아주지.
일구의 혁명공식에 대입이 잘못되어 나라에 커다란 불운을

가져왔으니, 내 본래 벌레가 아닌 이상 어찌 책만 갉아먹고
있으리. 당장 시험지에 적은 주초위왕走肖爲王을
다시 고쳐 쓰리라.

일육: 그래야지. 목복위왕木卜爲王으로.

일구: 운명의 공식에 의하면 너와 나는 1988년에 다시 만나게 되어 있어.
우리의 만남은 우연이 아니야. 88에 19와 16이 팽팽히 맞서는데
내가 너의 6을 거꾸로 돌려놓을 수 있다면 너는 바로
내가 되는 거야. 즉 네 잘못의 목을 비틀면 평화가 오는 것이야.

일육: 천만에 그렇게는 안 될 걸. 나의 6은 아직 두 개가 모자라지만
지금은 하나만으로도 충분해. 점호시간 6시가
9시가 되는 일은 없지. 되지도 않는 늦잠일랑 꿈도 꾸지마.
애급에서 가나안까지 거리가 40년이야. 1988년에 기적을 비는
사람들에게 말해두겠는데 내 실망의 신기록을 수립해주지.
나의 6은 아직도 88하게 살아 움직이고 있으니까.

일구: 그것이 사실이라면, 나 일구는 서둘러 나의 죽음을 계산할 수밖에.
1+9=0 사일구死一九. 이것이 내 장례식 비용이라면 몰라도
누군가에게 장가를 들기 전에는 영락없이 죽은 목숨이구나.
에라 때려 큰 것으로 잘 주라구. 갑오경장이라.
제기랄 색시마저 죽음일 줄이야.

일육: 함께 묻어주지. 공동묘지에 합장으로. 나도 계산을 해본다면,
총알과 최루탄에다 그것들의 빈 껍질이라. 0+0=0. 공중에 쌓은
재고와 땅에 모은 재고가 제로라니 보이는 것은 제로요 재로 변하니
나 또한 죽지 않는가. 하긴 죽으면 훈장이지만 병정놀음에서 승리하고
화투나 꽃놀이의 전투에서 이긴 내가, 무대를 독차지한 내가 갑자기

무대가 되다니, 중천의 제로로 석양하다니, 에라 나도 때려

빠타방망이로 아니면 고사포나 박격포로

한 번 서보자. 키 크게 자 — 일곱이라.

잘하면 살 수도 있겠구나.

일구:남을 죽이고 무사하다면야?

일육:죽을 사람이 큰소리치는 거야?

일구:살기 위해 큰소리가 뭐가 나쁘냐?

삼일:밥상을 놓고 무슨 짓들이냐? 투정을 부리는 거냐

　　욕심을 부리는 거냐? 사람 고기가 없어 불만이냐?

일구:잘 들어오셨습니다, 쐐기처럼 단단하게.

일육:나는 생일을 축하한다고 말했을 뿐입니다.

　　내가 죽인 것은 겨우 이백 명인데 거기에다 제로와 밥풀을 붙여

　　이천 명이라니 바람에 펄럭이는 혓바닥의 표적을 쏴야 옳습니까

　　아니면 기다려야 합니까? 어쨌든 낭비이긴 하지만 한 번 쏘긴

　　쏴야 되는 것 아닙니까? 아직 월급은 못 탔지만. 어차피

　　정치적 보복은 있을 수 없으니까요.

일구:그게 소리는 국산이지만 의미는 미제죠.

　　꼭 남의 연장을 빌려 쓴 것 같지 않습니까?

일육:의미가 미제라면 품질이 좋아 시비가 없을 것인데 혹시

　　음향까지 미제를 원하는 게 아닐까요? 좋아 문호개방이다

　　시장개방이다 해피 버스 데이다. 과외공부 통행금지는

　　진즉 없어졌고, 그렇다면

　　내가 헐레벌떡 허락하지.

일구:흠, 이제 하필이면 버스의 날이구나. 그러면 내 날은 언제인고?

오라이. 그래도 고막에 충격과 진동만 없으면 우리 고운 말이라
하겠으나, 문제는, ㅇ, ㅏ, 또 하나의 같은 문제는 발음을 앵무새에게
배운데다 틀니를 통해 나오니 틀리지 않느냐. 이쑤시개에는
피만 묻어 나오는구나.
육사는 골프만 가르치고 영어는 안 가르치느냐?
아버지 가방에 들어가시는 것도 몰라? 007 같은 놈 같으니라고.
히트치는 바람에 또 나오고 또 나오고 성만 바꿔서.
올림픽을 돌림픽인 줄 알다니.
일육:내 발음이 끼워 박은 틀니라니, 말 잘못했다간 생니까지 뽑히겠군.
영문학도 세금거두는 것까지는 좋으나 남을 중상모략하고
선동비방하다니 이것은 분명히 선거법 위반이 아닌가?
아니 보안법 위반인가? 도대체 내 해피 버스 데이의 사대삭신
오장육부 엔진 발동 중 어디가 잘못됐다는 거야?
일구:알고만 싶으신지 아니면 고치고 싶으신지?
내 말 속에 사천만의 진단서가 첨부되어 있어.
내가 세치 핀셋으로 끄집어내는 것은.
현실:아이고 또 시작이구나 그 끝도 없는 시작이야.
국 식어요 국 식어.
일구:국식國蝕어요?
현실:송충이가 온 나라 소나무를 다 갉아먹는다니까.
해가 달을 다 먹어치운다니까. 달달이.
일구:파업에 임금인상에 수출부진에 무역규제, 무엇보다도
선거 혼란 공약 남발에 국 식는다. 입맛조차 부진하면
너를 가만두지 않으리. 투표로 대롱대롱 목을 매달아

죽일 테니까. 그리고 역사에 암매장하고 길거리 어린애가

　　　나팔을 불면 보복이 시작된 줄 알라.

현실:국 식어요, 국 식어. 녹이 쇠를 먹는다니까.

　　　개미가 기둥 갉아 먹는다니까.

일육:지금 시신을 어디에 방치했죠? 연금에서 풀어줘도 돼요.

현실:국이 식으면 입맛이 어떻게 되는 줄 알지? 대학생이니까.

일육:식어야 먹기가 좋죠. 별들에게 물어보세요.

　　　무궁화에게 물어보세요. 아니 밥풀에게 작대기에게

　　　안 그런지, 그런지, 내가 보통 사람인지

　　　아닌지. 그래 세치 자동소총으로 갈겨대는 것은?

일구:뭐야? 국이 식어야 먹기가 좋아? 송충이란 놈이 반도 강산을

　　　다 갉어 먹어버릴 판인데 나무와 나라를 나무나라처럼

　　　걱정하지 말라 이거야? 제주도 귤 밭을 다 사놓고

　　　오렌지 향기가 어떻다고? 송충이 같은 녀석 같으니라고.

　　　솔 바늘로 쪼아 줄까보다. 벌집을 만들든지.

일육:말꼬리를 어디로 돌리는 거야?

일구:말로 돌리지, 너는 국이 식어야 좋다지만

　　　나는 뜨거워야 좋더라.

　　　나라가 화끈하게 달아올라야 살맛이 나지

　　　식어버리면 살맛이 안나. 살맛이 안 나면 먹을 맛도 안 나고.

　　　떡국같이.

삼일:그만해라 그만해 매일같이 상을 사이에 두고

　　　살벌한 눈총을 발사하면 어떻게 하겠다는 거냐?

　　　같은 그릇 속에 숟갈과 젓갈을 담그면서 구수한 김치찌개로부터

배운 것이 고작 이것이더냐? 너와 나 사이에 놓인
썩은 철로를 걷어낼 수 없다면, 적어도 민족 전체가 올리는
제사상을 뒤엎지는 말아야지. 통일은커녕 단일화도 못하다니
한국 정치는 말 못하는 시대에서 말이 안 되는 시대로
접어들었단 말인가? 상에 놓인 음식을 식혀버린 죄가
어떤 것인지 알고 있느냐? 무능한 것들, 무능한 것들 같으니라고!
일구:죄송합니다.

갯벌에 기어 나온 조개처럼 일구는 나지막이 중얼거렸다.
창자 속에 있는 진주가 아팠다.

일육: 말꼬리가 어떻다고? 나 아직 안 끝났어. 임기가 아직 멀었어.
　　삼선하고 개헌하고 유신하면 종신하는데, 무슨 소리야?

일육은 삼일에겐 아랑곳없이 다시 일구를 노려본다.
일구로부터 반응이 없자 다시 시작되는 일육의 도발이다.
일육은 말의 끝장을 볼 심산이다. 달려도 달려도 끝없는
말의 지평선을 말달려 가잔다.

일구:넌 왜 그렇게 말꼬리가 길어?
　　말 등을 타고 달리니 아니면 꼬리를 잡고 달리니?
　　뭘 말하고자 비약조차 거부하는 거야? 바로 꼬리 밑에
　　냄새 풍기면서 떨어지는 마침표도 못 봐? 몸통이
　　달아난 지가 언제인데 아직도 꼬리만 찾고 있다니. 도대체

그것이 뭐냐? 올챙이 꼬리야 개구리 꼬리야 아니면

조상 때 잃어버렸던 원숭이 꼬리야?

일육: 뭐?

일구: 아버지가 그만두라고 그러시지 않니? 감히

부자무친하다니, 삼가오륜 알아 몰라?

세 개의 그물로 잡아 쳐 다섯 개의 바퀴에다 명태처럼

널어 말릴까보다. 넌 그 성격 좀 고쳐야겠어. 걸핏하면

무력도발적인 것 말이다. 탱크 밀고 쳐들어오면 내 연약한

한강다리가 후들후들 떨린단 말이다. V자보다 P자를

더 좋아해봐. 승리보다 평화를, 그래야 네가 장차

VIP가 되는 거야. 알았어? 한 번만 더 그러면 동대문 평화시장에

요셉마냥 팔아버릴까 보다. 서대문 감옥에서

18마리 황소 꿈이나 꾸게. 그때야 너는 염라대왕의

총리대신이 될 수 있어. 백성들을 먹여 살리고, 또한

굶어죽이지만 말라든가. 정치적인 꿈에 종교적인 해석,

나는 거국내각의 총리대신인데 너의 형인 일구 때리고 와.

왜 이렇게 목이 잠기고 눈물이 나지?

내 이사야의 혓바닥을 빌어 예언하리니

예레미아의 쉰 목소리로 부르짖나니

검은머리 갈색 눈동자의 이스라엘 위에 진노한 신이

송곳 같은 눈초리로 강토의 방방곡곡을 찌르리라.

가뭄에 목 타는 땅의 혓바닥에 이슬 한 방울 떨어뜨리지 않으리라.

거인 골리앗은 연약한 다윗의 돌팔매를 잡아채고

그의 등짝을 짓밟으리라.

오소서 오소서 노래 소리 어스레한 삼각산 골짜기에 울려 퍼지는데

나지막 흐린 하늘엔 마른 천둥만 불만스럽게 으르렁대리라.

내 음성인 줄 알라, 모세의 석판을 태운 내 음성인줄 알라.

내 거룩한 땅에서 신발을 벗지 못할까? 꼬랑내!

내 창조를 모독하는 것들 같으니라고. 너희들을 광야로

내쫓으리라. 바람과 모래만이 사는 광야로.

평화의 샘물을 마시기가 얼마나 어려운지 알리라.

거기 바로와 스핑크스의 쓰린 과거를 등에 업고 기약 없는

방랑의 삶을 살리라. 허리를 삼베 끈으로 동여맨 채

분쟁과 질투의 삶을 살리라. 자유의 집을 짓고

돌아오지 않는 다리를 바라보며 하염없이 눈물을 흘리리라.

그만, 그만! 감상적인 민족 같으니라고.

삼류 정치 쇼를 보러 거리로 나왔더냐? 역사의 강물에 떠가는

꽃상여를 보러 나왔더냐? 달려가서 말없는 무덤이라도 짓밟아라.

잔디라도 쥐어뜯으라. 그러나 제발 손수건만은 꺼내지 말라.

입술 없는 해골이 흰 이빨을 드러내고 썩은 웃음을 웃으리라.

제발 가랑빌랑은 오지 말아라.

그래도 가랑비가 가랑비가 — 제기랄.

소리도 없이 식사가 끝났다.

궂은날 소풍가서 밥 먹는 기분이었다.

영 — 입맛이 — 기분이 — 에이 — 어머니는 상을 내가고

아버지는 이쑤시개를 집어들고, 일구와 일육은 서로를
쳐다보았다. 힐끗, 방문 한 번 들랑거려보지 못한 채 권총만
만지작거리다 식사가 끝난 것이 원통하였다. 잿밥만 신경 쓰다
염불이 끝난 것이 허무했다. 기도 대신 담판만 하다가
미사가 끝난 것이 가슴을 무겁게 눌러온다.
Am I my brother's keeper?[2] 항변의 회오리바람이
하늘로 올라간다. 너는 죽어 마땅하리라. 얄미운 아벨이여,
광주에 날뛰는 살인마여, 천만 근 소중한 대중의 적이여,
이 무거운 미움의 돌덩어리를 받으라.
이 뜨거운 질투의 불덩어리를 받으라.
거룩한 신의 형상을 살리기 위해 짐승의 형상을 죽이리라.
인권을 살리기 위해 정권을 죽이리라.
악마를 미워함으로 천사가 되리라. 네게 못 박혀 죽은
민주주의는 장사한 지 사흘 만에 다시 일어나
너의 독재를 심판하시리라. 그리하여 한국식 민주주의를
내쫓으리라. 만세 만세 할렐루야, 정녕 그날이 속히 오리라.
그날이 흰 두루마기를 걸치고 눈앞에 비치리라.
카메라, 필름 그리고 플래시!

잠깐 잠깐! 여보시오 이거 보시오.
당신 지금 무슨 소리를 하고 있는 거요?
이게 도대체 소설이요 시요 아니면 노래요?
이게 도대체 기도요 예언이요 아니면 정감록이요?

독자 여러분, 하늘의 별들 여러분, 바다의 모래 여러분,

나는 한국 문학을 폐하러 온 것이 아니요 살리려온 것입니다.

진정코 여러분들께 말씀하노니, 한국 문학이 양심과 이상으로

거듭나지 않는 한 결코 참다운 예술이 될 수 없을 것입니다.

나는 정치와 예술 사이에 화평보다도 검을 주러 왔습니다.

예술을 사랑하는 자마다 예술의 십자가를 짊어지고 추구하십시오.

어떤 글은 검열의 가시에 걸리고 어떤 글은 무지의 돌밭 위에 떨어지나

더러는 깨닫는 자의 감사한 마음의 옥토에 떨어지기도 할 것입니다.

그러면서도 늘상 쟁반 위에 담긴 자기의 모가지를 꿈꾸곤 합니다.

나는 그런 작가가 아닙니다. 나는 그런 작가가 아닙니다. 나는

그런 작가가 아니란 말이요. 닭이 울기도 전에 그들 앞에서

세 번이나 예술을 부인합니다. 계집종만큼이나 무서운 형사였습니다.

그것을 생각하고 한없이 흐느껴 웁니다. 그리하여 예술가는 예술의

십자가에 거꾸로 매달려 죽어갑니다. 사람들은 그때야 그것이 참다운

시요 소설이요 노래였음을 알게 됩니다. 사람들은 그때야 그것이

기도요 예언이요 정감록이었음을 믿게 됩니다.

현실: 일구야 밥 다 먹었으면 그만 일어나 네 방으로 건너가든지 해라.

　　　밥을 먹은 사람이 어찌 힘이 없어 보이니?

　　　불을 땠으면 방이 더워져야지, 표정은 하는 짓의 반대이니 —

　　　그만 일어나라 일육이 너도. (계모 현실이

　　　가을바람 낙엽 거둬가듯 슬슬 일어나 상을 치우기 시작한다.)

일구: 아직도 비가 내리나? 세상은 뚜껑이 열린 관.

　　　내 귓속에 쟁쟁한 1982개의 못 박는 소리

오늘이 사일구, 살구 죽자지. 잔인한 달에 벌써

19개의 못 자국, 쾅! 쾅!

일육:무슨 말이 암호도 안 대고 이빨 사이를 통과했어?

일구:쾅쾅이.

일육:쾅쾅?

일구:너 그렇게 무지한 질문으로 생각하는 로댕의 뒤통수를

쾅쾅 두들길 셈이냐? 쾅쾅 관 못질할 셈이냐?

일육:발길로 걷어차는 것보담이야 낫지.

일구:무지하고 요사스런 자식 같으니라고.

발길로 생각하는 사람을 걷어차 폼을 흐트려?

어떻게 잡은 폼인데 어떻게 집합시킨 근육인데

멋대로 해산을 시켜? 그래도 발길로 캉캉,

캉캉을 캉캉, 폴카를 볼가이냐?

누구의 혓바닥으로 구두창을 갈았기에

발길이 귀신이 붙어 천장을 차는고?

사천만 관중의 팔천만 개 눈동자를 가랑이 속에 끼고서

씹팔 년간 정치 무대에서 캉캉, 탕탕 총소리 신호 울릴 때까지

딴따라 딴따라 끊이지 않는 딴따라들의 딴따라 리듬,

부패와 탐욕의 혼탁한 박자와 박수,

안개 낀 체념의 아침에 햇살이라도 들면 더욱 서글픈

아리아리 닐리리아 닐리리아.

발길로 차거라 발길로 차 캉캉 설움의 땅 차라리 뉴욕으로

상해로 알로하 전라도 하와이로, 거기서 그동안 통조림한

불만이나 모조리 까먹어라 사람이여 다람쥐 하여라.
일육: 이민 가실 작정이신가보지? 외환은행에다 달라시장 뒷골목에다
　　　복덕방에다 병원 엑스레이에다 신원조회에다 대서소에다
　　　계약서에다 동사무소에다 호적초본에다 인감도장 꽝꽝
　　　갈려면 캄캄할 때 가라고 내가 숨어서 보고 있을 테니까.
　　　이민 가실 작정인가 보지? 아메리칸 드림인지 뭔지를 찾아.
일구: 누군가 초청장에다 네온사인처럼 휘황찬란한 서명만 해준다면 ―
　　　살기 어려운 나라에 있어봤자 살기 어려움밖에 없고,
　　　살기 어려운 나라를 살기 쉽게 하자니 더욱 살기 어렵고,
　　　그러니 이민은 막다른 골목이고 추방이야. 이민은 언제나
　　　핑계요 형식이지.
일육: 추방이라니? 아니 누가 내쫓기라도 한단 말야?
일구: 물고기보고 육지에서 살라는 것은 추방이나 같은 의미야.
　　　자유가 가물어서 내 동태가 명태가 됐어.
일육: 그럴수록 달아나지 말고 싸워야지.
일구: 달아나지 말고 싸워? 무슨 소리야 달아나면서 싸워야지.
　　　길거리마다 상해 임시정부를 세워야지. 방망이와 발길질을
　　　가만히 서서 기다리란 말이냐? 가만 앉아서 온몸에 칭칭
　　　전기 실 꾸러미를 감어? 그 문제에 대해서는 종철이가
　　　이미 종을 쳤어.
일육: 내 말은 자유가 중요하다면 성명보다도 생명을 걸고
　　　갈퀴처럼 싸우라는 거지.
일구: 쉬운 게 말이라더니 안락의자에 걸터앉듯이 말하는구나.
　　　생명을 걸어? 누구 생명을? 어느 재수 없는 놈의 생명 말이냐?

생명을 중히 여기는 자가 생명을 살린다는 것 몰라?

제 것이든 남의 것이든 생명에 관계되는 문제면

말이 참 귀하다 싶게 얘기 좀 해봐.

일육: 생명에 관한 문제라면 나는 명령을 따를 뿐. 방아쇠에서 손가락이

일 센티쯤 움직인 걸 가지고 ― 그러나 저러나 이가 공비처럼

침투했나? 온몸 구석구석이 가렵고 타오르니.

일구: 왕 중의 왕에게 쫓겨난 병중의 병이 심장 한 가운데

정권을 잡게 되면 제일 먼저 나타나는 증세와 후유증이

바로 그것이지. 멀쩡하다가도 심각한 소리를 들으면

불붙은 종이쪽지처럼 타 오그라지지. 너의 '형' 소리처럼.

일육: '형' 소리라니?

일구: 말꼬리로 꼬리곰탕을 해먹겠다던 놈이

벌써 그것을 잊었단 말이냐?

형 생일을 축하해란 말 말야.

일육: 그게 도대체 어떻다는 거야?

일구: 네가 형 소리를 어떻게 발음했는지 알아?

일육: 형을 총소리같이 형이라고 했지 어떻게 발사했다는 거야?

일구: 빗나가고 있다는 거지. 원래 말이란 점잖은 말이란

목구멍에 대기하고 있다가 입술의 대문이 열리면

혓바닥이 가마를 태워 서서히 밖으로 나가는 것이거늘,

너는 그런 수속절차를 무시하고 쏜살같이 행차하니

입술의 대문이 미처 열리지 않는 날이면 콧구멍 속으로 올라가

굴뚝연기처럼 검뎅이를 뒤집어쓰고 빠져나오기가 일쑤라 이거야.

그러니 그 말의 꼴과 소리가 감히 형이란 말의 위엄을

갖출 수가 있겠느냐 하는 말이다. 아직도 계속 통화중이냐?

흥이 아니고 형이란 말이야 이 흥부야 형, 형,

놀부의 말이 언제 틀린 적 있느냐?

일육: 말이 되는 소리를 해. 야당처럼 뒤집어씌우기야?

밥풀 묻은 주걱으로 때려야 맞아주지.

일구: 울면서 먹게? 그런 식으로 이 문제에서 도피이민할 작정이냐?

네 여권은 내가 갖고 있어. 이마에 도장을 찍고 싶거든 다시 한 번

날 불러봐. 너를 시험하기 위해서가 아니고 합격을 위해서도 아니고

오직 저울추 같은 공정한 판단을 위해서.

일육: 뭘 말야? 형이라고? 연병장이 떠나가도록 복창하지. 형.

일구: 흥, 역시 천안삼거리야. 귀는 물론이요

눈 코 털구멍 열 수 있는 것은 다 열고 들어도

안테나를 뽑고 채널을 맞춰도, 역시! 다시! 우리 역사 같이!

일육: 흥이란 말이지?

일구: 흥이야. 콧속의 미끄럼틀을 타고 내려온 소리란 말야.

예언하고 여론 조사했던 결과 그대로지. 그래서 말이다.

어떤 목마른 말[3]이 떡국을 들이키고 하늘을 향해 흥흥흥

houyhnhnm 울고 있다. 들어 보아라 흥부야 이것은

삼국유사 어딘가에 곰팡이와 먼지처럼 묻어 있는 이야기인데,

모처럼 햇살에 내다 말린다면, 옛날 어떤 여인이

떡국을 먹고 오리알을 낳았더란다.

사람이 오리알을 낳는 것은 이상한 일이지만,

옛날에는 흔히 있을 수 있는 일이었더란다. 그런데 이 오리알은

보통 오리알이 아니고 황금으로 된 오리알이었다.

그것을 보면 경이감과 욕심이 동시에 일어났다.

한편 여인은 배꼽이 없는 황금 오리알을 놓고 갈대처럼

고민의 늪 속에 빠졌다. 모양은 영락없는 오리알인데

실체는 황금덩어리이고 또 그것을 오리알이라고 하자니

그것을 낳은 자신이 오리새끼가 아닌 바에야

차마 그렇게 부를 수는 없는 일이었다. 그렇다고

그것을 사람의 알이라고 부른단 말인가? 세상에

알 낳는 사람도 있단 말인가? 알을 낳는 나는 누구인가?

사람인가, 광산인가? 아니면 신인가? 여인은 마침내

동네 사람들을 불러 금란의 출산을 고백하게 되었다.

동네 사람들의 의견은 그야말로 동서남북이었다.

겉모양과 형식이 중요한 사람들에게 있어

포대기에 놓인 그것은 오리알이었고

내용이 중요한 사람들에게 있어서는 황금덩어리였다.

그리고 그것의 내력과 의미가 중요한 사람들에게는

과학이나 자연법칙과는 상관없이 그것은 사람의 알이었다.

또 어떤 사람은 판단하기에 바쁘고 어떤 사람은 분석하기에

바빴다. 모두가 몰려들어 각자 나침반 같은 의견을 제시하고 있는데

때마침 고승 한 사람이 동네를 지나가게 되었다. 발을 멈추고

사건의 경위를 듣고 난 고승은 갑자기 큰소리로 외쳤다.

그것은 신의 아들이요, 신은 아들을 낳아 사람에게 주나니

인간의 태가 오랜만에 신의 사랑을 열매 맺었구나.

고승의 말은 참으로 그럴듯했다. 햇빛에 번뜩이는 머리에서

툭 튀어나온 지혜였으니, 그 말을 제일 먼저 믿는 이는 어머니요

그 다음은 그녀의 일가친척이었다. 그러나 오리알은 소위 말하는
말이요 육신이었다. 허나 그 말을 믿지 않는 자들이 있었으니
그들은 제일 가까이 사는 이웃이요 끝까지 믿지 않는 이는
나라의 임금이었다. 임금에게 있어 말은 그저 말에 불과한 말이었다.
그래서 가끔씩 사람을 죽이거나 살을 찢어도 작가가
원고지를 찢는 것처럼 아무렇지도 않았다. 피가 안 나니까.

이 뜻밖에 태어난 오리알을 어떻게 할 것인가? ― 오리알이라니?
신의 아들이 아니면 적어도 사람의 아들이라니까?
신학도 몰라?
오리알인지 신의 아들인지 사람의 알인지 아들인지
어느 것인지는 몰라도 아무튼 이것은 골칫거리였다. 나라 조정은
의견이 분분했고 동네 마을은 소문이 파다했다.
아들을 낳으면 아들이 아니고 알인가 살펴보는 사람이 생기고,
그 여인처럼 황금 오리알을 임신하려는 성모지망생들이 수없이
생겼다. 그래서 번번이 알을 못 낳을 때마다 자신은 신이 아니고
그의 부인도 아니고 점찍은 여자도 아니고
다만 여자임을 알았다는 섭섭한 말을 낳을 뿐이었다.
여자들이 죽어지내고 암탉이 안 울어서
집안과 나라가 두루 평안하던 시대에 오리알사건은 텔레비전처럼
안방을 침입함으로써 나라는 혼란에 빠지기 시작했다. 더욱이
남자들은 왜 신의 알을 배게 해주지 않느냐는 동정녀들의
불편불만을 더 이상 견딜 수 없었고 자기도 모르는 사이에
신과 라이벌이 되어 미워하게 되니 종교생활은 물론

정신건강도 말이 아니었다.

어느 날 드디어 조정은 중대회의를 소집한 끝에
오리알을 낳은 여자를 잡아오기로 결정했다. 이것이
소위 말하는 「오리알사건 비상대책 긴급회의」라는 것인데,
여자를 잡아들이는 이유인즉, 인간으로서 감히 오리알을
낳았으니 오리만도 못하고 인간의 존엄을 크게 상실시켰을
뿐만 아니라 무엇보다도 오리알을 낳음으로서 사회적
혼란을 낳았으니 거기에 해당되는 죄는 인간의 법은 물론
금수에 관한 법을 적용시켜 처벌해야 마땅하다는 것이었다.
임금의 말이면 다였던 그 세상, 남자가 임금이었던 시대
그때 그 여자는, 틀림없이 사람이었던 그 여자는 사람들 앞에서
온몸의 위엄과 깃털을 뽑히면서 비참한 죽음을 당하게 되었다.
또한 과거의 아들인 오리알 역시 강제로 압수당해 낙동강 어디엔가
버려지고 말았는데, 철새와 물새들이 박물관 구경꾼들처럼
떼 지어 몰려들었다던가? 그때부터 얘기는 전설로 변할 수밖에
없는데 — 어떻게 되었는지 아무도 모르니까 — 일설에 의하면
낙동강이 키워주고 백사장이 품에 안아 키웠다는 말이 전해지고
있을 뿐. 신의 아들은 신이 키우는 것인가? 그래서 말이다.
우리가 가끔 쓰는 낙동강 오리알이란 말은 알고 보면 옛날에 이런
기막힌 사연을 갖고 있다는 거야. 지금은 누가 그것을,
그 오리알을 알리오?

일육:삼국유사 어느 구석에 그런 먼지가 끼어 있어?

일구:등잔 밑이 아니면 눈썹 밑이지. 삼국유사란 세 나라, 즉
　　한중일의 얘기가 비슷하다는 이야기야. 얘기는 진실과
　　비슷하기만 하면 돼. 그리스토텔레스에 의하면 얘기는
　　진실에 대한 가능성이 진실 자체보다 더 중요하다는 거야.
　　그러니 오리알사건이 있었건 없었건 그 사실이
　　무슨 상관이 있단 말이야?
일육:그거야 그렇지. 사실은 만들고 조작하는 것이니까.
　　역사는 뜯어 맞추는 것이고. 맞추면 맞아 들어가는 데
　　역사의 묘미가 있단 말이야. 사실도 사실寫實로 만들 수 있어.
　　때문에 사실은 실제로 일어난 일보다 신문에 보도된 것이
　　사실에 가깝지.
일구:그것은 오리알이 아니고 삼천포야. 아무려면
　　낙동강 오리알이 삼천포까지 떠내려간단 말이냐?
　　염병 같은 무서운 말의 바이러스. 그보다도
　　아직 오리알 얘기가 안 끝났어.

　　뒤로 돌아 ― 갓! 오리알로.
　　보라. 눈깔 뽑아 망원경 만들어보라.
　　낙동강 끝없는 모래벌판을 베개 삼아
　　하늘을 보고 누워 있는 오리알, 그의 귀에
　　낯선 비밀을 속삭이는 바람, 나르는
　　철새들의 깃털이 떨어지면 알 수 없는 향수가
　　물밀 듯이 밀려오고, 내가 이렇게 살아있음이여
　　누가 알리오 알리오 오리알 오리알.

이것이 소위 오리알의 알 비밀인데, 사람들은
오리에게 의리를 안 지키고 그의 말마저 까마득히
까먹고 말았으니 남은 것은 오직 부서진 알 껍질이요,
무미건조한 말 껍데기라, 껍질조차 알을 기억 못하더라.
그 후 시간이 낙동강처럼 흘러 낯선 사람들이 우리나라 지도에
낙서를 하는가 하면 육이오사변이 일어나고 전쟁의
붉은 코피가 터지게 되었는데, 어린애와 같은 대한민국의 생사가
그 옛날 오리알 신세가 된 것을 낙동강이 지켜보게 되었지. 아직
어려워 걸음마가 시원찮은 나라가 다리를 걷다가 다리 밑에 떨어져
껍질은 물론 노른자까지 깨지고 폭발할 것인가 아니면
응어리를 모아 날개와 부리로 태어날 것인가? 명이 길어서
길게 흐르는 강, 또다시 역사의 증인이 되어 최악의 경우를
증언해야 된단 말인가?

그 경찰 중에서 누군가 생각한 것이 바로 오리알이야.
아니 오리알이 그를 생각했는지도 모르지. 비록 시간의
모래무덤 속에 깊숙이 파묻혀 있었지만, 전쟁이란 커다란 사건은
오리알이란 또 하나의 커다란 사건을 발굴해낸 것이야.
전쟁이란 난리를 통해 드디어 조상과 후손의 대화가 통하게 됐다고
볼 수 있을 것인데, 아무튼, 사람들이 착수한 작업은 오리알의
역사성을 발견하고 그 의미를 정리하는 것이었지.
그래서 자료들과 숨바꼭질하고 연구와 씨름한 결과
사상 최초의 획기적인 족보를 만들어내게 되었는데,
멱국 ― 오리알 ― 낙동강 ― 추방 ― 망각 ― 전쟁 ―

낙동강 ― 오리알 ― 떡국 ― 등등 동동이 바로 그것이지.
떡국은 오리알을 낳고 오리알은 낙동강을 낳고 순서는 순서대로
순서를 낳았는데, 실패와 성공처럼, 성공의 문전에는
항상 살얼음이 엄살처럼 얼어, 미끄러질 때마다
혹은 떨어질 때마다 사람들은 출산적인 떡줄기에다 실어놓은
오리알, 그리고 시작부터 쉬지 않고 거듭해 흐르는
좌절의 연속성, 낙동강을 생각하지 않을 수가 없다는 거야.
내 말이 참 거짓말인가 아닌가 하는 것은 단도직입적으로
낙동강에게 물어보면 알 수 있지. 우리 중에는 혁거세나 김알지가
까놓은 알들이 수없이 많지 않은가? 알지의 알을 알지 모르지만,
더러는 오리알이 됐지만, 거세당한 혁거세의 말이 자기의 불알과
빈주머니를 보고 홍홍 거세게 우는 것을 각하가 알지는 모르지만,
사일구, 즉 오늘 내 신화적인 생일을 당하여 우리가 들이킨 떡국은
우리가 품고 있는 오리알과의 역사적 생리적 운명적 관계를
기념 축하 회고 복고하는 의미가 있는 것이야. 아직도 이해가
안 간다면, 코 안 뚫은 황소처럼 안 간다면, 일에다 구를 더해 봐
뭐가 나오는지? 그것들이 바로 오리알이 아니냐 말야? 구태여
낙동강보다도 긴 예를 설할 필요가 있단 말이냐?
일육: 그만, 그만. 도대체 무슨 소리를 하는 것이냐?
　　야당이 집권했다가는 ―
일구: 모른단 말이냐?
일육: 차라리 칸트를 거꾸로 읽는 게 낫지.
일구: 떡국을 먹어도 떡국 맛을 모른단 말이냐? 오리알을 봐도
　　오리알을 몰라? 사람이란 오관을 늘 휴대하고 다녀야 하거늘,

감각이란 늘 정비하고 조율해야 하거늘 그러니 낙동강을 봐도
길고 긴 의미의 흐름을 모를 수밖에.
어쩌면 당연하지 한 것이 뭐야?
넌센스의 푸른 다뉴브 강, 음악으로 번역하자면
라라라 둥둥 동동둥둥, 라라라 둥둥동동둥둥,
월츠월츠월츠월츠, 얼쑤얼쑤
왠지 어색한 그러나 신나는 리듬, 리듬.

일육: 돌았군.

일구: 지구와 더불어 돌았지. 지금도 돌고 있는 것을 돌았지.
유교流敎의 도그마毒意魔가 도사린 서울 하늘에
갈릴레오의 신생한 지구와 갈릴리 사람의 새 하늘 새 땅과
더불어 돈단 말이다. 돌고 돌면 어지럽고 미친 것 같지만
사실은 봄이 온단 말이다. 허나 미치지 않고 계속 돈다는 것이
얼마나 어려운지 한 자리에 발돋움으로 서 있는 팽이에게 물어 봐.
돌면서 항상 중얼거리는 말은 항상 한 번 더 돌 수 있을까
하는 것이야. 살 속에 대못이 들어올 때마다 혈 속에 바늘이
들어올 때마다 과연 돌 수 있을까?
술기가 온몸을 한 바퀴 돌려면 얼마나 걸릴까?
주여 나를 때려 주소서. 팽이처럼 한잔 술로
핑계 돌게 하지 마시고 팽팽 도는 세상과 더불어 팽팽히
맞먹게 하소서. 나는 대원군도 햄릿도 아니지만, 나 사일구는
별빛처럼 이름이 암시하는바 제로의 위엄과 철학의 중력을
견지하면서 항상 제로의 괴뢰가 되면서 돈다 이거야. 유행가의
회전의자처럼 신나게 체어 희준하게.

일육:그러다가 돌아가시겠지. 함흥차사를 지내시고 그것을 마지막 벼슬로.

일구:물론이지. 회전의자 넘어지듯 흙이니 흙으로

　　그래서 진흙인 너도 가면 또 나도 가야지란 노래는

　　우리 민족이 생산한 노래 가운데 가장 철학적인 노래지.

　　그래서 총알은 직설적이지만 역사와 지구는 말을 돌려

　　빙글빙글 갈릴레오 마치 누구를 우롱하듯 도는 것이야.

일육:넌센스치고는 그럴듯하군. 작대기 하나에 오리알 두 개.

　　내 생전 결코 줘본 적 없는 천문학적인 점수.

일구:멍청하고 무겁기가 진흙 속에 말뚝 박은

　　깨진 사기그릇 같은 녀석이 모처럼 거품의 빽으로

　　한 번 뜨는구나. 나나나 둥둥, 동동, 둥둥

　　양성모음에 음성모음에 다시 양성모음.

　　뭐가 어떻게 도는 건지. 넌센스의 푸른 염색 물감

　　얼룩져 퍼지는 다뉴브 강, 스트라우스의 동동주,

　　그러나 넌센스의 다뉴브 강이라 생각한다 이거지.

　　분명히 성자들이 강물 위를 행진해 걸어가고 있다 이거지?

　　요즘 같은 풍파 속에 일기예보도 안 듣고

　　뱃놀이하는 놈들을 보고 뭐라고 뭐라고?

　　일육, 너만 모르는구나. 상투 틀고 갓 덮은 옛사람들도 알았거늘.

　　넌센스는 언제나 넌센스의 치료약인 것이야.

　　샅샅이 뒤져보라 저 죽은 잿더미 속에 산 불씨가

　　하나라도 있는지. 성이 산가고 이름이 불씨인 자가 있는지.

　　무엇보다도 그렇게 말하는 사람을 샅샅이 찾아내라.

　　뱃바닥에 구멍 찾듯이. 센스가 상처가 심할 때는 넌센스의

고약을 바르면 된다는 처방을 기억하라. 바로 여기저기에서

루이 암스트롱은 그의 유명한 노래의 인스피레이션을 얻었지.

센스 ― 코 ― 마치니 빰빠 빰빠빠.

센스가 코를 마티니 성자의 코가 빨갛다 이거야.

빰빠 빰빠빠.

일육:박식하군.

일구:박식도 모르는 놈이 박식하다니. 내 말은 마티니가

코 속에 스며드니 센스가 둔해진다 이거야. 빰빠.

센스코 깨지니 빰빠 불루베리 힐, 미아리고개

골로가다 언덕, 몇 번 버스가 골로 가는지도 모르는 동네.

일육:어떤 것이 맞는 해석이야?

일구:모두 다 따따따다. 배가 재즈인 길의 세계에서는

양측통행이니까. 넌센스의 다뉴브 강에 물결을 타는 사람에게 있어

멜로디는 딱딱한 스타카토를 용서하고 극복하는 거야.

일육:엉뚱하긴 비엔나에 갓 쓰고 나타난 돈키호테 같으니라고.

일구:저건 대통령이 아니라 군인이라니까.

허나 네 말이 맞다. 젠장 곤장

죄 없는 흥부 볼기짝에 떨어지는 매,

매가 궁둥이에게 얻어맞다니.

허나 오 나의 덜시니아, 조국!

일육:낭만적인 애국자시군!

일구:아닌 사람 누구냐? 잔말 말아. 오월은 사월을 따르라.

자연스런 대자연의 이치를. 나 또한

아버지 삼월을 따르리로다. 만세!

<hr>

1 Pourquoi?: '어째서?'란 의미의 프랑스어.

2 '제가 동생을 지키는 사람입니까?'라는 의미. 창세기 4:9.

3 어떤 목마른 말: 조나단 스위프트의 『걸리버 여행기*Gulliver's Travels*』에
나오는 말馬.

삶章

知之謂知之, 不知謂不知. 知止止止
"아는 것을 안다고 하고, 모르는 것을 모른다고 말하는 것이 아는 것이다." "그침을 알아 그칠 때 그친다."
― 『논어』, 『도덕경』

오 제비야 제비야 남쪽으로 날아가는 제비야 내 님에게 날아가 그녀의
빛나는 황혼에 내리거라. 그리고 말해다오 말해다오
내가 네게 하는 말을

지지배배 지지배배 지지배배 지지배배
지지배배 지지배배 지지배배 지지배배
지지배배 지지배배 지지배배 지지배배
지지배배 지지배배 지지배배 지지배배

빨래도 없는 빨랫줄에 무대도 없는 배우처럼
쉴 새 없이 지껄이누나.
말인지 노래인지 생각인지 대화인지 알 수 없는 음성으로
꼬부릴 수 없는 혓바닥으로 또렷하게 뱉어내누나.
지지배배, 말이 막히면 노란 부리로 가슴을 쫏누나.
너의 언어를 이해할 수 있을까?
기다리는 이가 까치를 이해하듯,
한 밤에 우는 여인이 두견새를 이해하듯,
죽어가는 사람이 병풍에 날아가는 학을 꿈꾸듯 ―
풀 수 없는 신비의 노끈, 순간의 꽃봉오리가 열리기까지
모든 것은 영원한 비밀 아닌가? 환히 밝은
비 내리는 아침의 밀실에 녹슬어 열 수 없는 자물쇠여,
만일 지지배배 지지배배 너의 영원한 리듬과 멜로디가
아무런 의미도 없는 것이라면,
비누거품처럼 금시 공기의 압력에 터져버리고 만다면,

물러가라 물러가라 함성과 절규도,
동해바다의 거센 파도도 모두모두 헛되이
허무의 해안선에 무너져 버리는 것 아닌가?

잔인한 달, 잔인한 인간에게 잔인한 시간,
도마 위에 누운 생선의 추억과 포부와 파도와 영생,
토막 쳐 오는 죽음, 병원 침대에서의 마지막 이별.
생명이 육신에서 썰물처럼 빠져나갈 때 침대는
조각배가 되고 텅 빈 조각배는 다시 외로운
갈매기 침대가 되고.

아 껍질 벗기고 회 뜨는 세상.

      지지배배　지지배배　지지배배　지지배배
      지지배배　지지배배　지지배배　지지배배
      ㅈㅈㅂㅂ　ㅈㅈㅂㅂ　ㅈㅈㅂㅂ　지즈ㅂㅂ
      지즈ㅂㅂ　지지ㅂㅂ　지지ㅂ　　지지배

「일구통역전문」

독자 여러분, 저는 제비올습니다. 제 고향은
여러분도 잘 아시다시피 남국의 강남입니다.
여기 일구 집 처마에 기거한 지는 보름 남짓 되었나요?
올해 서울이 이상기온이라서 예년에 비해 제 도착이 좀 늦어졌습니다.
역사책에도 기록된 바와 같이 우리 제비국과 대한민국은
그 어느 나라보다도 긴밀한 유대관계가 있다고 봅니다. 특히
이 나라 서민의 표상이라 할 수 있는 흥부놀부의 문제를
우리 대왕이 들으시고 여러 대신들과 상의 끝에 현명한 판단을 내려
해결하신 사건은 너무도 유명하죠. 게다가 또 우리 제비들이
흑의민족이라면 한국인들은 백의민족이기도 하고요. 우선, 제가
전장에서 공중에 서술한 일구네 집 조반식사 광경은 제가 연말에
강남으로 귀국하게 되면 신문에 게재할 특집기사의 일부입니다.
저의 현 직업은 강남제비공화국 독수리 신문의 특파원입니다.

여러분도 아마 들으셨을는지 모르겠습니다만,
요즈음 우리 제비공화국은 정치적인 분위기가 사나워서
말을 지저귀거나 특히 글을 그리는 데는
신중에 신중을 기할 필요가 있죠.
높이 나는 새는 반드시 눈에 띄기 마련이니까요.
오늘 제가 처마 밑에서 취재한 일구 가족의 조반식사 기사는
이러한 우리 조국의 언론실정을 고려할 때 대체로
문란하지 않나 싶습니다. 첫째, 기사의 대상이 우리나라가 아니고

남의 나라라는 점과, 그러면서도 우리 제비국의 전통적 우방인
대한민국이라는 점에서 정부 당국의 허락과 독자의 관심, 즉
우리 신문의 이대 먹이를 무사히 홀로 삼킬 수 있지 않을까
생각됩니다. 둘째로는 이 기사가 어떤 특정 정치인보다는 단지
일개 평범한 보통 사람들의 사회 또는 국가에 대한 관념이나
이성을 다룸으로써 우리나라 제비독자들에게 자기들이 갖고 있는
제반 문제를 비교해볼 수 있는 계기를 마련해줄 수 있지 않나
하는 것입니다.

우리 제비독자 중에는 아직도 대한민국을 고대 홍부놀부
형제가 살던 나라로 생각하고 있는 경우가 쫙 깔려 있는데,
— 또 나이를 많이 잃어버린 제비 할아버지 할머니들은 아직도
그들이 살고 있다고 믿는 경우도 허다하고요 — 만일
현대판 홍부 놀부 얘기를 읽게 된다면, 과연
어떤 반응과 충격을 보일 것인지? 그보다도
구름 같은 사명을 싣고 태풍처럼 날아온 내가
과연 어떻게 내게 주어진 것의 중력을 견딜 것이며
미래에 맡겨놓은 것을 찾을 수 있을지?

무엇보다도 제 자신의 한국어에 대한 실력부족이
걱정입니다. 그동안 몇 차례 한국 연수를 다녀갔고
또 특별히 히어링에 중점을 두고 한국어를 공부해봤습니다만,
제비에겐 역시 운명적으로 타고난 능력의 한계가 있는 것만
같았습니다. 제비로서 자신을 가졌던 어휘실력마저도

불안할 때가 많습니다. 이를테면,

박씨, 톱, 주걱, 국수, 나 이놈, 뺨 싸대기,

또는 실경실경, 철썩, 댕강, 동사로서는 분지르다,

내쫓다, 먹다, 먹고 싶다, 또 단문으로 암기한 것은

애기 밴 여자 배 차기, 호박에다 말뚝 박기, 배터지게

먹고 싶다, 뭣이 어쩌고 어째, 이놈이 등등

이 모든 어휘와 단문은 제가 제비국에 있을 때 힘들게

벌레 물어다주고 과외공부하면서 배운 것인데, 실제로

서울에 와서 보니 통용되지 않는 것이 대부분이더군요. 물론

시대가 바뀌고 새 어휘가 자꾸 알 까는 탓이겠습니다만 —

단어도 단어지만 제 한문 실력은 더 앙망입니다. 아니 엉망이던가요?

제비가 돼가지고 인간의 회화를 알아듣지 못하다니 어쩌면

부끄러운 얘기가 되겠습니다만, 금수에 속하는 제 자신의 입장을

얘기해 주시리라 믿고서 말씀드리겠는데, 얼마 전까지만 해도

박씨를 박씨朴氏로 알고 있었죠. 일찍 발견했기 망정이지

큰 실수를 범했을 것을 생각하면 깃털이 다 오싹해집니다.

물론 언어 면에 있어 우리 제비들에게도 프라이드가

전혀 없는 것은 아닙니다. 우리 제비들은 다른 어느 누구보다도

물찬 언어와 고도의 언어적 재능을 타고 났다고 자부하고 있습니다.

제비가 쓰는 말을 제비어 혹은 강남어라고 하는데,

이 제비어를 가지고 하늘과 땅 위에 있는 그 어느 것도

표현하지 못할 것이 없습니다. 또한 단지

표현하는 것만이 아니고 리듬과 노래로 자신을 발표하고

남과 대화를 하는 것입니다. 물론 자기 것이니만큼 애착이 있어
좋게만 생각될 수도 있습니다. 그러나 그것은 제비나 인간이나
본능적인 것이 아니겠습니까? 제비가 비록 금수의 영장이자
만물의 대변인이라고는 하지만, 인간이 이성에서 벗어날 수 없듯이
제비 역시 본능에서 멀리 날아가기가 어렵다는 것입니다. 특히
제비어는 무엇보다도 본능적인 언어라고 할 수 있으니까요.

영어는 우리 제비국에도 진즉부터 보급되어서 아동교육의
필수과목으로 되어 있죠. 강남에 가시면 수많은 제비새끼들이
날마다 빨랫줄에 앉아 지지배배 지지배배 스펠링을
외우고 있는 모습을 보실 수 있을 겁니다. 그러나 그들의 발음을
자세히 들어 보십시오. 영어를 발음하면서도 제비 특유의 억양을
잃지 않는 사실입니다. 아니 영어를 발음함으로써 제비의 개성이
더욱더 활기차고 살아 움직인다는 것입니다. 또 좀 더 연구해
보시면 아시겠지만 제비들의 영어 발음은 강남 고국에 있는 제비나
서울 또는 미국 워싱턴에 특파원으로 가 있는 제비나
억양이 모두 동일하다는 사실입니다.

반면에 한국인은 — 이것은 어디까지나 저의 피상적인 혹은
본능적인 공중 나르기 식의 관찰에 불과할지 모르겠으나 —
영어를 배우는 진도가 잽싼 대신 잽싸게 나르다보면 왕왕
자신의 억양을 잃어버리거나 혹은 읽어버리고자 하는
이해할 수 없는 사례가 많다는 것입니다. 억양을 읽어버리는 것이
무슨 큰 흉이겠습니까만은 문제는 자신의 신성한

본성조차 잃어버릴 염려가 있기 때문이죠. 제가 만일 미국인처럼
영어를 발음한다고 상상해보십시오. 제비들이 나를 앵무새로 보지
제비로 보겠습니까? 거꾸로 뒤죽박죽하여 생각해보십시오.
사람들이 제비처럼 발음한다 하십시다. 사람들이 그를
사람으로 취급하겠습니까? 남들은 고사하고 자신마저도
자신의 타락에 섬뜩할 것입니다. 본성이 제일 잘 나타나는 것이
말인데, 그 말이 남의 말이고 보면 그 남의 말을 배운다는 것은
또 하나의 본성을 배우는 것이 아닙니까? 자기 본성을
잠시 잃지 않고서야 어찌 남의 본성을 배울 수 있을 것입니까?
그렇다고 남의 본성을 배우기 위해 자기 본성을 잃어버린다는 것은
제비의 상식과 논리로서 이해가 되지 않습니다. 본성을 읽게 되면
판단이 흐려지고 판단이 흐려지면 당장 남에게 잡아먹히든가 아니면
생명이 위험하게 되는데 본성을 함부로 잃어버리다니요?

과연 영어를 배울 때 미국인을 철저히 모방하는 것이
애국인가 또는 배국인가 하는 것은 우리나라
제비학계의 큰 쟁점 중에 하나입니다.
다른 제비동포들은 어떤지 몰라도 제 자신은 영어를
제비처럼 발음해야 된다는 의견에서 한 치의 비상일지라도
거부하고 있습니다. 하지만 앞으로 해외여행을 더 쏘다니고
견문을 더 물어오다 보면 닳아질 수도 있겠죠. 제비에게
한 번 앉았던 자리를 계속 지키는 것처럼 어려운 것은 없으니까요.
나는 것은 앉자마자 자리를 뜨지 않으면 안 됩니다. 제비국의
어느 저명한 학자에 의하면 역사는 기는 상태에서 나는 상태로,

보수주의에서 자유주의로 점진하면서 발전한다고 합니다.
인간을 예로 든다면 기차나 자동차의 시대에서
비행기와 로켓의 시대로, 또는 전제주의에서 독재주의로
날아간다 이겁니다. 민주주의에 쉬어가다가 공산주의로
날아가기도 하고, 독재로 다시 추락하기도 하고. 그러나 이것은
어디까지나 기는 시대를 체험하지 못한 제비학자의 이론일 수 있습니다.
또 어떤 제비학자는 주장하기를 제비에게 있어서도 언젠가는
기는 시대가 온다는 것입니다.

나는 것이 기게 된다는 것은 과연 무엇을 의미할까요?
저는 그것이 소위 인간 기독교인들이 말하는 예수의 재림이고
세계의 꼬리 내지 종말이 아닐까 생각해 봅니다만, 저는
크리스천 제비는 아니니까 깊은 뜻은 겨우 이 정도밖에는
더듬을 수 없습니다. 기독교 얘기가 나오니 말입니다만
우리 제비국에도 더러 크리스천 제비들이 많이 있습니다.
예수의 가르침 가운데 공중에 나는 새는 곳간에 거둬들이지 않아도
하나님이 다 먹이신다고 노래하신 적이 있는데 그게 바로
우리 제비를 두고 하신 말씀이죠. 이는 단순히 제 개인적인
의견이 아니고 강남의 제비 기독교인들 가운데 전통적으로
받아들여지고 있는 신앙적인 사실입니다.

서울에 와보니 여기저기 교회가 무척 많더군요.
높은 건물의 꼭대기마다 십자가가 반짝이고 길과 생명이
갈라지는 것을 볼 때 우리 제비국과는 아주 대조적인

장관이라 느껴졌습니다. 강남엔 기독교는 있지만
교회는 없습니다. 제비들에게 특별히 교회가 필요 없는 이유는
세상의 온갖 나무를 산 십자가로 보기 때문이죠.
나무들을 자세히 보세요.
십자가 형태를 닮지 않은 나무가 있는지?
그렇다고 인간들이 어리석다거나 무슨 그런 뜻은 아니고
우선 예수가 인간이었으니까요. 제 말은 다만
예수가 지신 십자가는 죽은 나무였고, 우리 제비들은
죽은 나무를 좋아하지 않는다는 것뿐입니다.
살아 있는 생명의 벌레가 없기 때문이죠. 그래서
기독교 제비들은 생명의 벌레가 꿈틀거리는
살아 있는 십자가 나무를 믿는다는 것입니다.

혼자 내기를 하다 보니 한 가지 잃은 것이 있군요.
한국도 물론 마찬가지인 줄 알고 있습니다만, 저희 제비공화국엔
그간 여러 가지 정치적 또는 사회적인 변화가 있었습니다.
영명하신 대왕이 돌아가시자 제비들은 갑자기
김일성을 잃음으로 말미암아 하늘을 이리저리 무질서하게 나르는 등
여간 큰 혼란에 빠진 것이 아니었습니다. 무엇보다도 우리의
정치적 혼란을 틈타 제비들의 적이요 인간의 원수인
구렁이가 저희들의 보금자리를 침범해온 사건이 발생한 것입니다.
이 사건으로 인해 수많은 제비동포들이 제비를 당하고 되고
구렁이 뱃속은 순식간에 제비들의 공동묘지로
강제수용당하고 말았습니다.(제비당하다란 말은 영어의

swallow란 말에 기인하고 있다. 영어로 swallow는 명사일 때는
제비이고 동사일 경우엔 삼킨다는 뜻을 지니고 있는데, 제비가
삼킨다는 말을 제비당하다라는 말로 대신하는 것은
제비들이 얼마나 구렁이에 대한 공포에 민감한가를 말해주고
있다.)

옛날 흥부씨 댁에 살았던 우리 조상들이 당한 재난은
이에 비하면 아무것도 아니라 할 수 있을 것입니다. 허나
이런 처참한 재난에도 불구하고 우리 제비들은 자기 본래의
유구한 전통과 민족적인 긍지에 힘입어 남녀노소
어른 새끼 할 것 없이 시끄럽게 울부짖으면서 유사 이래
일찍이 볼 수 없었던 항전을 벌이기 시작했습니다. 자신들의
약한 부리를 처마기둥에 갈아서 뱀을 공격하는가 하면 아예
가미가재처럼 뱀의 벌린 입속으로 비상해 들어가는
제비용사들도 부지기수였습니다. 「아가리」[1]를 외치면서
마치 이과수 폭포 악마의 동굴 같은 뱀의 목구멍 속으로
날아들어 갔던 제비용사들의 거룩한 희생을 생각하면 지금도
뜨거운 눈물이 노래 속에 배어 흐를 것만 같습니다.

어디 그뿐입니까? 일부 제비학자들은 뱀의 날름거리는
유창한 달변을 공박하기 위해 논문을 발표하는가 하면 또는
뱀의 조상이 감히 인간을 유혹했다가 신의 저주를 받았던
과거의 수치스런 역사를 상기시키기도 했습니다. 그 당시
세종대왕이나 솔로몬 같은 우리 제비대왕만 살아계셨더라도
아마 그와 같은 민족적인 대불행은 없었을 것입니다. 그러나

한 번 왔으면 언젠가는 되돌아가게 마련인 것이 제비인데
공수래공수거인 제비가 어찌 대자연의 날개를 꺾을 것이며
보이지 않으나 움직이는 만유의 법칙을 향해 날아 말아 할 것입니까?

이런 국난을 당하다보니 인간들에게 인과응보의
박씨를 물어다주던 제비의 전통은 점차 소홀해지게 되었습니다.
도망가느냐 잡혀 먹히느냐 사느냐 죽느냐 하는 생존의 문턱을
매일 날아 넘어야 되니 제비들은 인간세계를 충분히 관찰할
마음의 여유가 없게 된 것입니다. 작년 가을, 서울 근교에
출장 갔다가 한 농부가 박을 가르는 것을 목격한 적이 있었죠.
우리 제비의 역사적 의무와 밀접한 문제이기 때문에
특별한 관심을 가지고 공중을 맴돌면서 살펴보았습니다. 그런데
그 농부는 박덩어리를 마루 위에 올려놓더니만 톱 대신
부엌칼을 가져다가 실겅실겅 박타는 노래는커녕 단숨에 반으로 갈라서
속일랑 쓰레기통 속에 홀떡 내던져버리지 않겠습니까? 얼굴에
실오라기 같은 표정 하나 안 걸치고 말입니다. 그가 만일 과거
흥부놀부시대의 사람이라면 어찌 그런 일이 있을 수 있었겠습니까?

농부의 박타는 모습은 책에서 읽는 것과는 너무도 달랐습니다.
박과 인간의 운명과는 전혀 무관한 것이 되었다는 것을 새삼
느끼지 않을 수 없었습니다. 그러면서 한 인간, 한 가정 전체의
생사화복을 물어 나를 때의 제비는 얼마나 자랑스럽고 행복했을까
생각해보았습니다. 한국어를 배우다보니
「바가지 찬다」라는 표현이 있더군요.

거지가 된다는 뜻이 아니겠습니까? 지난날에는 온갖 기적과
부귀를 생산해낼 수 있었던 박이 이제는 한낱 가난과 빈곤이란
최악의 상징으로 전락해버린 것을 생각하면 너무도
기가 막혀 두 날개로 가슴을 치지 않을 수가 없습니다. 이는
제비에 대한 모욕이며 수치이니까요. 어디 그뿐입니까?
번지르하게 옷을 차려입고 돈 많은 여자만
골라가며 농락하는 남자를 제비족이라고 하지 않습니까?
매사에 근면하고 검소해서 옷이라면
겨우 검정양복 단벌만 걸치고 살아온 제비들에게 이보다 더
억울하고 모욕적인 말이 어디 있단 말입니까?

한 번은 어디를 가다보니까 사람들이 옹기종기
모여 있는 것이 보였습니다. 무엇을 하는지 궁금해서
이리저리 날며 내려다보았더니 그들은 한참 동안 서로
뭐라고 지저귄 다음 종잇조각을 접어 땅에 떨어뜨리고
그것을 집어서 펴보는 것이었습니다. 그것이 무엇인지 몰라
다음날 어느 제비에게 물어봤더니 그것은 인간들이 흔히 하는
제비뽑기라는 것이었습니다. 제비가 인간을 뽑아야 되는데
거꾸로 인간이 제비를 뽑다니 우리 제비가 어쩌다가
이렇게 되었나 한숨과 탄식이 절로 나오는 것이었습니다.
펜같이 뾰족한 부리로 피나게 앞가슴을 쫓고만 싶은
심정이었습니다. 내가 이런 말을 하면 아마 어떤 제비들은
전설적인 과거의 황금시대에 대한 부질없는 감상이나
노스탤지어에 빠졌다고 지지귈 것입니다. 그들의 주장에 의하면

제비가 인간보다 도덕적으로 우위를 누리던 시대는 이미
날아갔다는 것입니다. 어쩌면 맞는 말일지도 모르겠습니다.
옛날 구렁이가 제비를 삼켰던 것이나 오늘날 현실이
이상을 삼키는 것이나 하등 다를 바가 없으니까요.

한국인의 정치구조는 한국인의 의식구조라고 들었습니다만,
제비국의 정치구조는 언어구조라고 할 수 있습니다. 바꾸어 말하면
언어의 바탕 위에 정치체제가 둥지를 지었다는 점입니다.
이십 세기 초에 들어 제비국도 인간세계의 역사적인 추세와 더불어
왕정에서 공화정으로 바뀌게 되었습니다. 그러나 제비공화국은
출범 즉시 의외의 심각한 문제에 부딪쳐 떨어지게 되었습니다. 그것은
국회를 운영하고 투표를 실시하는 데 있어 반대의사를 표명할
제비의 언어가 없기 때문이었습니다. 여러분도 잘 아시다시피
우리의 지지배배는 문자 그대로 절대적인 찬성을 뜻하는 것이
아니겠습니까? 지지를 하는 것도 그냥 하는 것이 아니고
배에 배를 더해서 열렬하게 한다는 거죠.
지지배배 지지배배.

국회가 열릴 때마다, 투표가 실시될 때마다 제비들이
지지배배만 외치니까 결국은 국회가 있을 필요가 없는
문제까지 대두되게 되었습니다. 삼권분립이 안 되니
한 개의 권리조차 갖지 못하게 된 것이죠.
그럼에도 불구하고 걷잡을 수 없는 지지배배의 리듬을
중단시키는 것은 불가능했습니다. 무엇보다도 난감한 것은

제비의원들의 반대 개념에 대한 확실한 이해가 없었던 점입니다.
수천 년 동안 지지와 단합을 긍정적으로만 생각해온 전통문화 속에서
지지배배의 불변성은 어쩌면 당연한 현상일지도 모르겠습니다.
국회의사당에 모여 꾸벅꾸벅 졸면서도 지지배배만을 되풀이하는
제비의원들을 생각해보십시오. 분명히 무언가 잘못되었지만
이것을 어찌 그들만의 잘못이라 하겠습니까?
폭우가풍으로(설상가상과 유사한 뜻을 가진 제비어로서

　　비에다 바람까지 분다는 뜻.), 여기에다 또 한 가지 문제는
제비에게 있어 반대개념의 부족이 무슨 자랑이기라도 한 것처럼
주장하는 제비정치들이었습니다. 그들에 의하면, 제비는
절대적인 지지배배만 있고 반대의 의지나 부정의
개념이 없기 때문에 인간이나 다른 어느 금수보다도
단결력이 강하고 평화를 유지할 수 있다는 것이었습니다. 이런
사고방식은 비단 일부 제비정치가들에게만 국한된 것이 아니고
일반 제비국민들 가운데도 널리 흩어져 있었습니다. 또 어떤
제비정치가는 제비의 지지배배가 인간들의 공산주의 정신과
일맥상통한다는 이론을 주창, 순식간에 흰 구름 스크린 위에
대대적으로 뜬 적이 있습니다.

지지배배에 대한 지지론은 정치인들뿐만이 아니고
학자들 가운데서도 얼마든지 찾아볼 수 있습니다. 어느
제비신학자에 의하면 제비의 지지배배, 즉 절대적인 긍정은
『우파니샤드』의 '옴唵'이란 말과 일맥상통하는 우주적인 개념으로서
피조물과 창조주, 현실과 영원을 연결시킨다는 것입니다. 따라서

이런 심오한 종교적 의미를 지닌 지지배배가 비록 정치에
적용된다고 해서 조금도 나쁠 이유가 없다는 주장이었습니다.
나쁘기는 커녕 오히려 당연하다는 것이었습니다. 또 어떤
제비문학 비평가는 아일랜드 유명한 소설가인 제임스 조이스의
『율리시즈』도 결국 예스라는 말로 끝난 사실을 지적하고,
모든 제비들은 여주인공인 몰리 불룸처럼 푸른 하늘에
지지배배의 꽃을 피워야 한다는 이론을
먹구름 속에 발표한 적이 있습니다.

그러나 이론인 즉은 그렇다 해도 제비공화국의 민주주의는
지지배배의 리듬이 끊이지 않고 계속되면서 민주주의로부터
멀리멀리 날아만 가고 있었습니다. 국회에 내놓은 안건마다
지지배배로 만장일치 통과될 때 문제가 해결되는 것인지
시작되는 것인지 실로 알 수 없게 되었습니다. 칠 년 동안만
해먹고 물러나겠다던 대통령이 칠 년이 끝나자 다시 칠 년만
더하게 해달라고 해도 지지배배요, 또 칠 년이 끝나고
천 년으로 연장하게 해달라고 해도 지지배배였습니다. 이러니
장기집권에다 독재정권이 수없이 새끼를 치게 되고
국민을 억압하고 특권층의 이익만을 보호하는
특별법만이 판치기 시작했습니다. 구렁이보다 무서운 것이
법인 것을 그제야 알았습니다.

그러나 국민들은 영원한 바보가 아니었습니다.
벌레를 잡아먹고 사는 제비가 어찌 바보일 수만 있겠습니까?

독재가 날개를 치면 칠수록 제비국민들은 현명해졌습니다. 그리하여
제비들은 점차 자유를 울부짖게 되고, 국회에 나가 매일
똑같은 얘기만 물어오는 제비의원들을 참새만도 못하게 아는
반감마저 갖게 되었습니다. 뿐만 아니라 제비들은 자기들의
지지배배에 먹구름 같은 회의를 품기 시작하고 산란한
정치현실을 바꾸기 위해서는 무엇보다도 단호히
부정을 표시할 수 있는 표현과 권리를 동시에 찾아야겠다는
생각의 날개를 접었다 폈다 했습니다.

배가 고프면 벌레가 보이고 필요하면 발견하게 된다는 것은
만고의 진리임에 틀림없습니다. 중국에서 유학을 하고 귀국한
어느 제비학자가 제비역사상 처음으로 지지배배의 부당성을
조작하는 역사적인 학술논문을 발표하게 되었습니다. 특히 그는
논문에서 지지배배의 부당함을 지적했을 뿐 아니라
거기에 상응하는 반대개념으로서 비비배배라는 새로운 말을
물어서 소개했습니다. 비비배배의 비비는 한자의 비비非非로서
아니고 아니라는 부정을 뜻하죠. 여기에 배배를 더하게 되면
강조를 강화한 것이 되니 지지배배에 대한 적절한
대구라 아니할 수 없습니다. 그의 비약적인 이론은
제비지식인들에게 있어 『사상계』라 할 수 있는
『강남』의 춘삼월호 특집에 실렸는데, 내용인 즉은 대충
다음과 같은 것이었습니다.

우리 제비나라 말이 지지배배만 있고 이와 함께

날개를 나란히 할 나라 말싸미 사람과 사뭇 달라
하늘이 계속 어지럽고 모든 조류의 운항이
끊임없이 대를 이어 차질을 빚는 고로 이에
새로이 비비배배 넉자를 맹가노니 지지배배가
지겨운 제비들은 춘삼월을 만난 것처럼 이 말을
즐겨 노래 부르기를 바람이라. 대저 시是가 있는 곳에는
반드시 비非가 있어야 하나니 장차 제비나라
구만리 앞날에는 역사에 일찍 보지 못했던
시비가 있을 것이라. 이 시비를 키워감이 정치발전의
근본이니 오로지 시장할 때 벌레처럼 오직 비비배배 넉자를
낚아채기를 바랄 따름이라.

세종대왕의 훈민정음 스타일을 모방해서 쓴 이 논문은
하루아침에 제비공화국을 발칵 뒤집어놓았습니다. 그것은
콜럼버스의 아메리카 신대륙에 버금가는 발견이었고,
마르틴 루터가 교회 대문에 못질했던 95개조만큼이나
큰 파문을 일으켰던 대박이었습니다. 강남제비들의 반응은
단꿈에서 억지로 깨어난 사람처럼 신경질적이었습니다. 국회는
즉각 비상대책회의를 소집하고 비비배배 이론을 반국가적
반민족적인 것으로 규정하는 한편, 비비배배를
외치는 제비들을 반제비적으로 보고 특별범죄 가중 처벌할 것을
만장일치 지지배배로 통과시켰습니다. 또한 정부당국은
국회의 결의와 더불어 모조리『강남』을 회수하고
불태워버렸습니다. 그때 불타는 광경을 목격한 제비들은

불타는 것은 잡지가 아니요 우리 조국 '강남'이라고
비비배배 비분강개했습니다.

비비배배사건의 결과가 이토록 엄청났으니 그것을 일으킨
장본인은 어떻게 되었겠습니까? 두말할 것도 없이
제비학자는 감옥에 갇히는 신세가 되었습니다. 제비국의
감옥이 어떻게 생겼는지 아십니까? 인간의 감옥과
같은 것으로 생각하신다면 오산입니다. 철장이 없는 감옥이
제비의 감옥입니다. 철장 속에 갇히는 거나 날개를 잘리는 거나
자유가 없기는 마찬가지니까요. 그러니 감옥이란 제비에게 있어
들어가면 다시는 날아 나올 수 없는 캄캄한 박쥐동굴입니다.
또 일단 그곳에 들어가면 나올 수가 없으니 형은
오직 종신형 하나밖에는 없는 셈입니다.
비비배배사건으로 투옥된 제비학자는
비단 감옥에 갇힌 것만이 아니라 온갖 고문을 당했습니다. 제비의
고문 중에서 가장 무서운 것이 무엇인지 아십니까? 그것은
물고문도 아니고 전기고문도 아닌 소위 구렁이고문이라는 것입니다.
두 날개가 잘린 죄수 앞에 보기에도 몸서리치는
구렁이를 갖다놓고 육체적·정신적인 고통을 가하는 것입니다. 결국
제비학자는 구렁이고문을 견디다 못해 비비배배 피를 토하면서
비참하게 죽고 말았습니다. 그는 우리 제비공화국에 있어
민주주의를 위해 최초로 희생된 정치적인 순교자였습니다. 그는
마지막 죽는 순간까지 비비배배를 외쳤다고 전해지고 있습니다.

비비배배, 비비배배, 인간의 귀에는 한낱
제비가 무심코 지껄이는 소리로만 들리겠지요. 그러나
굳게 닫힌 마음의 문을 쳐부수고 상상의 고막을
활짝 열어 듣는다면 비비배배는 제비들에게 있어선
목숨을 내건 절규요, 한을 뱉는 외침이었습니다. 아니야,
아니야 이건 정말 아니야라는 비비배배에 비한다면
두견새의 울음소리는 지나칠 정도로 감상적이라 할 것입니다.
제비의 비비배배는 밤에만 들려오는 울음소리가 아니요
밤낮 구별 없이 어느 때나 들려오는 울음소리였으니까요. 그것은
또한 단순히 포화된 감정의 설사나 깔김이 아니요
단장의 짧은 창자 속에서 우러나오는 길고 긴
생명의 반주소리였습니다. 생각해보십시오. 비비배배란
처절한 울음이 날개가 잘리고 감옥에 가고 구렁이 고문에 의해
죽어가는 제비들에게서 나왔다는 것을.

비비배배는 비비배배의 꼬리를 물었습니다. 아니
죽음과 죽음이 마치 서울 시내 자동차들처럼 꼬리를 물고
질주했다고 할까요? 지지배배와 정면으로 충돌하면서 말입니다.
비비배배의 운동은 그러면서도 죽음의 연속성과
가속도를 힘입어서 날이 갈수록 달이 갈수록 야자수처럼 무성하고
태풍처럼 거세어갔습니다. 그러던 어느 날, 소식이 들려왔습니다.
비비배배의 리듬과 전파를 타고, 비비배배가 지지배배를 이기고
마침내 그 날개 쭉지를 잡아 꺾어버렸다는 뉴스였습니다.
그 벅찬 소식을 듣는 순간, 제비들은 감격에

제대로 날개를 가누지 못하면서 새 하늘과 새 땅이
열리는 것을 보았습니다. 헛것을 보았는지는 몰라도
사십 일 동안 벌레 한 마리 못 찾아도 배가 고프지 않을 것 같은
이상한 포만감을 느꼈습니다. 그때의 감격적인 상황이
어떠했는가를 자세히 알려면,『현대 제비사 연구』나
『비비배배 운동의 역사적 의미』또는『지지배배와
비비배배』같은 책을 참고하시면 됩니다.

이제는 비비배배의 세상이었습니다. 제비들은
천지만물을 비비배배, 즉 부정의 관점에서 보기
시작했습니다. 이제까지 모든 것이 옳게만 보였던
세상은 하루아침에 거꾸로 보이고 거꾸로 보이는 것이
옳게 보는 것 같은 세상이 되었습니다. 정말
믿을 수가 없는 일이었습니다. 아마 제비 역사상
제비가 자기들의 눈과 귀를 의심해 본 적은
처음이었을 것입니다.

제비건 사람이건 간에 옳고 그른 것이 뒤바뀔 때처럼
혼란이 야기될 때는 없을 것입니다. 제비들은
비비배배의 감격적인 만세 속에서 점점 알 수 없는
혼란에 빠지기 시작했습니다. 특히 비비배배의
원칙에 입각해서 사물을 보려고 하면 할수록 제비들은
어느 한 문제에도 도저히 같은 의견에 도달할 수
없는 것이었습니다. 비비배배가 가져온 첫 번째 현상은

무엇보다도 의견의 분열과 혼란이요 여기에 부수되는
좌절감이었습니다. 그것은 완전히 불란서 혁명이었습니다.
지적으로 시작했으나 무지의 혼란에 빠졌고,
자유의 추구가 자유의 공포로 둔갑한 혁명 말입니다.
지지배배의 목만 잘라버리면, 지지배배의 바스티유만
쳐부수면 모든 문제가 해결될 줄 알았는데, 뜻밖에도
겨울은 봄으로 바뀌지 않았습니다. 비비배배주의자들은
승리의 기쁨이 하늘 멀리 날아가버리는 것을 느꼈습니다.
당시 제비국에서 최대의 발행부수를 자랑하던 일간지이자
지금 제가 속한 신문이기도 한 『강남일보』는 사설을 통해
사태를 다음과 같이 분석한 바 있습니다.

오랫동안 지지배배만을 되풀이해온 제비들은 과감히
그 리듬과 단조로움을 깨고 비비배배로서 새로운
리듬과 삶을 되찾게 되었다. 그러나 최근 들어 과거의
지지배배의 상태와 현재의 비비배배 상태를 비교해 볼 때
크게 달라진 느낌이 들지 않는 것은 어쩐 일인가? 오히려
일부 제비인사들은 현재의 비비배배 상태가 전보다
정치적으로나 정신적으로나 불안하며 악화일로에 있다고
우려를 표명한 바가 있다. 사물을 부정하고 남을 판단하는
것은 좋지만 사물의 가치 전체를 부정하고 남의 잘못만을
판단하는 것은 결코 제비스런 일이라고 할 수 없다. 문제는
비비배배의 근본적인 원칙과 그것이 내포하는 심오한
철학을 잘못 왜곡하는 데 있다. 비비배배가 참다운

비비배배가 될 수 있으려면 우선 제비다운 관용정신을 가지고
지지배배의 정당성을 인정할 수 있어야 할 것이다.
카라일에 의하면, 영원한 부정을 선포할 수 있는 제비만이
또한 영원한 긍정에 도달할 수 있다고 한다. 그럼에도 불구하고
지지배배를 거론만 해도 무조건 구악의 잔재요 자유의
원수로 생각하는 우리의 현실은 우리 제비에게 감정만 있지
원칙이 없다는 것을 말해주고 있지 않는가? 철저한
비비배배주의자들은 무슨 얘기만 하려면 먼저
부정과 반대를 전제로 하고 있다. 이것은 과거 수천 년 동안
지지배배주의자들이 긍정만을 당연시해온 것과 하등
차이가 없다는 것이다. 그렇다면 지금부터라도 우리
비비배배주의자들은 지지배배와 날개와 깃털을 함께하고
역사의 바른 방향을 찾아 날아가야 할 것이다.

비비배배를 비판적으로 보기 시작한 것은 비단『강남일보』나
기타 언론뿐만이 아니었습니다. 강남의 제비지식인들 가운데서도
하나씩 둘씩 더러는 짝지어 비비배배를 비판하는 비평가들이
눈에 띄기 시작했습니다. 그중 하나는 이런 말을 한 적이 있습니다.
"부정은 부정이다. 고로 나는 비비배배를 비비배배하지 않을 수 없다."
비비배배에 대한 비판여론이 서서히 강남 하늘을 날기 시작하자
비비배배 정부는 비비배배적인 여론을 통제하기 시작했습니다.
그들은 전 지지배배 정권이 제정하고 실시해왔던 언론법을
적용하고 강화시켜서 비비배배에 대한 비비배배를 외치는 제비나
단체에 대해서 가차 없이 구속 내지 엄벌을 취했습니다.

정권이란 다 그런 것입니까 아니면 제비정권이라서 그런 것입니까?
지지배배에 비비배배를 외치면서 수립된 비비배배 정권이
이제는 자기들에게 비비배배하지 말고 지지배배만 하라니,
이게 말이 되는 소리입니까? 소위 이런 머슴[2]을 놓고
어느 제비가 한 말이 있습니다. 말이 되지 않는 소리를 하는 것이
세상에 둘이 있는데 하나는 새끼 제비요 또 하나는
제비 정부라는 것입니다.

누구보다도 이 문제를 잘 알고 있는 제비는 바로
비비배배주의자 자신들이었습니다. 그들은 비비배배에 대한
문제를 놓고 크게 두 파로 갈라지게 되었습니다. 어떤 일이 있더라도
비비배배를 계속 고수해야 된다는 이상주의자들과
전통적인 지지배배의 사용을 허용해야 된다는 현실주의자들이었습니다.
비비배배의 고수를 주장하는 보수파들에 의하면
비비배배는 제비 자유의 기본원칙이요 현 정권의 명분에 직결되는
혁명정신이므로 어떠한 희생을 감수하더라도 이것만은 지키고
받들어야 한다는 것이었습니다. 반면에 지지배배의 사용을 허용하자는
진보주의자들은 비비배배가 일으키는 정치적·사회적 잡음을 감안할 때
비비배배 정권의 명분도 명분이지만 그보다도 당장 정권의 사활이
더 시급한 문제라는 것이었습니다. 정권이 유지되고서야
비비배배도 노래 부를 수 있으니만큼 비비배배를 살리기 위해서라도
지지배배를 다시 부활시키지 않으면 안 된다는 것이었습니다.

문자 그대로 날 수도 없고 길 수도 없는 진퇴양난이었습니다. 날아온

돌멩이 하나에 두 마리 제비가 다 떨어져 죽게 생겼습니다. 한편
제비국민들은 그들의 지도자들이 걷잡을 수 없는 혼란에 빠지자
비비배배에 지지배배를 섞어 사용하는가 하면, 아예 지지배배만을
사용하는 제비도 눈에 띄게 되었습니다. 그들은 고개를 돌려
좌우를 살핀 다음에 "제비에겐 역시 지지배배야 지지배배" 하고
지저귀었습니다. 또 혹자는 말하기를, "어디 그것뿐인가
지지배배 속엔 조상들의 목소리와 민족혼이 깃들어 있고,
역사와 전통이 메아리치니 지지배배를 노래함은 제비의 기쁨이요
자랑이라 노래하세 다 같이 지지배배 지지배배."

비비배배주의자들이 정치노선에 혼선을 빚은 결과로서
발생하기 시작한 지지배배에의 복귀경향이 더 이상
걷잡을 수 없는 상태에 이르게 되자 비비배배 정권은
비상대책회의를 소집하고 제비국에서 가장 유명한
정치학자를 미국에 파견하기로 결정했습니다. 미국은
인간이나 금수를 막론하고 세계에서 민주주의가 가장
발달한 나라이기 때문에 미국의 민주정치제도를 연구함으로써
강남의 어려운 정치상황을 해결코자 함이었습니다. 조국의
운명을 두 날개에 가득 실은 제비학자는 매일같이
미국 하늘을 맴돌면서 지상을 살피고 사색에 잠기곤 했습니다.
그러던 어느 날 그는 우연히 뉴욕시에 있는 브롱스
동물원 위를 비행하다가 갑자기 어떤 영감이 떠오르는 것을
느꼈습니다. 그는 흥분을 감추지 못하면서 잽싸게
날아 내려갔습니다. 그리고 동물원에서 가장 달변으로 명성이 높은

앵무새를 찾았습니다. 앵무새는 동물원에 기거하고 있는지라
제비학자는 창살을 사이에 두고 다음과 같은 일문일답의
인터뷰를 가졌습니다.

제비: 앵무선생, 그동안 멀리서나마
　　　선생의 높으신 존함을 들어왔습니다.
앵무: 노노, 천만에요.
제비: 선생께서는 제비들의 지지배배와 비비배배에 대해 들어보신
　　　적이 있습니까?
앵무: 재즈의 뭐라고요?
제비: 재즈가 아니고 제비의 지지배배와 비비배배말입니다.
앵무: 노노 베이비.
제비: 노노배배요? 노노배배? 바로 그것이다. 내가 찾던 것이
　　　노노배배, 노노배배.

제비학자는 이 엄청난 발견에 너무도 감격한 나머지
얼떨떨해서 두 눈을 두리번거리는 앵무새에게 작별인사조차
잊어버리고 미친 사람처럼 노노배배를 중얼거리면서
하늘 높이 날아올랐습니다. 그의 귀국 속도는 어찌나 빨랐는지
마치 빛과 경주라도 하는 것 같았습니다. 그는 강남 도착 즉시
비비배배 지도자들이 모인 자리에서 귀국보도를 가졌습니다.

　　　존경하는 제비대통령 각하 그리고 장관 여러분, 또한
　　　학문의 높이와 명성이 구름 같으신 여러 제비학자 여러분,

저는 이번 조국의 운명과 직결된 막중한 임무를 띠고
도미했다가 다행히 한 가닥 깃털을 물고 돌아오게 된 것을
보고 드리고자 합니다. 미국까지 날아가서 제가 연구하고
관찰하고자 했던 것은 주로 미국인들이 어떻게 과연 그
큰 땅덩어리를 평화스럽게 운영하고 민주주의를 계속
날개 펴나가는가 하는 것이었습니다. 그런데 제가 가만히
공중에서 살펴보니 그들의 민주적인 삶과 우리 제비들의 삶은
그야말로 하늘과 땅처럼, 아니 좀 더 분명히 말해서
음식과 똥처럼 차이가 있다는 사실이었습니다.

처음 미국에 도착했을 때만 해도 괜히 힘만 들게
태평양을 날아왔다 생각했습니다. 그도 그럴 것이
미국의 대자연이 자못 거대하나 그것은 내가 이미
익히 아는 바이고, 새로운 것은 도시와 도시를 연결하는
도로요, 땅과 하늘을 연결하는 고층 건물뿐이었으니까요.
즉, 미국인들은 끝없이 넓은 땅에다 끝없이 긴
고속도로를 만들고 철도를 달리게 하고 배를 만들고
비행기를 만들고 콘크리트와 대리석으로 큰 집을
짓고 있었습니다. 이러한 거창한 사업을 진행해나가는 것이
미국인의 역사고 발전인데, 또한 이런 것들이 민주주의의
방식일진데, 과연 미국의 민주주의에서 제비가
커닝하고 배워야 할 것이 무엇인지 회의가
일어나지 않을 수 없었습니다.

우리 모두가 잘 알다시피 우리에겐 고속도로나 철로가
필요치 않으며 배나 비행기도 아무 소용이 없습니다.
고속도로를 달리거나 배나 비행기를 타는 제비를
상상할 수 있습니까? 우리는 우리 스스로를 타면 탔지
대한항공을 타지는 않습니다. 미사일에 맞아
공중에서 한 줌 재 가루가 되고 싶다면 몰라도. 해서
이번 미국의 연구시찰은 아무런 성과도 없이 국가 예산만
바람에 날리는 것이 아닌지 저는 실망과 회의에
빠지지 않을 수 없었습니다.

그러나 치마 밑에도 별들 날이 있다고
바로 이 무렵에 언어학자로 유명한 앵무선생을
만나 뵙게 되었습니다. 앵무선생으로 말하면 우선
우리 제비들과 동류인데다가 천부적으로 언어적인
실력이 뛰어나 인간들의 존경과 사랑을 받는 분이 아닙니까?
내가 갔을 때 앵무선생은 동물원에서 인간들의
특별대우를 받으면서 머무르고 계셨습니다. 저는
그분을 만나자마자 단도직입적으로 우리나라
제반상황에 대해 조언을 구했습니다. 그랬더니 그분은,
즉시로, 자기는 새이기 때문에 어디까지나
조언鳥言밖에는 줄 수 없다고 대답했습니다. 그리고
무거운 부리를 가누면서 한동안 생각에 잠겼습니다. 그가
명상에 잠기는 모습은 실로 서산의 해가 붉은
노을을 토하면서 바다에 잠기는 장관을 방불케 했습니다.

인간문화와 조류문화의 교량으로서 세계적인 권위자로
그의 지성이 발산하는 놀라운 위엄이 아닐 수 없었습니다.

앵무선생은 마침내 딱딱한 부리로 딱딱한 침묵을 깨면서
스타카토로 입을 열었습니다. 그의 부리가 끊임없이 떨어뜨리는
무겁고 심오한 말들을 제 작은 제비부리로 물어서
여기까지 날아오기란 불가능합니다. 그래서 그분의 말을
병풍처럼 보기 쉽고 알기 쉽게 요약할 수밖에 없습니다. 즉,
제비의 지지배배나 비비배배가 먼지를 일으키는 바람처럼
문제를 불러일으킨다면 소위 「노노배배」란 새로운 말을
사용함으로써 아예 문제의 깃털을 몽땅 뽑아버리는 게
어떻겠느냐는 것이 앵무선생의 조언이었습니다. 과연
명성대로 대언어학자다운 훌륭한 아이디어였습니다.
노는 본래 인간의 언어지만 앵무선생 자신이
몸소 보여주는 바와 같이 조류 또한 공용으로
사용할 수 있는 언어이고, 또한 노는 미국인의 언어이므로
우리 제비가 그것을 조어鳥語로 사용할 경우
미국문화와 민주주의를 자동적으로 흡수할 수 있어
우리에게 다시없이 적합한 표현이라 아니할 수가 없습니다.

그뿐입니까? 노는 우리의 비비라는 뜻과 일치해서
우리 비비배배 원칙과 부합하고 또한 노노는 배배와
어울리므로 새로움과 옛것이 어울릴 수 있는 가능성을
창구처럼 활짝 열어놓고 있습니다. 여러분들은 과연

어떻게 생각하십니까? 저는 오늘의 현 시점에서 오직
노노배배만이 폭풍우와 같은 현실의 위기를 뚫고
날아갈 수 있는 유일한 돌파구라고 확신합니다. 우리는
노노배배로서 현실을 극복할 수 있을 뿐만 아니라
나아가서는 인간과 교통하고 사상 처음으로
국제무대에 날 수 있게 될 것입니다.

제비학자의 귀국보고 연설이 끝나자 청중들은
연설에 도취된 모습이 역력했습니다. 그러나 동시에
자기들의 뜻을 어떻게 표현해야 할지를 몰라
당혹스런 모습이기도 했습니다. 방금 노노배배의
도도한 이론을 듣고 난 이상 차마 케케묵은 지지배배나
말썽 많은 비비배배를 외칠 수가 없었던 것입니다. 그 순간
어느 제비 하나가 자리를 차고 날아오르면서
노노배배를 외쳤습니다. 그리고 그의 선창은
금시 합창이 되어버렸습니다.

노노배배, 노노배배, 알에서 깨어나서 날기 시작한 이래
한 번도 들어보지 못했던 이상한 소리가 라디오에서 새나오고
텔레비전 뉴스시간에도 나오고 신문 잎새까지 대서특필되자
제비들은 도대체 이게 무슨 난리벼락인가 불안해졌습니다.
지지배배나 비비배배는 다 어디로 가고 그 낯익은
말들의 리듬만 따서 노노배배라니, 제비들은 과연
지지배배를 해야 할지 비비배배를 해야 할지 아니면

노노배배를 해야 할지 말과 노래 가사를
종잡을 수가 없게 되었습니다. 다만 한 가지 확실한 것은
일반 제비시민들은 노노배배에 대해 별로 호감을
나타내지 않는 사실이었습니다. 어느 제비대학생은 처음
노노배배란 말을 듣는 순간 노란 부리에 가득
냉수[3]를 띄우면서 말했습니다.
"노노배배? 친미주의 아냐? 한국인이 친미라고
제비도 친미를 해야 하나? 차라리 노노베이비라고 하라지.
노노베이비 노노베이비." 그 대학생이 무심코 지껄인 소리는
삽시간에 강남 하늘에 퍼졌습니다. 날개 없는 말이
천리를 난다는 속담이 있지 않습니까? 제비들은
다분히 서구적이고 이론적인 노노배배에 대해서는 극히
냉담한 반응을 보였지만 노노베이비에 대해서는 대조적으로
열광적이었습니다. 심지어 「노노베이비」라는 유행가가
생길 정도였습니다. 처음 어느 누군가의 작은 부리에서부터 시작된
「노노베이비」의 선풍은 가히 비틀즈적인 것이라 해도
격언은 아닐 것입니다. 「노노베이비」는 강남에서 유행한 유행가 중
가장 기록적인 것으로서 아마 처음이자 마지막일 것입니다.
「노노베이비」를 부르는 제비국민들은 모두가 스타였습니다.
「노노베이비」는 노노배배를 유명하게 만들면서도 한편 은근히
반정부감정을 일으키곤 하는데, 제비정치가들은
「노노베이비」를 단속하고 노노배배를 강조할수록
일반 제비국민들의 밥이요 벌레가 되는 것이었습니다.

제비국민들의 흥은 대단했습니다. 일단
마이크를 잡은 국민들은 그것을 놓을 줄을 몰랐습니다.
놓기는커녕 높은 단상에서 내려오려고도 하지 않았습니다.
이 예기치 않은 결과에 가장 당황하게 된 것은 물론
노노배배주의자들이었습니다. 그들은 강남이 새끼줄처럼
꼬이는 것을 목격하면서 안타까움에 몸을 비비 꼬았습니다.
그들이 노노배배를 주장하면 할수록 제비국민들은
목을 놓아 「노노베이비」를 불렀습니다. 그리고 버릇처럼
심각한 것을 농담으로 바꿔버리곤 했습니다.

제비국민들이 그토록 노노배배에 대한 냉담한 반응을 보인 이유는
어디에 있을까요? 제비사학자들은 그 이유로서 당시에 만연했던
제비들의 언어에 대한 불신풍조를 들고 있습니다. 또 만물의 영장인
제비가 앵무새의 언어를 빌려 쓴 데 대한 제비적 자존심의
반발이었다는 분석을 내리고 있습니다. 또 일설에 의하면, 당시
대두되기 시작했던 소위 신지지배배주의가 파도에 대한 달과 같은
영향을 미치지 않았나 하는 것입니다. 신지지배배주의란 인간으로 치면
르네상스와 비슷한 정신운동으로서 제비는 지지배배라는
고전적인 표현의 세계로 돌아가야 한다는 사상입니다. 그러나
신지지배배주의자들에 의하면 지지배배는 결코 정치적인 용어로
전락해서는 안 되며 무엇보다도 그것이 가진 원래의 의미,
즉 제비의 본능적인 표현, 시적인 리듬과 예술성, 철학적인 또는
종교적인 원형을 회복해야 된다는 것이었습니다.

동시에 신지지배배주의자들은 이제까지
언어의 바탕에 건설된 제비공화국의 전통과 의식을 허물어
행동의 기초 위에 재건설할 것을 주장했습니다.
언어에서 해방되지 않고 지지배배로 돌아간다는 것은
불가능하기 때문입니다. 제비의 지지배배는
지지배배란 언어 자체보다도 그것을 지저귀는 행위 자체가
더욱 중요하고, 그런 까닭에 가장 이상적인 지지배배는
그것이 정치성이나 기타 의미를 초월함으로써
무의미에 가깝다는 것이었습니다. 지지배배의
무의미를 성취한다는 것은 무의미하게
지지배배를 지껄이는 것과는 다릅니다. 그것은
지지배배를 외치되 제비의 타고난 본성에 충실하고자
부자연스럽기 짝이 없는 인간적인 의미를 제거한다는 뜻입니다.
제비의 신지지배배주의 사상은 인간적으로 말하면
요즈음 서울에서 유행하고 있는 소위
마음을 비우는 것과 같다고 할 수 있습니다.
말에서 뜻을 비움으로써, 마음에서 욕심을 먼지 털음으로써
제비다워지고 인간다워질 수 있으니까요.

신지지배배주의는 또한 이와 같이 철학적이면서도 동시에
이론을 실천하기 위한 구체적인 행동방식을 제시하고 있습니다.
그 대표적인 예가 제비선거입니다. 이제까지 제비선거는
지지배배나 비비배배 또는 노노배배 등 구두로 실시되어 왔습니다.
구두선거는 이미 말씀드렸듯이 결의를 해도 문제가 생기고

안 해도 문제가 생기며 뚜껑이 열리면서 나오는 것은
판둬라 상자와 같은 혼란이었습니다. 신지지배배주의는 바로
이 같은 구두 내지 신발선거의 병폐를 제거하기 위해서 소위
행동적 투표라는 새로운 아이디어를 제시했습니다. 행동적 투표란
나무 잎사귀에 OX를 표시하고 자기가 원하는 표시의
잎사귀를 물어다가 투표함에 떨어트리는 선거방식이죠.
행동적 투표 역시 입을 사용하니까 구두선거라는 비난이
없지도 않았습니다만, 선거가 무엇보다도 조용하게 치러질 수
있다는 점에서 많은 제비들의 공감을 사게 되었습니다. 결과적으로
신지지배배주의자들의 행동적 투표 내지 선거방식은
지지배배파나 비비배배파나 또는 노노배배파 할 것 없이
각 정당 단체들의 지지를 받게 되었습니다. 특히 노노배배 정권은
「노노베이비」의 유행으로 정치적인 수세에 몰려 있었기 때문에
그 해결책으로 신지지배배주의를 지원했습니다. 그들도 제비인지라
말이 많은 제비들에 대해서 지칠 대로 지쳐 있었습니다.

물론 행동적 투표라고 해서 전혀 문제가 없는 것은
아니었습니다. 새로운 해결은 항상 새로운 문제를
번식하기 마련이니까요. 좀 더 구체적으로 말씀드린다면,
행동적 투표는 투표 시에 투표잎사귀를 완전히 접을 수가 없어
철저한 비밀투표가 될 수 없었고, 그로 인해 투표와
개표의 구별이 없어지는 현상이 발생했습니다. 뿐만 아니라
투표용지를 만드는 데 있어서도 여러 가지 절차와 시간과
비용이 소요되는 것이었습니다. 선거란 필요하면

어느 때든지 할 수 있고 간단한 것인데, 반대로 가장 복잡하고
시간이 걸리는 것이 되고 말았습니다. 투표용지에
OX를 표시하려면 우선 무슨 나뭇잎을 투표용지로 사용할 것인지를
결정해야 하고 OX표를 일일이 부리로 쪼아서 새길 수가 없으니까
각종 벌레들에게 입찰공고를 내야 했습니다. 제비들은 이들을
인쇄벌레라고 부르는데, 입찰은 대개 꿀을 가장 적게 요구하는
벌레에게 낙찰되기 마련이죠. 그러면 벌레들은 꿀을 대가로 받고
조선시대 주초위왕을 새겼던 기법을 사용해
이파리 투표용지를 만들기 시작하죠.

하지만 제비들이 꿀을 구하기가 쉬운 일입니까?
벌하고는 외교관계도 없을뿐더러 말 또한 통하지가 않죠.
그들의 말은 윙윙이고 우리말은 지지배배니까요. 그러나
무엇보다도 제비에게 가장 힘든 일은 선거가 끝날 때까지
벌레를 잡아먹어서는 안 되는 사실이었습니다.
「잎이냐 입이냐 이것이 문제로다」 이 말은 제비공화국이
신지지배배주의가 대두되고 민주화를 향해 날아갈 때 생긴
유명한 딜레마이자 최대의 명언이라 아니 할 수 없습니다. 과연
인간들도 이런 명언을 짚을 물어 지을 수 있을는지요? 그것은
생존과 자유, 시장기와 군것질의 갈림길에 선 제비의
절실한 독백이 아닐 수 없습니다. 그러나 모든 나무 잎사귀
녹음방초가 투표용지 같고 드문드문 떨어진 초가지붕들이
투표함으로만 보이는 당시의 시대적인 상황에 있어
제비의 선택은 당연히 잎이었습니다. 입을 줄여서

잎을 확보하겠다는 의지요 결의였습니다. 자유는
생존을 앞질러 날아간다는 이상주의였습니다.

특히 요즈음 같은 사월은 제비에게 있어 정치의 계절이었습니다.
온 천지가 녹음이요 나뭇잎이요 투표용지니까요. 투표지를 물고
지지배배를 외치며 푸른 창공을 가르는 제비떼를 상상해보십시오.
하늘에서 내려다보는 지상은 아름답기만 하여 꿈과 현실이
뭉게구름처럼 한데 엉기는 시절이었습니다. 아 그리운
내 고향 남쪽바다 다 무얼 하는고? 향수를 가지고
조국의 역사를 해석하고자 하는 것은 아닙니다. 새에게 있어
눈물처럼 귀한 것도 없습니다. 하도 넓은 하늘만 날다보니
사소한 문제와 벌레를 간과하는 것이 문제일 뿐입니다.

투표용지 얘기를 하다 보니 얘기가 공중에서 솔개 만난 듯
그만 곤두박질쳤습니다. 자 — 잡념의 나래를 접고.

그간 우리 제비공화국은 앞서의 언어적 정치적 혼란에도 불구하고
발전에 발전을 거듭해왔습니다. 그 결과 우리가 사는 강남이
어쩌다가 한국인들이 가장 살고 싶어 하는 곳이 되고 말았습니다.
우리 역시도 더 이상 처마 밑에 더부살이하는 것이 불편할 정도로
경제성장을 이룩했기 때문입니다. 흥부집의 오두막에 살던 때는
까마득한 전설이 되고 말았습니다. 이 같은 경제성장은
자연스럽게 제비 모두에게 문화의 발전에 대한 시장기를 느끼게 하고,
자신의 언어인 지지배비, 비비배배, 노노배배 등에 대한

혼란을 본격적으로 정리해야 된다는 여론을 하늘 높이 고조시켰습니다.
이 시기에 나온 것이 소위 지지배배 지지지지 지지배배였습니다.
얼핏 듣기에도 이전의 말들보다 훨씬 자연스럽고 제비스럽지 않습니까?

물론 소리 자체야 크게 달라진 것은 없어도
뜻만은 크게 심오해졌으니, 획기적인 변화가 아닐 수 없었습니다.
제비들 가운데도 주로 중국에서 활동하는 형제들이 많은데, 특히
산동에 사는 제비들을 중심으로 공자에 대한 연구가 활발해졌습니다.
특히 이들이 주목한 것은 『논어』의 「위정편」에
"지지위지지 부지위부지 시지야

知之謂知之, 不知謂不知, 是知也"

즉, 아는 것은 안다 하고 모르는 것은 모른다 하는 것,
그것이 나는 것이라 하는 말씀입니다.
우선 뜻이 자못 심장해 그동안
언어적 혼란을 잠재우는 데 적격일뿐더러
마지막 시지야를 먹어치우면,
우리 제비의 전통적인 지지배배와 발음도 흡사하고,
또 정치적으로는 동양적이어서 시비도 줄어들 수 있기 때문입니다.
특히 발음이 유사하다는 것은 우리 제비뿐만 아니라 일찍이
조선시대 어우당 유몽인의 농담을 통해서도 확인된 바 있습니다.
제비로서 이보다 더 확실하게 밝힐 수는 없지 않을까요?
그 저명한 학자의 귀에 제비의 지지배배가 공자의 말씀과
동격을 이루었다는 것이 놀라운 일이 아니겠습니까?

그런데 어느 날 노자의 고향인 하남의 녹읍현 노군대
처마 밑에 거주하는 한 제비학자가 놀라운 발견으로
강남을 또 한 번 흔들었습니다. 그것은 『도덕경』에 나오는
노자의 유명한 말씀, 즉 지지지지知止止止가
제비의 지지배배와 원래 의미나 소리에 있어 같은
것이라는 주장이었습니다. 그 뜻인즉
"그침을 알아 그칠 때 그친다"이니,
지지배배가 격한 감정에 통제 불능이 되어도 거기에
지지지지를 더하면 균형을 이룰 수 있으니, 제비의 언어가
드디어 거의 완성되는 순간이었습니다. 강남의 제비들은 일제히
이 이론을 두 날개를 펴고 환영했고, 마침내 열띤 토론과
공방을 거쳐 공자와 노자의 말씀을
제비의 언어에 접목시켰습니다.

그래서 우리 제비도 처음으로 스물두 자,
지지배배 지지위지지 부지위부지 지지지지 지지배배라는
알파벳을 갖게 되었습니다. 놀랍게도 히브리어의
알파벳 숫자와 동일합니다. 어쩌면 제비어는 히브리어나
희랍어보다도 더 위대할는지 모릅니다. 히브리어는
알렙으로 시작해서 토로 끝나고, 희랍어는 알파로 시작해
오메가로 끝나지만, 제비어는 지로 시작해 지로
끝나기 때문입니다. 시작 속에 끝이 있고,
생명 속에 죽음이 있지 않습니까? 뿐만 아니라
스물두 글자는 그 자체가 알파벳이자 메시지요,

시이자 설이요, 삶의 망망한 하늘 길을 여는 교훈입니다.

오, 지지배배 지지위지지 부지위부지 지지지지 지지배배,

지지배배 지지배배 지지지지.

---

1   「아가리」: 제비의 「아가리」란 말은 뱀과의 전쟁 당시에 생긴 것으로서
직접적으로는 뱀의 아가리에서 기원한 것으로 생각되나 동시에 「아—가리」,
즉 삶에서 죽음의 세계로 떠난다는 뜻이 포함되어 있을 것으로 추측됨.

2   머슴: 모순을 뜻함.

3   냉수: 냉소를 의미함.

死장

파우스트: 먼저 그대에게 지옥에 대해서 묻고 싶네. 말해주게.
우리가 지옥이라 부르는 곳이 어디에 있는지?
메피스토펠레스: 지옥은 경계도 없고 어느 한 곳에 일정한 자리를
잡고 있는 것도 아니지. 그러나 우리가 있는 곳이면
지옥도 있기 마련이지.
— 크리스토퍼 말로, 「파우스트 박사」

이곳은 어디며 어느 나라이며 어떤 세계인가?
매일 우리는 지옥으로 내려가고 있다: 한 발자국씩.
— 세네카, 보들레르

―자, 나래를 접고 어떻게 됐습니까?

―나도 모릅니다. 제비가 그만 날아가 버렸으니까요.

―나래를 접고 말입니까? 이것 보시오.

―난 단지 통역만 했을 뿐입니다. 제비가 날개를 접었다 해도
보이질 않으니 날아간 것이 틀림없지 않소? 제비 죄를
사람에게 뒤집어씌운단 말이요?

―그래도 시작이 있으면 끝이 있어야 하고 문을 열었으면
닫아야 하지 않소? 당신의 시설은 다 미완성 교향곡이란 말입니까?
애를 배기만 하고 낳지는 않겠다니요? 사람이 쥐구멍 하나도
막지 못한데서야. 설사 제비가 날아갔다 해도 제비에 대해
그만큼 알고 있으면 즉흥 연주를 하든가 아니면
제비 흉내라도 내든가 아니면 아예 제비가 돼버리든가.

―선생, 인간이 제비를 알아야 얼마나 알겠습니까?
겨우 인간만큼만 알 뿐이지. 연주하다 뜻밖에
바이올린 줄이 끊어져버렸으니 당사실이 있어야 제비다리를
묶을 것이 아니요? 그 가는 줄의 바이가 당신을 올린 줄은 잘 알지만,
내가 오늘 연주회에 늦은 것도 서울 시내 택시들이 모두 고장이라서
그런 것이지 다른 이유는 있을 수 없지 않습니까? 그 아무리
기다려봤자 잡아탈 수 없는 색시인지 쎅시인지 하는 것 말입니다.
그보다도 그 제비는 우리의 젊음처럼 혹은 당신의 죽은 자식처럼
돌아올 테니까 그렇게 도덕적인 인상은 쓸 필요가 없습니다.
연말까지 기분 나쁠까 봐 겁납니다.

―도대체 왜 날아가 버렸을까요? 강남으로 아예 떠나버린 건 아닐까요?

―모르죠. 소월이 봤는데,

오늘 아침 먼동 틀 때

강남의 더운 나라로

제비가 울며불며 떠났습니다.

―무슨 일이 생긴 건 아닐까요? 몇 시에 신문이 나옵니까?

―그런 것도 다 알 필요가 있습니까? 신물이 나지도 않소?

　차라리 감기나 앓읍시다. 의분과 사기로 살던 사람은

　감기라도 걸려 식어가는 체온을 높일 수밖에 없지 않겠소?

　이번에 들어온 감기손님은 삼박사일입니다. 숙박료는

　물론 주인이 부담하고.

―감기가 정권을 잡는 사람처럼 안 물러나면 어떻게 하죠?

―그러면 몸살을 앓아보는 게 어떨까요? 구태여 쿠데타가

　더 좋으시다면 몰라도.

―뭐, 굿하다가 좋아요?

―일구는 지금 어디로 가고 있습니까?

―해를 향하고 있습니다. 아침 하늘이 토하는 붉은 핏덩어리,

　빨간 솜사탕, 일구는 그것을 눈동자로 삼키고 있습니다.

―하늘은 언제부터 각혈을 시작했습니까?

―양기 높은 산이 계곡을 사정할 때부터죠. 바다는 아픈 배를

　부둥켜안고 밤새도록 뒹굴었습니다. 해장국이나 먹으러 갑시다.

―오늘은 경찰들이 많이 등교했는데요? 학생들은 없고

　경찰들만 모여 있으니 도서관 책들이 심심하겠는데요. 도대체

　이것은 누가 다니는 대학입니까? 경찰학교 아닙니까?

　마스크를 쓰고 어떻게 공부를 한다는 것인지, 총장인지

　총경인지에 한 번 물어봐야겠습니다. 일구가 어디 있느냐고요?

날아가 버린 제비에 대해 무슨 소식 못 들었느냐고요?
냉귀지 기자는 말하기를:

지옥교문

여기를 들어가는 자는 희망을 버리라.
취직은 커녕 졸업만 해도 극히 단테이니라. 날고 때 묻은 육체를
신발 벗고 들어가라. 세상에서 입고 다니던 교복 같은 육체를 벗고
이제 집에 왔으니 편안한 수의로 갈아입으라. 여기서부터는
그림자를 잃어버릴 것이니 평생 붙어 다닌 것의 단추 떨어짐이
있을 것이요, 일과 구 또한 아메바 해야 하리라. 돈만 들고
젊음만 까먹는 곳, 이자는커녕 본전도 못 찾는 곳,
감옥의 지름길, 사회의 낙오자를 기르는 온상, 경찰관들의 밥상,
최루탄의 자갈밭과 개스 챔버, 이것이 지옥이요 지하대학이니
뽑히려고 시험보고 쫓기려고 학교 다니면서 데모 같은
재미라도 없었다면 대학의 학대를 견딜 수 없었으리라.
지옥은 세상을 중퇴한 사람들이 들어오는 곳이니 여기를
들어가는 자는 희망을 버리라. 어쩌면 군대를 일찍 갈 수 있는
희망만은 있으나 나라를 지키는 것은 벌 서는 것과 같아서
지옥은 언제나 전방이다. 감옥생활 십구 년에 졸병으로
시작해서 별을 달고 승진했으니 대학교가 길러낸 어둠의 인재들이
아브라함이 본 밤하늘이더라. 저렇게 많게 하리라 하고 말씀하신 신을
별의 숫자만큼이나 헤아리고 믿는다면 손톱으로 염라대왕의

명부를 지울 동방삭의 꿈은 버리라. 시간의 길이로 삶을 살던
시대는 지났다. 길이가 있음으로 짧아지나니, 나이 든 자들은
젊은이들의 젊음을 짓이겨 훌쩍훌쩍 그 생즙을
들이마시고 있지 않는가. 희망을 버리라. 쓸모없는 것을.
도서관을 점령할 희망을 버리라. 책들과 먼지가 웃으리라.
죽기 위한 공부는 왜 그리 유치한지 않을 의자를 쳐부수고
유리를 깨고 창밖으로 찢어진 커튼을 흔드는 것은 왜 그리
우스운지 콜록콜록 기침이 맵고 우습고, 나라가 울리는 기침소리.
데모를 가벼운 감기로 생각하는 사회 — 들어왔다면 좀체로
나가지 않는 독재의 바이러스, 감기 걸려 죽었던 이승만 정권.
여기를 들어가는 자는 마지막 웃음을 웃으라.

무지개 같은 교문, 오색은 어디로 가고 구름이 아닌 흙 속에
가랑이를 벌리고 있다. 문이 없고 초인종이 없어 좋다.
그래서 항상 절반은 유혹이다. 교문 주변에는 얼룩덜룩한
꿈의 쓰레기들이 흩어져 있었다. 일구는 가랑비를 따라
교정으로 들어갔다. 버드나무 아래 벤치 위에는 연인들이
남기고 간 말 그림자와 해초들이 걸쳐 있었다. 그들은
일구가 지나가자 파도 속을 헤엄치면서 비웃었다.
학생 학생 하하 현고 학생 버린 것을 주어다가 또 버리려고
죽음에 셋방 들어 사는 하숙생 학생 밀린 월세는 또 앞뒤로
미루고 유세차 하고 학생부군신위 오시어서
사람 살려 사람 살려 물에 빠진 고기 살려.
가랑비는 비늘같이 내리는 가랑비는

요정의 가랑이를 타고. 오늘 아침, 무지개는
내가 지웠지. 가랑비로 말야. 무지개 지우개, 아니 지우개 무지개,
애기처럼 등에 지어줄까. 얼마 안 가서 짐과 더불어 부서질 거야.
물론 이대로 걸으면서 잠들고 싶을 거야. 잠시 무게를
지탱하기 위해서라도, 그래도 가랑비 물 말은 국수 같은 세상을
한 그릇 더 청하고 싶은 일구의 지옥적인 시장기,
미래에 대한 헛구역질, 느낌만을 되새김질하고 걸으면
점점 가까워지지 않을까. 먼 것이.

그때 제일 먼저 다가선 것은 P교수의 그림자였다.
비타민 HD가 부족한 그의 얼굴은 림보의 표정을 띠고 허덕였다.
모두가 그 속에 모기처럼 엉켜 있는데, 어떤 사람은 다리를 꼬고,
어떤 사람은 뒷짐을 지고, 그런가 하면 손가락질을 하는 사람,
사각모를 쓰고 거울을 보는 사람, 점수 매기는 사람, 애인을 껴안은 사람,
P교수도 그들 속에 손톱에 때처럼 끼어 있다가 일구를 보자 어른거리는
손목으로 덥석 옷깃을 잡았다. 나는 전라도 사람 P교수인데
산 것도 죽은 것도 아닌 상아탑 속에 산 사람이 어떻게 들어왔소?
상아탑은 구조가 이빨과 함정으로 이루어졌으니 조심하시오.
나같이 되지 말고. 인간으로서 쥐덫에 치다니.
쥐덫은 나를 쥐로 만드나 보오. 밤낮으로 원망하니
나는 내 마지막 발걸음을 잊지 못하오. 혹시
비타민 가진 것 있소? PH와 D?
가진 것이라곤 아무도 믿지 않는 가능성밖에 없는데요. 그렇다면
당신 같은 사람이 어떻게 여기를 들어올 수 있었을까?

뚝섬에서 나룻배를 타고 건너 왔습니다. 뱃사공은 어깨에
누더기를 걸쳤는데 감히 얼굴은 보지 못했습니다. 그는 나를 보더니
버럭 화를 내더군요. 그래서 등에 새겨진 채찍의 황금문신을
보여주었습니다. 그러자 그는 마치 높은 탑과 같은 분노의 표정을
허물면서 자기의 나룻배를 문턱에 신발처럼 갖다놓더군요.
그런데도 왠지 그의 얼굴은 보지 못했습니다. 좌우로 검은 물살은
고기떼처럼 빨리 지나가는데 어느덧 배가 교문 앞에 이르렀습니다.

그렇다면 자네가 바로 그 사람인가? 나를 물러가라고 한 사람이
내 가슴을 공중에 매달아 놓고 발길로 차고 주먹으로 친 사람이

당신에게 외면당해 당신을 피해 다닌 사람이죠. 그러나 제자를
넘겨 준 것은 당신이 아닙니까? 나는 가끔 정부와 당신 중
어느 누구를 더 저주해야 할지 몰라 망설이곤 했습니다.

나는 다만 선생일 뿐이었어. 가리옷 유다 같은 세일즈맨 말이야.
자네뿐만 아니라 나 자신도 배반했지. 가르친다는 것은
쉬운 일이 아니었어. 손가락만 가지고는 안 되는 것이
그것이었어. 내 영혼의 시계바늘은 진즉 죽어 있었어.
타락한 내 영혼은 시간도 모르고 갈등조차 없이 살고 있었어.

그때 갑자기 P교수의 가랑이에서 한 떼의 학생들이 쏟아져 나왔다.
일구는 순간적으로 세 발걸음을 물러섰다. 발걸음을 세볼 여유도 없이.
첫 번째 발걸음은 놀라움이요, 두 번째는 의아함이요, 세 번째는

뭐가 무엇인지. 저들은 누굽니까?

떨어져 있는 P교수에게 일구가 물었다.

— 저 귀신들 말인가? 제자들이지. 내가 썩은 이빨을

  땅에 떨어뜨리자 마늘처럼 솟아난 자들이야.

— 그런데 왜 표정이 없습니까?

— 신사복에 야구모자는 더 이상하지 않나?

— 어디를 가고 있는 건가요?

— 가라는 데로. 앞으로 혹은 뒤로, 로봇처럼. 야구의 베이스는

  이미 정해져 있는 것이 아닌가. 사지는 멀쩡한데 머리와 안면이

  마비되어 있어. 그러나 달리기는 잘하지. 때로는 홈런도 치고,

  치라고 허락이 내리면. 신호 읽는 것, 그리고 휘두르는 것과

  달리는 것이 저들의 장기지. 점수는 목표이고.

— 그 외엔?

— 야구모자가 저들의 머리를 지배하는 한 빗자루를 들고

  골목길도 쓸 줄 모르는 쓸모없는 것들이야.

— 누가 저들에게 야구 모자를 쓰게 했습니까? 당신입니까?

  악마의 콧수염을 달아준 사람이. 연출 감독이 누굽니까?

  누가 우리에게 발포하라고 명령했습니까?

— 나를 지배하는 자가 그들을 또한 지배하고 있어. 우리는 모두

  줄 하나에 매달려 있지 않는가. 우리는 희망이 없이 다만

  욕망 속에서 살고 있을 뿐이야.

  Che sanza speme vivemo in disio.[1]

  나는 저 모자를 벗기는 것이 무서우이. 머리카락의 실뱀들이

마비된 얼굴을 물어뜯지 않을까 생각만 해도 심장이 급정거하네.
원인은 언제나 우리의 능력이 닿지 않는 데 있어. 그렇다면 마비된
근육이 절로 움직이기까지 기다려야 해. 그때까지는 죄 없는 개나
잡아먹으면서 몸보신하고 가끔 박수나 치면서 몸조심하고.
안 그런가. 보신을 하려면 죽여야 하고 조심을 하려면 꾸며야 돼.
이것이 바로 야구모자야. 학생들은 야구를 보고 이 공식을
연습하고 있지. 자 — 내가 던진 볼로 홈런을 칠 수 있겠나?
자네도?
— 던지려면 당신의 두 눈깔을 한꺼번에 던지시오. 그보다도,
대체 여기가 어디입니까? 지옥입니까?
— 조금 있으면 자네를 데리러 땅속에서 엘리베이터가 올라올 걸세.
자네의 영혼이 지하의 귀신을 소리쳐 부르지 않았는가?

P교수는 말의 핏자국을 남기고 사라졌다. 바로 그 순간
마치 관같이 생긴 엘리베이터가 흙을 파헤치고 올라왔다.
일구는 자신도 모르는 사이에 올라타고 말았다. 어떤
신비로운 힘이 등짝을 떠밀었는지도 모른다.
일구는 지하로 내려가는 동안 엘리베이터 안을 살펴보았다.
천장 한 구석에는 독수리 눈 같은 전구가 파랗게 빛나고 있었다.
그리고 정면에는 붉은 글씨가 눈을 찔렀다.
「한 번 내려가면 다시는 올라오지 못하리라.」
그것을 본 순간 일구는 갑자기
술 취해 새벽 종소리에 얻어맞은 기분이었다.
일구는 뒤를 돌아다보았다. 그러자 자신의 그림자로

절반쯤 가려진 뒷면에는 「신의 자비는 여기서 끝난다.」
라고 씌어 있었다. 일구는 한기를 내뿜는 말에 오싹
소름이 끼쳤다. 그 순간 엘리베이터가
고장 난 것처럼 덜컹 멈추었다. 그리고 문이 열렸다.
Voila! 이건 학교가 아닌가?

학교는 낯익으면서도 동시에 몹시 낯이 설었다. 일구가 걸어 들어가고
있는 곳은 긴 복도가 있는 강의실이었다. 복도 오른쪽으로 있는 벽은
높이가 천장에 닿았는데 색깔이 시커먼 나머지 마치 없는 것 같았다.
반면에 맞은편에 있는 강의실은 유리로 되어 있어
내부가 환히 들여다보였다.
강의실 속엔 수를 헤아릴 수가 없는 많은 학생들이 꾸벅꾸벅
졸고 있었다. 그들은 고개가 무거워 주체할 수가 없는 것 같았다.
졸음과 싸우고 있는 것이 역력했다. 학생들은 몽롱한 눈동자로 칠판을
쳐다보았다. 거기에는 붉은 글씨로 다음과 같이 적혀 있었다.
「항상 깨어 있으라. 졸음의 선물을 가지고 오는 자를 경계하라.
그래도 졸음이 오면 허벅다리를 꼬집어라.
꼬집어 멍든 자리의 먹물이 터질 때까지 오직 졸지 않는 자만이
끝나는 종소리를 들을 수 있으리라.」

한편 학생들은 칠판을 읽으면서도 손으로는 연신
하품을 틀어막고 있었다. 아무리 소름끼치는 공포일지라도
이들의 졸음을 깨우기에는 무력할 것 같았다.
잠의 세계에서 고통은 어린애에 불과했다.

학생들은 책상에 주저앉은 채 꿈과 현실,
이 세상과 저 세상의 아슬한 경계를 걸어가고 있었다.
死葬

일구는 두 번째 방으로 걸음을 옮겼다. 그곳은 아무것도 없고
오직 넓은 공간 속에 칠판과 턱걸이만 서 있었다. 칠판에는
큰 글씨로 「턱을 걸라」라고 쓰여 있었다.

학생들은 하나씩 강단 위로 올라가 매달렸다. 그러나 매달린 학생들은
턱만 올라갈 뿐 몸뚱이는 제자리에 머물러 낙제하고 있었다. 그들은
피로로 몸이 무거운데다 팔은 가늘고 여위어서 검붉은 힘줄이 툭툭
돋건만 턱걸이에 턱이 걸쳐지지가 않았다. 턱에 걸리는 것은 턱걸이가
아니라 위로 내쉬는 가쁜 숨이었다. 매달리는 학생들은 허공에 페달을
구르면서 자전거를 탔다. 하늘이란 오르막 길, 그것은 어떻게 보면
발길질과도 비슷했다. 누구에겐가 발길로 퍼붓는 욕, 그러나 그것은
매달린 푸대자루의 대롱대롱 몸부림이었다. 철봉에 걸친
손목의 밧줄은 번번이 쉽게 풀어졌다. 턱은 아직도 위를 향한 채.

일구는 세 번째 방에 도착했다. 그 속엔 스핑크스 같은 사자가
앉아 있고 그 앞엔 학생들이 먹이처럼 서 있었다. 사자의 콧구멍은
엔진처럼 더운 김을 뿜어내는데 그의 콧김은 학생들의 얼굴과 교복에
하얀 서리를 만들었다. 학생들은 추위와 공포에 온몸을 바들바들 떨었다.
특히 사자가 하품하듯 입의 대문을 열 때마다,
그가 이빨의 철장을 서서히 닫을 때마다, 학생들은 선 자리에서
자신도 모르게 뒷걸음질 쳤다. 또한 사자의 등 뒤에는

커다란 붉은 깃발이 날리는데 거기에는
「기뻐하라, 학생들이여, 너는 오늘을 기다리지 않았는가」
라는 말이 바람에 펄럭거리고 있었다. 반면에 그것을 바라보는
학생들의 얼굴은 떨어질 대로 떨어졌다. 그들의 얼굴은
공포에 까맣게 그을린 것 같았다. 또한 그들이 서 있는 곳은
사막임에도 불구하고 연신 흘러내리는 땀과 눈물로
비온 날처럼 질컥거렸다. 더욱 소름끼치는 것은
사자가 시험에 떨어진 자를 배설하고
꼬리로 몸둥아리를 감아 땅에 내팽개치는 장면이었다.
불합격자는 외마디 비명을 내지르면서
진흙 속에 떨어졌다. 진흙탕에는 팻말이 꽂혔는데,
「나는 똥이니 거름이 됨으로써 최대의 쓸모를 찾았노라」
라는 말이었다. 그때마다 어디선가 부모들이 달려나왔다.
그리고 떨어진 자를 부둥켜안고 울었다. 자기의 배설물을.

일구가 다음 방으로 걸음을 옮기려는데 맞은편에서 P교수가 걸어왔다.
"아니 어떻게 여기에 계십니까?"
"그건 내가 물어야 할 말이 아닌가? P와 H와 D, P와 H와 D,
피와 기침과 돈과 힘과 헐떡거림과 당나귀와
P, H, D, P, H, D, 자네 비타민 가진 것 없나? 없다고 그랬지.
우리는 하루에도 두 번씩이나 만나는군."
P교수는 실 꾸러미를 감듯 무언가 중얼거렸다.

일구는 방안을 들여다보았다. 그것은 학교 캠퍼스였다.

넓은 교정을 보자 일구는 자기가 다시 엘리베이터를 타고
땅위로 올라온 것이 아닌가 하는 착각이 일었다. 한 가지 다른 것은
남녀학생 모두 책가방 대신 모두들
산소통을 메고 있는 것이었다. 그리고 얼굴에는 마스크를 끼고서.
그것은 마치 문어가 얼굴에 붙은 것처럼 흉측해 보였다.
일구는 궁금한 나머지 P교수에게 물었다.
"저 학생들은 왜 마스크를 쓰고 있습니까? 또한 저들은
산소통을 메고 있지 않습니까? 무슨 데모라도 일어나려는 것 아닙니까?"
"저건 산소통이 아니라 소위 가스통일세."
"가스통이라니요? 가스를 먹는단 말입니까?"
일구는 P교수의 말을 믿을 수가 없었다.
"맡지 않으면 죽으니까" P교수의 대답이었다.
"저 학생들은 너무도 오랜 동안 최루탄가스를 숨 쉬며 살아왔기에
그 독성이 온몸에 배어버렸어. 그래서 이제는 그 지독한 것을 하루라도
호흡하지 않으면 오히려 부작용이 발생하게 되지."
"부작용이라니요?"
"그 냄새를 맡지 않으면 가만히 앉아 있어도
왠지 숨이 가쁘고 답답증을 느끼게 되지. 따라서
학생들은 최루탄가스를 맡아야 숨이 터지고 양심이 편하며
학업 또한 열중할 수가 있게 되지. 그뿐인가. 최루탄가스를 맡아야
눈물이 나오고 가슴이 씻은 듯이 진정된다는 사실 말이네.
그것은 저들에게 진통제 내지는 진정제지. 혹은
신경안정제라고 부르기도 하고 아스피린이라고 하는 사람들도 있지.
어쨌든 최루탄가스는 언제부턴가

학생들의 필수품이 되어버렸어. 그러기에 저렇게 남학생이건 여학생이건

등에다 저것을 모시고 다니지 않는가?”

“그러면 데모 시에 경찰은 어떻게 진압하는지요?

최루탄을 쓸 수 없으니 말입니다.”

“그거야 간단하지. 더욱이 지옥의 경우에는.”

“죽음이 어떻게 생명을 진압한다고 생각하나?

가스로 사람을 울리던 감상적인 시대는 종철이했어. 진즉.

연기를 뚫고 오는 총알을 조심하게. 아니면 목욕탕 깊은 바닷물 속을.”

P교수는 말했다, 그렇게.

다섯 번째 방은 공장이었다.

“공장이 아닙니까?” 일구가 물었다.

“학교지.” P교수의 대답이었다.

“학생이 없지 않습니까?” 일구가 다시 물었다.

“저 빈 상자들이 있지 않은가? 무더기로 쌓여 있지 않으니

살아있다고 할 수 있지 않은가? 저 빈 상자를 포장하는 것을 보게.

그리고 거기에 붙이는 상표를 읽어보게.

아무개 대학이라고 되어 있지 않은가?”

“그렇다면 저 상표를 붙이는 사람은 누굽니까?”

“지식을 다루는 기술자지. 빈 상자에다

보잘것없는 지식을 집어넣고 멋있게 포장을 해서

상표를 붙이고 때로는 그것을 직접 팔기도 하지.

그것이 교육 아닌가? 빈 상자를 팔아서 돈을 벌다니.

자식의 교육만을 위해서 산다는 부모처럼

한심하고 불쌍한 사람도 없을 거야.

껴안기만 하고 들어볼 줄은 모르니."

"요즈음 속을 비우는 것이 한창 유행인데

대학도 추세를 따르는 것이 아닐까요?"

"들어보기 전에 무게를 알 수 없는 것이 빈 상자지.

그래서 포장이 중요하지. 그러나 상자는 무거워서는 안 되지.

무거우면 취급하기가 곤란하니까. 사회로 하여금

학생들을 값싸게 소모시켜야 된다는 것이 저들의 신조이지.

불량품에 의한 불량한 사회,

그것이 KS마크라는 것일세. 우리의 허영이 만들어낸 진실이

볼만하지 않은가? 나는 이만 가보겠네. 잘 있게,

저들이 나보고 도장을 찍으라고 하기 전에. 그런데

지난 겨울 자네 집 크리스마스트리에는 전구가

몇 개나 달려 있던가? 그 찬바람에 떠는 필라멘트들 ─ "

P교수는 말을 남기고 어디론가 사라졌다.

도장 찍힌 몸을 종이 접어 넣고

봉투처럼 우체통 속으로 사라졌다.

일구는 다시 앞으로 걸어나갔다.

복도의 전체적인 구조는 괴물 미노투어의 갈라진 발굽과도 같았다.

발굽이 열린 곳에 엘리베이터가 있었다면, 일구는

지금 처음 출발지점으로 되돌아가는 느낌이 들었다.

─ 잠깐만요!

─아니 어떻게 여기까지? 당신도 참 지독하오, 지옥까지 따라오다니.

─지옥도 불사하는 파파라치가 기자 아닙니까?

─이런 캄캄한 어둠속에 내가 보인단 말이오?

─사실은 당신보다 당신 가이드를 취재하려 했는데.

─금방 떠났지 않소? P교수.

─그래서 묻는 것입니다. 가이드 없이 어찌 이런 데를 함부로 다니려고?

─대리기사는 언제든지 오죠, 부르기만 하면.

─혹시 마담 베아트리체가 대리기사를 보내주지는 않았나요?

─저 세상을 떠나올 때 이미 만나기로 약속이 되어 있었죠.

어둠이 가장 옅은 곳에서.

─그러면 대리기사가 누군지 알고 있단 말입니까?

─댁도 이름을 들으면 알 만한 사람입니다.

역사의 앨범에 사진도 없이 이름만 있는 사람들.

─그게 누구죠?

─나도 단테처럼 한 댓 명 됩니다. 아니 좀 더 많던가?

─그게 누굽니까? 볼펜이 어디 갔지?

─맨 처음 생각나는 사람이 누구겠소?

나와 같이 17년간 유학생활을 하고 육두품으로 세상을 등진 사람.

─고운 최치원이 아닙니까? 지옥에서도 별 볼일이 없나요?

─그의 풍류야 이런 데서 무슨 소용이 있으리요만,

그래도 어딘가 어둠 속에도 바위에 시를 새기고 있을 것입니다.

나 같은 낯선 사람에게 손으로 더듬어가면서 읽으라고. 점자처럼.

─고운 다음에 또 누가 있습니까?

─나처럼 군인 세상에 태어났지만, 달빛을 물병에 담았던 사람.

—백운이 아닙니까? 지옥에서의 처세는 어떠할는지?

—술이 없으니 거사하기가 어렵겠지만,

　군인들이 없으니 또한 숨 쉴 만은 할 것입니다.

　최초로 한국시의 기상과 골격을 세웠으니,

　가히 우리 서사시의 원조라 할 것입니다.

—그 다음은 누군가요?

　멀리 떠났던 그림자들이 돌아오는 것 같은데.

—지옥 구경이나 좀 하고 합시다. 이왕 왔으니까.

일구는 이제 여섯 번째 방에 이르렀다. 그곳은 산꼭대기에 있는
동굴이었다. 동굴 앞에는 학생들이 옆구리에 책을 끼고 마치
도서관 앞에서처럼 서성거렸다. 그리고 하나씩 둘씩 차례로
동굴 속으로 들어갔다. 캄캄한 굴속에서 책을 읽는단 말인가?
일구가 잠시 의문에 잠기려는 사이, 한 떼의 학생들이 굴 밖으로
쏟아져나왔다. 그들은 굴 밖으로 나오자마자 책을 집어던지고
태양을 보면서 가쁜 숨을 내뿜었다. 그 모습은 영락없이
성질 급한 호랑이가 마늘을 집어던지는 것이 아니면
경찰에 돌을 던지는 데모 생들과 같았다. 한편 오랜 시간이 경과한 후
마침내 굴 밖으로 나오는 학생들이 있었다. 그들은 바깥세상이
눈이 부신 나머지 한참 동안 눈을 뜨지 못했다. 그리고 마침내
눈을 떴을 때 바깥세계를 바라보는 그들의 눈빛은
무척 달라진 것 같았다. 그래서 그런지 그들의 모습 또한 어딘가
달라진 것 같았다. 그것은 마치 곰이 사람이 되어 나온 것과
같다고나 할까. 굴속에 들어갈 때 그들은 학생이었다. 그러나

나올 때는 사람으로 변해 있었다. 그들의 모습에서
사람만이 지닐 수 있는 어떤 공포의 신성이 풍겨나왔다.
경찰서나 법원의 오싹하는 음산한 냉랭함과 비슷하다고 할까?
그들은 동굴 속에서 책과 마늘을 씹으면서 암흑을 견뎌내지 않았는가?
인내와 의지는 이빨처럼 단단했다. 그들의 눈빛은
바위에 부딪쳐 반사하는 빛과 같았다. 그 빛은 동굴 밖에서 아직도
책을 내던지면서 떠드는 학생들을 향해 싸늘하게 빛났다.

한국적인 창세기, 출에덴, 곰을 진화시킨 단군시대,
역사는 가슴 한가운데 심은 마늘을 뽑아먹으면서 시작되었다.
일구는 눈앞에 이상한 역사적 환상이 지나가는 것을 느꼈다.
동굴과 같이 캄캄한 사회, 책이란 마늘,
그것으로 살 수 없는 호랑이와 성질들, 포효와 뛰쳐나옴. 반면에
미련한 인내로 테이프를 끊는 선수들, 곰 같은 인간들,
곰곰이 생각해 보니 사천만으로 홍수처럼 불어난 곰 새끼들.
떠내려가는 역사의 빙하, 몽고에서 만주를 거쳐 남으로 남으로,
해마다 북으로 사신을 보낸 것도 바로 그 때문이었단 말인가?
내려왔던 길을 따라 잉어처럼 거슬러 올라가는 이유.
이파리와 가지들의 줄기찬 뿌리찾기 운동이었던가?
억세고 억센 사람들, 억쇠와 꺽쇠,
일구는 자기가 보고 있는 것에 넋을 잃었다. 정신을 차리기
위해서도 일구는 자리를 옮기지 않을 수 없었다. 어슬렁 어슬렁
임신한 곰처럼, 창경원을 북극이라 생각하면서.

일곱째 방은 일종의 서커스 장이었다.

커다란 텐트 속에는 수많은 사람들과 동물들이 모여 있었다.

또한 천정에는 마치 전차선처럼 밧줄들이 얼기설기 걸려 있고

그 위를 사람들이 장대를 들고 걸어가고 있었다.

보통 서커스장과 다른 점이 있다면, 위에는 사람들이 있고

아래는 동물들이 있는 것이었다. 즉, 동물들이 인간들을 구경하고 있었다.

밧줄을 걷고 있는 사람들은 물론 학생들이었다.

그들은 원래 무심한 사회의 구경거리가 아니었던가?

또한 밧줄 위를 걷고·있는 학생들 뒤에는 그들의 친구들이

자기들의 차례를 기다리면서 초조하게 서 있었다.

밧줄 한가운데는 흰 깃발이 휘날리는데 붓글씨로 중中이라 쓰여 있었다.

중자는 마치 입을 그려놓고 그 중간에 손가락을 세우면서 쉬 — 라고

소리치듯 극도의 긴장감을 불러일으켰다. 또한 일구가 자세히 바라보니

학생들은 밧줄 위를 걷기에 앞서 허공에 걸린 문구를 큰소리로

낭독하는 것이었다. 가운데로 가는 것이 가장 안전하다.

In medio tutissimus ibis.[2]

아폴로가 자기의 태양 마차에 올라탄 아들에게 한 말이었다.

학생들이 과연 그 말뜻을 이해했는지는 알 수 없으나

두려움에 목소리가 떨리고 있는 것은 확실했다. 밧줄 아래는

쳐다보기만 해도 현기증이 일어날 정도였다.

그때 한 학생이 장대를 들고 서서히 걸어 나왔다.

중中을 향해 벌린 입의 한가운데로

장대를 든 그의 모습 또한 얼핏 중자와 같았다. 그러나

그가 중간지점 가까이 걸어나갔을 때

발걸음이 떨리면서 온몸이 흔들리는 것이 보였다.

그는 거센 바람에 흔들리는 나뭇가지처럼 좌우로 흔들리더니

추석을 며칠 앞둔 과일처럼 아래로 떨어졌다.

그 순간 그의 몸은 짐승의 모습으로 변신하는 것이었다. 그렇다면

거기 아래에 모여 있는 짐승들은 한때 사람들이었단 말인가?

밧줄을 걷는 학생들은 자꾸만 아래로 떨어졌다.

땅은 마치 과일을 주워 담는 광주리 같았다. 그리고 그 광주리는

우리였다. 떨어지는 낙과생들은 각자 자기의 성격에 따라 갖가지

짐승의 모습으로 변했다. 어떤 자는 사자로 변하는가 하면

뱀이나 여우로 변하는 자도 있었다. 그러나 일단 변해버린 다음에는

자기들이 왜 그렇게 변했는지를 전혀 모르는 것 같았다. 그리고 그들은

사람이 자기들처럼 짐승이 되기를 기다리는 것이었다.

여덟 번째 강의실에선 엄숙한 졸업식이 거행되고 있었다.

그것은 선뜻 낯익은 광경이었다. 그러나 졸업식장에는

막상 뜻밖의 일이 벌어지고 있었다. 총장이 등장하자

앉아 있던 졸업생들과 그들의 시각모자들이 약속이라도 한 듯이

일제히 일어섰다. 그리고 노래를 부르기 시작했다.

그것은 소위 「별 볼일 없다」라는 노래였다.

이제는 별 볼일 없다. 이제는 별 볼일 없다.

이제까진 더러워도 참았다면, 아 이제는

별 볼일 없다. 어서 빨리 여길 나가,

오 하늘, 젊음의 밤하늘, 별 볼일 있을까.

오 있으라면 없는 것, 없으라면 있는 것, 오 별 볼일,
오 별 볼일, 별 볼일 없어라. 별 볼일 없어라.

死葬

졸업생들은 노래를 부르면서 퇴장하기 시작했다. 총장은
마치 그것을 못 본 듯이 코에 안경을 바리케이트 치고
축사를 강행했다. 그의 마이크 목소리는 번번이
학생들의 노래 소리에 헌 실밥처럼 끊겼다.
축하해야 할 사람과 축하해선 안 될 사람들은
몇 번이나 서로의 멱살을 잡았다 놓았다 그러는 사이
학생들은 노래의 기어를 바꿔 「당신과 나 사이에」라는
신곡을 내놓았다. 그것은 히트였다.
단상위에 있는 사람들의 얼굴을 야릇한 흥분으로 상기시켰으니.

　　당신과 나 사이에, 이 세상이 없었다면,
　　마이크를 잡는 당신을 떠나지는 않았을 것을.
　　어느 날 우리가 당신 방에 들어갔을 때,
　　학생은 공부만 해야 한다고, 말씀하셨지요.
　　그래서 유리창이 부서지고 책상과 의자도 부서졌지요.
　　아 그런 일만 없었더라도
　　당신의 가슴을 치지는 않았을 것을.
　　아프게 오 가슴 아프게.

　　당신과 나 사이에 군인들이 없었다면,
　　당신이 스승인 것을 잊지는 않았을 것을.

어느 날 경찰이 우리들을 잡아갔을 때,

주먹으로 때리고 발길로 걷어찼을 때,

강 건너 불처럼 구경만 한 당신.

당신과 나 사이에 군인들이 없었다면,

당신이 스승인 것을, 억지로, 억지로

잊지는 않았을 것을.

가슴 아프게, 오 가슴 아프게.

노래가 끝나갈 무렵, 졸업식장은

회오리바람에 날아간 화투판 같았다.

당신과 나 사이는 무질서해졌다. 질서정연한 것은

어쩌면 별 볼일 없는 별 볼일 없다는 노래 소리였다.

일구는 다시 발걸음을 어려운 문장을 번역하듯 옮겨 놓았다.

아니 연속극처럼.

아홉 번째 방은 격렬한 데모가 벌어지고 있는 교문 앞이었다.

경찰은 최루탄을 쏘고 학생들을 향해 서서히 다가오고 있었다.

『맥베드』의 버남 숲처럼.[3] 학생들은 해변가의 파도처럼

사방으로 흩어졌다가 다시 모이고, 그들의 출렁거리는 바다운동은

숨 막히는 리듬으로 같은 동작을 되풀이하고 있었다. 그때 다가오는

경찰을 향해 달려 나가는 학생이 있었다. 그는 오른손에 휘발유통을

들고 있었다. 그는 경찰과 학생들과의 중간지점에 도착했을 때

들고 있던 휘발유통을 번쩍 들어 자기 머리 위에 거꾸로 세웠다.

휘발유가 머리카락을 적시면서 얼굴과 옷 위에 흘러내리는 것이

멀리서도 똑똑히 보였다. 그는 한바탕 샤워가 끝나자 경찰을 향해

빈 휘발유통을 집어 던졌다. 그리고 포켓에서 성냥을 꺼냈다.

그는 성냥을 당기기 전에 경찰을 향해 큰소리로 부르짖었다.

"나는 시대의 위험을 경고하는 봉화가 되고자 한다.

내가 어떻게 불타오르는지 똑똑히 지켜보라.

나의 한줌 잿더미 속에서 대한민국이여 불사조로 살아나라. 만세!

만세!" 그는 말을 마치자 성냥을 그었다.

불길은 순식간에 그의 온몸을 휘감았다.

그때 어디서 나타났는지 학생을 향해 달려가는 여인이 있었다.

여인은 숨찬 비명의 사이렌소리와 함께 필사적인 힘으로 달려갔다.

그리고 불 속에 반쯤 타버린 채 비틀거리는 학생을 껴안았다.

그녀는 필시 어머니가 분명했다. 그녀의 눈에는

불길의 위험은 보이지 않고 오직 아들만이 보일 뿐이었다. 한편

학생은 종이조각처럼 타오그라들면서도 얼핏 알아보는 것 같았다.

그는 자기도 모르게 여인을 덥석 껴안았다.

동시에 그녀로부터 떨어지고자 몸부림쳤다.

자기의 불길이 그녀에게 옮겨지는 것을 염려했기 때문이었다.

그러나 여인은 아들을 껴안고 놓지 않았다.

그리고 순식간에 그녀마저도 불길 속에 휘감기고 말았다.

어머니는 불에 타면서 불속에서 까맣게 형체를 잃어가는

아들을 보며 어쩔 줄을 몰랐다. 그러나 어찌

불을 불로 끌 수 있단 말인가? 어머니의 안타까운 몸부림은

강물에 비친 불빛처럼 흔들렸다. 마침내 두 사람은

불타는 팽이처럼 맴돌던 자리에 쓰러졌다. 어디선가

앰뷸런스 소리가 들렸다. 그리고 수십 명의 학생들이
일제히 앞으로 달려 나가면서 쓰러진 그들을 에워쌌다.
멀리서 보건대 그들은 황토무덤 위에 자라는 풀포기들과 같았다.

복도는 경고처럼 끝났다.
이럴 때는 어떻게 해야 되는가? 그 순간
엘리베이터 문이 열리면서 버럭 고함이 튀쳐나왔다. "들어와."
쇠밧줄같이 굵고 튼튼한 철분 섞인 음성이었다.
일구는 심한 충격에 정신을 잃고 말았다.
돈을 한 주먹 쥐고 있었다면 가랑이 사이에 다 떨어뜨렸을 것이다.
일구가 겨우 정신을 차리고 눈을 떠보니 아직도
엘리베이터 안이었다. 그리고 제일 먼저 눈 속에 들어오는 것은
「신의 자비는 여기서 끝난다」라는 경고였다.
일구는 다시 현기증이 일어나는 것을 느꼈다. 그러자
엘리베이터가 덜컹 멈추었다. 문이 열리자마자
일구는 재빨리 튀쳐나왔다. 누군가 "나가라"고
천둥 목소리를 내뱉을 것만 같았기 때문이다.

이층 역시 일층과 같은 구조임을 알 수 있었다. 오른쪽은
마치 아무 것도 없는 듯 시커먼 벽이 서 있고, 왼편에는
유리벽으로 된 방들이 나열되어 있었다. 어떻게 보면
방을 진열해 놓은 듯한 느낌마저 들게 했다. 어쩌면
지옥도 중학교를 설계한 사람이 설계한 것 같았다.

먼저 일구의 눈길을 잡은 것은

수많은 사람들이 모여 웅성거리는 시장이었다.

그것은 마치 영화에서 보는 예루살렘 성전을 연상시켰다.

시장 한가운데는 성전처럼 높은 단상이 있었는데

사람들은 모두 두 손에 그릇을 받쳐 들고 계단을 올라가고 있었다.

또한 단상에는 검정 혹은 붉은 넥타이를 맨 사람들이

둘러앉아 있었는데, 그들의 테이블 앞에는 각종 땀을 산다는

표시판들이 서 있었다. 줄을 선 사람들은 테이블에 앉아 있는 사람들의

거만한 표정 앞에서 자기 차례가 오기를 초조하게 기다렸다.

그들은 기다리는 동안 자기가 들고 있는 땀 그릇을 들여다보면서

제자리에서 뜀박질하고 있었다. 한 방울이라도 더

땀을 내기 위한 것이었다. 그들에게 땀을 흘리는 것은

추수나 마찬가지였다. 때문에 엄밀히 말하면

땀을 닦는 대신 땀을 받는 것이었다. 땀을 받는 사람들 중에는

비단 젊은이들뿐만이 아니고 더러는 늙은이와 병자들도 섞여 있었다.

그들은 건강한 사람처럼 뛰고 움직여서 땀을 낼 수 없는 대신

더욱 병을 심하게 앓거나 몸을 지칠 대로 지치게 함으로써

등에서 혹은 이마에서 맺히는 식은땀을 받을 수가 있었다.

건강하지도 그렇다고 아프지도 않은 어중간한 사람들은

뒤에 서 있는 사람에게 회초리를 때려달라고 부탁을 해서

그릇에 진땀을 모으는 것이었다.

그러나 더욱 진기한 것은 땀을 팔고 사는 거래 광경이었다.

꿀이 진짜 꿀과 가짜 꿀이 있고 또 종류에 따라 값이 다르듯이

땀 역시 종류와 등급이 다양했다. 제일 값비싼 땀은

건전한 정신을 가진 젊은 사람의 건강한 노동에서 나온 땀이었다.
이런 땀은 그것이 증명되기만 하면 마치 산삼과 같은 값을
받을 수가 있었다. 반면에 환자나 감옥의 죄수 같은 사람들의
식은땀이나 진땀은 맹물만큼이나 값이 없었다. 또한 사우나나
쑥탕에서 나온 땀 역시 그것이 여자 것이 됐든 남자 것이 됐든
아가씨 것이든 아줌마 것이든 값이 없었다. 이런 까닭에
땀을 파는 사람들 중에는 상당수가 진짜 꿀에 설탕을 섞어 팔듯이
건강한 땀에 병든 땀을 섞고 젊은이의 땀에 노인의 땀을 물 타는 것이
일종의 공공연한 비밀처럼 되어 있었다. 일구가 보고 있는 순간만 해도
한 늙은 아낙네가 자기가 들고 있는 땀 그릇에다 조금씩 눈물과 침을
섞고 있었다. 땀을 사는 사람들은 이런 사실을 모를 리 없었다.
그들은 냄새만 한 번 맡아도 그 땀이 어디서 무엇 하다 나왔다는 것까지
알 수 있다는 도사들이었다. 땀을 사는 관리들은 가짜 땀이 많다는
이유를 구실삼아 품질 좋은 땀마저 값을 깎았다. 그러면 으레 파는
사람과 사는 사람 사이엔 땀나는 시비가 붙곤 했다. 아닌 게 아니라
땀을 파는 사람 중에는 억울한 사람들이 많았다. 자기 땀을 진짜라고,
자기 땀은 건강하고 정직하고 이슬처럼 신선하다고 아무리 외쳐봤자
사는 사람은 믿어 주질 않는 것이었다. 냄새를 맡아보고
코를 찡그리면서 땀이 아니라 소금이라고 퇴짜를 놓는 관리들이
태반이었다. 그래서 사람들이 아무리 좋은 땀을 많이 받아가지고 가도
결과는 시장에서의 흥정과 시세에 달려 있었다. 품질 좋은 땀이
재수 좋은 땀보다도 못했다. 지금 줄에 매달린 채 자기 차례를 기다리는
초조한 사람들은 요즘 시장과 세상이 어떻다는 것을
너무도 잘 알고 있었다.

땀 그릇을 쥔 그들의 손바닥엔 아까운 진땀이 솟아났다. 그리고
그들의 표정 속엔 매순간마다 불안과 희망이
네온사인처럼 반짝이며 십자가를 만들고 있었다.

두 번째 방은 소위 「삼부」의 세계였다.
방 한가운데에는 「삼부」라는 큰 간판이 붙어 있고 그 아래는
「미래는 변치 않는다」라고 작은 글씨로 써 있었다. 삼부란
농부, 어부, 광부를 이르는데 일구가 방안을 들여다보니
농부는 씨를 뿌리고, 어부는 그물을 기우고, 광부는
등불을 들고 있었다. 한 가지 이상한 것은 그들이 각자 손에 들고 있던
기구와 연장을 서로 바꾸는 것이었다. 농부는 어부의 그물을 던지고
어부는 광부의 등불을 들고 광부는 농부의 씨앗을 뿌리는 것이었다.
그러나 그들은 만족하지 못하고 계속 절망적인 표정을 짓곤 했다.
그것은 자신이 되고 싶지도 않고 그렇다고 남이 될 수도 없는
표정이라고 할까. 삼부들은 모두 고통의 어머니 속에서 자라난
형제였다. 환경은 달랐지만 환경은 또한 같았다.
환경은 뱃속에서부터 같았다. 환경과 처지는 사람 모습마저
한 뱃속 형제로 만드는 무서운 것이었다. 삼부들은 어느 바닷가
언덕 밑에 모여서 노래를 부르기 시작했다.
"씨는 뿌려도 싹은 나지 않고" 농부가 선창을 시작하자
"그물을 던져도 고기는 안 잡히고"
"불 켜고 찾아도 보이질 않네."
어부와 광부가 각기 다음을 받는다. 그리고 같은 순서가 계속되었다.
"씨는 내 것인데 열매는 누구 것인가"

"고기는 내 것인데 내 밥상엔 오르지 않고"
"내가 캔 금덩이 누구 주머니에 있나"
"올해도 땅은 약속을 안 지키고"
"바다와 파도는 성만 내니"
"굴 파는 나는 사람인가 두더지인가"
"젊음은 돈처럼 헤프고"
"사지는 그물처럼 낡아버리니"
"세상은 눈물로 번쩍거리네"
"새야 너는 봄에 울어라 나는 가을에 울리니"
"고기야 너는 물위에 뛰어라 나는 갑판에서 뛰리니"
"망치야 너는 어찌 바위는 못 부수고
내 꿈만 모질게 부셔놓는고"

삼부들은 날이 어두워오는데도 불구하고 앉은 자리에서
일어설 줄을 몰랐다. 마치 농부는 나무가 되고 어부는
그물로 변하고 광부는 바위로 굳어버린 것 같았다. 자세히 보니
그들의 발목에는 밧줄이 묶여 있는데 밧줄에는
신세타령이라고 쓰여 있었다. 또한 밧줄은
그들의 노래 가락만큼이나 더러 낡았는데,
어떤 대목은 굵고 어떤 대목은 가늘었다. 그리고
곳곳마다 굵은 매듭이 보이는데, 그것은
끊어질 듯 가는 대목을 이은 부분이었다.
삼부들은 이제 더 이상 짙어만 가는 황혼의 압력을
견딜 수가 없었던지 큰소리로 부르짖었다.

"미래는 변치 않는다. 미래는 변치 않는다."

그러나 이 외침 또한 신세타령이었고, 그들의 발목에 감긴 밧줄은
끊어지기는 커녕 외침의 장단과 리듬에 따라 조금씩
굵어지거나 늘어나는 것이었다.

세 번째 방엔 크기를 알 수 없을 만큼 엄청난 잔칫상이 놓여 있었다.
잔칫상은 그 큰 규모에 못지않게 그 위에는 세상의 온갖 맛있고
진기한 음식은 다 모여 있는 것 같았다. 그러나 이렇듯
엄청난 잔칫상과는 대조적으로 거기에 앉아 있는 사람은
겨우 셋뿐이었다. 가운데에 대통령이 자리하고
좌우에 군복을 입은 장성과 정장을 한 재벌이
삼위일체가 되어 앉아 있었다.
세 사람은 계속해서 음식을 먹고 있는데,
음식이 너무 많고 배는 이미 부를 대로 불러 어딘가 아쉬운
표정들이었다. 따라서 그들은 남은 음식들과 미처 손도 대지 못한
숱한 음식들을 자기들 밑에 자리 잡은 상으로 떨어뜨렸다.
두 번째 상은 처음 것보다는 약간 작았으나 둘러앉은 사람 수는
훨씬 많았다. 그들은 대개 장관이나 국회의원, 은행장, 기업가,
사장, 판사, 검사 등이었는데 상에 놓인 음식을 바라보면서, 또한
열심히 자기 몫을 계산하면서 쉬지 않고 먹고 있었다. 그러나
이들의 상 역시 음식이 남아돌아가 크기가 좀 더 작은
세 번째 상 위에 떨어지는데, 거기에는 목사, 박사, 교수, 변호사,
경찰간부, 고급 공무원 등이 둘러앉아 먹고 있었다. 잔칫상은
아래로 내려갈수록 작아졌고 거기 둘러앉은 사람들은

점점 불어났다. 그래서 상을 멀리서 보면 마치 원추를
거꾸로 세워놓은 것 같고, 상 주위의 사람들을 보면 마치
스핑크스 두 개가 거꾸로 선 원추를 좌우에서 받들면서
서 있는 것 같았다. 또 한 가지 특이한 현상은 상에서
떨어지는 음식이 아래로 내려갈수록 양이 점점 줄어드는데도
아래에 있는 상이 점점 작아지기 때문에 음식이 많은 것처럼
가득 차는 것이었다. 허나 사람의 숫자는 비례적으로
불어나기 때문에 상에 앉은 사람들은 표정은 점점 굶주리고
불만스러워지고 있었다. 거꾸로 물구나무를 선 원추의
맨 밑에 있는 상은 너무 작아 음식을 올려놓을 변변한 자리조차
없었다. 반면에 사람들은 작은 상을 이중 삼중으로 에워싸고
그것도 모자라 길거리까지 나가 앉아 있었다. 그들은 음식이
떨어지기가 무섭게 마치 빵부스러기를 본 비둘기떼처럼
우르르 몰려들곤 했다. 그러나 이들을 비둘기라 함은
잘못된 비유가 아닐까? 음식이 적으면 적을수록 거칠어지고
서로를 밀치며 사소한 일을 가지고도 큰 싸움을 벌이지 않는가?
그래서 사람들은 순한 비둘기 같으나 음식만 보면
눈에 발톱이 돋아나고 무서운 독수리로 변하는 것이었다.
모인 군중들은 자기 밥을 찾을 수 없자 화가 난 나머지
상다리를 마구 흔들었다. 상다리는 코끼리 다리처럼
요지부동이었다. 그러나 많은 사람들이 일시에 가세하자
수많은 상들로 이뤄진 거대한 원추는 서서히 흔들리기 시작하면서
뿌리 뽑힌 홍당무처럼 금시 넘어져 버릴 것만 같았다. 또한
위험한 것은 비단 원추뿐만이 아니었다. 그것의 좌우에 있는

두 개의 피라미드도 주춧돌과 같은 밑바닥의 사람들이 요동하자
본래의 삼각형적인 모습을 잃고 지평선에 납작하게 주저앉아 버릴 것
같았다. 원추가 쓰러지는 것은 무정부 상태이고 원추를 바로 세우는 것은
혁명이었다. 무정부 상태나 원추의 전복을 가장 두려워하는 사람들은
그것이 맨 꼭대기에 가장 큰 상을 차지하고 앉은 자들이었다.
높은 데 자리 잡았기 때문에 떨어지면 가장 크게 다치는 자들이
바로 그들이기 때문이었다. 그들은 원추가 요동하기 시작하자
즉시 아래에 있는 상들 위로 더 많은 음식을 흘리는가 하면
어떻게 해서든지 피라미드와 같은 기하학적인 질서를 유지하고자
명령과 지시 또한 아래로 내려 보내기에 바빴다. 결국 그들에게 있어
원추를 현 상태와 같이 거꾸로 유지하는 길은 큰 상이
작은 상에게 보다 많은 것을 베풀거나 또는 경찰로 하여금
잔치의 질서를 감시하도록 하는 길밖에는 없었다. 그러나
거꾸로 선 원추는 양쪽 피라미드에 반비례하기 때문에 잔칫상에는
불평불만이 떠날 날이 없었다. 그래서 원추는 항상 아슬아슬하게
흔들거리고 사람들은 긴장된 잔치를 계속하고 있는 것이었다.

다음은 병원이었다. 병원에서는 끊임없이 앰뷸런스의
사이렌 소리가 들리고 환자들이 마치 통조림 공장의
깡통처럼 실려 들어왔다. 환자들은 대부분이 공장에서 일하는
직공이나 노동자들로서 일하다가 기계에 손가락이나 팔다리가
잘린 자들이었다. 그들은 너무도 고통스런 나머지 마치
짐승과 같은 비명을 지르곤 했다. 한편 의사의 수술은 놀랍게도
간단했다. 수술대 옆에 있는 선반에는 갖가지 손가락 또는

발가락들이 크기에 따라 진열되어 있었는데 의사는 그중
어느 하나를 꺼내 환자와 크기를 맞춰보고 연결시키기만 하면
되는 것이었다. 수술광경을 지켜보노라니 인간의 몸뚱이는
어쩌면 처음부터 마치 인조 사지를 달 수 있도록
만들어진 것 같았다. 또 한 가지 특이한 사실은 인조로 된
팔다리나 손가락 발가락들이 모두 구리로 되어진 것이었다.
수술이 끝나면 의사는 깨끗한 지폐를 꺼내어 깁스를 감아주었다.
환자들은 수술이 끝나면 병원 규칙에 의해 서둘러
퇴원하지 않으면 안 되었다. 허나 그들은 병원을 나오기가 무섭게
수술한 부분의 지폐 깁스를 한 장씩 한 장씩 풀기 시작했다. 그리고
그것으로 짜장면을 한 그릇 시키고 소주도 한 잔 사 먹었다. 또
자기뿐만이 아니고 식구들까지도 사 주었다. 그러자 어느 사이에
지폐로 감은 깁스는 어디론가 사라지고 구리로 된 손가락이나
팔뚝만이 남게 되었다. 그들은 또 돈이 떨어지자 배가 고픈 나머지
손가락을 깨물었다. 처음에는 조심스럽게 조금씩, 조금씩 마치
손톱을 깨물 듯 깨물었으나 나중에는 거의 절망적으로
구리손가락을 깨물어 삼키는 것이었다. 물론 피는 안 나지만
자기 팔다리를 음식이나 술과 바꿔 먹는 표정은 차라리
맨살 자체를 먹는 것보다는 더 고통스러운 것 같았다. 결국
병원에서 담아준 손가락과 팔다리는 다 없어지고 그들은
그야말로 완전히 손가락이나 팔다리를 잃어버렸으니 어찌
고통이 더하지 않겠는가. 바로 이 두 번째의 상실과 아픔, 그것은
악마에게 홀린 기분이었고 연기 자욱한 지옥이 아닐 수 없었다.

다섯 번째 방은 커다란 운동장이었다. 운동장엔

막 줄다리기 경기가 시작하려던 참이었다. 사람들이 흰 선을

가운데 두고 양편으로 갈라져 수많은 손들이 팽팽하게

밧줄을 붙들고 있는데 왼편에는 「사」라는 푸른 깃발이 날리고

오른편에는 「자」라는 붉은 깃발이 펄럭거렸다. 「사」팀은

이름이 사자로 끝나는 의사 약사 박사 목사 형사 도사 도지사

주술사 계리사 회계사 변호사 검사 판사 등

부딪치면 쨍 소리가 날 것 같은 쟁쟁한 선수들이었다.

반면 「자」팀은 기술자나 노동자와 같이

자자로 이름이 끝나는, 평생 선생님소리 한 번 못 듣고 살아가는

아저씨와 같은 사람들이었다. 양 팀은 각기 자기 팀을 상징하는

사와 자의 글자가 새겨진 운동모를 쓰고 있었다. 사팀은

선수들의 종류는 다양했으나 숫자가 적었고 자팀은

종류가 적은 대신 숫자가 많았다. 드디어 줄다리기가

시작되었다. 양쪽은 있는 힘을 다해 잡아당기는데 밧줄이

고무줄처럼 늘어나 금시 끊어질 것만 같았다.

과연 사와 자 중 누가 이길 것인가? 처음에는

밧줄이 수적으로 우세한 자팀 쪽으로 움직였다.

그러나 밧줄은 진창에 박힌 수레바퀴처럼

더 이상 움직이질 않았다. 밧줄이 수레바퀴처럼 겨우

제자리에서 움직이는 동안 사팀은 보다 집약적이고 집중적인

힘을 가해왔다. 밧줄의 바퀴가 움직이지 않자

소는 힘이 빠지고 바퀴는 진창의 고민에 빠졌다.

이때 사팀은 바퀴를 미는 힘으로 밧줄을 당기기 시작했다.

그것은 힘이라기보다는 역학이었고 교묘한 원리였다.

그것은 머리의 근육에서 나오는 힘이었고

다분히 지렛대적인 힘이었다. 이제 사팀의 기세가

우세한 것처럼 보였다. 그들의 우세는 처음 거짓말처럼 시작되더니

나중에는 참말처럼 승부의 고개를 넘으려 하고 있었다. 그럴수록

자팀 또한 결사적이었다. 겨울 가지에 매달린 마른 잎처럼

봄이 올 때까지 바람이 불지 않기만을 기도하는 식이었고

떨어질 결정을 지연시켜 나갈 뿐이었다. 자팀은

건너편을 바라보았다. 상대의 기세는 파도 위를 달리는

사자와 같았다. 얼룩말이 사자를 잡아먹는 예가 있다면 몰라도

자가 사를 이긴다는 것은 우선 말이 안 되고 순서가 틀려

세상의 모든 이유가 다 합쳐 불가능한 일이었다.

그들은 엄청난 숫자에도 불구하고 힘이 없는 약자였다.

자들은 절망한 나머지 손에 밧줄을 놓고 말았다. 그리고

밧줄을 놓았을 때는 이미 사의 땅에 있었다.

아무리 지고 이길 수 있는 경기라지만 밟기에 차마 거북한 땅이었다.

사팀은 손을 털고 자팀은 엉덩이를 털었다.

그리고 자기 그림자를 거둬가지고 집으로 돌아갔다.

집으로 돌아가는 길에 자팀 선수들은

하나씩 둘씩 쓰고 있는 모자를 벗기 시작했다. 그리고

모자에 새겨진 자자를 손톱으로 문질러 지우거나 또는

사자로 바꿔버리는 것이었다. 그러나 글자를 고친다는 것은

얼마나 엄청난 일인가. 터럭이 조금만 다쳐도

끔찍한 일이 생길 수 있는 것이 글자 아닌가. 그래서인지

그들이 모자의 글자를 지우고 고치자 그들의 모습 또한

지워지거나 달라지는 것이었다. 그들의 모습은

패배했을 때는 또렷이 보였으나 패배를 승리처럼 인정하지 않자

그림자가 되고 죽어버리는 것이었다. 그 수많은 사람들,

특히 이름이 자자로 끝나는 사람들

흔히 그 자라고 부를 수 있는 사람들, 아저씨들,

그들은 오늘도 저쪽에게 지고서 어디론가

보이지 않게 사라져버리는 것이었다.

일구는 다시 다른 방으로 걸음을 옮겼다. 그것은

서울 어디쯤에서 본 산동네 같았다. 벌거벗은 거지 엉덩이 같은

산언덕엔 성냥곽만한 판자 집들이 마치 무슨 구경꾼들 마냥

모여 있었다. 동네는 산골이지만 나무라곤 거의 보이질 않고

계곡물이나 수돗물조차 없어 사람들은 황토를 파서 우물을

길어 먹고 있었다. 그런데 오늘은 이 동네에

무슨 중대한 일이 발생한 것 같았다. 남녀노소 할 것 없이

온 동네 사람들이 한자리에 모여 있었는데, 그들의

손엔 몽둥이가 아니면 벽돌조각이나 돌멩이가 들려져 있었다.

사람들은 빙 둘러서서 뭔가 심각한 회의를 벌이고 있는 중이었다.

그들의 지도자격인 사람이 입을 열었다: "방금 아래서 연락이 왔는데,

누렁이가 올라오고 있답니다. 드디어 올 것이 오고 말았습니다.

오늘 우리가 그놈을 때려잡거나 쫓지 못한다면 우리는 당장

여기를 떠야 합니다." 그의 말이 끝나자마자 누런 산돼지 같은

불도저가 이빨이 삐져나온 주둥이로 흙냄새를 맡으면서

산언덕을 기어 올라왔다. 누렁이의 주둥이에서는 몸이 오싹하는
엔진의 씩씩거리는 소리가 들리는데 거대한 몸집을 보니
동네 전체를 납작하게 짓밟을 것 같았다. 이런 무서운
산짐승이 나타났는데도 동네 사람들은 속수무책이었다.
유일한 대칙이 있다면 막대기와 몸둥이와 돌멩이로
맞서 싸우는 것뿐이었다. 경찰에 신고는 아예 않는 것이 좋았다.
오히려 경찰이 안 나타나주기를 바랄 뿐이었다. 그들이
현장에 나타나면 산돼지 사냥에 방해밖에 될 것이 없었기 때문이다.
누렁이가 다가오자 대기하고 있는 몰이꾼들은 돌을 던지고
몸둥이를 휘두르기 시작했다. 그들의 기세가 너무 거칠자
누렁이 산돼지는 잠시 제자리에 주춤하면서 멈춰 섰다. 바로 그때
등 뒤에서 한 떼의 경찰들이 방망이를 들고 나타나 주민들을
몰기 시작했다. 경찰들이 주민들을 쫓아가자 그들은 영락없는
짐승의 꼴이 되고 말았다. 이리 쫓기고 저리 몰리는 그들은
인간 모습의 짐승들이었다. 사냥꾼 또한 서서히 짐승으로 변하면서
숲속으로 사라졌다. 그들이 사라진 뒤에는 누렁이에게 짓밟힌
동네가 휴지처럼 바람에 날리고 있었다.

다음은 신촌 이대입구에 있는 어느 양장점이었다.
상점 이름은 「멋」이라고 간판에 큰 글씨로 쓰여 있는데,
글씨 모양이나 스타일이 의미나 색깔 등과 잘 어울리는 것 같았다.
또한 커다란 쇼윈도에는 「멋 세일」이란 사인이 걸려 있었다.
양장점은 아이디어가 특이해서인지 아니면 소문이 나서인지는
몰라도 손님들이 거리에까지 줄을 설 정도로 붐비고 있었다. 헌데

이상한 것은 손님들의 대부분이 여대생보다는 공장에서 일하는
여공같이 보이는 아가씨들이었다. 그들은 물건이 몹시 탐이 나는지
보는 것마다 갖고 싶어서 어쩔 줄을 몰랐다. 그리고 그동안
밤낮으로 일해서 모은 돈을 걱정스러운 듯이 세어보곤 했다.
양장점에서 파는 물건들은 우선 옷이나 구두, 화장품 등의
기본 품목들이었고 그 다음엔 조금 비싼 것들로서 교육이나 지식,
교양, 허영 등과 같은 물건들이었으며, 그보다도 더 고급으로써는
멋과 매력, 그리고 마지막으로 가장 비싼 것은 만족이 있었다.
상점에서 가장 인기 있는 품목은 물론 멋이었다. 비록
값은 비싸지만 손님치고 누구나 이 물건을 원치 않는 사람은 없었다.
그러나 이 멋이란 물건은 종합적이기 때문에 여러 가지
기본적인 물건을 부수적으로 사야만 물건이 제 효력을
발휘할 수가 있었다. 따라서 멋을 산다는 것은 상점에 있는
수많은 물건들을 거의 한 가지씩 다 구입하는 것을 의미했다.
물론 손님에 따라서는 이미 어떤 것들은 사두었거나
갖고 있기 때문에 다만 몇 가지만 더 사면 멋이란
종합세트를 구비할 수가 있었다. 그러나 그들은 대개가
돈이 모자라거나 또는 물건을 사더라도 다 살 수가 없어
새 드레스나 새 구두를 사 신어도 계모 딸처럼 어딘가
어색하고 어울리지가 않는 것 같았다. 특히 멋을 갖추려면
교육이나 교양과 같은 비싼 품목을 사지 않으면 안 되었는데
자기들이 받는 월급을 가지고는 어림도 없었다. 어떤 아가씨들은
노골적으로 한숨을 푹푹 내쉬었다. 그것은 마치 언덕을
힘들게 올라가는 기차가 검은 석탄연기를 내뿜는 것과 같다고 할까.

이들에게 인생은 철로요 각본이니까. 결국 아가씨들은 또다시
계를 타고 적금 든 것을 찾아가지고 다시 올 수밖에 없었다.
멋은 아가씨들에게 꿈이나 다름없었다. 그들은 양장점을
실컷 구경하고 한두 가지씩 무언가 사들고서 걸어 나왔다. 그리고
그때부터는 공장 기숙사를 향해 조급한 발걸음을 옮겼다.

일구는 이제 지옥에 대해 호기심마저 생기기 시작했다. 아니
호기심이라기보다는 마음의 여유일는지도 모른다. 일구는
다시 엘리베이터를 타고 아래로 내려갔다. 물론 아직도
공포가 가신 것은 아니었지만, 몸은 아래로 내려갈수록
호기심은 위로 솟구치는 것을 느낄 수 있었다. 헌데
엘리베이터의 문이 열리고 밖으로 발걸음을 내딛는 순간
일구는 마치 까무러칠 듯 놀라지 않을 수 없었다. 웬 사람들이
복도에 나와 서 있질 않는가. 이제까지는 사람들이 모두
방속에 갇혀 있었기 때문에 일구는 당연히 그럴 것으로
생각했던 것이다. 그런데 사람들이 불빛이 침침한 복도에 나와
길게 그림자를 늘어뜨리고 서 있지 않는가? 또 한 가지 놀라운 것은
그들 모두가 여자들인 점이었다. 각 방에는 여자들이 한 사람씩
나와 서 있는데 그들은 옷 색깔이나 스타일 등이 다르면서도
어딘가 유사한 데가 있었다. 첫 번째 여자는 거울로 지은 드레스를
입고 있었다. 그래서 일구가 그녀를 바라보면 동시에
자기를 바라보게 되곤 했다. 여자는 우선 일구를
안심시키기라도 하려는 듯이 미소를 지었다. 그러나
일구는 자기도 모르게 흠칫 뒤로 한걸음 물러서고 말았다.

166

지옥 속에서의 미소는 오히려 무서웠다. 또한 여자 속에
서 있는 자신의 모습이 눈에 띄었다. 그것은 몹시 초라하고
지쳐 있었다. 말린 새우처럼 위축되고 안으로 꼬부라지는 것을 느꼈다.
"여기가 어딥니까?"

방 입구에는 "카타르시스"라고 쓴 간판이 걸려 있었다.
"카타르시스는 무슨 뜻입니까?" 일구는
궁금한 나머지 묻지 않을 수 없었다. "극장 이름이죠."
"극장이라면, 여기에서는 지금 무슨 영화가 상영되고 있습니까?"
"과거죠. 항상 똑같은 영화 말예요."
"관객은 어떤 사람들인가요?"
"모두 과거가 있는 여자들이지요."
일구는 선뜻 이해가 가지 않았다. 문을 열자 방 한가운데는
커다란 스크린이 나오고 흑백영화가 옛날 유행가와 더불어
상영되고 있었다. 움직이는 자막 앞에는 여자들이 줄지어 앉았는데,
그들의 뺨에서는 쉴 사이 없이 눈물이 흘러내렸다. 이른 봄
산골짜기에 훈훈한 바람이 가득 차자 바위틈에서 새어나오는
지하수 같았다. "왜 관객들은 여자들밖에 없습니까?" 일구는
다시 궁금해지지 않을 수 없었다. 여자는
너무도 당연한 질문이라는 듯이, "여자들은 과거가 있지만
남자들은 과거가 없으니까요. 물론 내 말은 남자라고 과거가
없다는 뜻은 아니에요. 그러나 있어도 없는 거나 다름없기 때문에
없다는 거지요. 반면에 여자에게 있어 과거는 없으면
오히려 이상하고, 일단 있었다 하면 영원히 지워지지 않는 것이지요."

"지금의 경우는 다르지 않습니까?" "어떻게요? 지옥에 과거와
현재가 따로 있다는 건가요? 현재가 과거보다 못한 곳이
지옥 아닐까요? 저 여자들을 보세요. 저 끊임없이 흘러내리는
눈물 말예요. 눈물은 현재임과 동시에 과거예요. 현재나 과거란
방향이 아니면 위치일 뿐이에요. 그래서 눈물은 과거의 높은 곳에서
현재란 낮은 곳으로 흘러내리게 되죠." "과거를 지울 수 없다면
저 여자들은 무엇 때문에 카타르시스에 들어올까요?"
"지울 수는 없지만 지울 수 있는 환상을 보고자 찾아오는 거지요.
극장은 원래 환상을 창조하는 곳이니까요. 환상은 항상
부재하는 곳에서만 존재하기 마련인데, 환상은 지옥인들에게 있어
희망과 유사한 거죠. 물론 이 희망은 그들을 끊임없이 울리지만
그들이 눈물을 흘릴 때, 눈물이 앞을 가려 스크린이 보이지 않을 때,
그들은 과거에서 벗어나는 환상에 빠지고 지옥을 탈출하는 황홀함을
맛보는 것이지요. 이 동네에서 카타르시스 극장처럼 인기 있는 곳은
없어요. 사람들이 스크린의 발밑까지 꽉꽉 차 있지 않아요?"
"카타르시스 극장에는 비단 과거만 상영되는 것이 아녜요."
여자는 계속해서 설명하기 시작했다.
"그러면 또 다른 것이 있다는 것인가요?"

극장을 들어갈 때는 미처 눈여겨보지 못했는데 입구에는
물건을 파는 진열장이 줄지어 있고 여자 점원들이 서서
손님들을 맞고 있었다. 진열장 속을 들여다보니
그 속에는 선글라스, 붕대, 반창고, 옥도정기,
물파스, 각종 연고와 고약, 인조 손톱, 식칼, 막대기, 구두짝,

빗자루 등의 물건들로 가득 차 있었다. 일구가 도무지
이해할 수 없다는 듯이 여자를 쳐다보자 여자는 손가락으로
진열장 뒤를 가리켰다. 그 뒤에는 커튼으로 가려진 두 개의
방이 있는데 하나는 「때려주는 방」이라고 쓰여 있고 다른 하나는
「얻어맞는 방」이라고 자그마한 간판이 붙어 있었다. 그리고
그 간판 밑에는 각기 「복수」와 「참회」라는 조그만 사인이
첨가되어 있었다. 「때려주는 방」 즉 「복수」의 방으로
들어가는 손님은 막대기나 손톱 혹은 식칼을 사가지고 들어가고
「얻어맞는 방」 즉 「참회」의 방으로 들어가는 손님은
선글라스나 파스와 같은 물품을 사가지고 들어갔다. 그러나
이상하게도 「때려주는 방」으로 들어가는 손님보다는
「얻어맞는 방」으로 들어가는 손님의 숫자가 훨씬 많았다.
여자들은 계속 줄지어 들어가는데 나올 때는 누구나 시커먼
색안경을 끼고 있었다. 그런데도 안경에 가린 그들의 얼굴은
들어갈 때보다도 훨씬 밝아보였다. 일구는 그것을 보자 또다시
의문이 일지 않을 수 없었다.
"저 방들은 고통을 해소하기 위해 있는 것이 아닙니까?"
"맞아요. 그러나 여기는 진통제만 있을 뿐 치료약은 없어요.
카타르시스 극장은 오직 사라지지 않는 것을 잠재우고
잠시의 평화만을 제공할 뿐이지요. 마약처럼.
아니 교회나 절같이. 그래서 사람들은 번번이
카타르시스 극장을 찾지 않을 수 없지요. 십일조를 내면서."

─잠깐, 좀 쉬었다 갑시다.

─급할 것도 없죠. 이곳의 시간은 영원밖에 없으니까.

─나머지 시인들은 언제 만날 수 있는가요?

─나도 모르죠, 초행에 초면이니까.

─그들은 대체 누구입니까?

─어느 날 청천벽력에 넋이 두 쪽으로 갈라져

　젊어서부터 지팡이를 짚었던 사내

　살아도 사는 것이 아니었지만

　시라도 없었으면 숨도 못 쉬고 진즉 죽었을 사람.

─혹시 매월당 아닌가요?

─당호가 제과점 아니면 한약방 이름 같아서 좀 그렇지만

　평생 쑥처럼 쓰디 쓴 독설을 시습했으니,

　그가 뱉은 침은 가히 만 가지 단맛을 능가한다 할 것입니다.

─그래서 그가 대단하다는 건가요?

─시류에 떠내려간 우리의 혼을 건져내

　시의 솟대에 하늘 높이 걸었기 때문이죠.

─그 말고 또 누가 있죠?

─태어나기는 남녘에서 태어나 벼슬살이는 북녘에 가서 하고

　항상 허리에 검을 차고 말 잔등에 허벅지가 닳기까지

　말을 달리다가도, 쓸쓸한 기생의 무덤만은

　그냥 지나칠 수가 없었으니.

─백호 임제가 아닌가요?

─세상을 아랑곳하지 않는 호기는 늘 그를 지치게 했지만

　시는 유불선을 하나로 꿰었으니 고운의 후예이자

조선의 화랑이 아니던가?

— 구색을 맞추려면 여류시인도 하나 있어야 되는 것 아닌가요?

— 구태여 탈을 안 쓰고도 양반들을 무색케 했던 여인

　술상을 앞에 두고 손님의 과거를 치렀던 미색의 시관

　그녀 앞에선 장원은 없었으니

　몸은 기생이나 마음은 귀비였으니

　허랑한 선비들은 감히 사모하는 것조차 허용되지 않았죠.

— 정말 다 만나보고 싶은 스타들이군요.

　그런데 이들 말고 또 있나요, 선글라스도 안 낀 스타들이?

— 기자들 없는 곳에서 독자들과 만나고 있을지 모르죠.

두 번째 방 역시 여자가 서서 기다리고 있었다. 일구는
여자를 보자 놀라지 않을 수 없었다. 조금 전에 만났던 바로
그 여자 아닌가? 아니라면 자기는 지금 복사한 얼굴을
보고 있단 말인가? 지옥에서 만나는 여자들은 모두 얼굴이
같단 말인가? 하지만 일구는 의문에 잠길 시간도 없이
여자를 따라 방안으로 들어섰다. 방문을 열자 흐린 하늘과
큰 도로가 나타났다. 도로는 끝이 보이지 않을 만큼
길게 펼쳐져 있는데 양옆에는 여자들이 줄지어 서 있었다.
마치 화란의 풍경화에서 흔히 볼 수 있는 길가의 포플러
나무들을 연상시켰다. 그리고 길 가운데로는 드문드문
남자들이 양쪽에 늘어선 여자나무들을 살피면서 걸어가고 있었다.
또 이상한 것은 바람도 없는 공중에서 꽃잎이 떨어지는데
땅에 떨어지기가 무섭게 청소부가 달려가 꽃잎을 쓸어서

치우는 것이었다. 일구는 궁금해 참을 수 없었다.

"꽃이 떨어지기가 무섭게 치우는 이유는 무엇인가요?"

"치우지 않으면 악취가 나니까요" 여자는 담담히 대답했다.

"무슨 꽃이기에 악취가 난단 말입니까?"

"꽃잎이 어디서 떨어지는지를 보면 알 수 있죠. 꽃잎들이

저기 나무처럼 서 있는 여자들한테서 떨어지고 있지 않아요?

젊음이 썩는 냄새처럼 고약한 것은 없죠. 특히 희망을 잃었을 때."

"저 여자들은 왜 저렇게 서 있습니까? 도대체 여기는 어디입니까?"

"여기는 팔자로라고 하는 곳이에요."

"팔자로라니요?"

"저 끝없이 어디론가 막막하게 뻗어 있는 길을 보세요. 마치

운명 같지 않아요? 그러나 그보다도 우선 저 길 모양을 보세요.

팔八자처럼 처음엔 가랑이를 벌리고 있지만 끝은 좁아지죠. 그러면서도

지붕처럼 양끝이 맞닿지 않는 간극의 상태 말예요."

"그래서 팔자로라는 것인가요?"

"그뿐만이 아니죠. 팔자란

한 인간과 한 인간이 서로 만나 사람人을 이루었다가

서로 헤어지고 멀어지는 데서 생긴 것으로, 일단

팔자로에 접어들면 남편으로부터 버림받고 애인과 멀어지고

가족과 친척들과도 떨어져 홀로 낱개가 되어

팔자를 그리게 되는 것이니 사람 사는 꼴이 마치

기러기 울며 나는 것과 흡사하죠. 그뿐인가요? 팔자가 되면

자기를 팔아야 되니 저기 팔자로에 서 있는 여자들은

자기를 팔자고 서 있는 것이죠.""그러면 팔자로를 걷는

남자들은 모두가 여자를 사자고 걷는단 말인가요?”
“얼룩말이 있는 곳에 사자가 있듯이, 팔자들이 있는 곳에
사자들이 득실거리게 마련이지요. 여자의 가장 큰 지옥은
남자의 밥이 되거나 시장기 혹은 눈요기를 채워주는 것이죠.
그러나 저 여자들은 아니 저 팔자들은 밥이 되지 않고서
밥을 먹을 수가 아니 사람의 상태를 유지할 수가 없어요.
때문에 팔자는 사자를 유혹해야 하고 유혹한 뒤에는
그의 밥이 되고 밥이 됨과 동시에 사자의 무서운 아가리 속에서
자기 밥을 찾아가지고 나와야 되는 거죠. 따라서
팔자 된 여자치고 죽음과 싸우지 않은 자가 없고
지옥적인 부활을 경험하지 않는 자가 없지요.”
일구는 순간 여자의 허리에 비치는 자신을 바라보았다.
자기 또한 사자가 되어 얼룩말 같은 여자들을
잡아먹지 않았던가? 그는 자기의 창자와 과거에 대한
야릇한 구토를 느꼈다.

일구는 여자를 따라 방으로 들어갔다. 방은 일종의
커다란 동굴이었다. 어둠침침한 동굴 속에 눈동자가 제일 먼저
찾은 것은 벌거벗은 여자의 등이었다. 좀 더 자세히 보니
정확히 수를 헤아릴 수 없는 여자들이 모두 벌거벗은 채
등을 돌리고 앉아 있었다. 그리고 그들의 어깨와 등의 일부가
흘러내리는 머리카락에 가려져 있었다. 그것은 어쩌면
동네 짓궂은 아이들이 수양버들의 나무껍질을 벗겨놓은 것과
흡사하다고나 할까. 또한 동굴 입구에는 큰 바위 하나가

엎드려 있는데 그의 앞이마에는 「수치처럼 아픈 것은 없다」라는
글귀가 깊숙이 새겨져 있었다. 일구는 여자들을 보자 자기도 몰래
얼굴이 더워오는 것을 느꼈다. "이 곳은 어디입니까? 저들은
왜 등을 돌리고 앉아 있습니까?" 어색하고 부끄러운 순간을
무마하기 위해서라도 일구는 물어보지 않을 수 없었다.
"여기는 소위 재생암이라는 곳이에요." "재생암이라니요?"
"헌 것을 새것으로 만들고 찢어진 것을 수선하는 것을 뜻하지요.
재생암은 주로 세상에서 억울하게 강간당한 여자들이 찾아오는데,
보시다시피 이들 중에는 처녀는 물론 유부녀, 심지어 어린애나
늙은 할머니까지 있지요. 저들은 지금 동굴의 지하수에 발을 씻으며
자기들의 알몸을 바느질하고 있어요. 찢어진 정조를
기우고 있는 것이지요." "정조를 기울 수가 있다는 뜻인가요?"
"물론 기울 수가 없지요. 그래서 바느질을 하지만 계속
실밥이 끊어지고 있어요." "그런 사실을 저들은
모르고 있다는 겁니까? 알면서 바느질을 계속하는 이유는
무엇입니까?" "절망상태에 있기 때문이죠." "절망적인 인간은
아무것도 하지 않는 사람이 아니라 가능성이 없는 것을
자꾸만 되풀이하는 사람들이지요." "정조라는 것이
여자에게 그렇게도 중요한 것입니까?" "중요한 것이 아니라고 한다면
남자는 그 여자를 이상하게 생각하겠지요. 그렇기 때문에 정조는
아직도 중요하고 여자들의 지옥 중의 지옥이지요. 지옥에 있어
정조는 단순히 육체적인 순결이기보다 여자의 자존심이요 영예요
희망예요. 이들은 하나같이 지켜야 되는 것들 아니겠어요? 그렇다면
여자에게 이보다 더 중요한 것이 또 무엇이 있겠어요? 그런데

바로 이런 보물을 끝내 간직하지 못하고 어이없이 도둑맞고 말았으니,

새 옷이 튀어나온 못 꼭지에 찢어졌으니 성전의 휘장처럼

여성의 성스러움도 찢어져버리고 만 것이지요. 저들이 잠시

갑옷을 벗고 쉬고 있을 때 적군이 밀어 닥치고 인간의

존엄성이 함락된 것입니다. 적에게 짓밟히고 나서

갑옷을 걸친들 무엇하겠어요?” 여자의 말소리는 거의

한숨에 가까웠다. 일구는 왠지 가슴이 답답해 오는 것을 느꼈다.

“정조가 저렇게 수많은 여자들을 파멸케 할 줄이야.”

일구는 탄식이 절로 나왔다. 그러자 여자는 계속해 말하기를,

“그때 이후로 저들은 어두운 동굴을 찾게 되고

재생의 가망이 없는 재생암에 저렇게 알몸으로 앉아 있는 것이지요.

벌거벗은 수치 자체에서 차라리 지옥적인 프라이드를

찾고야 말겠다는 결심일는지도 모르죠. 저 바위에 박힌 말처럼

수치보다 고통스런 것은 없어요. 독수리 같은 자존심이

영원한 열등의식 때문에 더 이상 날지 못하고 수치로 인해

사랑의 의욕과 능력이 마비되어 버리는 상태 말이에요. 그렇다면

저 여자들이 삶에 등을 돌리는 것은 당연하지 않습니까?

단단한 자존심 속에 수치의 씨앗이 박혔을 줄이야. 수치처럼

검은 그림자를 길게 늘어뜨리는 것은 없죠.

순간은 지옥인에게 있어 영원입니다. 저들은 순간순간마다 영원히

삶의 반대 방향만을 바라볼 수밖에 없습니다.” 그때 동굴 어디에선가

처절한 비명소리가 천정과 벽을 부딪치며 울려왔다.

“무슨 소리입니까?” 일구는 등에 식은땀이 흐르는 것을 느꼈다.

“정조를 기우다가 자기 손가락을 기운 것이죠. 실밥은 약하지만

바늘과 아픔은 강하니까. 기워지지 않는 것을 기우려고 하면
우선 기울 수 있는 것이 기워질 수밖에 없겠죠. 지옥에서
어찌 놀라운 사건이라고 하겠어요?"

— 이제는 등장할 때도 되지 않았습니까?
— 무엇이 말입니까? 으스스한 소슬바람이라도 불었습니까?
  어디서 휘파람 소리라도 들렸습니까?
— 한국판 림보의 작가들은 다 어디에 있는 것입니까?
  북망산이 여기서 그렇게 먼가요?
— 댁의 마음에 타오른 향불 냄새를 맡았으니
  곧 발걸음 속도를 줄여야 할 것입니다.
— 혹시 저 바위에 새겨진 그림자들이 그들 아닐까요?
— 혹시 김일성을 잘못 본 것은 아니겠죠?
  반도 강산의 바위란 바위는 모두 더럽힌 독재자를.
  한국 역사 바로잡기는 그의 이름 지우기부터 시작될 것입니다.
— 살아서는 편안하게 죽었지만 여기서는 힘들게 살아가겠죠?
— 자기가 만든 강제수용소보다 더 지독한 곳에 갇혔으니
  지금쯤 어디론가 끌려가 지도를 받고 있을 테니
  아마도 우리가 만날 일은 없을 것입니다.
— 그럼 기분 나쁠 일도 없겠군요.
— 그런 악귀는 연암 옆에 붙들어 매 놓아야 하는 것인데.
  목에 매달린 혹이 뚝 떨어질 정도로
  매일같이 자아비판에 매질에 호질을 더해
  열하의 여행길이 지루하지 않게

평생 수령한 찬양을 영원한 조롱으로 환전해야 하는 건데.

— 연암의 질타와 풍자가 그리도 대단한 것인가요?

— 글로써 왕을 긴장시킨 자가 그였으니

　지옥까지 와서 눈치만 보지는 않을 것입니다.

　대개는 낫으로 줄기를 자르지만

　그만은 감히 뿌리를 겨냥했습니다.

　어찌 대단하지 않을 수 있겠습니까?

— 그것은 다산도 마찬가지 아닌가요?

— 무너진 하늘을 지탱하는 아틀라스가 되고자 했으나

　그것만은 하늘이 허락지 않았고

　광야에서 울부짖었으나 세상이 시끄러워 들리지 않았죠.

— 생전에 이미 지옥을 경험했기에 여기가 낯설지만은 않겠죠?

— 지옥마저도 살 만하게 만들었으니,

　절망을 갈아엎어 희망을 만들었으니, 염라대왕이

　지하에서 제일 위험하게 생각하는 자가 다산일 것입니다.

— 그 때문에 다산이 위대한 것인가요?

— 학문과 예술을 함께 묶고 정치와 애민을 하나로 엮은 자가 그였으니

　어찌 다산이 백두산보다 낮다 하겠습니까?

— 갑자기 탁한 공기가 맑아지는 것 같지 않습니까?

— 우리가 만나고자 하는 분들에게 가까워지고 있기 때문이죠.

— 왠지 밤하늘 북두칠성이 일렬로 늘어서는 장관이

　펼쳐질 것만 같습니다.

— 가을 하늘 기러기처럼 말입니까?

— 저 어두운 하늘의 천장을 보세요!

— 말씀대로 한 일 자가 아닙니까?

— 그런데 아홉 구 자로 대열이 바뀌지 않습니까?

— 비록 지옥이지만 과분한 환대입니다. 영원히 설렐 것입니다.

네 번째 방 앞엔 한복을 입은 여인이 촛불처럼 기다리고 있었다.
그리고 방문에는 큰 글씨로 "희망의 집"이란 간판이 걸려 있었다.
그러나 막상 안으로 들어가 보니 술집이 아닌가? 방 한가운데는
둥근 술상이 연못의 연꽃처럼 활짝 피어 있는데 주위에 둘러앉은
남자와 여자들은 마치 물위에 떠 있는 것 같았다. 그리고 어디선가
흘러간 유행가들이 울려나오는데 마치 옛날로 되돌아가는 착각을
불러일으켰다. "이곳은 술집이 아닙니까?" 일구가
이해할 수 없다는 듯이 물어보았다.
"희망의 집이지요. 세상은 보기 나름이니까요."
여자는 웃으면서 대답했다.
"술과 타락이 있는 곳에 무슨 희망이 있다는 것입니까?"
일구는 자기도 모르게 큰소리로 말했다.
"술집은 어디로 갈 줄 모르는 가랑잎 같은 여자들이
최후로 찾아오는 집이에요. 희망이 반드시
태양처럼 눈부실 필요가 없다면 어찌 희망의 집이라 하지 않겠어요?
또한 여자뿐만이 아니고 남자도 마찬가지지요. 지옥과 같은 집에
일찍 들어가기가 싫은 남자들이 유일하게 찾아오는 곳이니
어찌 이곳에 희망이 없다고 하겠어요? 찡그리고 들어와서
웃고 나가는 것 하나만으로도 희망의 집이 되기에 충분하죠."
여자는 그럴듯하게 대답했다. 일육이처럼

일구는 순간적으로 여자의 말에 이상한 취기를 느꼈다.

"말이란 그렇게 할 수 있는 겁니까?"

일구는 어쩌면 엉뚱한 질문부터 던지지 않을 수 없었다.

"희망의 집이니까 희망의 사전을 들춰가며 희망적인 단어를
사용할 뿐이죠." 여자는 일구의 표정이 재미있다는 듯이
놀리는 듯 또는 달래는 듯이 대답했다.

"그렇다면 저 남자들이 마시는 것은 무엇입니까?
술집에서 마시는 것이니 술이겠죠?"

"술은 술이죠. 그러나 술을 술로 마시는 것은 또 하나의
다른 문제예요. 이곳 희망의 집의 언어로서 설명하자면
첫 번째 마시는 술은 맹물이고, 두 번째 술은 앙코르이고, 세 번째 술은
알코올이라고 해요. 물론 남자들은 여기에 술만 마시려고 온 것은 아니죠.
마시는 것과 동시에 만지지요.

첫 번째 만지는 것을 실례라고 하고,

두 번째 만지는 것을 무례라고 하고,

세 번째 만지는 것을 무아라고 불러요.

순서에 있어 세 번째의 알코올을 마시고

무아지경으로 여자를 만지는 것이 메인코스인데

그러고 나서는 갑자기 슬퍼지죠.

교접 뒤의 동물은 슬프다 Post coitum triste omni est.

즉, 지옥의 필수 코스를 맛보게 되죠."

"그것은 남자들만의 경우인가요. 아니면 여자들도 똑같이 ─"

"아니죠." 여자는 일구의 말을 끊었다.

"아무리 희망의 집이라 하더라도 여자들이 느끼는 것은

남자들과 정반대예요. 지옥은 어디까지나 지옥이니까.
남자가 첫 번째 실례를 범하면 여자는 불쾌를 느끼고,
두 번째 무례를 범하면 분노를 느끼고
세 번째 무아에 빠지면 절망에 빠지지요.
여자가 남자에게 상극을 느끼는 상태가 지옥이니까요."
그러나 일구는 과연 그녀의 말을 액면 그대로
믿어야 좋을지 알 수가 없었다. 여자들은 남자들과 다름없이
희희낙락 웃고 떠들고 있지 않는가?
"내가 보기에는, 아니 세상이 보기에는
저 여자들은 절망에 빠진 것 같지는 않은데요?"
"당연하죠. 희망의 집에 살고 있으니까요."
"그렇다고 희망이 있는 것 같지도 않고요."
"사실예요. 지옥에서 희망은 그저 그런 것이니까요.
보세요. 저 여자들은 자장가까지 부르고 있지 않아요?"
"자장가라니요? 유행가 말입니까?"
"손님의 공허를 잠재우는 노래니까요."

술자리가 파하는 모양이었다. 일부 손님들이 엉거주춤
일어서고 마지막 남자가 술값을 계산하고 있었다.
계산이 끝나자 여자들은 웃으면서 만족한 표정을 지었다.
"팁이 흡족한가 보죠?" 일구가 물었다.
"먼지죠. 여기서는 팁을 먼지라고 불러요.
팁은 먼지처럼 자리를 털고 일어날 때 생기니까요."
"만일 먼지가 안 나오면 어떻게 하죠?"

"털어서 먼지 안 나오는 사람 있나요?

호주머니를 까뒤집으면 먼지는 나오기 마련예요.

먼지 밖에 안 나올 때도 있고요."

"불쌍한 것은 여자가 아니라 남자들이군요?"

"먼지를 털고 나가는데도 말인가요? 어쩌다가 한 번씩

당하는 일은 지옥적인 고통이라 할 수 없어요. 저 여자들은

매일 밤마다 시달리고 있어요. 계속 먼지를 들이 마시니

몸은 불결해지고 마음은 흐려지죠."

"여자들은 저렇게 매일 밤 돈을 벌어서 어디에 쓸까요?"

"먼지를 어디에 쓰다니요? 낡은 금고 속에 녹처럼 쌓아놓지요."

"금고라니요?"

"여자의 몸뚱이 말예요. 몸에서 돈이 나오니까요.

물론 돈을 벌면 허공중에 흩어지는 몸뚱이,

금고이기 때문에 텅 비고 가난해지는 저 여자들,

저들이 젓가락으로 술상을 두들김은 저들의 깊은 공허 속에 울리는

메아리와 장단을 맞추기 위한 것이지요. 그래서 지옥에서는 술상을

자기의 혼을 달래는 제사상이라 부르지요.

저들은 살아 있는 것 같지만 실제로는 죽어 있어요.

아니 죽어가고 있다는 것이 더 가까운 표현일까요?"

일구는 다섯 번째 방에 도착했다. 문 앞에 서 있는 여자는

다른 여자와 달리 일구를 먼저 앞세우고 들어가게 했다.

등을 보이는 것을 무척 꺼려하는 듯이. 그 방은

일종의 자그마한 교회 예배당이었다. 앞에 강단이 놓여 있고

그 뒤에는 나무로 만들어진 커다란 X표가 걸려 있었다.

그것은 십자가를 변형시킨 것 같았다. 또한 강단 전면에는

무신교無信敎라고 쓰여 있었다. 예배실 안에는 정확히

숫자를 알 수 없는 많은 여자들이 앉아 있었는데 그들은

맹인처럼 검은 색안경을 끼고 있었다. 더욱더 이상한 것은

그들이 강단을 향해서 앉지 않고 그것에 등을 돌리고 있는 것이었다.

또 그들은 가슴에 붉은 리본을 달고 있었는데 어떤 여자는

한 개가 아닌 여러 개를 달고 있었다. 방안은 이상한

침묵이 감돌았다. 마치 이상한 냄새처럼.

"여기는 어디입니까? 무신교란 무엇입니까?

왜 저들은 강단을 등지고 앉아 있습니까?" 일구의 입에서는

질문이 릴레이라도 하듯이 쏟아져 나왔다.

"이곳은 무신교도들이 모이는 예배당예요."

무신교도들은 세상에서 남자한테 버림받거나

배반당한 여자들로 구성된 종교인데 오직

무신만이 자신을 구원할 수 있다고 믿지요."

"무신이 어떻게 저 여자들을 구원할 수 있다는 것입니까?"

"들어보세요. 곧 설교가 시작되려 하고 있어요."

그녀의 말이 끝나자 설교자가 강단을 향해 걸어나왔다.

그녀 역시 등을 보이지 않도록 조심하면서, 얼굴을 보니

여자였다. 그리고 가슴에는 수많은 붉은 리본들이 달려 있었다.

그녀는 다음과 같이 입을 열었다.

"오늘은 우리 무신교의 중심을 이루는 무신의

구원론에 관해 말하고자 합니다.

세상의 다른 모든 종교들은 우리의 적입니다. 그들은 우리가
죄악시하는 믿음을 창조하는가 하면 그 믿음으로 말미암아
생기게 되는 배반의 고통 또한 대량으로 생산하고 있다는 것입니다.
따라서 지금 우리가 살고 있는 세상은
인간들이 살아오는 동안 범하게 되는 온갖 약속이나
명예, 결혼, 약혼, 공약, 조약 등으로 인해
정신적인 공해가 심각한 지경에 이르렀다는 것입니다. 이렇게
원인을 분석해보건대 우리의 당면 과제는 세상에 기존하는
모든 믿음과 그 믿음의 각종 형태들을 무효화시키고 파괴하는 것입니다.
즉, 믿음과 약속의 굵은 사슬로부터 벗어나는 것입니다.
무신교에서는 이것을 실천적인 해방 내지 종교적인 자유라고 부릅니다.
신의 것은 신에게 돌려주고 인간의 것은 인간에게 과거는 과거에게
돌려줘야 합니다. 결혼이니 맹세니 약속이니 하는 등등의
신앙적 산물들은 모두 인간들의 것입니다.
유신론有信論자들의 것이란 말입니다.
그들을 다 돌려주고 무효화시키고 인간 본래의 상태,
즉 약속 이전의 상태 혹은 이후의 상태를 발견하자는 것입니다.
그것은 우리에게 있어 약속의 땅입니다.
그러려면 우리는 과감하게 큰 결단을 가지고 우리의 목표요
구원의 상징인 X표를 등에 짊어져야 합니다. 그리고
세상을 향해 무효를 선포할 수 있어야 합니다.
무심한 세상은 지금도 믿음을 만들어내고
그것이 최고 상품인 것처럼 자랑하나
그 상품은 며칠을 못 가서 고장이 나고 부서져 버리게 되니

믿음의 제조가 눈물과 고통의 제조가 아니고 무엇이겠습니까?

우리 무신교에 있어 죄악은 다른 것이 아니라 믿음입니다.

믿음은 우리 영혼을 절망의 깊은 골짜기로 굴러 떨어뜨립니다.

따라서 믿지 않은 자들은 믿음의 유혹을 물리치고 오직

무신의 길을 가야 할 것입니다. X표를 그으면서 의심과

회의야말로 우리의 유일한 구원의 신앙입니다."

일구는 설교를 들으면서 좌우에 앉아 있는 여자들을 지켜보았다.

거기에는 젊은 여자에서부터 늙은 할머니에 이르기까지

갖가지 연령과 계층의 여자들이 모여 있었는데,

어떤 이는 분노로 얼굴이 경련을 일으키는가 하면 어떤 여자는

삶의 의욕이 멀리 떠나버린 듯이 시들한 표정을 짓고 있었다.

"저들이 달고 있는 붉은 리본은 무슨 뜻입니까?

왜 어떤 사람은 리본을 여러 개 달고 있는지요?"

일구는 여자에게 속삭이듯 물어보았다.

"리본은 각기 한 번의 배반을 표시하지요. 따라서

리본이 많은 사람일수록 배반의 경험이 풍부하고,

무신교에 조예가 깊은 원로라고 할 수 있어요.

무신교에서 제일 큰 걱정의 대상은 리본이 하나인 교인들이에요.

배반은 처음 당했을 때 아픔과 통증이 가장 격렬하기 마련이니까요.

하지만 두 번, 세 번, 당하면 당할수록 배반은

감정의 차원을 초월하게 되죠. 그것은

무신의 경지가 우물처럼 깊어지는 것을 의미하고

보다 철학적이고 종교적인 경지로 진전하는 것을 뜻하지요.

그래서 배반을 처음으로 당한, 리본 하나를 단 여자는

남자를 미워하지만 두 개 단 여자는 세상을 원망하고,
세 개 단 여자는 자신의 운명을 원망하며,
네 개 단 여자는 믿음 자체를 믿지 않게 되며,
다섯 개 단 여자는 믿음의 문제에서 벗어날 길을 강구하게 되죠."
"그렇다면 리본이 많을수록, 아니 배반의 경험이 많을수록
좋은 것이 아닙니까?"
"사람들은 완전치 못해서 믿지 않는다고 하면서도 어쩔 수 없이
믿음에 빠지게 되지요. 즉 죄를 범하게 되는 거예요.
죄가 있는 곳에 구원이 있듯이 배반이 있는 곳에 무신교가 있어요.
이것을 어찌 좋다 나쁘다는 말로 처리할 수 있겠어요?" 그때,
앉았던 여자들 중 하나가 자리에서 일어나 은쟁반을 들고
헌금을 걷기 시작했다. 여자들은 떨리는 손으로 가슴을 뒤지더니
돈이 아닌 물건들을 쟁반 위에 놓기 시작했다. 쟁반 위에
쌓이는 물건들은 뜻밖에도 칼, 비수, 눈동자, 혓바닥, 바늘, 가위,
저주, 독약 등 무서운 흉기들이었다. 그리고 헌금이 끝나자
예배 또한 끝났다. 그런데 이상한 것은 예배당을 떠날 때
신도들은 조금 전 자기가 헌납했던 물건들을 쟁반에서 가려내어
다시 자기 품속에 간직하는 것이었다.
"아니, 일단 바쳤던 것을 되찾아 가지고 나오지 않습니까?"
일구는 도무지 이해가 가지 않았다.
"세상 종교와 다른 무신교의 헌금이니까요.
무신교도들은 설교를 믿지 않을뿐더러 무신교 자체도 믿지 않죠.
믿음은 무서운 죄악이니까요. 그러나 이러한 철저한 불신만이
무신을 실천하는 방법이 아닐까요?" 일구가 돌아보니 여자는

어렴풋이 웃음을 띠고 서 있는 것 같았다.

여섯 번째 방은 다 허물어져가는 절간이었다.
절간 뒤에는 기와가 벗겨진 종각이 서 있었는데 그 속에는
종각만큼이나 낡은 종들이 매달려 있었다. 또한
주변엔 인적이라곤 하나도 없고 오직 숲과
바람의 거친 숨소리가 들릴 뿐이었다.
"이곳은 아무도 없지 않습니까?" 일구는 이상해서 물었다.
"저 종들이 바로 여자들이에요. 지옥이 깊어질수록 점점
인간의 변신한 모습을 보게 될 거에요. 그러나 아직도 저
종들에겐 희미하나마 여자의 형태가 남아 있죠."
그 말을 듣고 보니 매달린 종의 모습은 스커트를 입은 여자의 모습과
어딘지 비슷하기도 했다. 종 한가운데 허공을 딛고 서 있는
방울과 줄은 스커트 밑에 흔들거리는 다리를 연상시키고
고리는 얼굴, 그리고 고리에 매인 끈은
마치 머리채를 묶어 올린 것 같았다.

"저 여자들은 어떻게 하다 종이 되었을까요?"
"세상에 태어나 한 번도 사랑을 경험해 보지 못하면
저렇게 되고 말지요. 사랑을 할 줄도 몰랐고 받지도 못했어요.
사랑이 없으면 부드러움이 사라지고 몸이 굳어지기 마련이지요.
사람은 사랑을 위해 태어났고 종은 울리기 위해 만들어졌죠.
그렇다면 종에게 있어 사랑은 자기의 울림이에요.
아픔과 더불어 상처에서 터져 나오는 환희가 사랑이죠.

저 종들은 한 번도 그렇게 울어보지 못했으니
자기의 멜로디가 어떤 것인지를 모르고
자기의 메아리 또한 들어보지도 못했어요. 그러는 동안에
몸은 청동으로 굳어지고 마음은 침묵으로 녹슬어버렸지요.
빛나는 피부에 신비한 멜로디를 간직했으나 그것을
음악으로 만들 수 없을 때 지옥은 그들의 영혼에 터를 닦고
집을 짓게 되었죠. 저들은 지금도 자기들의 목소리가
깨진 것으로만 알고 있어요." 여자의 말이 끝나자마자
한 떼의 사람들이 종들을 큰 마차에 실었다.
"저들은 종들을 어쩌자는 겁니까?" 일구는 다급한 목소리로 물었다.
"때는 이미 늦었어요. 저들은 종이 아닌 고철을 다루고 있어요.
고철이 된 종들은 화장터로 가게 되죠. 제련소 말예요."
"그러면 어떻게 되나요?" "죽음의 용광로 속에 들어가면
뼈도 살같이 되죠. 녹슨 것은 다 타버리고 굳은 것은
뜨거운 눈물로 녹아버리겠죠. 멜로디와 메아리가 없이
불꽃 속에서 우는 종의 눈물, 울 수 없던 것이 마지막
소리 없이 울게 될 때는 자기 울음 속에서 녹아버리죠.
아무리 연기가 자욱해도 끔찍한 것은 더욱
또렷이 보이는 곳이 지옥이에요."

— 시간이 얼마나 됐죠?
— 왜 지옥 구경이 지루한가요?
— 대전 엑스포보다는 좀 낫지만, 뭔가 좀 모자란 느낌입니다.
— 모자라다니요? 햇빛 말고는 그런대로 대충 갖추었는데.

― 예언이 없지 않지 않습니까? 과연 고향으로 돌아갈 수 있을지,

눈먼 예언자가 보이지 않지 않습니까?

― 댁이 아직 못 봐서 그렇지 엘페노어[4]처럼 먼저 와 기다리는 학생들이

얼마든지 있죠. 내가 네 살 때 돌아가신 어머니도 어디엔가 계실 테고.

― 하긴 콘크리트 바닥에 생피를 뿌렸으니 피에 굶주린 군인경찰

귀신들이 이곳을 모르지는 않겠군요.

― 웬 지팡이를 짚은 그림자가 오고 있습니다.

― 행색으로 봐서 스님 같지 않습니까?

― 만일 저 그림자가 그분이라면 간절하게 묻고 싶은 것이 있습니다.

― 태조의 고려를 예견했던 도선 국사를 말하는 겁니까?

― 우리의 혁명이 성공해 민주주의의 본향에 돌아갈 수 있을지

그것이 알고 싶습니다.

― 요단강을 건너 가나안으로 들어가는 것이 차라리 쉬울 것입니다.

금강산을 관광한다면 몰라도.

― 이 암흑 세상에 그것을 어찌 알 수 있습니까?

― 어둡다고 감마저 없겠습니까?

이심과 정감이 한 이야기를 어쩌다 라디오를 통해 엿들었는데,

우리나라 정권은 장차 가야산으로 갔다가 다시

완산으로 옮겨간다던가? 동으로 갔다 서로 갔다 왔다갔다.

― 그걸 믿으란 말입니까? 팔공산이나 유달산이라면 몰라도.

― 어쨌든 주인공을 집으로 보내줘야 하는 것 아닙니까?

― 그렇지만 출퇴근하듯 보내줄 수 없다는 것이 문제 아닙니까?

― 시간이 얼마나 걸릴까요? 한 사십 년이면 되겠습니까?

어느 때면 때가 이르겠습니까?

— 약속의 땅이 지척인데도 반세기가 넘도록 못 가고 있으니,

　우리에게는 광야도 없는데 황사는 왜 더욱 거세만 가는 거죠?

— 그래도 우리가 이대로 주저앉을 수는 없지 않습니까?

— 연꽃을 먹고 고향을 잊은 것이 마음에 걸리지만

　모두 서둘러 배에 올라야 할 것입니다.

— 배가 고파도 태양신[5]의 소는 건드리지 말아야 하는데,

　아예 소떼를 몰고 북쪽으로 가다니.

— 독재와 재벌의 지옥 같은 식욕을 누가 말리겠습니까?

　남북 모두 소를 잡아먹고는 더욱 굶주리게 될 것입니다.

— 돈의 맛을 보면 문제는 더욱 심각해지죠.

　선악과의 폐해가 본격적으로 나타나겠죠.

— 가고 싶은 곳으로부터 더욱 멀어만 지겠죠?

　철없어 바람주머니를 열어보다 보면.

— 게다가 해신이 삼지창을 세우고 지키고 있으니

　배를 타기보다 뗏목을 타는 날이 많겠군요.

— 바다 못지않게 길이 넓은 육지가 더욱 위험하죠.

　골짜기를 헤매다가도 돼지우리에 들어갈 수가 있으니.

— 저녁 연기 피어오르는 초가집을 조심해야겠죠.

　원래 사는 곳은 물론 원래 모습으로도 못 돌아갈 테니까.

— 아 고향은 너무 멀기만 합니다.

　베틀에 앉은 조강지처가 그립습니다.

　아직은 지옥에 있는 그림자들과는 친해지고 싶지 않습니다.

— 도전이 살아 있는 한 우리도 살아있습니다.

— 장차 위험천만한 경제위기와 정치 불안,

두 괴물의 가랑이 사이를 수도 없이 지나가야 할 것입니다.

항구가 보이는 바닷가엔 사이렌 요정들의 노랫소리 요란하고

저들의 눈빛과 불빛 아래 해골이 수북이 쌓일 것입니다.

—과연 낯익은 항구를 찾을 수 있을는지?

—설사 배를 댄다 해도 고향은 낯선 얼굴들로 가득할 것입니다.

—우선 몸부터 풀어야겠죠.

남의 집에 무작정 들어와 사는 조폭들을 몰아내려면.

활 쏘는 기술이야 흐르는 피 속에 있으니

크게 걱정할 필요는 없겠지만,

문제는 그때쯤 되면 세상은 늙고 변해 앤카이치즈처럼

아버지를 등에 업고 가는 자식들이 씨가 마를 것이니

약속의 땅에 들어가서도 약속을 또 찾아야한다는 것입니다.

—나라를 뺏기고도 자식만은 계속 낳았으니

일제 징용에 육이오 때 살아남은 자식들만으로도

나라살림은 한 번 일으켜 볼 만할 것입니다.

—잘하면 선비의 나라가 장사꾼의 나라로 바뀔 수도 있을 것 같습니다.

—늘 시끄럽겠군요.

—오리가 타고 있는 돛배는 구경하기 힘들 것입니다.

—예언이란 바로 이런 것입니까?

—그런데 도선 국사는 어디 갔죠?

오 트로이, 나의 디스트로이. 이타카, 이따가.

일구가 이렇게 비몽사몽 하는 사이, 덜컹!

소리와 함께 천정과 바닥이 흔들리면서

엘리베이터의 관 뚜껑이 열렸다. 일구는
급히 지하에서 지상으로 상경했다.
언제 급행열차의 차표를 끊었던가?

Hic multa desiderantur[6]

과연 다시 여기를 빠져나갈 수 있을까?
졸업은 고사하고라도 —
절망적인 생각이 일구의 목을 졸랐다.
답답하다는 생각의 숨 막히는 독가스,
무덤덤한 무덤, 장기수처럼 답답했다.
아무리 비상벨을 눌러도 소용없었다.
끊어진 전선은 전기가 통하지 않고
마비된 신경은 감각이 통하질 않았다.
엘리베이터는 일구를 마치 선물상자처럼 포장해서
끝없는 갱도 속으로 내려갈 뿐이었다.
그때 엘리베이터가 한두 번 세차게 흔들거렸다.
그리고 일구는 발바닥이 푹 꺼지고
온몸이 촛불처럼 꺼지는 것을 느꼈다.
허우적거리는 팔다리는 흰 구름이라도 잡았다.
그때 등에 걸친 잠바가 낙하산처럼 활짝 펼쳐졌다.
죽는다는 것은 이런 것인가?
아니 그보다도, 나는 아직도 안 죽었던가?
발바닥과 땅의 키스, 일구는 거친 숨을 내뿜었다.

그것은 첫사랑의 그것처럼 어색했다.

햇살이 눈에 가득 밀려왔다. 바다처럼.

눈이 매워 뜰 수가 없었다. 죽는다는 것은

이런 것인가? 이것이 산 것인가?

나비는 지그재그로 날아다녔다.

만일 일구라는 이름이 아직도 세상에서 유효하다면

오늘 아침 책상 위에 깜박 잊고 펼쳐놓은 책,

글자들은 아직도 거기에 남아 있을까?

귀신이 된 주인을 찾으러 나간 것은 아닐까?

귀신을 찾다가 귀신이 된 것은 아닐까?

립벤 윙클의 울프, 실종된 개

서로는 서로를 잃어버렸다고 생각하는지도 몰랐다.

일구는 밤새 설사한 사람처럼 온몸에 힘이 빠졌다.

지옥이란 항문과 학문, 먹지 않는 말의 배탈과 설사, 그러나

약이 좋아도 믿지도 않고 먹지도 않는 사람,

자기에게는 자기처럼 좋은 것은 없었다.

일구는 다시 걷기 시작했다. 땅위에서

땅땅거리는 사람들과는 달리

막 알속에서 나온 새 새끼처럼.

발걸음마다 땅이 꺼지고 봄 하늘은 높아만 갔다.

수술대 위에 누워 허공을 나르는 기분이랄까.

에텔 마취제의 연료를 태우면서 두근거리는

심장의 터보엔진이 돌기 시작할 때

눈동자의 유리창에 흰 구름이 보이고

때로는 빗방울이 떨어졌다. 늪처럼 질컥거리고 달라붙는

산문의 웅덩이, 거기에 발을 헛딛는 시인,

몸살을 앓아야 되찾을 수 있는 시의 땅과 삶의 냄새,

일구는 지옥이 두통처럼 가라앉기를 기다렸다.

그리고 생일로 다시 돌아가고 싶었다.

거세고 경쾌한 리듬으로, 물러가면서 앞으로 앞으로.

물론 자궁에서 자기의 죽은 대가리를 끄집어내는 것은

산모만큼이나 힘든 일이나 고통이 있었으니 고통이여

물러가라고, 역사적인 리듬을 도입할 수밖에 없지 않는가?

물론 여야 협상처럼 엉키기만 하고

풀리지 않을지는 모르지만

말이 돌이 아닌 시가 되기 위해서는

말을 꿀로 만들기 위해서는

세상을 벌집으로 만들기보다도

벌과 같은 창자를 가져보는 것이 옳지 않는가?

시를 쓴다는 것은

과연 창자를 끄집어내는 것만큼이나 힘든 일인가?

포수에게 총 맞고 바위에 창자를 흘리면서 달아나는 산돼지

그것이 시인일까?

달아나서 살아난다면! 말의 향내를 뭉치고 굴릴 수는 있으나

맛과 의미는 또다시 주소를 잃어버리지 않는가.

하리끼리해서 나온 시들, 야당 같은 시들

소리만 크고 힘이 없는 말대가리들

말의 힘은 어디서 오는 것인가? 여당과 같은 산문, 기생과 같은 시,

산문의 셋방살이가 지겨워도 주인을 쫓아낼 수가 없어

자기도 이제는 힘을 길러야겠다고 해서

겨우 찾아온 곳이 아직 제목도 없는 어느 소설이란 말인가?

그러나 그 소설이 바로 함정이요 지옥일 줄이야.

시는 자기의 가는 허리를 손에 쥐고 있는 젓가락으로 집어 올려

어느 담요 같은 혓바닥에라도 올려놓아야 할 것이다.

살려면 먼저 죽으라고 했으니 산다는 것은 그리고 죽는다는 것은

앞뒤가 틀린 것이 아닌가?

시야 뒈져라 그리하여 되어져라!

시 살려, 시 살려요! 눈살을 찌푸리는 뮤즈,

소위 문공부장관, 국립극장장, 박박사처럼 발음조차 이상한 당신,

기사보다 잘난 기자 당신,

시가 거품을 물고 쓰러지는데 왜 가만있는 거요?

포수처럼 흡족하게 바라보겠다는 것인가?

사면이 아니면 팔면인 신문, 시를 실으려면,

양지바른 명당에 실을 것이지 한쪽 구석 맨 아래에

껌처럼 발라놓다니, 당신이 짐승 같은

시인의 옆구리를 쏜 포수가 아니고 누구냔 말야?

빵끼 칠한 한국문화 내 모두 수포가 되게 하리.

일구가 이런 겁 없는 생각을 하면서 생일의 리듬을 찾아

헤매고 있는데 맞은편에서 또 다른 생각이 달려오면서

가세를 했다. 남쪽, 땅, 숲, 바람이었다, 손가락, 화살, 백마,

거문고 냇가, 노래…… 말들은 몰이꾼에게 쫓기는 짐승들처럼
과속으로 달려왔다. 일구는 즉시 생각의 그물을 허공에 던지면서
동시에 눈을 감고 생각의 줌렌즈를 소설의 틀에 끼웠다.

옛날 옛적에 총도 없고 대포도 없던 시대
어느 마을이 있었는데 아낙네들이 냇가에 모여 앉아
빨래를 하면서 남편 흉도 보고 아들 자랑도 하면서
즐겁게 떠들고 있는데 갑자기 숲속에서 웬
말 울음소리가 들리지 않는가? 아낙네들이 놀란 눈으로
바라보니 숲은 다시 조용하고 다만 겨울바람이
노파처럼 앙상한 손가락으로 숲의 머리카락을 쓸면서
거문고를 탈 뿐이었다. "그게 뭐꼬?" 아낙네들은
고개를 갸우뚱했다. 그리고 이내 잊어버렸다. 그러나
잊어버릴 만하면 이상하게도 숲속에서는 커다란 말
울음소리가 울리는 것이었다. 아니 그것은 어쩌면
어린애 웃음소리 아니었을까?

아 숨진 곡조를 어떻게 되살릴 수 있을까?
냇물 따라 흘러가버린 가락을 어떻게 다시
흘러오게 할 수 있을까? 사과궤짝에 실려 떠내려 온 일구,
빨래하던 노녀가 열어보니 어린아이였다. 그것을 지켜보던
까마귀는 임무를 마친 듯이 검은 하늘로 사라졌다.
구九자의 날개를 펴고. 누가 이 아이의 주인인가?
달과 용의 아들 아닐까? 의문이 풀리기까지 또 얼마나 걸렸는가?

달밤에 황홀한 춤 놀림이 달과 용의 아들임에 틀림없었다. 그를 본
역신의 몸놀림이 뻣뻣이 굳어졌다. 처용은 춤추면서 돌아다니고
역신은 놀라서 도망 다녔다. 역신이 가는 곳에 처용의 소문은
염문처럼 퍼졌다. 아 위대한 달과 용의 아들이며, 그가
백발의 노인이 되었을 때 절벽에 한 미인이 쉬고 있었다.
백발의 노인 또한 지팡이를 쉬었다. 미인은
절벽에 핀 꽃을 가리켰다. 한숨으로. 그러자
Gnaphalium Leontopodium,[7]
노인은 지팡이를 내던졌다.
거품이 된 젊음이 절벽 아래의 거센 물살처럼
끓어오르는 것이었다. 백발과 바람은 한창 실랑이를 벌였다.
노인은 마침내 꽃을 꺾었다. 그리고 노래의 리본에 묶어
그녀 앞에 내밀었다. 곳 할 것가 받자보리이다.[8] 그 후
인간애의 절정에 서서 부른 노래는 꽃가루처럼 번졌다.
아, 언제까지 봄날이었으면. 아 밝고 찬란한 역사의 봄날,
역사의 치마 속, 빛나는 살덩어리.

일구도 꽃가루 흩날리는 봄날에 태어났다.
그는 노인이 절벽에서 꽃을 따던 순간에 태어났다.
그는 화랑들이 꽃 속에서 모여 합창하던 순간에 태어났다.
그는 거리에서 소음이 벌떼처럼 윙윙거릴 때,
창경원 벚꽃들이 그늘 밑에 소복이 쌓일 때,
"자유" 하고 외치는 절규의 꽃 속에서 태어났다.
이것이 생월생시다. 콘크리트 바닥에 말라붙은 핏자국의 꽃무늬,

그는 태어남의 태어남 속에서 일구일구 일어선다.
생명을 걸고 꺾은 벼랑의 꽃은 생명보다 더 소중하여라.
그것을 가슴에 안고 태어남의 흰 파도를 혈관에 느끼면서,
일구일구 얼시구절시구 춤추듯 무릎을 세운다. 그리고
거리로 달려 나간다. 과녁을 몸에 붙이고 총구를 찾아 헤맨다.
역사의 가파른 벼랑에 핀 꽃, 민족의 님에게 꺾어 던진다.
흙속에 떨어지는 씨알의 노래를 부른다.
내 말들이 썩어 싹트는 날을 볼 것인가?
모기처럼 목구멍에 달라붙는 노래, 바람은 찬바람.

일구는 다시 걷기 시작했다. 독당근을 마신 소크라테스처럼,
잡념의 찌꺼기를 마신 다음 마음은 가볍고 다리는 무거웠다.
걷는다는 것은 다리를 교대로 움직이는 것이다.
변증법을 지켰으나 언기법을 어긴 소크라테스
마지막 순간에 마지막 순간답지 않은 생각에 잠겼다.
역시 쇼크다테스였다. 생각의 기술자. 일구는 눈을 감고
천천히 움직이는 소크라테스의 발걸음을 지켜보았다.
그것은 춤이었다.

누가 이 문제를 풀겠느뇨? 황금 터번을 쓴 왕이 물었다.
푸는 자도 못 푸는 자도 상을 받으리라. 풀면 왕관이요
못 풀면 죽음이라, 사방에 전하라. 호수가 숲속
어느 나무 밑에서 대답을 기다리겠노라. 그 후
수많은 현자들이 어리석게 죽어갔다. 어리석은 사람들도

덩달아 죽어갔다. 인생의 문제는 너무도 어려웠다. 어떤 사람은
문제를 풀기보다 왕관을 빼앗으려 했다. 그것이 푸는 것이었다.
그러나 정답이 아닌 왕관은 빼앗는 자의 목을 조르고
풀어지지 않았다.

하루는 네 사람이 동시에 나타났다. 그들은
이름을 밝히지 않았다. 어차피 풀지 못할 것을 알았음인가?
왕은 사파이어의 왕 눈을 파랗게 뜨고서 쏘아보았다.
왕이여 청이 있나이다. 네 사람이 말했다.
대답을 말보다 춤으로 대신하겠습니다.
바닷가 백사장을 허락하소서. 거기에 남게 될 발자국이
우리의 해답입니다. 왕은 마침내 허락했다.
의문부호처럼 꼬부라진 고개를 들고서.
손해 볼 것은 없지 않은가? 그러나 이해할 수가 없었다.
이것이 어찌하여 해답이란 말인가? 신하들 역시
이해할 수가 없었다. 이해할 수 없는 것은
해답이 될 수가 없었다. 신하들은 이번에도 질문이
해답을 꺼꾸러뜨리는 것을 보았다.

그 나라에 한 현자가 살고 있었다.
뜻밖의 소식에 깜짝 놀란 그는 바닷가로 달려갔다.
그는 왕에게 돌아가 죽은 네 사람이야말로
해답을 제시했다고 말했다. 그들이 모래에 새긴 발자국은
역사요 미래입니다. 하나는 걸어온 길이요,

하나는 나아갈 길입니다. 그들의 발자국 속에는
창조의 신비와 비밀이 담겨져 있고 종말에 대한 예언이
새겨져 있었습니다. 좀 더 구체적으로 말하라 왕은 다급히
소리쳤다. 그러나 왕과 신하들이 바닷가에 도착했을 때는
파도가 발자국의 흔적을 거의 다 지워버린 후였다.
우리는 영원히 온전한 해답을 잃어버렸습니다. 오, 왕이여,
경솔한 자여. 현자는 고개를 저었다.

플라톤 역시 열심히 베꼈다. 그동안에도 텅 빈 백사장에서
소크라테스가 추는 어지러운 언어의 춤은 시간의 파도에 의해
자꾸만 지워졌다. 그러나 그의 마지막 죽음의 춤만은
거의 온전히 베끼는 데 성공했다. 일구 역시
소크라테스의 무거운 발걸음을 모방했다. 미메시스[9]
죽음의 이데아는 이렇게 스케치하는 것인가. 아무튼 캐치하라고.
동굴에 어른거리는 그림자, 그것은 박쥐의 그것과 다르지 않는가?
죽음의 동작은 빨랐다. 그 속에 리듬이 깃들일 수 없을 만큼.
그러나 우리는 죽음을 슬로우 모션으로 보고 있지 않은가?
따라서 야곱이 뼈를 부러뜨리면서 씨름하는 것도,
헤라클레스가 타나토스의 멱살을 잡는 것도 모두 슬로우 모션 아닌가?
바울이 다메섹의 여로에서 본 것은 죽음의 이데아였다.
베드로 또한 로마의 숲속에서 죽음의 이데아를 바라보았다.
삶을 배경으로 필름처럼 나타나는 죽음,
현상한 사진 속에서 사는 우리,
필름의 세계로 돌아가기 전에 죽음에 한 번 반하면

죽지 않고는 배길 수가 없었다. 소크라테스 역시 반한 표정이었다.
그와 동침할 모양으로 감옥의 돌바닥에 반드시 누웠다.
잣대가 돼버린 다리 한 쌍. 그는 올림포스 꼭대기에 타오르는
봉화를 꿈꾸기 시작했다. 그곳에 처음으로 봉화의 불을 붙이리라.
봉화는 먼저 장작더미에 놓인 자기 시체부터 깨끗이 처분했다.
항아리 속에 일단 재 가루를 쓸어 넣고 경기에 출전하는 것이었다.
죽음이 출전한 올림픽 경기, 승리가 죽음의 것이 아니라면
누구 것이겠는가? 소크라테스와 예수 말고는 아무도
죽음을 이긴 자가 없었다. 죽음을 이기려면
죽음에 반해야 되는 이치를 몰랐기 때문이다. 용기로
죽음을 다루는 자들은 사실은 우둔한 겁쟁이들이었다.
죽음이 인간의 용기를 겁낸단 말인가?

―이봐요, 내 일일이 구구절절 일구에 대해서 말하고 싶지 않은데
　도대체 지금 그 플라토인지 도마토인지 소크라테스인지
　소코리장수인지 예수인지 약장수인지 하는 자들이
　우리의 주제와 무슨 상관이 있다는 겁니까?
―상관이 있고 없는 것은 또 무슨 상관입니까? 현대소설에 있어
　생각은 행동 아닙니까?
―나는 생각하는 짐승 같은 인간들보다는 생각하지 않는
　인간 같은 제비가 더 좋습니다. 삼팔선만 없으면
　우리나라도 제비나라처럼 강남인데.
―그런 행동이야 저도 행동하고 있던 참입니다. 그보다도
　실꾸러미도 없이 대낮의 어둠속을 헤매는 일구가 걱정입니다.

일구가 자기를 잃어버리면 우리는 또 어떻게 그를
찾을 수 있을 것입니까? 작가는 늘 주인공이 걱정입니다.
물론 학교 정문에서 정문으로 다시 나오기는 어렵지 않지만 —
학교에는 정문을 지키는 무서운 개들이 있지 않습니까 —
아마 자칫하면 후문으로 빠지기가 쉬울 것입니다. 후문은
이상한 학생들을 배설해버리는 학교의 창문이니까요. 그러나
더러는 이 후문을 통해 입학하는 학생들이 있지요. 항문을 통해
입으로 더럽게 들어간단 말입니다. 회충처럼.
학문이 제대로 되려면 바로 이 학교의 항문을 조심해야 됩니다.
치질이 걸린 대학들이 얼마나 많습니까. 서울의 한복판에
쭈그리고 앉아서 찡그린 모습들이란 — 그들의 찢어진 항문이란,
아니 — 학문이란, 결국 두 가지 길밖에 없죠. 대학이 학생들을
내보내는 길은. 후문으로 배설하거나 정문으로 토해내거나,
소위, 인재는 대학의 똥입니다. 이런 의미에서 한국의 대학들은
모두 똥통 학교지요.
— 그러면 감히 서울대학교도 그렇다고 볼 수 있을까요?
— 갈보 관악산의 가랑이에서 나온 사생아지요. 한국의
전통문화에서 애비가 누구인지도 모르는 후레자식입니다.
태백산이 관악산의 아버지인 것을 아는 사람은 아무도 없습니다.
대학총장인지 저금통장인지에게 한 번 물어보십시오.
— 그런데 일구는 무슨 대학에 다닙니까?
— 똥통학교에 다니고 있다니까요. 냄새를 참으면서.

땅속에서는 살 썩는 냄새 도서관에서는 골 썩는 냄새.

엘리트를 걸러내는 양조장 썩은 냄새에 썩어가는
신선한 냄새의 살갗냄새, 가지에 붙은 사과가 벌레한테
순결을 잃고 뉴턴을 원망하면서 떨어질 때의 진홍빛 냄새,
냉귀지, 도우 아트 시크, 광주는 강간당하고 서울은
창녀로 팔리고, 헐떡거리는 시대, 바지는 자꾸만 아래로 내려가고
치마는 풍선처럼 부풀어 오르는데 올림픽까지
헐떡거리는 중앙청 선수들,
제자리걸음의 승리, 높이 뛰는 벼룩에게 금메달,
잘 받고 잘 차도 금메달, 간이 부으면 표창장,
간지럼을 잘 태우면 공로상, 골은 보릿고개 헛간처럼
휑 비었어도 튼튼한 팔다리가 월급 받아 먹여 살린다.
아 손톱을 두려워하지 않는 벼룩들, 반도강산에 달라붙어
툭하면 탕 쏘고 톡톡 튀어 오른다. 아 살갗에 번지는
핏방울의 무지개, 피가 있으면 구원도 있으련만
십자가에 매달린 손가락이여 박넝쿨이여
매듭마다 흰 박꽃 피우며 우리의 가려움을 긁어주소서.
점점 부풀어 오르는 가려움의 꽃, 무궁화
싱싱하게 울타리에 피어나는가.

씨와 용을 기르는 비, 하늘에서 내리는 비는 다시
하늘로 올라간다. 땅의 뱃속에서 나온 것은 다시
하늘로 올라간다. 어찌 앙상한 갈비뼈처럼 분명한
사실이 아니리요. 그런고로 ― 선생님 그러면 왜 제비는
구렁이 뱃속으로 들어갑니까? 나는 것이 기는 것으로

귀의한다는 것이 있을 수 없지 않습니까? 그러나 이봐
날고 있는 제비가 구렁이 뱃속으로 들어가는 거 봤나?
나는 것이 날고 있지 않으니까 기는 것 속의 뱃속에
삼키고 만다는 말이다. 그러나 설혹 그렇다 해도
제비의 영혼은 다시 구렁이 뱃속의 무덤 문을 밀치고
강남의 바닷가로 날아갔겠다.

선생님은 지금 크리스천 제비를 두고 하시는 말씀 아닙니까?
제비가 그렇게 강남이 좋다면 무엇 때문에 구태여 우리나라에 올까요?
제비가 강남으로 귀국하는 것도 우리나라가 싫어서 그런단 말이야?
가을에 제비가 푸른 창공에서 임무교대를 하는 것을 보라.
얼마나 아름다운 자연의 질서야?
정치인들이 보면 어떻게 생각할까요?
제비 같은 정치인들 말인가? 인간같이 생각하겠지.
기러기 같은 정치인들은요? 포수같이 생각하겠지.
생각의 총을 쏘고 말의 탄피를 줍는 것 말인가요?
그는 왜 새만 쏘고 자기는 쏘지 않을까요? 오, 외눈깔과
오른쪽 검지. 죽음의 윙크. 터지는 탕.

가랑비는 선생님처럼 일구를 인도하기 시작했다.
질문하는 학생은 대개 대답하는 선생을 따라가지 않을 수 없었다.
영혼이 설교에 이끌리듯 일구는 가랑비를 따라갔다. 언젠가
초등학교 사 학년 땐가 누르스름한 백지 위에 그렸던 연못,
원시인의 발자국 같은 것이 나타났다. 호수 가운데는

양산박이나 아틀란티스 같은 조그만 섬이 있었다.
창백한 이마에 붙은 사마귀 모양하고 비슷했다. 수양버들은
푸른 터럭처럼 돋아나 있었다. 물은 흐르고 혼탁했다.
인간의 심장만큼이나. 들여다볼 수가 없었다. 보이는 것은
오직 움직이는 표면뿐이었다. 혹시 누가 빠져죽은 것은 아닌가,
일구는 문득 그런 생각이 들었다. 물이 있으니 달이 있었을 것이고
달이 있었으니 이태백이 있었을 것 아닌가, 적어도 누군가는
빠져 죽었을 텐데 도둑놈 뱃속 같은 물속을 들여다 볼 수가 없었다.

오늘 4월 19일, 호수 물은 이상하게 요동하고 있을 뿐이었다.
아무래도 희생의 제물을 준비하는 게 좋을 것 같았다.
일구는 넋 건지는 무당처럼 바위 위에 쪼그리고 앉았다. 그리고
옆에 서 있는 개복숭아 가지를 꺾어, 그것으로 세 번 수면을 때렸다.
원통하게 가라앉은 귀신아, 원통하게 맞아 죽은 귀신아
잠들었거든 깨어나고 억울하거든 말해보라. 내 복숭아 가지를 들어
세상의 종아리를 때리나니 이제는 서로 막혔던 것을 풀어보자.
그러나 물거품과 침묵 그것이 대답이었다. 여기에는
물거머리 같은 귀신도 없단 말인가? 누군가 빠져 죽은 것만은
틀림없는데, 이들은 왜 일구의 생일잔치 초대에 응하지 않는 것인가?
손님이 없는 생일날 제삿날, 일구는 귀신들린 듯이
우울해지기 시작했다. 그리고 호수 속에 넋을 빠뜨려버렸다.
넋을 건지다 그만 넋을 잃어버렸다. 그때 호수 건너로부터
웬 고함소리가 바람에 실려왔다. "이놈들아!"
일구는 주변을 둘러보았다. 그러나 보이는 것은 자기를 비롯해서

모두 단수뿐이었다. 가랑비 속에서 모두 단수로 서 있었다.
한편 바람은 여전히 습기에 찬 음성을 실어왔다.
"이놈들아, 이놈들아," 호수 건너편 언덕 위에 앉아 있는 큰 무덤이
끓는 물주전자의 뚜껑처럼 들먹거렸다. 그러고 보니 의문의 음성은
무덤에서 올라오고 있었다. 당장 내 무덤을 이장하지 못할까
여우같은 놈들아 내가 똥을 싼 곳에 나를 묻는단 말이냐?
이 악취보다도 지독한 놈들 같으니라고. 내가 이 학교를
세웠기로서니 뭐가 어쨌단 말이냐? 훈장의 방귀냄새에
죽어가는 학생들이 보이지 않느냐? 나를 묻으려거든 차라리
호수 한가운데를 파고 묻을 것이지, 데모 철이 되면
내 젊은 용이 되어 캠퍼스로 쳐들어오는 군인들을 막을 터인데,
얼마 전 돌아간 학교 창설자이자 이사장인 유박사의 말이었다.
상당히 Unshakesphearean[10]적인 발언이었다. 역시 그는
문인은 아니었다. 사업가요 명예박사일는지는 몰라도
명당에 유난히 신경을 쓰는 귀신, 일구는 얼른 복숭아가지를 집어 던지고
물속에 넋을 빠뜨렸다.

무덤 속에서 덜거덕거리는 뼈 소리, 그것이
쌍영총이든 쌍권총이든지 간에, 흙속에 아직도 삭지 못한 뼈들은
늘 자리가 불편한지 덜거덕거린다. 일구는 자기도 모르게
무릎뼈를 살며시 쓰다듬었다. 무릎이 끝나는 곳에서 복상씨까지는
정확히 한 자였다. 일구는 흐린 하늘을 향해 눈을 부릅떴다.
앞으로 다가올 한국 역사에 내 다리뼈가 척도가 되리라.
총알비 오는 거리 최루탄 안개 속을 눈물 흘리며 달리지 않았던가.

주목하시오, 여러분. 일구는 서 있는 나무들을 향해 외쳤다.
내 다리는 현실에서 미래로 걸어가는 구름다리올시다.
혁명의 불길을 밟고 달리던 이 다리는 여러분의 삶에
기름과 불을 퍼부울 것입니다. 혁명 속에서 태어난 그는
언젠가는 혁명을 혁명하면서 내 아들이 나를 꺼꾸러뜨리는 것을
기뻐할 것입니다. 계속 역사의 페이지를 넘겨갑시다.
이제 아무것도 적혀 있지 않은 빈 곳이 나옵니다. 고기로 치면
비계 덩이요 땅으로 치면 황토 흙입니다. 여기가 바로
우리가 연구해야 할 대목입니다. 이쪽 페이지는 오늘이요
그 다음은 내일입니다. 우선 모두 서명부터 합시다.
주어진 역사에 데뷔를 해야 할 것 아닙니까. 이렇게
우리의 존재를 일일이 증명한다는 것 말입니다. 역사의
큰 대목을 만들기 위해서는 우리의 존재를 구름처럼
키워나가야 됩니다. 하나하나가 거대한 하나를
이루는 것 말입니다. 작으면서도 동시에 큰 것이
하나라는 뜻입니다. 위엄이란 바로 여기에서 나옵니다.
우리는 왜 이 뜻을 받들지 않습니까? 몸집은 적어도
힘이 센 장사의 나라, 당신은 그 나라의 힘줄이요 근육입니다.
그래서 강대국의 혓바닥이 두려워하는 작은 고추입니다.

―아니, 이렇게 되면 어떻게 됩니까?
―무얼 말씀입니까?
―줄거리나 알고 나가자는 말씀입니다.
―왜 줄기가 부러졌습니까?

—부러질라 해도 부러질 것이 있어야 부러지지요. 생 떡 줄기가
부러지면 부러졌지.
—처음에는, 방금 노래하신 것을 예로 든다면 말입니다.
　일구의 다리 선전으로 시작하다가
—일구 다리를 과소평가하지 마시오. 피타고라스의
　황금 허벅지와 안 바꿀 것입니다.
—꼬집을 수 없는 허벅지도 허벅지입니까? 제가 말하고자 하는 것은
—역사는 죽은 자들이 남긴 기록으로 깨달을 것이 아니요,
　살아생전에 움직인 그들의 다리뼈로 측정되어야 한다는 것입니다.
—그것은 누가 한 말입니까?
—내가 한 말입니다. 왜, 누가 한 말 같습니까? 어쨌든,
　땅 끝까지 전하시오.

일구 머릿속에는 생각들이 우글거렸다. 힘센 생각은
힘이 약한 생각들을 마구 잡아먹었다. 생각은
약육강식의 놀음을 계속하면서 서로 다투고 씨름하고,
쿵쿵 머리의 관자놀이에 몸뚱이를 부딪쳤다. 머리가
이 지경인데도 목 위에 가만히 붙어 있는 것이 가관이었다.
정말 무겁고 괴로운 것, 만일 땅으로 굴러 떨어지기라도 한다면
발길로 차버리고 싶었다. 달밤에 겁도 없이 딩구는 수박
발길로 걷어차듯 아예 넝쿨마저도 모두 뒤집어 버리고 싶었다.
이 수박 같은 이 달밤을, 이 땅을. 아예 넝쿨마저도
모두 뒤집어버리고 싶었다. 슬슬 눈치 보며 지나가는 늘매기
장돌 들어 세모머리 깨버리고 허연 뱃대기 하늘 향해

뒤집어버리고 싶었다. 내가 주인인데, 오늘은, 오늘만은,
골치 아픈 오늘. 하루살이. 아 따가워.

일구는 글조심 클럽으로 가고 있었다.
글조심 클럽으로 가는 것은 발 조심을 하지 않는 것을 의미했다.
제 생일날 저 가고 싶은 대로 걸어가 보겠다는데 발 조심하라고
말할 사람은 없었다. 글조심 클럽은 학생들의 문예단체였다.
방안은 말조심하지 않는 학생들로 가득 차 있었다. 벽에는
부러진 펜대가 그려진 사람들처럼 여기저기 널려 있었다.
모락모락 더 이상 맵지도 않은 연기를 숨 쉬다 죽어버리는 꽁초들,
그들은 기필코 버려지는 운명의 자연주의적인 상징처럼 보였다.
꽁초씨 꽁초여사 꽁초아가씨 꽁초학생 군인 장관 수위,
사천만 개의 인간을 시간의 종이에 말아서 담배 피는 —
거대한 사람이란 흡연, 꺼져가는 꽁초들. 이럴 때 과연
일구라는 꽁초는 어떻게 해야 되는가? 일구는 가슴에
차오르는 연기를 내뿜었다. 쓰러진 시체들은 주인을 찾아주고
흩어진 꽁초들은 재떨이 공동묘지에 화장해서 묻어라.
자식들, 여기가 여관방 자고 뭉갠 침대인 줄 아나,
할 수만 있다면 아예 모든 것을 시트 채 갈아버리고 싶었다.
할 수만 있다면 세계의 창이란 창은 모두 열고 싶었다.
두 손으로 하늘을 받치고 낑낑대는 아틀라스의 두 다리를
작신 분질러 뭉게구름 덮인 하늘로 세상천지를 꺼버리고 싶었다.
어쩌면 그때서야 글조심 클럽의 수많은 비밀회원들은
침묵하는 대다수들은 쥐구멍에서 기어 나와 문간에 달린

글조심 간판을 조심스럽게 떼버리고 포스터 속에
부러진 펜대를 수리하고 그동안 모아 놓은 낙서원고를 꺼내어
햇살에 말리며 곰팡이를 털어 내리라. 그러나 어쩌자고 펜 대신
담배연기로 허공에 글을 쓰며 또한 어쩌자고 말만 지껄여
바람벽에 반사하는 메아리에 이마를 얻어맞기만 하는 것이냐.
언기법이 아니고 연기법인가?

글을 잊어버리고 오직 조심만 하는 친구들이여
글보다는 몸을 조심하는 친구들이여, 한국인이여 형제여 동포여,
말은 거저 줄 테니까 귀를 좀 빌려다오. 소 귀보다는
당나귀 귀를 빌려다오. 진실로 너희에게 이르노니 너희가 말을
당나귀 귀로 듣지 않는 이상 자신의 죄와 수치를 사람처럼
깨닫지 못하리라. 나는 내 말을 전하지 못할진대 차라리
땅을 파고 묻으리라. 예수님 귀는 당나귀 귀라네.
예수장이 귀들도 모두 당나귀 귀라네. 흙이여, 모래여, 지하수여,
너만 알아라. 줄기와 가지는 몰라도 뿌리만은 보이지 않으리니
말이여 나무를 닮는다면 나무랄 데가 없으리라 세상이 알게 되면
작년에 피었던 꽃처럼 나는 죽고 없어라. 그러면 진짜 비밀은
사람이었던가. 잔디 위에 녹음처럼 번지는 말.

경 읽기를 마치자 일구는 방에 들어섰다. 일구는
인스피레이션에 몹시 목말랐다. 주머니 속 저금통장에는
몇 번인가 제로의 종이 땡땡 울렸다. 그것은 고갈이었다.
누군가 초를 읽기 시작했다. 가뭄에 대한 해답은

구름 속이 아니면 땅 속에 있었다. 둘 다 맞는 말이라면
정답은 둘이었다. 과연, 방에 있던 사람들은 일구를 보자
고개를 들면서 책처럼 안색을 폈다. 일구는 어색한
새벽달이 되지 않을 수 없었다. 그때 누군가 축하한다고 외쳤다.
일구는 얼굴을 향해 꽃다발이 날아오는 것을 느꼈다. 그리고
꽃다발은 떨어진 자리에서 시들었다. 일구의 다리는
무덤의 비석 같았다. 무대에 서게 되니 감격스러운 나머지
눈물이 무량하게 솟아났다. 울밑에 선 봉선화처럼 서 있자니 ―
무언가 보여줄 것은 하나도 없었다. 오직 볼 수만 있는
한 쌍의 눈밖에는 없었다. 그때 일구의 귓속에는 이상한 목소리가
벌처럼 들어왔다. 사람이 생일을 축하하기 시작하면,
구가 일을 일일이 세기 시작하면 일구도 별 수 없이
사일구 번 생일을 맞기 전에 사하지 않으면 영하리라.
축하가 죽으면 그때는 생일도 죽고 사람마저 영영 죽으리라.
아아 청산에 사리 났다. 사리 났다. 나으리 머루랑 다래랑 다 따먹고,
원금이랑 이자랑 다 따먹고, 창산가리 가시리잇고. 다시는
아니 올세라 다시는 아니 옳시라 청산가리. 꿀꺽. 그리고 아 ―

―이것이 뭐요? 글이요? 실례지만 성씨가 어떻게 되십니까?
―엉이라고 합니다.
―엉이요? 엉이 성씨란 말입니까?
―……
―그러면 함자는 어떻게 되시는지요?
―터리하고 그럽니다.

─아니 그러면 댁이 바로 엉터리씨 아닙니까. 하하 ─
─엉엉

소설의 호적초본을 떼려면 어디로 가야 되는가?
돌아가라 돌아가라 돌아가라 돌아가라
원래의 얘기대로 일구의 생일로
누룽지 일어나는 밥솥으로 까마귀 나는 들판으로
돌아가라 돌아가라 돌아가라 닭 우는 새벽으로
배 들어오는 항구로 그 목포인지 목표인지 짠 눈물 도시로
살아 있는 생선 인간들의 비린내 돌아가라 돌아가 가곡의 밤,
잃어버린 신발짝은 주인의 발을 찾아서,
잃어버린 발걸음은 고향을 찾아서,
도시 계획하는 양반들 함부로 연필 가지고 골목길 지우지 마쇼.
무교동 없어지고 서울이 삭막해진 것 몰라?
에덴 ─ 신이 설계한 마을, 오직 두 사람밖에 살지 않는 마을을 위해
그는 수많은 과일나무를 심고,
한가운데는 금단의 나무를 심었느니라.

그러면 이제부터 글조심 클럽의 19번째 모임을 거사토록 하겠습니다.
우리 모두가 알다시피 글조심 클럽은 정기적으로 모이는 것이 아니라
회원들이 생일에만 모의하고 있습니다. 우리는 생명의 탄생이
글과 로고스의 탄생인 것을 믿기 때문입니다. 우리 글조심 클럽은
마치 계란과도 같습니다. 알려지면 깨지지만, 노란 것과 흰 것이
남북으로 분단되지만, 품에 꼭 품기만 하면 새로운 울음과 생명이

탄생하게 되는 것입니다. 따라서 우리는 글을 조심해야 되고

글 조심을 조심해야 됩니다. 우리는 생명을 아껴야 되며

생일을 기다려야 됩니다. 우리는 산모처럼 생명을 받기 위해

긴장 속에 대기하고 있습니다. 잉태하는 글을 강보로

조심스럽게 싸고 있습니다. 그리고 밤중을 틈타 몰래

연기법이 없는 이집트로 달아납니다. 한때는

압박과 설움의 땅이었으나 이제는 엑소더스를 거꾸로

발걸음은 별 걸음을 따라 갈 수밖에 없습니다. 이 자리에 모인

여러 목자 및 동방박사, 천사 여러분, 오늘은

우리의 동지인 사일구가 태어난 날입니다. 그는

한국 역사의 귀한 아들이었으나 왕궁에서 태어나지 아니하고

최루탄 냄새가 코를 찌르는 보잘것없는

거리의 마구간에서 태어났습니다. 그가 태어나자

천사의 노래는커녕 죽음의 나팔과

사이렌이 요란하게 울렸을 뿐입니다.

생월생시를 따져 보건대 황소 타우로스의 영향 하에

태어났음인지 그는 항상 타오릅니다. 불bull처럼 말입니다.

그리고 뿔처럼 억센 고집으로 들이받습니다.

받을 뿐만 아니라 뒤엎어버립니다.

심지어 자기 밥그릇마저도.

허공에 네 다리를 춤추고 달릴 때

불타는 눈에는 불밖에 보이는 것이 없다는 것입니다.

Bous Stephanoumenos, bullockbefriending bard.[11] 따라서

그는 우리 회원 중에서 가장 혁명적이고 동시에 신화적인 인물입니다.

그러나 다행히도 그는 글조심 클럽에만 오면 달리는 대신
목을 내리고 초원의 풀을 뜯게 됩니다. 우리가 경솔히 이 방을
스페인의 투우장으로 만들지 않는 한 붉은 깃발을
등 뒤에 숨겨놓기만 하면 그는 안전합니다. 아니 유럽을 등에 업고
올림포스의 하늘로 사라지던 타우로스처럼
로맨틱하기까지 할 것입니다.
우리 모두를 등에 업고 사천만을 등에 업고 가파른 언덕,
역사의 분기점으로 올라갈 것입니다.

— 언덕에 올라와서 내려다보니 올라오기는 했으나
  어떻게 올라왔는지 알 수 없고 또한 내려갈 일이 걱정입니다.
  산꼭대기에 붉은 깃발을 꽂으면 우리의 임무는 끝난 것입니까?
  그런데 왜 일구는 황소처럼 깃발을 들이받는 것입니까?

— 꼭대기 바윗돌에 지친 발을 딛고 쉬기도 전에
  우리를 싣고 올라온 일구를 짐승으로 취급하겠다는 것입니까?
  이것이 우리가 외치는 야 — 호 — 입니까? 어떻게 감히
  우리가 그를 반혁명의 우리 속에 짐승처럼
  몰아넣을 수가 있습니까? 한 번 세운 깃발이
  걸레와 막대기가 될 때까지 한자리에 서있게 된다면
  그것처럼 반혁명적인 것은 없을 것입니다. 그래서
  펄펄 날리는 것입니다. 나는 오디세우스는 아니지만 순식간에
  친구가 짐승으로 변하는 것은 차마 볼 수가 없습니다. 이렇게라도
  빌어보는 수밖에 없습니다.

─동감입니다. 나는 오디세우스는 아니지만, 다시
　일구의 친구가 되는 것만으로 만족할 것 같습니다.

─그가 짐승이 되지 않기 위해서는, 오비디우스는 아니지만,
　그들 다시 사람이나 귀신으로 만드는 수밖에 없습니다.
　즉, 사람은 일구요 귀신은 냉귀지라는 것입니다. 사람이라면
　육십 년을 살고 귀신이라면 영원히 살 것입니다. 많은 사람들이
　아직도 사일구가 사람일구의 약자라는 것은 모르지만
　일구의 혁명적인 불길은 짐승의 더운 콧김보다도 그의
　냉냉한 귀신 같은 의지란 것입니다.

─냉귀지! 그야말로 별명입니다. 그렇다면 짐승보다
　귀신의 이미지가 낫다는 것입니까? 가죽도 살도 뼈다귀도 없는
　귀신이 인간에게 벗이 되고 몸마저 희생해주는 짐승보다
　더 좋다는 것입니까. 타우로스는 쇠고기가 아니라 제우스란 말입니다.
　한국식 발음으로 한다면 죄 없어란 말이요. 글이 안 통하면
　말이라도 통해야지.

─그러니까 냉귀지적인 일구가 우리의 노란 샤쓰 입은
　사나이라는 것이죠.

─아 그만들 해둡시다. 글 조심보다 말 조심이 급선무구만.
　아 일구에게 물어보면 알 것 아니오? 도대체 짐승인지 귀신인지
　어떤 것이 되고 싶은지.

—여러분 일구는 짐승도 귀신도 아닌 사람입니다.
사닥다리의 중간이요. 새벽에 웃는 달입니다.
사라졌지만 아직도 있습니다. 코 골고 자는 지붕 위에 있습니다.

—여러분, 여러분, 원래 마이크는 사회자의 것입니다.
그에게 마이크를 돌려줄 줄 알아야 또 돌려받을 수 있을 것 아니요?
자 여당도 야당도 여야 할 것 없이 —

— 왜 여야 하지 않고 야야라고 반말을 하는 것입니까?

—야야를 두 번 하면, 마이너스를 두 번 하면 반드시 여당이 생기고
플러스가 되니까요. 그래서 당신은 여당입니다.
그렇다면 여러분, 오늘 글조심 클럽의 모임은 비록
술과 고기는 모자라지만 아가톤[12]의 잔치만큼이나
진지한 주제를 갖고 있습니다. 오늘날 자유에 대한
정열과 희생은 제사상에 붙여놓은 지방만큼이나 중요합니다.
우리는 모두 거기에 절을 두 번씩 하고 귀신처럼 공손히
받들어야 합니다. 또한 동시에 제사상에서 흘러나온 술을 마시고
통쾌한 주정도 할 수 있어야 합니다. 죽음에 대해 공포 대신
에로틱한 감정마저 느끼게 되는 것이, 먼발치로 훔쳐보면서
오르가즘을 느끼는 것이 우리 예술가들의 생활에 절대적인
부분을 차지하고 있습니다. 꽃다운 처녀 페르세포네는 꽃을 꺾다가
하데스에게 납치당할 이유가 있습니다. 생명과 죽음의 결혼은
필연적이기 때문입니다. 우리가 아무리 데메테르처럼

안달을 해도 소용이 없습니다. 알게 됩니다.
죽음이 삶을 덮칠 때.

과거가 유행가처럼 흘러가듯 일구의 생일잔치도
그렇게 흘러갔다. 일육이란 놈은 무얼 하고 있을까.
생일은 맨 처음 피로 흘러가고 그 다음엔 홍으로 흘러가고.
이 홍이라면 신라의 포석정 물 위에 쓴 술잔을 낚을지로다.
한나라 왕조의 흥망이 홍 속에 깨지고 홍 속에 깨어난다.
다음에는 천안삼거리에 나라가 서리라. 아 피곤하기만 한
생각하는 사람들. 합창단을 만들 바에야 왜
이들로서 조직하지 않는가? KBS 갈대합창단, 상한 갈대도
꺾지 않는 당신이여 갈대합창단! 생각이 끊임없이 물결치는 강산,
보기에 좋았더라, 일육이란 놈은 무얼 하고 있을까 도대체
세월이 유행가처럼 흘러가서 되겠는가? 오늘만은
돼지 밥도 주지 말고 사또는 이방의 옷을 입고
저 방에 가서 사무 보라고 해. 오늘만은 리듬과
박자를 맞추면서 살아보자고. 돼지비계에 김치를 꿰는
대꼬챙이처럼 마음과 마음을 꿰뚫는 사천만의 이심전심을 —
아는 사람은 다 알까. 저 쓰러져가는 초가
언젠가 경사 일어나면, 우선 굴뚝이 반듯해지고
너털웃음 같은 연기 뿜어낼 날이 — 한국의 희망은
아이들의 옷소매에서 일어난다네, 햇살에 눈부신 색동,
옷소매에 무지개를 감고 다니는 아이들이여
널을 차고 구름까지 올라라, 낮고 답답한 현실에서

널뛰어라. 그 옛날 사일구 때는 모두들 널뛰다가 마침내는
그네 타고 저 세상으로 갔느니라, 우리는 그들이 떨어뜨린
짚신과 댕기를 가지고 사느니라. 과거가 유행가처럼 흘러갔느냐,
삶의 잔치가 이렇게 끝난단 말이냐, 노, 노, 사천만 번
노, 노를 외치면서 현실을 노 저어가라
이상과 현실을 부딪쳐 밥을 짓고 광야에서 악마가 주는 빵을
거절할 것이니라, 악마의 빵은 상상의 이스트가 없고
현실의 모래만 섞인 빵이니라, 꿈속에서
장미를 내민 손을 잡아라. 장미화 속에 천국의 지도가 있고
너를 기다리는 자가 너를 구하느니라. 이럴 때 일육이란 놈은
무얼 하고 있을까. 오늘은 누구 밭에 가서 가라지를 심고 있는지.
밤새 잠 못 자고 물을 대노니까 아침에 가서는 물꼬를 터버린다.
황소여, 착한 황소여, 너의 코걸이를 빌려다오.
일육이란 놈의 코를 뚫지 않고서는 나라가
말을 듣지 않으리라.

—주인공이 먼저 자리를 뜨면 어떻게 하니?

—축하 대신 기념하면 되지 않아? 플롯을 바꾸든지 개각을 하든지

—아이스크림 속에 체리가 없으면

—아이스크림이 없어질 때까지 살아남는 체리를 봤니?
　먹고 나서 그런 소리를 하는 거야? 그만 가봐야겠어 체리처럼

— 오늘 같은 날 없을 수 없는 약속이라도 있으시겠지

— 약속? 약속은 항상 핑계인 것을 모르는 모양이구나.
  혁명이 데모하고 어울리는 것이 지루해질 때는 약속이 있지.
  별하고 은하수에서 만나기로 했지. 은하수 다방을 어떻게 가더라?
  스타가 탄생한 다음 어깨에 별을 네 개나 붙인 천하대장군과
  만나볼 일이 있고, 그 다음엔 별들이 하도 많아 아예
  계급을 알 수 없는 하나님과 약속이 있고,
  오, 별을 주시는 하나님 어찌하여 그들에게
  우리의 소망을 맡기셨나이까?
  하나님의 약속도 역시 핑계 아닐까.

— 우리의 자손을 하늘의 별처럼 많게 하신들 뭘합니까.
  6백만 명이나 나치 포로수용소에 가 고스란히 죽어버릴 것을.
  약속은 과연 필요한 것인가? 그것을 믿지 않는다면 별문제지만
  믿는다면 약은 독이 되고 장미는 가시로 변하고 말지 않는가.
  외아들을 주시면 뭘합니까 늙어서 이삭을 거두었더니
  사일구 때 데모하다 총 맞아 죽을 것을. 총을 맞으면 아들딸은
  부모가 기다리는 집으로는 안 오고 다들 병원으로 갑디다.
  심지어 죽기도 거기서 죽고. 그렇다면 약속은 —
  아들이 아버지를 깨뜨리는 약속은 아버지의 함정이 아니옵니까.

— 혹시 데모하다 만난 아가씨하고 데이트라도 있는 거 아냐?

— 창경원 벚꽃의 흰 눈 내릴 때 데이트를 해본 자라야 데모도 할 수 있지.
  데모가 일종의 분풀이라면 창경원에서 뺨 맞고
  종로 광화문에 나가 눈 흘기고 고함지른단 말야.

— 한국의 데모가 학생들의 사랑싸움 때문에 일어난다는 것인가.

— 그러니까 혁명은 늘 데모생들이 못마땅하지.

— 데모생들에게 충고하고 싶은 말씀은?

— 괜히 안절부절하지 말고 연애를 하기 전에 공부 잘하고
  데모로 들어가기 전에 연애부터 잘할 것이니라. 특히
  연애를 잘하는 자는 복이 있나니 이유 없이
  부모와 애인을 울리지 않으리라.

— 그러면 한국 학생의 지성은 데모와 군대생활로 단련된다는
  네 평소의 이론은?

— Is it time to explain myself?[13] 난 약속이 있어서.

— 약속, 약속, 그 행사와 같은 약속.

— 아아 하얀 손수건.

1   단테의 『신곡*La divina commedia*』, 「지옥」 캔토 IV.

2   로마 시인 오비드의 『변신*Metamorphoses*』 2:137.

3   "난 죽음이 두렵지 않아. 버남숲이 던시넌에 다가오기 전에는I will not be
     afraid of death and bane, / Till Birnam forest come to Dunsinane.(5막 3장)."

4   엘페노어: 호머의 『오디세이*Odyssey*』에 나오는 인물. 주인공 오디세우스의
     동료로서 요녀 키르케의 섬에 갔을 때 지붕에서 낮잠 자다 실수로 떨어져
     죽었으나, 오디세우스는 지옥을 방문하고서야 이를 알게 됨.

5   태양신: 『오디세이』에 등장하는 태양신 헬리오스Helios. 키르케는
     오디세우스에게 태양신의 소와 양을 범하지 말라고 경고하건만 그의
     동료들은 배가 고픈 나머지 잡아먹고 만다. 그 결과 신의 저주로 풍랑을
     만나 오디세우스만 남고 모두 물에 빠져 죽게 된다.

6   『걸리버 여행기*Gulliver's Travels*』에 나오는 말로 '여기에 많은 이야기가
     생략되어 있다'는 뜻.

7   나팔리움 레온토포디엄. 스위스의 에델바이스와 비슷한 꽃.

8   '꽃을 꺾어 바치겠다'는 의미. 『삼국유사』 2권, 「헌화가」. 냉귀지, p. 134 참조.

9   미메시스mimesis: 모방을 의미하는 희랍어로, 플라톤에서 현대의
     아우어박에 이르기까지 창조와 연관해서 다양하게 사용되는 비평 용어.

10   Unshakesphearean: 셰익스피어스럽지 않은.

11   제임스 조이스의 소설 『율리시즈』에서 스테판 데달루스가 자기를 가리켜 한
     말. 태양신 헬리오스의 소들과 연관된 내용으로, 자신을 태양신의 성스러운
     소를 지키는 자로 묘사. 이 소의 이미지는 로마 시인 오비드의 『변신』에서
     황소로 변신한 제우스와 연결될 수 있음.

12   아가톤: 플라톤의 『향연*Symposium*』에 나오는 인물.

13   휘트만의 「Song of Myself」에 나오는 일절.

誤장

보이지 않는 것은 보이는 것에 의해 증명된다.
— 휘트먼, 「나 자신의 노래」

칼을 든 사내가 성큼 다가오더니 다짜고짜로 내놓으라고
눈을 부릅떴다. 가진 것이라곤 그것밖에 없노라고 말했더니
그는 대뜸 그것을 밤알 까듯 까버렸다. 그는 어이없게도
하루아침에 소위 사람들이 말하는 고자가 돼버렸다.
이 고자는 며칠 밤낮을 조금 가벼워진 몸을 뒹굴며 생각한 끝에
결국 자신이 살 길은 내시가 되는 것밖에 없다고 결론을 내렸다.
당한 사람은 비단 이 사람 하나만이 아니었다. 칼을 든 사내는
다섯 탤런트를 가진 미모의 처녀에게 다가가
당장 내놓으라고 무섭게 을렀다. 가진 것은
그것밖에 없노라고 울먹였지만 사내는
명품가방 속에 고이 간직한 순정을 삽시간에
헌 걸레로 만들어놓고 말았다. 호랑이에게 물려갔던 처녀는
정신을 차리고 보니 호랑이가 아닌 곰으로 변해 있었다.
흐트러진 머리로 곰곰이 생각해 보니 앞으로 남은 생을
편안히 동면하기 위해서는 무조건 먹어두는 길밖에는 없었다.

나중에 알고 보니 내시가 된 불운한 남자는 지식인이었고,
춘삼월 봄날에 동면을 하게 된 그 처녀는 영화배우였다.
세월 페이지를 몇 장 넘긴 뒤에 이들은 연속극처럼
동병상련으로 맺어져 은근히 서로를 거울처럼 바라보았다.
그것도 그럴 것이 지식인은 고자가 됨으로써
칼칼했던 성격이 더러 걸걸하고 겸손하게 되었고, 영화배우 역시
미인은 미인이나 어쩌다 옷매무새가 헝클어진 까닭에 백마고지 같은
콧대의 고도가 보기 좋게 낮아진 까닭이었다.

이 두 사람은 애독자들이 예상했던 대로 드디어 결혼식을 올렸다.

주례를 선 양반은 모 대학 총장이라던가. 아무튼 주례총장은 졸업 축사를

통해 앞으로 이들 젊은 부부 사이에 생길 아이는 아버지의 뛰어난 두뇌를

닮고 어머니의 빼어난 용모를 빼다 박게 될 것이라고 제법 예언까지

했다고 한다. 버나드 쇼의 저작권을 침범하면서까지.

남편의 직장은 캠퍼스였고 아내의 직장은 스크린이었다.

직장 이름이 둘 다 영어라서 그런지는 몰라도

잘 어울리는 부부였다. 그런데 어느 날

주례의 예언이 맞았다고나 할까 여자가 임신을 한 것이다.

아내로부터 임신했다는 소식을 들었을 때는 그가 막 생물학

강의를 마칠 무렵이었다. 그는 표본실의 창밖을 바라보는 순간

마음속에 순간 이상한 돌연변이가 발생하는 것을 느꼈다.

자기가 고자인 줄만 알았는데 그동안 자기에게 속은 것이 다행이고

감격스러웠다. 그의 생각은 왕성하게 아메바처럼 서서히

분열되었다가 하나씩 하나씩 개체를 이루는 것처럼 보였다.

「설마」가 중국집 만두처럼 수십 개로 나눠지고 그것들이 다시

모이고 반죽이 되어 「과연」이란 반석을 만들었다. 그는 갑자기

가슴속에 연기가 차는 것을 느낀 나머지 공장의 굴뚝처럼

영등포처럼 자신 있게 까만 매연을 뿜어내고 싶었다. 나는

더 이상 고자가 아니다. 고자가 아닌 고로 사람들이 비웃는

소위 그 자도 아니다. 나도 생명권을 가진 한 생명으로서 생명을

창조할 수 있지 않는가. 나의 핏속에 흐르는 인자가

인자를 낳지 않았는가. 그는 마음에 굳게 닫혔던 무덤 문을 향해

거친 발길질을 하기 시작했다. 한편 감각과 기쁨에 못 이겨

남편에게 전화를 건 아내도 자기의 아이는 틀림없이
남편 것이라는 사실을 믿어 의심치 않았다.
애기가 남편 것이 아니라면 누구 것이겠는가?

그 후 세월이 하수도 오물처럼 더럽게 흘렀다.
아이도 바위에 달라붙은 홍합처럼
오물과 소금물을 번갈아 마시면서 자라게 되었다.
한 가지 이상한 일은 자라는 아이가
아버지를 전혀 닮지 않은 사실이었다. 혹시
그의 탁월한 두뇌만 닮은 것인가? 그렇다면
주례의 예언이 맞았단 말인가?
선생의 말도 맞을 때가 있단 말인가? 어쨌든 남편은
시간이 있을 때마다 자라는 아이의 얼굴을 바라보는 것이 일과였다.
그럴 때마다 아내는 남편이 저렇게 아이를 사랑하는구나 생각하고
흐뭇해했다. 그런데 어느 날 아침, 안방에서 갑자기 남편의
비명소리가 들려왔다. 마침 부엌에서 커피를 끓이고 있던 아내는
남편의 이상한 소리에 기겁을 해서 달려갔다. 방문을 열어 보니
남편이 아이와 TV를 번갈아보면서 하얗게 질려 있는 것이었다.
부인도 소스라치게 놀랐다. 자기 아이와 연두교서를 읽는
그분의 얼굴이 너무도 닮았지 않았겠는가?

TV를 보는 대통령, 연속극 같은 하루가 끝나고
한가롭게 민심을 시청하는 척하다가
저기에 나오는 저 아이가 누구냐고 이도령처럼 물으면

방자한 비서는 방자같이 스타 춘향이를 데리고
TV상자 속 같은 청와대로 들어오곤 했다.
국민들이 시청할 수 없는 청와대란 TV.
그들은 유언비어로 연속극이 어떻게 흘러가는지를
소급해서 알았다. 대통령은 언제나 주인공이었다. 주인공에게는
누가 뭐래도 주연 여배우가 있어야 했다. 18년간이나 같은
연속극을 되풀이하는 것은 오직 같은 연속극을 해 본 사람만이
알 일이지만, 대통령이 얼마나 외로운 직업인지 아느냐는
호소의 도끼에 안 찍혀 넘어가는 춘향이는 없었다. 춘향이는
술잔 같은 얼굴을 들고 그를 우러러보았다. 그리고 밤이면 밤마다
아무도 보지 않는 사극에 출연했다. 그래서 그런지 부인이
총 맞아 쓰러졌을 때도 사람들은 그것이 연극인 줄 알았다.
죽는 것은 사극에서는 흔히 있는 일이기 때문이다. 심지어
대통령 자신이 병풍 뒤에서 흘러나오는 노래에 맞춰
「그때 그 사람」이 되었을 때도, 김재규의 총소리가 삼천리
구석구석까지 울렸을 때도 그 요란한 팡, 팡, 팡 소리는 왠지
우리가 흔히 말하는 뻥, 뻥, 뻥 소리처럼 들리는 것이었다.
도대체 무엇이 잘못되었더란 말인가? 배우인가 관객인가 대사인가,
국산 영화라서 그런가? 청와대 채널은 틀 때마다 화면이 흐리고
잡음으로 떨렸다.

청와대의 연속극을 유신한 것은 한 번 한다면 하는 사람이었다.
그는 주인공이 죽은 정보를 제일 먼저 입수하고 — 흥분한 나머지
각본에도 없는 신발을 벗고 달려가면서 정보를 퍼뜨렸다.

다 지나간 일이지만 그때 정보부장이 자기의 정보를 제대로
지킬 줄 알았어도 자기 쓰러뜨린 사람의 뒤꿈치를 그렇게 곧장
뒤따라가지는 않았을 것을. 그는 멜로드라마를 비극으로
바꿔놓기는 했으나, 연속극의 유신을 유산시키고 사극史劇을
사극死劇으로 끝낸 업적을 남겼을 뿐이었다.

계집의 품에 빠지듯 일구는 생각의 품에 빠졌다.
생각은 미친년이었다. 아무하고나 눈만 맞으면 달라붙었다.
생각이란 미친년은 논리란 본래의 서방을 저버리고
잡념이란 사내와 눈이 맞았다. 생각의 관점에서 볼 때 일구는
분명히 잡념의 일종이었다. 사일구는 세상이 뒤숭숭할 때 일어난
잠깐 동안의 잡념에 불과했다. 그러나 한 가지 다른 것은
한국인은 사일구란 잡념을 가진 후에는 계속 잡념에
사로잡히게 된 사실이다. 지금 일구가 겪고 있는 잡념은
잡념의 여파로 일어나는 일종의 후렴적인 것이다. 그러나
이 잡념은 앞으로 오실 상상의 길을 예비할 수 있으리라.
아니 잡념은 작가의 길을 예비할 수 있으리라던가?

도대체 무엇이 잘못되었단 말인가? 어떻게 하다
호주머니에 구멍이 뚫리고 단추가 떨어졌을까? 한국에
김씨가 얼마나 많았으면 대통령에 나온 사람들이
다 김씨라니. 낚시고동은 고기가 물면 물속에 잠기건만
그들은 어찌하여 좋은 때를 물고도 파동하는 정치 위에
떠 있기만 했던고. 그치들은 아니 김金치들은 떡 줄 사람은

생각지도 않는데 김칫국을 가지고 다투었으니
삼김이 섬기지 않고 섬김을 받으려 한 자체가 잘못 아니던가.
야당을 오래 하면 야한 사람이 돼버리기 때문인가.
민심이라는 떡 그것은 만나와 같이 하늘에서 내리는 것이어서
천심이라고도 하는 것인데 하나님 마음을 사람 마음처럼
생각했으니 만나를 마누라가 해주는 밥 정도로 알았으니
한국의 민주주의가 쉰밥이 되고 배탈이 나지 않았겠는가.
찌꺼기들이 몸속에서 빽을 쓰면서 죽어도 안 내려가겠다고
발버둥치니 위에서는 더욱 살벌하게 용을 쓸 수밖에 없고,
가장 배가 아픈 그 현장이 바로 광주였으니 군사정권의
지독한 냄새가 코를 찔렀다.

봄날, 막 가랑비가 그치고 햇살이 무지개와 오작교를 만드는데
무엇이 잘못되었단 말인가. 무엇을 잘못 먹었는가?
냉귀지 다우 아트 시크. 흰 가운을 걸친 의사가
마음의 복도를 걸어나오면서 말했다. 병명이 뭡니까?
상사병인가요? 상상병인가요? 이러다간 상상이나 상사 아니
어느 둘 중에 하나로 아니 둘 다 다다로 끝나버리는 것 아닙니까?
노벨상도 못 타고, 진단만 하지 말고 고쳐주시오. 말은 고만하고
노래나 부르시오. 왜 아픈 곳에다 손을 얹고 네 믿음이
너를 구했느니라 말을 못한단 말이요? 이 병원은 믿음이란
최신장비가 없단 말이오? 냉귀지 다우 아트 시크 — 말이여
뭔가 잘못됐구나. 밤새 불던 바람에 고개 꺾였나, 모두들
벌레가 되어 너의 속과 의미를 다 갉아먹었나. 맥이 빠진

우체부는 더 이상 주소대로 의미를 전할 수 없어라.
오, 시인이여 당신이 할 일이 있지 않은가? 훈민정음을 땅위에
심던 때를 찾아가 그 알찬 말씨 어둠의 흙을 파고 묻으면서
새벽하늘에 붉은 해가 싹트기를 기다리리라.

일구는 창경원으로 가는 81번을 기다렸다.
81번은 18번처럼 일구에게 다가갔다. 일구는 우아하게
올라탔다. 봄바람에 불어오는 밀화의 얼굴을 느끼면서
꽃에게 나비가 약속을 지킨다는 것은 — 아 — 일구의 입에서는
향수와 같은 신음이 흘러나왔다. 밀화, 나의 후로리멜,
가슴이 퉁퉁 북을 쳤다. 사월의 신문고, 동네북이지만
가슴을 치는 소리, 바람에 불어오는 머리카락 깨물면서
아아 푸른 하늘이여 문을 열어라 베드로야 문 열어야
아무도 들어오는 이가 없어 열쇠가 녹슬었단 말인가
문 열어라 바윗돌아 당신은 내 사랑이 누구인지 알고 있나니
내가 주먹으로 네 가슴을 쳐 샘물을 마시기 전에
문 열어라 황금 빗장을 풀라고 그 옷고름을. 한 번 열면
더 이상 열 필요가 없는 문이여.

버스에서 내리자 일구는 발걸음을 가위처럼 움직였다.
마치 종로바닥을 반듯이 오려내기라도 하려는 듯이
일구의 어깨는 악보처럼 오르내리며 움직였다.
콩나물 사시오 궁상각치우요 콩나물 장수가 소리쳤다.
대가리만 말고 줄거리도 함께 따가 주. 일구가 중얼거렸다.

떡잎같이 ― 그때 언덕 위에서 한 떼의 여대생들이 내려왔다.
Kill Kill Kill Kill 웃으면서, 웃음은 입 밖으로
분가루를 털어내듯이 가볍게 흩어졌다. 일구는 귀에
안개가 꽉 차는 것을 느꼈다. 동시에 유리벽을 느끼면서
송곳 같은 눈초리로 여자들의 궁둥이를 쳐다보았다.
쇼펜하우어가 말하던 여자들이었다. 언덕 위에 핀 라일락이
하도 어이가 없다는 듯이 라벤더 미소를 머금고 서 있었다.
일구는 왠지 그들의 면도한 겨드랑이 사이에 끼어 있는
책들을 뺏고 땅에 떨어져도 깨지지 않을 고무공 같은 궁둥이를
춘향이 곤장 치듯, 한 번 후려쳐 변학도의 변태적인 심리를 한 번
만족시켜 보거나 아니면 백주에 길거리에서 요정을 차리고
기생파티를 하고 싶었다. 그리고는 김재규처럼 현장에 다시 돌아가
묶인 손으로 안주를 집어먹고 싶었다. 무엇보다도 자신의 죄를
증명하기 위해. 그렇다면, 뭐가 잘못되었는가?
― 밀화는 아직도 안 나타났다 ― 김재규의 손가락 사이에 낀 젓가락
사이에 낀 과거라는 안주. 상과 접시를 향한 손가락의 이착륙.
자기의 안주는 자기가 먹어야 한다. 그러나 입속에 삼킨 것을 퇴하고
다시 자리에서 벌떡 일어날 수 있다면.

그는 벌떡 일어나 꿀벌같이 쏘지 않았던가.
도끼를 들어 거목을 찍었을 때 온 국민들이 움찔했다. 그러나 그는
어쩌다가 침을 잃고 도끼를 부러뜨리고 꿀벌처럼 땅에 나둥그러졌다.
연못 속에 도끼를 떨어뜨린 나무꾼처럼 멍청히 서 있었다.
미래의 정보를 입수하지 못한 정보부장, 본전과 이자의 계산이

잘못됐다는 것을 깨달았다. 손목이 묶인 채 김재규는 끌려갔다.
역사를 각색하고 거기다가 본인이 직접 연기까지 하고 — 연기는
어색하면서도 그런대로 자연스러웠다. 표정에 의하면 손목이
묶인 것 같지 않았다. 역사는 파도 파도 파도 파도. 누가
파도의 손목을 묶을 수 있으랴. 아시는지는 몰라도 김재규는
큰 물거품이었습니다. 당신의 뱃머리에 부서진. 그것이 잠시
정치적인 뱃멀미를 일으키긴 했지만 파도가 바다를 끌고 갈 수
없었던 것뿐입니다. 재규는 자규처럼 역사의 한밤중에 웁니다.
나라와 야심을 동시에 연인으로 삼을 것은 아닙니다.

밀화는 아직도 안 나타났다. 그녀가 아직도 어디선가 봉오리를
머물고 있다면 일구는 창경원 한가운데 화병처럼 물을 담고 서서
이 생각 저 생각에 한 눈을 팔아도 무방한 것이었다.

[사일구후보 창경원에서 대통령선거 유세]
시민 여러분, 아니 벚꽃놀이를 즐기러 나오신 소풍객 여러분,
저는 차기 대통령선거에 출마한 무소속 기호 4번 사일구입니다.
실로 오랜만에 맞아보는 자유의 봄, 그리고 오늘의 봄나들이 —
날씨가 화창하고 좋습니다. 생각하면 실로 감개무량하다
하지 않을 수 없습니다. 지나간 이십여 년 동안 매해 봄은 왔었건만,
매년 봄날은 화창했지만 금년처럼 즐거운 봄은 다시
없는 것 같습니다. 우리가 금년처럼 즐거운 소풍객이 되어 보기는
처음이라는 것입니다. 지금 기분 같아선 오늘 연설도 하지 않고
따분한 정치얘기일랑 다 집어치우고 그저 봄볕이나 쬐다가

떨어지는 벚꽃이나 하염없이 바라보다가 흐뭇이 취한 마음으로
집에 돌아갔으면 꼭 좋겠습니다.
허나 시민 여러분, 오늘날에 있어 정치얘기는
과거처럼 꼭 듣기 거북하고 말하기 꺼림칙한 얘기만은
아니올시다. 상식인의 처세로서 정치얘기는 가급적 피해야 된다는
독재하의 불문율은 이제 그만 잊어도 좋다는 것입니다. 물론
정치가 시민 생활에 타부로서 인식되던 때가 불과
엊그제이긴 합니다만, 시민 여러분, 정치란 이제
오히려 즐거운 얘기, 털어놓다 보면 뭔가 가슴이 뛰는 얘기가
될 수도 있다는 것입니다. 이 같은 신념과 희망이 없다면야 어찌
내가 이 순간 여러분 앞에 감히 설 수가 있을 것이며
여러분 또한 발걸음을 멈추고 부족한 이 사람의 소견을
경청할 수가 있겠습니까? 하긴 누가 알겠습니까? 지금 이 순간도
우리의 일거일동을 감시하는 눈동자가 있을는지? 아니 어쩌면
호주머니 속에 권총을 만지작거리며 숨을 죽이는 제이의
안두희나 문세광이가 있을지도? 그러나 설혹 그렇다 하더라도
오늘 우리의 봄나들이는 즐겁기만 합니다. 벚꽃나무 아래서
선거유세를 할 수 있는 사실 하나만으로도 유권자가 멈춰 서서
곁눈질 대신 똑바로 입후보자의 얼굴을 바라볼 수 있는 여유
하나만으로도
금년의 봄은 자유의 봄이 되기에 충분하다는 것입니다. 우리는
언젠가 우리를 감시하는 자들을 감시하게 될 것입니다. 머지않아
우리의 정보부는 남쪽보다는 북쪽을 향해 정보를 수집하게 될 것입니다.
우리가 이 사실을 믿는다면 여기에 핀 벚꽃이 수정궁 연못에

다 떨어져 흩어진다 해도 희망은 있다 이것입니다. 물론
이 화창한 날씨에 소나기 올 리 만무하듯이 그런 불상사가
일어나리라곤 생각지 않습니다. 그러나 만약 그런 일이 발생한다면
사일구는 김구나 장덕수 선생이 터 닦아온 애국의 혈로를
뒤따라갈 뿐입니다. 실로 민주회복이란 온 국민의 염원을 위해
순교할 수만 있다면 과거 수많은 애국인사들이 피 흘려 받았던
태극기를 나 또한 피 흘려 빨 수 있다면 부족한 이 사람으로선
그보다 더한 영광은 없을 것입니다. 태극기에서 피의 흔적을
없애고자 몸부림칠 때에 신이 아닌
단지 연약한 정치적인 갈대에 불과한 내가 어찌 몸이
부러지지 않을 것이며 피의 현장을 무사히 모면할 도리가
있을 것입니까? 그러나 나의 정적들이 어리석은 정치인들이 아닌 바에야
나를 죽여 역사의 영웅으로 만들어주지는 않을 것입니다.
밑지는 장사는 결코 하지 않겠다는 사람들이 소위 유능한
정치가가 아닙니까? 이같이 아름답고 화창한 봄날에 하필이면
끔찍한 피 얘기를 골라 해서 죄송합니다. 제가 깡패나 경호원은 물론
아직 생명보험도 못 들었는지라, 아무쪼록
당연히 양해해주시기를 바라겠습니다.

명실공히 대통령 후보자로서 자기소개와 정견발표가
없을 수가 없습니다. 저의 본향은 전남 마산이고,
저의 집안을 소개하자면 외가로 동학란의 지도자였던
녹두장군이 저의 증조부가 되십니다.
저의 부친은 삼일씨로써 삼일독립운동 당시 파고다에서 만세를 부르다가

일경의 총칼에 팔과 어깨가 긁힌 바가 있습니다. 나의 부친이
긁혔기에 망정이지 그렇지 않았다면 나 일구는 이 세상에
태어나지도 못했을 것입니다. 우리 집안은 이렇듯 집안치고는
상당히 유명한데, 정치 운은 제일 없는 집이 또한 저의 집안입니다.
조상대대로 실패만 계속하다 보니 이제는 식구들 모두가
노이로제마저 걸릴 지경입니다. 그래서 이번 저의 당선이야말로
우리 집안이 갖는 희망의 마지막 잎새라 해도 과언은 아닐 것입니다.
그러나 제가 이런 말을 해서 무슨 여러분들의 동정표를 얻자는 것은
아닙니다. 그런 목적으로 족보를 들먹거리기엔
너무도 고귀한 족보올시다.
제가 저의 집안 사정을 상세히 소개하는 이유는 저의 집안 전통이 곧
우리나라 민주실현의 전통이 될 수 있다고 믿기 때문인 것입니다.
앞으로 누가 대통령이 되든지 간에 나 사일구 집안의 조상에
깊은 관심을 가지 않는 한 국민의 국민을 위한 국민에 의한
대통령이 되기 어려울 것입니다. 뿐만 아니라 한반도에 계속해서
남북전쟁이 일어날 것입니다.

마지막으로 간단히 제 정견 몇 가지를 말씀드리고 마칠까 합니다.
봄날은 짧은데 선거유세가 길다는 것은 정치도의에
어긋나는 일이기 때문입니다. 어쨌든 각설하고 — 제가 대통령에 당선되면
무엇보다도 차기 선거엔 결코 재출마하지 않을 것을 나의
선거공약으로 삼고자 합니다. 대통령을 더해 먹기 위해
헌법을 뜯어고치는 일이 없을 것을 만천하에 공포하는 바입니다.
국민들이 아무리 나를 세종대왕 이래 가장 위대한 민족의 지도자니

어쩌느니 얼러 세워도 넘어가지 않을 것입니다. 국민들이 아무리
나 사일구가 박대통령보다도 더한 경제부흥을 일으켰다고 떠들어도
내 한 번 먹은 일편단심에는 한 점의 변함도 없을 것입니다.
하늘을 우러르며 조국의 민주주의를 위해 외로운
낙락장송이 될 결심이 서 있다는 것입니다.

정치가 결심 하나만 가지고 될 수 없다는 것은 우리 모두가
과거의 경험을 통해서 너무나 잘 알고 있습니다. 결심처럼
오래 못 가는 것도 없으니까요. 정치는 화려하고 높은 이상도 좋지만
우리의 두 발은 항상 구름이 아닌 현실이란 딱딱하게 굳은 땅을
디뎌야 할 것입니다. 역사를 회고하건대 이상 때문에 피 본 나라가
바로 우리나라입니다. 이상이 가는 곳마다 현실은 지겨워
도망가버렸으니까요. 그렇다면 나 사일구가 국민 여러분 앞에
감히 제시하고자 하는 현실적인 계획과 방안이란 무엇이겠습니까?

도망간 현실을 되돌아오게 할 수 있는 방안이 무엇이냐.
그것을 말씀드리기에 앞서 한 가지 경고 드리고 싶은 것은
나의 계획이 여러분의 기대에 미치지 못해야 한다는 사실입니다.
여러분은 이제까지 기대에만 익숙해 왔기 때문에 기대의 충족을
당연하게 생각할 수 있으나 나의 계획이 외람되게도 여러분의
부푼 기대를 만족시킨다면 그것은 이미 현실적인 계획이기보다는
비현실적인 이상에 가까운 것이 되고 말 것이기 때문입니다. 그렇다면
비로소 나 사일구는 여러분을 실망시켜 드릴 각오가 되어 있습니다.
내가 만일 대통령이 된다면, 사천만 대 일이라는 치열한 경쟁을 뚫고

신과 엿의 힘으로 내 이름 석 자가 커다란 벽보에 홀로 붙게 된다면
말입니다. 나는 우선 청와대로 이사부터 해야 될 것입니다. 그러나
대통령이 된 나의 기분은 벅찬 기쁨에도 불구하고 풍선이 바람 빠지듯
마음 한 구석은 착잡한 것을 느끼게 될 것입니다. 청와대는 무엇보다도
내가 미워하고 돌을 던지던 곳이 아니었습니까? 세월이 지났다지만
내가 그곳에 살게 되다니, 과거에 내가 던진 돌이 금시라도 막 날아와
나의 이마를 맞출지도 모르는 두려움이 생기기 때문입니다.
또한 청와대 어딘가에 숨어 있는 독재의 섬뜩한 독기가
느껴지기도 할 것입니다. 물론 대통령직을 신세한탄으로
시작하겠다는 것은 아닙니다만 그런저런 생각들이 정녕
날 괴롭힌다고 생각이 들면, 나는 당장 내가 사는 청와대의
푸른 기와를 걷어버리고 초가지붕으로 바꿔버릴 것입니다.
그것이 나의 첫 번째 사업이요 업적이 될 것입니다.
다음날 담화문을 통해 이렇게 말할 것입니다.
푸른 기와집을 초가지붕으로 바꾼 이유는
첫째, 군대와 관련된 푸른색을 멀리하고
보다 전통적이고 친근감이 드는 노란색을 택함으로써
그동안 소원했던 정부와 국민 간의 감정을 개선하고
둘째, 초가지붕이 있음으로써 따스한 아랫목이 있을 수 있으며
외국의 사절들이 집안에 신발을 신은 채 걸어 들어오는 것을 방지하며
셋째, 과거의 정권이 국민들의 초가를 없애고 보기 싫은
슬레이트 지붕으로 바꾼 것에 대한 정부의 유감과 사과를 표시하며,
넷째, 비록 대통령이 사는 집이지만 비가 많이 오면 지붕이
셀 수 있다는 것을 국민들에게 확신시킬 수 있는 여러 가지

신중한 고려에서 나온 조치라고 발표할 것입니다.

또한 청와대 정문을 정문正門으로 바꿀 것입니다.
옛날에는 정문을 단문端門이라 했는데,
옳은 것만 들락거릴 수 있는 문이라는 것입니다.
나의 모든 말과 생각이 이 단문을 통해 나가고
세상의 모든 말이 또한 나의 심사를 거쳐 이 단문을 통해 들어오리니
앞으로 스캔들과 구설수는 옛이야기로 사라지게 될 것입니다.
자랑은 아니지만, 아직까지 내가 알기로는 아무도 이런 새롭고
건설적인 아이디어를 제시한 대통령 후보는 나 외에는 없다고 봅니다.

김대중 후보는 고려연방제를 발표했으나
나는 보다 현실적이고 철학적인
소위 고려욕면하세란 정책을 발표한 적이 있습니다.
이것은 어디까지나 시작입니다. 아이디어는
아이디어의 꼬리를 물고 나와 국민 여러분들의
결재를 맡게 될 것입니다. 저는 여러분이 아시다시피 일정한
소속 정당도 없고 이렇다 할 금력도 없는 사람이올시다.
자랑할 것이란 오직 훌륭한 조상과 선천적으로 타고난
과히 나쁘지 않은 IQ 백 얼마밖에 없습니다.
오늘날의 정치현실에서 선거 경쟁에 극히 불리한
조건일 수밖에 없습니다. 그런고로 제가 갈 곳이란, 호소할 곳이란,
오직 유권자 시민 여러분, 특히 시골에서 올라온 마음 좋으신 아주머니
여러분밖에는 없습니다. 부디 기호 4번 사일구 후보를

기억해주십시오. 김씨가 셋이나 되어 혼동되면 저는
바로 그들 뒤에 있습니다. 소월의 산유화처럼 저만큼 떨어져 있으므로
쉽게 찾을 수 있을 것입니다.

— 이거 어떻게 돼가는 거요?
— 뭐가 말이요?
— 냉귀지란 소설 말이요.
— 누가 냉귀지를 소설이라고 했소?
— 그럼 소설이 아니고 시란 말이오?
— 문학에는 소설과 시밖에 없소?
— 그렇지만 이것은 희곡은 아니고, 그렇다고 수필로 봐주기도.
— 요즈음 세상에 수필을 쓰는 사람이 어디 있습니까?
　손이 붓 가는 대로 따라갔다가는 어떻게 되라고?
　손이 수갑으로 들어가는 것이 당연하다면 모르지만.
— 그러면 도대체 문학으로 냉귀지의 정체는 뭐요?
　만천하에 밝혀야 될 것 아니오?
— 냉귀지가 무슨 간첩인지 아시오? 작가가 그래 할 일이 없어
　자기를 독자 앞에 자수시킨단 말이오? 죽은 왕의
　미라를 감고 감았던 수의로 자기 세계를 감싸지는 못할망정.
　냉귀지는 어디까지나 나의 피라미드입니다. 아직까지 한국에서
　제일 높은 탑입니다. 냉귀지는 비록 잡념의 모래 바탕 위에
　세워지기는 했으나, 이 모래는 성경에서 말하는 모래와는
　질이 다릅니다. 한강변에 쌓였다가 강남 아파트가 된 영원한
　시간의 모래입니다. 나는 플롯 같은 것에는 관심이 없습니다.

쓸데없이 음모를 꾸미는 것 같아서 말입니다. 투시도가
눈짐작보다 낫다는 증거 있습니까? 냉귀지의 구조는
근본적으로 잡념 구조일뿐더러 또한 짜깁기적인 구조입니다.
온갖 울긋불긋한 상상의 천조각들을 모아
한 벌의 옷을 만든 것입니다. 우리나라 말도 이제는
기술이 발달해서 스위프크나 카알라일이 만든 연미복에
못지않습니다. 물론 냉귀지라는 옷은 점잖은 사람이 입기는
거북하지만, 클래식하게 보이질 않으니까.
아놀드나 헨리 제임스 말이지만,
나는 종교적으로는 교회에 나가는 불교신자요,
정치적으로는 민중 편에 가깝고 문학적으로는
실험주의자죠. 야심이 없는 것도 나의 특징입니다.
내가 야심이 있다면 죽은 뒤에 있을 것입니다. 나는
내가 만든 옷을 입고 파티에 가지는 않을 것입니다. 원래
문학이라는 것이 짜깁기의 관점에서 볼 때는 짜깁기 아닙니까?
눈물과 노래와 권태와…… 샘솟는 것은 무엇이든 다
Effudi quicquid dictavit genius meus.[1]
작가의 연장은 붓이 아니라 바늘입니다. 삶에 일어나는
모든 일과 생각을 주워 모아 기억의 호주머니에서
하나씩 꺼내 기우기 시작합니다.
양말을 기워 신던 시대는 지났지만 말을 기우는 시대는
이제부터 시작입니다.

도대체 왜 안 오는 거야 왜 안 나타나는 거야.

왜 흰 돛배가 안 보이는 거야?

지가 무슨 메시아라고 정말 나를 오줌 마렵게 만들 작정인가?

생일은 다 끝나가는데 잔치는 언제 시작할 셈이야?

창경원 붉은 대문에 95개조의 항의문을 못 박을 것인가?

이러다간 사일구 잔치를 오일육에 하게 되는 것 아닌지.

일구는 순간 오후의 색깔이 은행잎처럼

잠 못 잔 사람의 오줌처럼 노래지는 것을 느꼈다.

하늘과 땅이 갑자기 서늘해지면서 모든 것이 갑자기 바람에

가볍게 흔들리는 것 말이다. 마침내 이졸데가 나타났다.

졸릴 때쯤 95개조의 변명과 하품을 안고.

그녀는 일구의 응고된 표정을 보았음인지

분홍색 입술 사이로 미소의 묘약과 흰 연기를 쏟아놓았다. 결국

일구는 약효의 리듬에 따라 서서히 풀어졌다. 그리고

다시 시작하고 싶었다. 이왕 버린 마음은 잔치 마당의

차일을 높이 올리고 혁명을 사랑으로 완수하고 싶었다.

트로이전쟁에서 아레스는 비너스와 함께 싸운다.

전쟁과 합작이야말로. 오 깃발을 사랑하는 사람들이여.

일구는 그녀를 보는 순간 다시 시작하고 싶었다.

냉귀지란 이름의 명예를 걸고라도 뜨겁게 시작하고 싶었다.

얼음세계에서 몸이 굳은 사람들은 연인들이 질러 놓은 불 속에

뛰어들어라 타올라라 그리고 녹아 사라져라.

아리엘.

---

1   "마음 속에 떠오르는 것은 무엇이든 다 쏟아부었다." 로버트 버튼의 『우울의
해부 *The Anatomy of Melancholy*』.

肉장

그러나, 아, 욕망은 아직도 부르짖는다. 먹을 것을 달라고!
— 필립 시드니, 「아스트로펠과 스텔라」

육체는 영혼의 덫이렷다.

어쩌다가 영혼이 이 덫에 치었겠다.

앙 — 어린애 울음소리의 알람이 울리고,

불자동차가 사이렌 소리를 뒤따라가는

거리의 전쟁이 치열한 사이, 영혼이

천사도 변호사도 없이 육체의 형무소에

찰카닥 갇히고 보니, 제일 먼저 눈에 띄는 것은

감방의 아랫목에 있는 변기였다. 그것은 장차

왕과 같은 영혼이 배에다 힘주고 앉게 될

가장 낮은 자리여라. 온갖 고통과 쾌락의

배설이 있을 것이요 무엇보다도 두려운

찌꺼기 같은 자손들의 무더기 생산이 있을 것이다.

오 그 더러운 외길을 통과하지 않고서는

아무도 청결한 행복감에 도달할 수 없는 것인가?

영혼은 들어서자마자 육체의 구조에 구토를 느꼈다.

그러나 배 타고 배멀미를 앓는 사람처럼

어쩔 수가 없었다. 계속 토하면서 토할 수 있는 것은

다 토하면서 배를 안고 배 탈 수밖에, 그렇게 해서라도

귀신을 토할 수밖에. 왝왝왝왝,

밑에 간신히 버티고 있는 기억만

다리를 부러뜨리면 모조리 주저앉아 하늘 쳐다보며

왜왜왜왜, 영혼이 육체를 토하기는 체하기보다 어려웠다.

요나가 고래를 토할 수 없듯이. 고로 갇힌 것은

가둔 것의 밥이 되고 심한 복통이 되지 않으면 안 된다.

죄수와 간수의 묘한 이치를 묘하게 따진다면, 가둔 것 또한
갇힌 것처럼 변기에 앉지 않으면 안 될 것이고, 서로를
찌꺼기처럼 걸러내면서, 갇힌 것은 비록 더러운 경로이기는 하나
해방의 날을 맞을 수도 있는 것이렷다. 해방은 언제나
가장 낮은 방법으로 성취된다. 진리가 겸손해야 될 이유가
바로 여기에 있으렷다.

점심 싸들고 배낭 메고 산꼭대기에 올라가 기껏 외친다는 소리가
섹 — 스. 그것은 육체의 물고문에 견디다 못해 울려 터지는
영혼의 외침이었다. 낭떠러지 계곡 아래로 떨어뜨리고 싶은
말이었다. 그러나 그것은 으레 주인을 찾아 되돌아왔다.
길들인 매처럼. 모든 것으로부터
화살처럼 벗어날 수는 없는 것인가? 편도만 끊고.
메아리여 너는 뭐가 답답하며 번번이 나에게
되돌아오는가? 너를 새처럼 길들였기 때문인가?
그림자여 너는 뭐가 좋다고 항상 나를 따라다니는가?
내가 언제 너보고 스토커가 되라고 했던가? 모든 것으로부터
화살처럼 벗어날 수는 없는 것인가? 가까운 표적에 떨면서
박히지 말고 영원히 나르는 빛 같은 화살이 되어
자유의 공포 속을 통과하면서.
몇 억 광년 꿈꾸면서.

셰익스피어보다 오히려 섹스가 더 좋은 작가.
누군가 피어라는 공포만 가져간다면 온몸에

벌레 꿈틀거리는 시를 색습色쩝할 때,

꽃이 피어가 아니고 셰익스피어라니까,

섹스어필이 아니고 글자 순서를 하나라도 바꾸면

큰일나 해서 차라리 섹스피어Sexfear거나 섹스피버Sexfever거나.

와전을 통해 문학을 배우다 보면 짐작 비평이라는 것이

나올 수 있고, 선생이 두꺼운 전집을 창같이 흔들 때,

섹스는 문학의 사하라 사막을 흐르는 강,

하류의 델타에 새겨진 상형문자,

진흙에 새겨진 벌레문자,

섹스가 어려워 문자가 어려운가.

문자가 어렴풋해 섹스와 문제가 어려운가.

함무라비타불, 스핑크스의 아이큐로도 섹스는

짐승만이 알아맞출 수 있는 수수께끼,

섹스께기, 눈감고 지나가면 바보요 눈뜨고 지나가면

실족하리. 친구여 그대의 모든 철학으로도 알 수 없으리니

호라시오, 관두시오, 햄릿으로부터.

나는 햄릿의 두개골을 들고

요릭의 두개골을 든 햄릿처럼.

—이번에는 어떻게 되는 겁니까?

—뭐가요?

—몇 번이나 질문을 해야 답변이 메아리처럼 절로 울리겠습니까?

—질문에 목적어가 없지 않습니까?

—목적어를 쓸 필요를 느끼지 않는 것이 내 질문의 요지

아닙니까? 내 사설은 원래 이렇습니다.

I can connect nothing with nothing[1]이니까요. 그러면
이렇게 나가볼까요? 육체는 영혼의 덫이렸다. 사랑은
영혼이 하는 건데 재미를 보는 것은 육체렸다. 그래서
사랑의 행사가 있을 때마다 영혼은 번번이 육체가
저질러 놓은 일의 뒷수습을 하지 않으면 안 되었다.

─잠깐! 그렇게 불도저로 판자촌 비닐하우스 밀어붙이고
부실 공사하는 식으로 나갈 것이 아니고.

─또 뭐가 잘못됐습니까? 육체에 대한 얘기에 무슨
하자라도 있는 겁니까?

─막상 잡아내자니 잡히지 않는 것이 그것 아닙니까?

─끄집어내는 것이 그리 힘든가요?

─꼬집어낼 수는 있죠, 아프게. 그러나 저러나
문장이 아래로 떨어지는 것을 죄심罪心하시오.
언제나 귓속으로 떨어지는 낙숫물 소리, 앤드류 마불의
날개 달린 구르마, 소리 없이 지나가는 소리.

─말꼬리를 올릴까요. 전갈처럼?

─고개일랑 처박고, 꿩처럼.

─그럼 질문은 어떻게 합니까, 눈 속에 얼굴을 파묻으면?

─엉덩이 안테나가 있지 않습니까?

─엉덩이에 기능을 추가한 것입니까?

─질문에 상상력까지 자극하니까.
빈약한 영혼보다는 차라리 풍만한 육체가
꼬챙이 질문보다는 부러진 연필 같은 답변이 낫지 않을는지

적어도 나는 그렇게 생각합니다. 제肉장에서는.

사람들이 다 하는 그 짓을 자신도 해야 될 것인지
일구는 생각하고 있었다. 육체는 사모하고 영혼은
냉소하는 그것을 사랑이라고 불러야 좋을지 몰랐다.
사랑이 좋은 것이라면 어찌 고통이 따르고 나쁜 것이라면
어찌 기쁨이 있게 되는가. 초서는 사랑의 조서를
이런 식으로 꾸몄다. 멋대로 보고 느낀 대로 아니 당한 대로.

두 손에 촛불을 받쳐 들고 있는 연인들, 사랑한다는 것은
눈길 앞에 익은 것을 따는 것이라고 말하자. 서로를 향해
손을 내민다는 것 — 나무 가지처럼 — 그리고 서로를
바람의 손으로 쓰다듬는다는 것, 고운 숨을 내밀어
불꽃을 끌 때 육체는 순식간에 영혼의 찬 기운을 덥히고 만다.
보라 육체가 영혼에게 드리는 융숭한 대접을
영혼이 피부에 바른 영양크림처럼 번들거리지 않는가.
영혼의 파수꾼은 잠시 초소를 비우고 쾌락의 불꽃은
암호도 대지 않고 정문을 통과해 버린다. 사랑이라는 암호
때맞춰 창경원은 꽃비가 내리고, 하늘의 땅을 향한 퍼레이드,
황혼이 불어대는 나팔소리에 맞춰 꽃은 떨어지고, 떨어지고
멜로디는 멜로디의 뒤꿈치를 밟으면서 남자와 여자를
멜로드라마의 주인공으로 만들면서 사람들이 다 하는 그 짓을
아무렇지도 않게 해치우는 데 있어 오 땀 냄새 향긋한
육체의 신나는 죽자여라. 사랑이여, 보이지 않는 네가

246

이 연속극의 주인공이 되어라. 잔치를 위해서라면
나를 제물로 가져가다오. 장작더미 위에 두 손을 뒤로 묶어
꿇어앉으리니, 태우소서, 엘리 엘리, 사랑이여 사랑이여,
당신의 분노마저 태우소서, 주위에는 아무것도 없나이다.
짐승의 울음소리가 아닌, 젊은 짐승 같은 한 인간의
울음소리만 있나이다. 울음을 웃음으로 거듭나게 하소서.
우리가 사는 길은 오직 죽는 길밖에 없다고 하지 마소서.

나의 혁명은 어디까지나 당신의 명령에 대한 답변이었습니다.
심장 벽에 세차게 부딪치는 이 피는 당신이 주신 생명에 대한
응답일 뿐입니다. 당신이 주신 소리가 없었더라면 어찌
함성과 노래가 있었겠습니까? 물러가라 물러가라 그리고
사랑을 향해 다가가라 다가가라 아 입술에서 앵두 따먹는 사랑,
사월이 주최하는 고달픈 사랑, 냉냉하고 도도하게 흐르는
냉귀지의 찬 피는 꽁무니로 폭음을 까면서 치솟는 제트기처럼
하늘에 흰 줄을 긋는다. 사랑이란 바로 이런 것이다.
미역줄기처럼 격정의 파도에 쓸리고 있던 밀화는
일구의 입술이 움직이는 것을 보았다. 보이지 않는 벌레가
입술 위를 기어가는 것처럼 ― 그러나 일구의 눈동자는
폭발하며 치솟는 것의 공포와 환희를 비추고 있었다.
보라, 사랑이란 바로 이런 것이다.

사랑이 아닌 것은 모두 문 밖으로 내쫓은 것이 사랑이다.
사랑이란 두 사람의 경계선을 지우고 제트기의 흰 줄처럼

굵다 가늘어지면서 하늘 끝으로 하늘 끝으로 사라지는 것이다.
오 영원한 굿바이의 영원한 여운, 사라지는 것 속에
역력한 존재의 모습이여, 일구는 19년 동안 세상에 존재하면서
스스로의 존재를 삭제해야만 하지 않았던가? 살아남기 위해
끝없는 자기 부정을 통해 자기를 복구하지 않았던가?

고단하기만 한 마음의 여로, 그러다 나타나는 햇살 눈부신
토스카나 언덕, 일구는 눈 감은 밀화를 바라보았다.
바람에 출렁거리는 밀밭 같았다. 그러면서도
비밀스런 얘기로 가득 찬 밀화密話였다.
그녀를 볼 때마다 조각배에 몸을 싣고 떠내려가니
그대는 지금 무슨 꿈으로 나에게 이야기하고 있는가?
여자라는 살덩어리, 그리고 그것이 분비하는 땀에서 열리는 짠 소금
얼마나 내 영혼을 절였던가? 밀화 너는 지상에 있어
나의 마지막 관문이어라, 내가 너를 극복할 수 있다면,
내 혁명은 완성될 것이고 횃불 또한 꺼지리라 그러나
너의 앞가슴은 태산처럼 높고 눈동자는 바다처럼 깊지 않은가
네 앞에 내 영혼은 산기슭에 빨긋한 후발주 같은
작은 산딸기에 불과하지 않은가 오 영혼을 무너뜨리는
제방 터지는 육체의 힘이여 너 때문에 고향으로
돌아갈 수 없지 않은가. 떨어지는 눈물을 금잔에 모았던 사람은
적어도 눈물의 소중함을 알았으리라. 백정에게 끌려가기 전날 밤
어미 소는 소가 울 수 있는 울음을 모두 울었다. 소만이
흘릴 수 있는 소의 눈물, 인간만이 흘릴 수 있는

인간의 눈물, 이 눈물이 육체에서 나왔다 함은 무슨 뜻인가.

—스님, 어떻게 하면 좋습니까?

—마음 마당의 낙엽은 다 쓸었느냐?

　죽은 것들은 모두 쓸어버려야 하느니

—그것을 쓸 빗자루가 없습니다. 힘은 말할 것도 없고.

—부처의 힘을 빌리면 되지 않느냐.

—내 마당을 어찌 남의 빗자루로 쓸겠습니까?

—그러면 너도 부처가 되면 되지 않느냐?

—부처가 되면 뭐가 좋은데요? 부처나 후처나 그게 그것 아닙니까?

　부처가 되기 싫은 것도 부처가 도와줄 수 있나요?

　부처가 되기 싫은 마음이 바로 욕망입니다.

—욕망의 짐이 무거워 하소연하지 않았더냐?

—욕망을 버릴 수 없는 것은 그 속에 생명만이 알 수 있는

　생명이 있기 때문입니다. 나에게 욕망을 포기하는 것은

　생명 자체를 포기하는 거나 같습니다. 나는 외길이 싫습니다.

—생명이 뭐가 그리 대단한 것이라고 포기할 수 없단 말이냐?

—욕망이 뭐길래 생명까지 단념하라 합니까? 지옥 마당을 쓸기 위해

　일찌감치 마당에 묻힌단 말입니까? 피와 살은 싫어할 것입니다.

—아하 이를 어찌하면 좋을꼬?

—그것은 내가 물었던 질문입니다. 되돌려주십시오.

　답변으로 가장하지 말고.

왜 추한 것이 아름답게 보일까?

왜 아름다운 것이 추하게 보일까? 잘못이 혹처럼
보는 사람의 눈에 달렸기 때문인가? 눈을 만든 자는
모든 비밀을 알고 있을 것 아닌가? 아아 꽃잎처럼
속으로 열리는 눈, 신비의 속옷, 더듬는
손끝에 열리는 눈, 그래서 내가 떨리는 손으로
너를 만질 때 비로소 너를 볼 수가 있게 되는가?
내가 너를 만진 것처럼 너도 나를 만지라 그리고
내 속에 펼쳐진 영혼의 지평선을 바라보라.
손가락 눈이 졸릴 때까지
감각이 배불러 잠들 때까지.

이 세상의 장관 가운데 알프스 몽블랑의 눈사태보다도
더한 장관이 있습니다. 그것은 오랫동안 몇 해를
도도하게 굴던 여자가 어떻게 어떻게 해서 품속에
궤짝처럼 굴러들어오더니 그렇게 높고 높던 자존심은
순식간에 평지처럼 낮아지고 그녀의 거만한 표정 역시
눈사태처럼 일시에 허물어지는 것이었습니다. 자존심 높은
여자의 콧대도 넘어봤고 — 아니 꼭대기에 태극기까지 꽂았죠.
한없이 넓기만 한 체념과 허락의 사막도 걸어봤습니다.
그럴 때마다 나는 그 여자들이 불쌍해졌습니다. 인간의
고귀한 자존심이 그렇게 보존되고 또 그렇게 버려져야 하다니요.
인간의 가치는 바다 속의 고기가 아니라 바다 자체입니다.
고기 한 마리 비록 고래처럼 큰 고기라 치십시다.
그것 한 마리 잡는다고 바다의 가치가 말라버리겠습니까?

인간은 인간을 바다처럼 대할 필요가 있습니다. 마치 끝없는
그 어떤 것처럼. 당신이 바다라면 당신과 나의 관계는
아직도 끝나지 않았습니다. 당신이 아끼고 아끼던
소위 순결이라는 것, 그것은 해수욕장 벌판에 버려진
소라껍질 같은 것에 불과합니다. 바다의 순결이
소라 속에 사는 것은 아니지 않습니까. 순결은
끝없이 넓은 바다 자체입니다. 바다보다도 소라를
귀히 여기는 것은 천박한 생각입니다. 천박한 것은
하룻밤 사이에 허물어지고 맙니다. 그래서 그렇게만 생각해온
당신도 허물어지지 않았습니까? 아직도 그렇게 생각하는
당신을 짓밟아버리고 볼 때마다 동정의 눈물을 흘리고 싶습니다.
인간의 순결은 바다의 순결입니다. 그보다 좁고 제한된 것은
다른 이름으로 불릴 수 있을망정 순결은 아닙니다. 순결이
더럽혀졌다고 생각하는 당신은 순결하지 않았습니다.
순결은 때 묻지 않아서 순결이 아니고, 파도처럼
때 묻은 것을 씻을 수 있어서 순결입니다. 진정한 삶이 있는 한
이 순결은 영원히 파도칠 것입니다.
죄인이 성자를 고칩니다.

— 그 백 원짜리 손바닥 말입니다.
— 백 원짜리 손바닥이라니요?
— 내가 처음 그녀의 손을 잡게 된 것은 손금을 봐 준다는 이유
  같지 않은 이유였습니다.
— 백 원을 받고 말인가요?

—나의 떨리는 손 위에 그녀의 빛나는 손바닥을 올려놓고
   책처럼 들여다보니까 마치 백 원짜리처럼 파랗고 분홍빛 나는
   가는 선들이 그어져 있더라는 거죠. 하긴 손금을 볼 줄 알아서
   보아준다고 했겠습니까?
—그런 경우 맞추고 못 맞추는 것은 별로 중요한 문제가 아니었겠죠.
—그러나 그때 나는 내가 제대로 손금을 읽을 수 있었더라면
   얼마나 좋았겠습니까? 나는 그녀의 손을 잡는 순간부터
   눈이 멀어 버렸습니다. 우리 곁에 거인처럼 다가온 이별의
   그림자조차도 볼 수가 없었으니까요. 그녀의 손목은 지금쯤
   헌 백 원짜리가 되어 이리로 저리로 세상을 떠돌아다닐 텐데,
   나는 내 손이 보기 싫어 포켓에다 구겨 넣고 다니지요.
   다 읽어버린 연애소설처럼. 그러니 서로 만날 수가 있겠습니까.
   아아 그 빳빳한 백 원짜리 손목을 잡던 때보다도
   더 신나는 순간은 다시는 없을 것입니다.

그러면 내 말 좀 들어보시오. 우리는 모두
세상을 사랑의 연옥으로 살고 있으니 —
하지만 이 한숨 좀 막아주시오 말 좀 하게 —
그날을 생각하면 복사꽃과 꿀벌과 분홍 스커트
그리고 밤 연못이 떠오릅니다 —
아니 어쩌면 이것이 결론인지도 모르겠습니다 —
그날 나는 왠지 기분이 좋았던 것 같습니다.
날씨가 하도 좋아 꼭 취한 것만 같았습니다.
종일 장난기가 아지랑이처럼 일어나는 것이었습니다.

그래서 난생 처음으로 지나가는 아가씨에게 소위
히야까시라는 것을 해봤습니다. 아카시아 꽃 같은
히야까시 말입니다. 정말 당신이 예쁘다느니
하필이면 예쁜 여자가 남자가 가장 외로울 때
옆을 지나가느냐느니 당치도 않은 말을 집어던지면서
옆걸음으로 따라갔더란 말입니다. 물론 그 아가씨는
대답조차도 않더군요. 어쩌다 옆모습을 쳐다보니까
나는 괜히 자존심과 시간만 낭비하고 있는 것 같았습니다.
역시 히야까시는 아무나 할 수 있는 것이 아니구나 하고
생각했습니다. 그러다보니 꿀은 어느덧 독으로 변하고
화가 난 내 혓바닥에서는 이상한 바늘이 돋아나기
시작했습니다. 보다시피 날씨도 좋고 서로가 남녀로서
몸도 마음도 젊은데, 무슨 사랑도 아니고 한 번쯤
얘기 좀 해보자는데, 특별히 밟아야 할 수속절차라도 있기에
그렇게 냉담하기냐고 시비로까지 발전하게 되었던 것 같습니다.
그때 누군가 내 얘기를 들었더라면 모든 잘못은
마치 그녀에게 있기라도 한 것처럼 생각했을 것입니다.
실제로 나도 그렇게 느꼈으니까요. 결국 나는 가다 멈춰서고
계속 자기 갈 길만 가는 그녀의 뒷모습을
바라보지 않을 수 없었습니다. 그래도 할 얘기를 해서
속은 후련한 편이었습니다. 비록 죄 없는 사람에게
둘러씌운 말이었지만, 나는 길가 바위에 걸터앉아 한참 동안
들판에 무성하게 자라는 곡식들을 바라보았습니다.
삶에 큰 모험을 치른 후에 가지는 일종의 휴식이랄까

잠시 그런 기분에 잠겨 있었습니다. 그러면서 얼마가 지났을까
옆에 인기척이 있어서 돌아다보니까 바로 그 여자가
서 있는 것이 아니겠습니까? 나는 엉겁결에
놀라 일어서지 않을 수 없었습니다. 그녀의 설명에 의하면
별다른 뜻이 있어 되돌아 온 것이 아니고, 사실은 나와 같은
또 하나의 히야까시꾼이 있어 두려운 나머지 되돌아왔다는
것이었습니다. 그런데 다른 히야까시꾼은 나보다도
더 지독한 사람이라는 것이었습니다. 나는 갑자기
조금 전까지만 해도 히야까시를 했던 내가 그녀를
히야까시로부터 보호해야 되는 야릇한 입장에 처한 것을
느끼지 않을 수 없었습니다. 그때부터는 모든 것이
거꾸로였습니다. 그리고 회전목마처럼 어지럽게
돌아가기 시작했습니다. 자기의 가느다란 팔을
내 팔에 동여맨 것도, 복숭아 익은 과수원을 발견한 것도,
내 생전 그렇게 천천히 걸음을 걷기도 처음이지만
그렇게 시간이 빨리 간 것도 처음입니다. 문득 눈을 떠보니
황혼인 것 같았습니다. 붉은 해는 서서히 코피를 흘리고
그녀는 땅에 쓰러져 땀 흘려 땀 흘려
어지러운 날 엎드리었습니다. 그녀의 보드라운 몸무게
목덜미의 향긋한 냄새는 내 살갗을 베일 것만 같았습니다.

― 안 봐도 눈에 선하군요.
― 그것이 어쩌면 내게는 첫사랑이었는지 모릅니다.
― 첫 경험이었겠죠.

—물론 사랑을 처음으로 경험했으니까 첫 경험이겠죠. 그러나
  첫 경험을 아직도 사랑하고 잊지 못하니까 첫사랑이겠죠.
—안 봐도 눈에 선하군요.
—헤어지기는 만나기보다도 쉬웠습니다. 그때 한 번 헤어지고서는
  더 이상 만날 수가 없었으니까.
  이거 내가 무슨 말을 하고 있는 것인지.
—그녀를 만난 날은 내가 군대에 들어가 처음으로 휴가를 받은
  날이었습니다. 늦어도 밤 8시까지는 귀대를 해야만 했습니다.
  헤어질 무렵에는 호숫가에 가 있었습니다. 물에는
  호텔과 여관의 반짝거리는 불빛들이 즐거운 유령처럼 떠돌고
  떠들면서 검푸른 호수의 주변을 밝혀주었습니다. 그녀는
  어디론가 가자고 졸랐습니다. 마치 물위에 흐르는
  불빛을 따라 가자는 듯이 들리기도 했습니다. 그러나 나는
  어찌된 셈인지 병원침대에서 깨어난 환자처럼 어지러우면서도
  침착해지는 것이었습니다. 그리고 그녀의 잡아당기는
  눈길에도 불구하고 다음에 다시 만날 것을 약속했습니다.
  물론 그녀는 내 말을 믿으려 하지 않았습니다. 그녀는
  몇 번이나 내 손목을 끌어 당겼습니다.
  왜 그런 것 있지 않습니까? Voglio e non vorrei.[2]

  그러면 그럴수록 나는 은근히 초조해지고 그녀가
  두렵기까지 했습니다. 꼭 무엇에 홀린 기분이랄까?
  불빛에 비친 내 손목시계는 자정을 가리켰습니다.
  O lente, lente, currite noctis equi![3] 그러나

그때의 시계바늘은 단순히 밤 0시가 아닌

나의 파멸을 가리키는 것만 같았습니다. 그리고 갑자기

이제까지 말로만 들었던 혹은 소설을 통해 읽었던

비극적인 로맨스의 장면들이 떠오르기 시작했습니다.

나는 어떤 알 수 없는 공포와도 같은 것을 느끼면서

다시 만나자는 텅 빈 말을 되풀이할 수밖에 없었습니다.

그보다 나에 대한 그녀의 감정이 확실한 이상 다음에

만날 수 있으리라는 자신감이 들기도 했습니다. 결국

그녀의 잡은 손이 헐거운 매듭처럼 풀리는 것을 느꼈습니다.

그리고 잠시 후엔 그녀의 긴 다리가 스커트 밑으로

호수의 물결처럼 흔들거리더니 사라져 버렸습니다.

— 그것이 끝입니까?

— 다음에 약속장소에 나갔는데 나오질 않았습니다.

그녀는 그날 하루만 미쳐버리자고 작정했던 것 같습니다.

나는 그 후 나의 겁 많은 냉정함을 두고두고 저주하게 되었죠.

왜 그녀를 따라갈 수 없었던가 하는 생각 말입니다. 그녀는

지금까지 내가 만난 여자 중에 가장 아름다운 여자였습니다.

그토록 흰 피부와 그토록 희고 눈부신 정열을 가졌었습니다.

나는 그녀에 비하면 더러운 검둥이에 불과했습니다. 그 여왕은

나같이 천한 종을 버리는 것이 옳았을 것입니다. 그 일이 있은 후

내 삶의 리듬이 끊어져 버렸습니다.

적어도 사랑과 정열의 문제에 있어

내 생각은 공전하고 있습니다. 톱밥도 없이

똑같은 나무토막을 썰고 있습니다. 나는 그 여자의 이름도 모릅니다.
앞으로도 영원히 모를 것입니다. 죽음 외에
또 그런 이별이 어디 있더란 말입니까.

당신들을 믿을 수 있습니까?
이런 말 함부로 해서 되는 것인지요? 그러나
당신들의 데카메론을 듣고 있자니 당신들보다도
몇 배 불행하고 미칠 지경에 있는 사람이 바로 여기 있다고
소리치고만 싶습니다. 이 가슴속에는 저주받은 혓바닥을 가진
마이더스왕의 이발사가 살고 있어요. 지금 당장 내가
이 자리에 파묻고 싶은 비밀은 단지 내 눈이 본 것만이 아니요
심장 벽에 일일이 새겨진 괴물 같은 고통의 문신입니다. 평생
행복하고 순탄하게 살아온 사람이 이렇게 갑자기
불행을 느낄 수가 있습니까? 사랑함으로써 말입니다. 도대체
지금 내 나이가 몇입니까? 생각할수록 어이없는 일입니다. 나는
결혼해서 이미 아이가 셋이지만 어떤 사람들처럼 삶이
끝장났다고 생각해 본 적은 없습니다. 자라는 아이들 속에
희망이 있는데 어찌 절망을 느낀단 말입니까? 소중한 것은
아이들뿐만 아니고 아내도 마찬가지입니다. 보는 사람마다
아름답다고 하고 상냥하다고 그럽니다. 그러면 됐죠. 그래서
나는 세상의 행복한 남자의 카테고리 속에서 별달리
비좁은 줄 모르고 살아왔습니다. 무슨 뜻인지 아시겠습니까?
내 친구에게 있어 결혼이 처음이라면 나에게도 그런 날은
처음입니다. 친구의 신부를 보는 순간 — 차라리 말을 맙시다.

肉장　　　　257

무슨 말인지 아실 테니까요.

나는 이런 경우 어떻게 해야 하는 것입니까? 언제까지나
사랑보다는 우정과 명예에 거미처럼 매달려야 한단 말입니까?
나는 나의 천장 구석이 지겹습니다. 유리잔에 가득 고인 물을
엎질러 버리고, 뭔가 가득 찬 것들을 넘어뜨려 쏟아버리고
그 새로 생긴 공간에 어떤 새로운 것과 여유를 채워 볼 수 있다면 ─
그녀를 보면 볼수록 나는 가짜 다이아몬드반지를 낀 사람처럼
나의 행복은 진짜가 아니었다는 생각이 듭니다. 영원을
한 순간과 바꾸고 싶습니다. 거짓말 속에 낀 참말,
한 마디지만 그것이 갖고 싶습니다.

형씨, 당신을 위해 노래를 한 곡조 부르고 싶습니다.
이것은 소위 「다윗의 노래」라는 것인데 반주는 없지만
어색함을 재미로 알고 들어주시오.

　　　「남의 아내를 탐내지 마라」
　　　계명의 울타리가 생기자마자
　　　그 울타리 너머로
　　　바람에 흔들리는 꽃 한 송이가 있었다.
　　　「남의 아내를 탐내지 마라」
　　　네 것이 아닌 것을
　　　자기 울타리 안에서 만족하라
　　　무서운 계명이 나를 가로막을수록
　　　별빛은 찬란히 울타리를 비추고

타오르는 영혼은

자기의 무덤을 바라보며 울었다.

오 꽃보다도 아름다운 얼굴이여,

울타리 건너에 핀 당신을 보는 순간

나는 스스로와 싸우는 사람이 되었다

몰래 울타리를 넘으려는 나를 붙잡아

어느 어두운 구석에 데려가 돌을 던질 때

아무것도 모른다는 듯 웃음 짓는 당신은

아름다움만이 가질 수 있는 잔인함인가.

「남의 아내를 탐내지 마라」

등을 돌리고

향내는 멀리서 맡으라.

그 열매를 먹으면 정녕 죽으리니

차라리 울타리 밑에 죽음을 파묻어라.

시간이 수레바퀴에 마지막 순간을 싣고 오면

울타리 없는 죽음의 벌판

욕망의 등불이 꺼진 어둠 속에서

삶의 심지를 돋구던

그 미소

꺾을 수 있으리라.

눈 먼 손으로,

오 눈 먼 손으로.

형씨께서 「다윗의 노래」를 구슬프게 부르시니 저도

「아리데스의 노래」[4]를 처절하게 부르고 싶습니다.
가슴을 파운드하면서. 그러나 부른 지가 하도 오래되어
가사가 막히고 음정이 불안할 것만 같습니다.

옛날옛날 가까운 먼 옛날에
부끄럼 잘 타는 아리데스가 살았는데
하필이면 세상에서 제일 미운 여자에게
장가를 들었더라네.
사는 것이 재미가 없어
이래도 좋고 저래도 좋고
될 대로 돼라 맘대로 해라
자포자기에 빠졌을 때
어느 날 하루 오 어느 날 하루
갑자기 생각하기를
어차피 이래도 좋고 저래도 좋은 것
미인이면 어떻고 박색이면 어쩌랴
그녀가 굳이 날 원한다면 에라 모르겠다.
가지라지 나를 가져 가라지
그러고서는
곧장 캄캄한 구렁텅이로 떨어졌지.
곧장 떨어졌지.
좋다 싫다 말도 못하고, 구렁텅이로
한 번 떨어지면 다시는 나올 수 없는
구렁텅이로 곧장 굴러

떨어졌지.

— 댁처럼 가난한 사람도 없는 것 같소. 그리도 원하는 것이 많으니.

— 원과 한이 카드빚처럼 늘어나니 어쩌겠소?

— 그래서 몸 보따리가 그리 무거운 것이오?

— 무정하無定河 강변에 누운 백골들처럼 말하지 마시오.

— 사랑과 욕망, 두 항아리를 다 채우는 사람이 어디 있겠소?

— 그래서 바람만 가득한 항아리로 노래하는 것 아닙니까?

　끝없는 만경평야, 가을걷이 끝나면 끝난 것의

　적막함 한가운데 놓아주시오.

　달리는 송전탑이 울어 주리라. 뜨겁게.

1　'나는 연결할 수가 없다, 아무것도'란 의미. T. S. 엘리어트의 『황무지*The Waste Land*』, 「불의 설교」.

2　'원하지만, 차마 하지는……'이란 의미. 제임스 조이스의 『율리시즈*Ulysses*』에서 주인공 불룸이 오페라 『돈 지오반니*Don Giovanni*』 1막 3장에 나오는 절리나의 말 "Vorrei e non vorei"를 잘못 인용.

3　'오 천천히, 천천히 달려라 어둠의 말이여!'란 의미. 로마 시인 오비드의 시 『사랑*Amore*』 제1권; 괴테의 『파우스트 박사』에서도 인용.

4　「아리데스의 노래」: 에즈라 파운드의 시 「Arides」.

治장

내 시의 전개에 있어 왔다 갔다 하는 것은 죄 중에서도
가장 큰 죄로 생각하는 바이다.
— 바이런, 『돈 주앙』

얼마나 많은 언어와 리듬이 가슴의 암벽에 부딪쳐 깨어졌는가.
구름처럼 지나가는 웅장한 생각들, 모래 같은 언어의 신기루,
유리창에 비친 햇살을 통과하는 카멜과 캬라반,
틱톡 모래시계, 일구는 또다시
걷기 불편한 꿈길의 비포장도로를 걷고 있는 것인가?

현실을 실현하라, 보름달 엉덩이로 세상을 비추면서.
거기에서 일어나는 지독한 냄새와 혼수상태, 생각할수록
엉터리 가짜 약 같은 것은 현실을 노려보며
약장수와 달라붙어 한바탕 시비를 벌이고
뒤로 코끼리 엉덩방아를 찌면서 넘어져 볼까, 아니면
무관심의 포근한 이불을 뒤집어쓰고 끝내 안 오려는 잠을
이불 줄 다리듯 잡아당기든가 못생긴 세상의 여드름을
하나씩 하나씩 빈대 죽이듯 짜 눌러 나가는 것, 그러나
사람은 사랑도 해야 하고 밀린 숙제도 해야 하고
무엇보다도 살기도 해야 하고, 그러다보면 혁명의 높은 구호는
유행가처럼 흥겨운 천박감에 빠지게 된다. 혁명의 목표는
오직 하나지만 삶의 목표는 여러 개인 것을. 그래서
혁명과 삶은 공교롭게도 의견이 맞지 않는다. 그렇다면, 아니
그렇다면이라고 말하기 전에 혁명의 애인은,
그의 면로는 결국 죽음이란 말인가?

사일구, 한 번 죽으면 영원히 산다는 뜻이렷다. 그것은
혁명가의 해석이요 예술가의 꿈이런가? 구일사

영원한 것도 한 번은 죽는다는 뜻이렷다. 그것이
보통사람의 생각 아니겠는가?
구일사를 무슨 전화번호 정도로 생각하는 사람들,
혁명을 거꾸로 하고 싶은 장유유서의 사람들이
보통 사람들이라면 안정 속에서는 별 볼일과
별 의미와 별미를 찾지 못하는 일구는 나는 어떡하라고.
지구란 별을 칠십 년을 걸어 다니면서
발자국 하나 남기지 못한다면, 눈 내린 진흙밭에
기러기 발자국조차 남기지 못한다면, 나는 산 것인가
죽은 것인가, 죽으면 세상이 눈과 같이 녹아
우리의 발자국도 사라지는 것인가, 삶은 죽음과 쌍둥이여서
분간하기 어려운 때가 많고, 그렇지만 생명보험은 먼저
죽고 난 다음에 타야 할 것이고 — 죽고 사는 문제에서
갈라져야 할 여야가 바람을 먼저 잡자고 다투니 —
감투 하나에 대가리 두 개가 들어나? 입장권이 있으면
뭣한단 말인가. 바람에 밀리고 날아가고 날아간 정치인들,
산다는 것은 무조건 있는 대가리를 들이밀어 보는 것인가
간신히 빠져나온 대가리를 더 이상 빠져나올 데가 없으니까
다시 어둠속으로 들이민다는 것인가, 어떤 논리는 기차 바퀴의
연결대처럼 뒤로 갔다 앞으로 나아가고, 칙칙폭폭은 독후감이고
막힌 콧구멍에 독감이든가, 사람은 여야 하며 구별하지 말아야지.
말은 어아로서 구별되지만 사람과 말, 육신과 로고스는
이렇게 배다른 것인가. 길이 갈라진다고 가랑이는
갈라지지 말아야지. 생각은 물동이처럼 이고 다녀야지.

머릿속에 들어 있는 선악과 한 박스

외길 할 때 외자가 좋아 입술을 동그랗게 만드는 외.

한 번 해봐 외로움 외토리, 외면을 외면하지 말고, 외상이면 어때.

돈이 없어서가 아니고 외자가 좋아 외상이라니까. 이런 소리는

다 심오한 항문에서 나오는 소리야. 콧구멍에다 방귀라고

달아놓으라고. 다음 배탈이 생기자마자 갚아 줄 테니까.

손가락처럼 갈라진 길을 가도 팔뚝 같은 외길이야,

지도에도 나와 있지 않은 수많은 길들 걸어가면 나타나는

세상에서 가장 넓고 큰 외길이라는 길, 일구는 지금 그 길을

사람들 속에 섞여 걸어가고 있었다.

생각은 뭉게구름처럼 뭉게뭉게 피어오르는데 어디서 획 —

휘파람 소리가 들려오고 옆에는 플라타너스의 먼지 낀 잎사귀들이

정신 잃은 사람같이 바람에 흔들거렸다. 저 바람에 미친 잎사귀들이

강남에서는 제비들의 투표용지라든데 — 그러나 저러나

내가 통역했던 제비는 어떻게 되었을까? 잎이냐 입이냐

이것이 저것이 이래도 저래도 모두 문제로다.

OXOX 찬반찬반, 선거에서 뒤집고 못 살겠다 갈아쳐서

XOXO 찬반을 반찬 삼아 먹으면 먹지 않으면 OX처럼

소가 되거나 XO해서 또한 소가 되거나, 사람이 소같이

멍청해서도 안 되고 제비처럼 기는 자유가 없어도 안 되고

사람과 제비에게 동시에 적용되는 악법을 없애려면, 나라에

광조가 들게 하려면 물론 조광조를 찍어야지. 그러나

나무 잎사귀에 민주주의라고 꿀을 바르지 마시오. 자칫하면

벌레들이 민주주의를 갉아먹으니까. 뼈와 가시만 남은 나라
누가 껍질과 비계 같은 빚과 이자는 안 먹어 치우나?
생각의 뭉게구름은 왜 이리 한쪽으로만 몰려가는고?
동심초, 마치 패잔병처럼 부는 바람, 총알 떨어진 전투,
타버린 숲, 내가 뜯어 먹어야 할 잔디와 내가 마셔야 할 하늘은
어디에 있는가? 바람이 분다, 무슨 바람이 초여름의
치마 바람은 아닐 테고 선거바람인가? 바람은
XOXOXO 소소소嘯嘯嘯 휘파람 불며 지나갔다. 그만
잠에서 깨야 할 텐데 잠 안 오는 잠으로부터 깨야 할 텐데
물위로 떠오른 물고기처럼, 대낮의 밤은 아직도 깊고 세상이
익은 무화과처럼 떨어지는 새벽은 멀리 갈릴리 바다에서 오고 있는데,
교회 뾰족탑에 앉은 수탉의 하늘을 찢는 쇠 울음소리
아무도 들은 자가 없단 말인가?

— 도대체 이렇게 나가깁니까? 우리나라 정치처럼 이런 식으로
  지지부진하깁니까?
— 왜 또 그러십니까? 소설이 고질인 치질이 도지기라도 했소?
— 당신이 힘주는 것을 몰라서가 아니고, 이건 소설이 아니라 차라리
  지옥이란 말입니다.
— 들어오실 때 희망을 버리라는 경고를 못 읽으셨습니까?
  단서를 찾으리란 희망 말입니다. 소설을 형사가 수사하듯 읽는단
  말입니까? 이게 무슨 탐정소설인 줄 아시오?
— 그래도 소설은 무슨 스토리가 있어야 할 것 아닙니까?
— 그 반대죠. 스토리는 가급적 없는 것이 좋습니다.

옛날에는 더러 그렇게들 썼지만.

―그러면 지금은 그렇게 소설을 안 쓴단 말입니까?

―범인을 쫓다가 허탕만 치는 형사 같은 사람이 요즈음의 소설가요
독자입니다. 독자가 말이란 주인공을 이해하려면 이런 식으로
허탕을 쳐보는 수밖에 없습니다. 그래서 결국 허탕을 통해
한탕을 노리는 것이 저의 최대한 목표라고 할 수 있습니다. 그러나
댁은 허탕을 이해하지 못하니 결국 허탕 친 것은 댁이 아니고
나인 것 같습니다. 새로운 소설은 작가와 독자가 동시에
허탕을 쳐야 되는데 독자는 허탕을 안 치고 작가만 허탕을 치게 되면
그거야말로 낭패요 실패가 아닐 수 없습니다. 허탕이란
새로운 소설의 새로운 실패죠. 스토리나 플롯이란 낚시에 있어
미끼와 같습니다. 독자의 관심을 낚는 유인물 말입니다.
새로운 소설은 구태여 그런 미끼를 사용하지 않는다는 말입니다.
신소설가들은 빈 낚시를 던지는 강태공이지요.
그 사람들이 낚고자 하는 것은 딴 데 있으니까요.

―딴 데 있다니요?

―못 알아들어서 답답하나 알고자 해서 좋소.
강태공이 낚고자 한 것은 고기가 아니고 강물이란 말이오.
강물을 낚는 데 무슨 미끼가 필요할 것입니까 독자를 낚는 데
무슨 음모가 필요합니까? 바람에 날리는 노트북의 바구니 속엔
온갖 물고기들이 심볼하게 가득 차 있습니다. 당신의 영혼이 진실로
시장기를 느낀다면 빈 낚시가 건진 물고기를 로고하게 지져 먹으시오.
바닷물과 만나는 기분이요 공중전화번호부에서
무릉도원의 주소를 찾기라도 한 기분일 것입니다.

독자의 주소를 읽어버린 문학, 무관심 속에 늙어가고
자존심 속에 시들어가는 소설가 화가 음악가
가가가가 호호호호
일가 이가 삼가 빨간 신호등, 죽음 번쩍. 국민을 잃어버린 정치,
이상을 잃어버린 이상한 꿈, 빛바랜 오방색, 어지러운 전후좌우
제자리로 나아가는 지루한 리스트. 삶의 감옥에
무기수로 갇힌 이상 아직 이마에 피도 마르지 않은 젊음은
콘크리트 벽이라도 들이받아 난해한 추상화라도 그려야 되나?
피가 마를 때까지. 젊음은 정말 부담스럽다, 해방을 주제로 한
젊음은 부담스럽다. 아틀라스처럼 지구를 어깨에
짐짝처럼 짊어진다는 것, 아틀라스 같은 젊음은 피곤하고 부담스럽다.
아 틀렸어, 반도강산은 반 토막으로 잘린 지렁이처럼
고통에 꿈틀거리고 대동강은 수령의 지령대로 흘러가는데
한강에 쌓이는 시간의 모래 모래 모래
모레 모레 모레, 노래 노래 노래, 낡고 새로워져 가는 이념.
무엇보다도 광주의 한숨 찬 공장굴뚝으로 뿜어 나오는
신음의 매연 살고 싶고 먹고 싶은 칠십 살
아 틀렸어 나는 — 되기는 — 아틀라스, 되기는 아 틀렸어.
누가 어깨를 치고 아는 체라도 해줬으면 아니면 한두 가닥
꼬인 음악이라도 귓속에 흘려 넣어주던가.
지독한 인심의 가뭄은
언젠가 엄청난 눈물의 홍수를 예고하는데,
비가 안 올라나 소나기의 소나타 구름이 쏘는 기관총,
바케스 가슴통에 가득 담는 빗방울의 총알들 —

호르테, 호르테, 땅이 바다가 되고 팔다리는
지느러미가 되어 말 대신 물버끔을 해초 위에 실어놓거나
밤 되어 해가 물속에 잠기면 그것을 타고 거북이 헤엄을 치든가.
작가의 신선노름에 보따리 싸는 독자들
너는 너고 나는 나다.
너는 좋을 대로 살고
나는 편한 대로 살겠다,
박자와 대구가 맞는다면 그것도 좋지.
내가 왜 네 뚱딴지 속에 들어가 산단 말인가,
왜 내 세계가 당신 세계 속에 포장되어야 한단 말인가?
나도 밤낮 잠 안자고 꿈꾸어 한 밑천 잡아
꿈만 팔아먹고 살 테니까.

열아홉 해, 하늘에 뚫린 열아홉 개 구공탄 구멍 속에는
파란 불꽃의 뱀들이 득실거리는데,
돌아가는 골목길 불뱀의 생사탕이라도 한 그릇 시키고
오래 오래 뱀처럼 구렁이처럼 살고 싶어라
형제여 내가 벗은 허물을 걸치라.
허물은 영원히 사는 자의 겉옷 아닌가?
허물을 벗고 알몸과 잠옷으로 갈아입으시오.
눈 속에 대들보를 빼내든가.

이야기에 나오는 산골짜기, 등잔불빛. 구렁이는
가장 예쁜 처녀였다. 천 살 먹은 처녀, 서방님!

촛불 너머로 부르는 소리. 당신의 아름드리 생명나무를
감고 싶어요. 이 밤이 지나면 짙은 밤의 실꾸리가 풀리면
저는 사람으로 태어나지요. 당신의 사랑을 받을 수 있는
떳떳한 존재로 말예요. 그러니 아무것도 모르고 알 필요도 없이
무조건 사랑의 세례를 베푸세요. 사람이 되어 눈물을 흘리면서
사랑할 수 있도록, 사랑은 사람을 만들고 사람은 사랑을 만들고
사랑이 그중에서도 가장 으뜸이란 것을, 가장 아름다운 열매라는 것을
천 년 동안 꿈꾸며 살아온 구렁이는 오늘밤 선악과를 따먹고
알몸으로 알게 하소서 뱀눈을 동그랗게 뜨고 눈썹의 테두리 속에서
생명나무에 생명나무에 달리신 당신을 과일로 우러러 보게 하소서.

병 주고 약 주는 하나님,
인간의 타락과 구원의 플롯을 만드시고
종말의 대단원을 향해 아직도 소설을 쓰고 계시는 하나님
당신은 말씀인 고로 온 천지는 당신의 말씀과 원고지로
가득 차 있습니다. 문제는 어느 인간 독자가 당신의 엄청난
대하소설을 다 읽을 수 있겠나이까? 단 한 마디의
단어에 불과한 인간이 어찌 당신의 별들과 은하수들을
글자와 리듬을 이해할 수 있겠나이까. 오 역사 속에
역사같이 역사하시는 하나님, 당신께서 쓰고 계시는 우주의
대하소설이 탈고되는 날, 하늘의 천장 속에 감춰두었던
녹슨 비밀이 모두 드러날 것이라 하셨사오니, 나 또한
그 장면 속에 있게 하소서. 병 주고 약 주는 하나님이시여,
약 먹고 병 낫는 것이 구원이라면 그것이 당신의 플롯이라면

거창한 대단원을 나팔 불어서 끝낼 것이 아니라
달빛에 지친 퉁소소리처럼 점점 희미하게
희미하게 끝내시는 것은 어떻습니까, 구름의 건반에서
울려나오는 장엄한 우주곡의 거창한 쇼보다도 여윈 듯한
그러면서도 휘날리는 휘나레, 뱅보다는 윔퍼, 먼저
음악과 예술을 사랑하시는 하나님이시여, 세상이 시적으로
끝나는 한 적어도 가슴을 치며 애통하는 자는 없을 것입니다.
당신의 회오리바람 속에 수많은 인간들은 마치 물속의
피라미떼처럼 햇살에 반짝이면서 가만히 숨 쉬며
헤엄칠 것입니다. 그때 선인과 악인이 과연
무슨 의미가 있을 것입니까 모든 것은 한 덩어리의
멜로디로 화하고 결국 하나의 아메바가 될 것인데
당신의 스토리가 성경과 다름을 먼저 증명하시고
온갖 예언과 비평을 부끄럽게 하소서.

생각의 거품, 생각의 거품, 사우나 탕 같은 서울
육백만의 손님 붐비는 비즈니스 건강한 숨 막힘
벌거벗은 채 온몸을 통닭처럼 삶아가지고,
땀이 있으라 하니 바다가 있었다. 기쁨이 있으라 하니
소주병이 있었다. 하나님의 성공과 실패, 하다못해
하나님은 큰 자루를 만드시고 그 속에 육백만을
집어넣으신 뒤 그 무게와 부피를 그의 거대한 구름 어깨에
짊어지시다. 빗자루를 들고 어디로 쿠오바디스하십니까?
여의도로 가느니라, 오 거짓말 같은 날의 마지막 순간,

하나님의 사랑과 구원, 모두들 한 곳에 몽땅 쏟아놓으시고
때 묻은 얼굴의 넝마주이로 하여금 갈라놓으라 명하신다.
종이와 고철과 고무, 저주받은 자는 지하철로 내려가고
구원받은 자는 육교로 올라가고 어느 사이에 눈부신
비단옷으로 갈아입은 넝마주이는 휘황찬란한 네온불빛에
지워져버렸다. 알코올처럼 날아가버리는 천사. 생각의 매듭을
맺을 것인가 풀 것인가, 야곱의 사닥다리 아래서 위를 바라보니
생각은 동아줄이 되고 동아줄은 다시 그네줄이 되고 그래서
생각이 생각을 그네 타는데 그 생각의 그네와 가마를 잡아타면
그 나무가 무슨 나무라던가. 여기서 왕십리까지 얼맙니까?
몰라보게 변한 에덴동산 그러나 차이는 다만
사람이 불어난 것뿐이렷다. 아직도 가냘픈 가지는 흔들리고
썩은 과일은 아깝게 떨어지는데 오 겨드랑이 냄새
당신도 나도 그 여자도 육체에서 시작해서 영혼으로 끝나는가,
아니면 육체는 영혼의 영원한 여행에 있어 쉬어가는 정거장이라던가
생각 오 생각, 생각의 미립자와 핵분열, 생각의 세포가
분열되면서 사상의 에너지가 나오고 주체할 수 없는 에너지는
언제나 행동을 주책으로 만든다. 창조와 파괴는 신의 집안에
청지기요 하인인데 정감록 같은 소리를 계룡산 꼭대기에 올려놓는다면
인간은 누구나 두 계단을 오르락내리락거리려니 두 다리는
교대해서 창조와 파괴를 디디고 서게 되는 것인가?
어제의 파괴자 오늘의 창조자, 시바와 비슈느, 우주법칙의
소용돌이에 말려든 일구, 물론 생각은 날개와 단서를 달고자 하나
일구는 우선 파괴하고 창조하는 일종의 파창괴자, 물론 작명으로 치면

아담을 따를 자가 없겠으나, 덤불속에 숨은 아담은
살 속에 박힌 가시와 더불어 자기 이름을 캄캄하게 잊어버리고 싶었다.
파창괴자, 무슨 일본놈 이름인가? 일구야 어디 있느냐?
당신의 붓끝에 매달리고 잉크 속에 헤엄치고 있나이다. 이제부터는
너를 파창괴자라고 부르리니 파괴하고 창조하는 것은 너의 본성임이요,
괴자는 본성을 일으키는 너의 태도를 이름이라, 너의 생각하는 것이
너를 지은 자와 하나이니 너의 태도를 이름이라, 너의 생각하는 것이
너를 지은 자와 하나이니 이는 진실로 나의 아들이요 나를
기쁘게 하는 자로다. 글의 십자가에 매달려 죽게 하리라.
죽어도 상관없는 아들이여, 세상으로 하여금 네가 당한
형틀을 본뜨게 하리라. 예술세계에서는 은총의 전매특허가 없나니
약 오른 사람이야말로 참예술가니라.
자기의 약을 언어의 분무기로 뿜어 ―
세상의 진드기와 벌레를 죽이고 약의 독 기운에 자신도
콜록콜록 기침을 하며 하루하루를 하루살이 날 파리처럼
이상의 날개로 날며 종생하며 ― 프리뭄 모빌레의 나이트
클럽에서 흘러나오는 밴드소리, 드럼의 쿵쿵짝짝
일구의 발걸음은 자기도 모르는 사이
별에서 별로 걸어가고 있었다.

―어디서 많이 뵌 듯한데, 실례지만 성씨가 어떻게 되십니까?
―반입니다.
―반씨는 희성이 아닙니까?
―요즈음에는 그렇지도 않죠. 종친회를 하자면 버스를 대절해야

할 것입니다.

—그러면 함자는 어떻게 되십니까?

—함부로 말씀드리기는 뭐하지만 제 접두사적인 성을 더해서
말씀드린다면 더러는 반정부라고 부르고 더러는 반독재라고도 하는데
이외에도 반체제 반국가 등 갖가지 이름으로 부르고 싶은 대로
불리지요.

—그러고 보니 지상에서 자주 뵈었던 분 아닙니까?

—함부로 아는 체하지 마시오. 정부가 제일 싫어하는 게
반반하게 생긴 우리 반씨입니다. 반씨는 솔직히 말해서
상놈 취급을 받고 있습니다. 인권을 유린당하고 있으니까요.
그것도 상놈들에 의해서. 양반이 상놈들에게 상놈취급을 받다니
양반으로서 창피하고 한심한 일입니다. 수많은 성씨 중에
왜 하필이면 반씨란 말입니까? 그러나 그들이 아무리
우리를 핍박하고 씨를 말리려 하나
반씨는 결코 없어지지 않을 것입니다.
쌍놈들의 세상이 없어지면 없어졌지.

우리 조상으로 말할 것 같으면
댁도 아마 역사시간에 배워서 잘 아시는
만적이란 분이 계십니다. 그분의 연설 가운데 소위
장터연설이란 명연설이 있는데 구전으로만 전해져서
보통 역사책에는 없는 연설 하나가 있습니다. 한국판
게티스버그 연설이라고 생각하면 틀림없을 것입니다.
한 번 들어보시겠습니까?

몽유병자의 날마다 밤나들이 헤매기 오천 년
수치의 역사 눈 떠도 눈 감아도 언제나 양반의 나라
상놈의 나라 박참판 김부자 대 이을 아들 없어도
권세는 기어이 권세를 낳고 말더라.
상놈들아 눈 들어 하늘 보라, 상놈의 서러운 자식새끼들
밤하늘의 별처럼 많지 아니하냐, 산꼭대기 판자집
희미한 반딧불 되어 옹기종기 웅크리며 살고 있다.
남산의 송신탑이여 송신하라 흩어진 안테나여 수신하라
우리를 어찌 흰 구름 찌르는 백두의 자손이라 하리요?
지금이라도 이 혼탁한 장터의 장막을 거두고
동해의 명경지수로 나아가 온몸을 씻자
밀려가자 저 물결처럼 우리의 흰 옷 찢어 돛배 만들고
백의의 갈매기를 따라가자 너울너울 너를너를.

문둥병이 걸린 대한민국 그러나
문둥이 나암장군이 나음을 받는 날이 온다.
누가 내 마이크를 나꿔챈다, 나를 역적이라 부르면서.
내 이름은 역적이 아닌 만적인데, 그러나 만적은
총칼이 무섭지 않다. 보통 상놈이 아니란 말이다.

그날 장터는 미어터졌습니다. 수많은 먼지와
발자국이 일어난 것은 말할 것도 없죠. 거기에 모였던 장사꾼들은
장사 한 번 잘한 기분이었고 거기에 모였던 구경꾼들은
시장 한 번 잘 본 기분이었습니다. 항구로 들어오는 배는

만선한 기분이었고, 불만을 만선한 만적까지도
한없이 만족했으니까요. 한 순간의 거룩한 폭발 속에
인생을 다 살아버렸습니다, 꿀벌처럼. 그것이
위대한 만적의 최후였습니다. 그는 보고를 받고 급히 출두한
포졸들에 의해 체포되어 누에고치처럼 꽁꽁 묶여 갔습니다.
그리고 결국 번데기처럼 죽어갔습니다.

어느 언덕이 아니면 벌판이었을 겁니다.
그의 나방이가 죽은 것은 한겨울 칼바람이
시퍼렇게 불어오는데 생명의 푸른 과일은
힘없이 떨어졌습니다, 꼭지만을 남기고.
그러나 만적의 누에적인 삶과 잠사적인 죽음은
한 타래 명주실이 되어 우리에게 생각의 비단을
짤 수 있게 해주었습니다.

만적의 직계자손으로 유명한 임꺽정이 있죠. 아직도
죽지 않고 매일 지상에서 활자의 숲을 활보하는
수염 난 도둑 말입니다. 어려서부터 하는 짓이 하도
산속 같아서 어머니는 걱정이었습니다.
이름 그대로 말입니다. 숲속에 새가 살았다면
어머니 가슴속에는 걱정이 살았습니다. 걱정은
소나무처럼 점점 커갔습니다. 기둥감으로 커갔습니다.
수염은 솔잎 같고 표정은 푸르렀습니다. 수수밥을 먹고
장작불을 때면서도 말입니다. 야성과 야생, 그것은

이씨 조선이 가꿀 수 없는 미덕이었습니다. 그러니
난쟁이 세상이 어찌 그를 두려워하지 않을 수 있었겠습니까?
올라오는 상소마다 임꺽정이란 이름이 불쑥불쑥 튀어나오니
나라님 눈의 가시요 걱정이 아닐 수 없었습니다. 임꺽정은
이름 그대로 임의 걱정이었습니다. 그러나 임꺽정에게 있어서는
임이 걱정이었습니다. 그리고 그의 임은 나라였습니다.
사랑에 걱정이 없을 수 없다면 임꺽정에겐 분명히
임에 대한 걱정이 있었습니다. 그러나 나라님은 그것을
몰랐습니다. 나라님은 원래 모르는 것이 많기로 유명한
사람 아닙니까? 임꺽정은 자기가 사랑하는 임에게
걱정을 끼치고 찍히는 신세가 되었습니다. 그뿐입니까
걱정은 임에게 쫓기게까지 되었습니다. 자기의 사랑 때문에
도둑이 된 것입니다. 임이 걱정을 얼마나 미워하고
걱정이 임을 얼마나 사모했으면 한 이름 속에서
두 사람이 하나를 이루었겠습니까? 원래 사랑과 미움은
하나라고 하지만 임꺽정이란 이름은 이상한 이름입니다.
임은 성이자 주어이고 꺽정은 동사이자 명사이고 고유명사입니다.
영어식으로 성을 맨 뒤에 써서 꺽정임할 것 같으면 그것은
나라를 사랑한다는 뜻이 되지 않습니까? 그런데 도둑이라니요?
임을 걱정하고 나라를 사랑하는 자가 도둑이란 말입니까?
꺽정이 임을 걱정하지 않았다면 임은 누군가에 의해 벌써
도둑맞았을 것입니다. 임꺽정은 도둑질을 함으로써 임을 찾고
임은 스스로를 보존할 수가 있었습니다. 그토록 위대했던
임꺽정, 한국역사의 일등공신, 역사책에서 도둑으로 몰리기엔

아까운 인물입니다. 누가 주인이고 누가 도둑입니까?
세상에 태어날 때 무엇을 갖고 왔기에 네 것 내 것이
따로 있단 말입니까? 내 것 네 것이 맞던가요?

그렇다면 봉이 김선달이 대동 강물을 파는 것은
당연하지 않습니까? 임자가 없는 것을 가지고
임자가 되고 싶어 하는 사람이 있었으니 그 거짓말 같은
대동강을 참말로 팔아넘겨도 좋았다는 것입니다.
임꺽정에게 뺏는 재주가 있었다면 김선달에게는
파는 재주가 있었습니다. 임꺽정이 행동의 사나이라면
김선달은 설득의 선수요 외교의 명수였습니다. 무엇보다도
김선달은 한국 최초의 세일즈맨이요 창조적인 비즈니스의
선구자라고 할 수 있습니다. 김일성이가 어떻게
대동강물을 사게 됐는지는 모르지만, 모르면 몰라도
봉이 김선달에게 속은 사람 중에 대표적인 사람이죠. 아직도
대동강이 제 것인 줄 알고 믿고 있으니까요. 만일
김선달이 지금도 살아있다면 남북통일은 문제없을 것입니다.
북한에게는 남한을 팔고 남한에게는 북한을 팔아
휴전을 휴지로 만들고 선은 점으로 만드는 것입니다.
38선도 83으로 고치고요. 그뿐입니까 부모는 자식을 사고
자식은 부모를 사고 형제는 자매를 사게 되니 설사
속아서 산다 해도 얼마나 좋겠습니까.
밑져도 그렇게 밑지는 것은 밑지는 게 아닙니다. 비록
김선달이 공약한 평화에 과장이 있다 하더라도 안 산 것보다는

산 것이, 분단보다는 통일이 낫다고 의견이 통일된 것입니다.
그렇다면 김선달이야말로 현대를 사는 한국인들에게 있어
특히 경제개발도상에 있는 대한민국에게 있어 가장 이상적인
인물이 아닐까요? 바로 우리의 십칠대조 할아버지입니다.
우리 할아버지에 의하면.

— 김선달도 김선달이지만 옛날 비즈니스맨 중에 허생이 있지 않습니까?
— 댁도 역사를 제법 아시는구먼. 한국 역사는 우리 집 족보지만 —

김선달이 세일즈맨이었다면 허생은 사업가였죠.
서울 장안의 캐피털리스인 변부자에게 은행 대부를 얻어
지방에서 올라오는 온갖 제수와 재수를 구입,
요즈음 소위 말하는 매점매석 불공정 거래를
일찍이 시도한 사업가 아닙니까? 평생 공부만 하면서
세상을 공짜로 살다가 하루는 마누라 바가지 설교를 듣고
거듭 태어나 책에서 못 다한 삶의 의미를 완성한 분이시죠.
돈을 벌어 은행에 안 넣고 바다에 몽땅 버린 사람은
세계 역사에 오직 허생밖에 없을 것입니다. 아니
먹줄기 속에 숨겼다던가 — 최영이 돈을 돌로 보았다면
허생은 휴지로 보았습니다. 인간의 욕심이 배설한
쓰레기 말입니다. 따라서 돈을 분수 이상으로 많이 번다는 것은
허생에게 있어 결국 자기의 배설물을 먹는 것에 불과했습니다.
허생은 그 더러운 것을 바다에 토하고
파도로 싹 씻어버렸던 것입니다.

허생은 무엇보다도 사업가였을 뿐만 아니라 동시에
학자였습니다. 과거를 위해 공부하는 사람은
과거에 사는 사람입니다. 허생은 그런
과거의 사람이 아니었습니다. 그는 자기의 Ph.D가
마누라를 고생시키고 자식들을 굶게 만든다는 것을
잘 알았습니다. 가족들은 도저히 십 년 동안 기다릴 수 없었고
그는 십 년 동안 양심의 가책을 참을 수 없었습니다. 그는
『논어』를 읽으면서 「일이관지」의 의미를 깨달았습니다.
실 하나로 한 줌 구슬을 꿰는 것 말입니다. 공부하는 사람이
공부 외에 아무 쓸모가 없다면, 그 사람의 삶은 극히
작은 구슬 하나에 불과할 것입니다. 실로 꿸 수 없으니
찬란한 목걸이가 되지 못하고 자칫하면 잃어버리게 되는
그런 구슬 말입니다. 그러나 정말 공부하는 사람은
삶을 고집으로 살지 않고 삶의 이모저모를
구슬처럼 꿰어서 하나의 아름다운 보화로 만든다는 것입니다.
우선 그는 정신세계와 물질세계를 실로 꿰고 그 다음엔
이상과 현실을 차례로 꿰나가게 됩니다. 이것이
이른바 진정한 공부입니다. 진정한 공부는 언제나
실학實學입니다. 허생은 이러한 실학을 위해 Ph.D를
포기했습니다. 피에치디의 피해와 독성을 피한 것이지요.
그것은 빈대와 벼룩에게 있어 DDT나 마찬가지니까요.
그렇다면 지금이라도 졸업을 못한 그에게 졸업가운을 만들고
갈대펜으로 흐르는 물의 잉크를 찍어 졸업장에 이름을 쓰고
장원급제를 선포합시다. 이름을 쓸 때 주의할 것이 있습니다.

헛생이 아니라 허생입니다. 부끄러운 시대에
자랑스러운 인물입니다. 모르면 몰라도
졸업식에는 안 나타날 것입니다.

─변부자는 꿔준 돈을 다 받았습니까?
─본전은 물론 이자까지 다 받았죠. 그래서 아직도 부자 아닙니까?
　현대니 삼성이니 대우니 하는 후손들까지 말입니다.
─왜 하필이면 성이 변씨일까요?
─작가의 천재를 말해주는 것 아닙니까? 부자치고
　구린내 나지 않는 사람이 어디 있습니까? 변학도 같은
　탐관오리가 냄새가 나면 무슨 냄새가 나겠습니까?
─변부자는 혹시 변학도하고 어떤 인척 관계가 있지 않을까요?
─두 사람은 본이 다르죠. 변부자는 돈을 빌려주는데
　조건 없이 빌려줬고 변학도는 춘향이를 석방하는데
　정조란 대가를 요구했습니다. 단 하나밖에 없는 것 말입니다.
　변부자는 허생을 허부자로 만들었고 변학도는
　춘향을 영원한 열녀로 만들었습니다. 계산착오로.
　따라서 변부자는 모험적이었고 변학도는 비열했다 할 것입니다.
─그렇다면 한국 역사에 있어 변씨는 실로 독특하면서도
　중요한 위치를 차지하고 있지 않습니까?
─이씨는 나라를 세우고 변씨는 얘기를 세웠습니다.
　소설 조선의 공신들이지요. 나라가 위기에 처했을 때
　하나는 입을 닦고 하나는 밑을 닦았습니다.
─춘향이가 오늘날까지도 한국 여성에게 미치는 영향이

대단하다는 것이 사실입니까?

—여성보다도 남성에게겠죠. 바람 피우는 남자들이
좋아하는 여자가 춘향이 아닙니까? 춘향은
성적聖的으로뿐만 아니라 성적性的인 매력도 대단했죠. 그러니까
성도 성가 아닙니까? 사실, 이도령이 첫눈에 반한 것은
열녀로서 춘향이보다 기생 딸인 춘향이었습니다. 대개의
남자들이 그렇듯이 어쩌면 이도령이 바로 봤는지도 모르죠.
당시처럼 보수적인 시대에 아침에 산책 나갔다가 본 여자를
그날 밤 데리고 잘 수 있다는 것은 이도령의 판단과
춘향이의 본색을 말해주는 것이라고 할 수 있습니다.
정절의 상징이지만 어찌 기생의 분방함이 없다 하겠습니까?
춘향이와 이도령의 로맨스 템포가 그네 타는 속도처럼
빠르지 않습니까? 옷고름을 매는 춘향이보다
풀어헤치는 춘향이 말입니다. 춘향이의 정열과 성급함이
어찌 이도령만 못하다고 하겠습니까? 그녀의 하얀 속곳은
이도령의 하늘을 덮었습니다. 그녀는 이백 년 전에 이미
미니스커트를 입었습니다.

딸은 신났지만 어머니는 불안했습니다. 그래서
어머니는 이도령이 어느 집 아들인지, 학교는 어디 나오고
직장은 어디 나가는지 꼬치꼬치 나물 캐듯 캐물었습니다. 그러나
춘향이는 그런 데는 별로 관심이 없었습니다. 아무리 뜯어봐도
나무랄 데가 없는 조건이었지만, 조건절로서
주어와 동사를 다 갖추었지만, 춘향에게는 조건보다는

결과가, 서문보다는 본문이 더 중요했습니다. 춘향이의
진보적인 사고방식과 현실을 무시하는 현실적 초월적
성적인 삶의 태도는 후일 거지꼴이 되어 나타난 이도령을
만나는 데서 증명된다 하겠습니다. 그녀가 본 것은 세상이
논하고 따지는 이도령의 남루한 옷차림이 아니요,
이도령 자신이었습니다. 아내의 관점에서 본 남편이요,
여자의 입장에서 본 남자였습니다. 그것은 이도령이 거지요
춘향이가 죄수라서 그런 것이 아니었습니다.
춘향이를 그녀의 쪽진 머리를 가로지른
옥비녀처럼 정의할 수 있다면, 그녀는
사랑의 이상을 추구한 여자였습니다. 그녀는
자기 이상대로 사랑을 찾은 후 자기 스스로를
중매했습니다. 그녀는 꽃이자 나비였습니다.
춘향이는 바로 이런 여자였습니다.

이도령이 첫날밤 알게 되었던 여자는
어떤 춘향이었을까요? 물론 성춘향成春香이지만,
성춘향聖春香일 수도 있고 아니면 성춘향性春香이던가 또는
성춘향星春香이던가? 광한루의 파리스는 과연 이들 중 누구에게
황금사과를 주었을 것 같습니까? 이 복잡한 삼위일체 중
어느 누가 가장 으뜸이겠습니까? 사랑은 할 수 있어도
정식 결혼은 할 수 없는 시골계집애였습니까?
기생 딸이어서 별로 부담이 없는 계집애였습니까?
봄날 심심한 총각에게 향긋한 기름을 퍼붓고

성냥불을 댕기는 비너스였습니까? 이도령은
어수선한 생각의 서랍을 정리할 수가 없었습니다.
그의 황금사과는 손바닥에서 땀으로 녹슬었습니다. 그러나
그것이 무슨 상관이란 말입니까? 적어도 춘향이는
그렇게 생각했을 것입니다. 사랑의 근본이
받는 것보다 주는 것이라면 말입니다. 춘향이는
자기의 사랑에 자신이 있었습니다.

이도령에 대한 춘향의 사랑은 그가
한양으로 떠나버린 후부터 본격적으로 시작됩니다. 춘향은
자기의 이상적인 사랑의 추구가 삶의 커다란
파탄을 가져온 사실을 깨닫게 됩니다. 그것은 어쩌면 배가
항구를 벗어나기도 전에, 눈앞에서 침몰해 버리는
어처구니없는 좌절감이었습니다. 춘향이가 처한 사랑과
이상의 실패는 무감각하고 평범하기 그지없는 세상에 의해
더욱 악화되었습니다. 사랑의 실패를 선언한 것은
춘향이가 아니라 사랑을 이해할 수 없는 세상이었으니까요.
세상은 춘향에게 후회와 참회를 강요했습니다. 때로는
그녀에게 연민의 한숨을 주고 대신 눈물을
받아갔습니다. 그보다도, 그녀를 더욱 괴롭힌 것은
잔인한 시간이었고 끊임없는 죽음의 유혹이었습니다.
죽음은 차라리 변학도보다 훨씬 호감이 갔습니다.
만일 죽음이 끝끝내 춘향이를 쫓아다녔다면,
페르세포네를 쫓던 하데스처럼 말입니다.

춘향이는 어떻게 되었을까요? 춘향이는
무엇보다도 사람이었습니다. 그녀의 사랑도
피와 살의 사랑이었습니다. 따라서 사랑의 고통 또한
천사나 성자가 아닌 한 여자의 고통이었습니다.
이런 처지에서 죽음이 나타나 고통을 맡아주겠다는데
춘향이 거절할 수 있었겠습니까? 무슨 이유로요?
죽음이 명예를 보장하겠다는데
불명예스런 삶을 고집한단 말입니까?

우리는 춘향의 상처투성이 영혼을
눈여겨 볼 필요가 있습니다. 그 속엔 진실로
다이아몬드보다 단단한 아름다움이 있지 않습니까?
그 속엔 선명한 무지개가 있지 않습니까? 이도령은
춘향에게 있어 사랑의 알레고리에 불과합니다. 사람보다도
사랑이 주인공이라면, 작가보다도 작품을 믿을 수 있다면,
이도령은 이상적인 사랑을 추구하는 춘향의
연인이 됨으로써 그녀의 사랑을 증명해주는 도구에
불과하다는 것입니다. 만일 춘향이가 사랑보다도 이도령이란
한 인간에게 자기의 모든 가치관의 꽃다발을 걸었다면,
단순히 항구의 한 지점에 닻을 내린 데 불과했다면,
그녀는 한낱 평범한 시골계집애에 그쳤을 것입니다. 그러나
그녀는 당신도 나도 알다시피 사랑의 신전을 받드는
여사제 아닙니까? 그녀의 정절은 이도령의 소유가 아니고 이미
사랑의 신의 것이었습니다. 그러니 어찌 신의 것을

인간에게 줄 수 있단 말입니까? 그러니 어찌 신의 것을
인간보다도 못한 변학도 같은 짐승에게 준단 말입니까?

—선생의 춘향에 대한 비평은 지나칠 정도
문학적인 시야에 국한된 감이 없지 않습니다. 만일
우리가 춘향이를 우상화시키기보다도 방자처럼
방자하게 볼 수 있다면, 그녀는 다분히 당시의
시대적인 상황에서 사회가 제시하는 어떤 가치를
마치 물가지수처럼, 거의 기계적으로 대변했다고
보는 것이 옳지 않을는지요? 당시 유교적인 사회 체제에서
심청이가 효의 개념을 상징한다면 춘향이는
충의 개념을 상징하고 있으니까요. 그렇다면 춘향이는 가장
통속적인 인물이 아니겠습니까? 때문에 오늘날
우리가 사는 시대처럼 가치가 자리를 못 정하거나
옮겨 다니는 상황에서 춘향에 대한 지나친 이상화는
무슨 수상한 뜻을 내포하거나 아니면 어딘가
어색한 것이 아니냐 하는 것입니다.
—수상하다니요? 내가 수상한 말을 하는 사람입니까?
어색하다니요? 무엇이 말입니까? 어색한 것이 아니라
불가능하겠죠. 항상 지나친 것이 이상이니까요 —
진정한 사랑이 뭔지도 모르는 사회가 어찌
사랑과 사랑이 아닌 것을 제대로 가릴 수가 있겠습니까?
나는 물론 한국 사회가 춘향이 살던 시대처럼 유교적인 가치로
목욕재계를 해야 된다고 생각지는 않습니다. 또한

춘향이를 도덕의 화신으로 억지 춘향이를 시켜서도
안 된다고 믿습니다. 다만 내가 눈뜨고 강조하는 것은 ―
인간이 추구하는 것은 시대 차와 세대 차를 초월해서
불변해야 된다는 사실입니다. 문학이 사회에 공헌할 수 있는
유일한 길이 있다면 바로 인간이 이상을 향해 날아갈 수 있는
다이달로스의 날개를 만드는 일입니다.
햇살에 녹아버리는 날개일망정
그것으로 날지 않는다면 숨 막히는 권태 속에 박제가 되고 말 것입니다.
시는 인간의 박제성을 치료합니다. 사랑이란 약으로
썩지 않는 살과 작품을 만드는 것입니다. 때로는 살을 깎아서.
춘향이란 한국 혼의 깊은 골짜기, 그것의 목구멍에 항상
그윽이 고이는 맑은 물과 그림자는
시간과 더불어 흘러 내려갑니다. 구태여
자신의 통속성을 치료하고자 말입니다.

그러나 나는 여기에서 내 말에 울타리를 치고자 합니다.
지나친 이상은 인간의 영혼을 속박하게 됩니다. 인간이
인간 이상의 이상을 가질 때 말입니다. 만일 이런 속박을
절실하게 느낀다면 인간은 자기 이상으로부터 죽어라고
도망갈 필요가 있습니다. 자유를 상실한 이상 추구는
자유가 있는 현실 추구와 하등 다를 이유가 없습니다.
자유를 상실한 이성 추구는 종종 도덕적일 수가 있습니다.
유교의 문제는 바로 여기에 있다고 봅니다. 유교는
한국인을 도덕적으로 만들었습니다. 그 대신

영혼의 자유를 앗아갔습니다. 그래서 유교는
한국인들의 영혼 속에 수많은 쌍둥이들을 창조했습니다.
평범이란 끔찍한 기형아 말입니다. 그렇다면 이런 비좁은 의미에서
부자유한 도덕적 인간이 될 것이 아니라 보다 자유로운
도덕인이 될 필요가 있습니다. 왜 대도둑과 대도덕의 이름이
비슷한지 아십니까? 그렇다고 공자나 맹자보다 노자나 장자에게
투표하라는 뜻은 아닙니다. 사실은 원효가 나의 후보입니다.
종교인이었으나 종교에 구속되지는 않았습니다. 결혼했지만
처자식의 문제에서 성공적으로 탈출했습니다. 학문을 했지만
학문적인 성공에 실패하는 데 성공했습니다. 어찌 자유스럽고
자랑스러운 위대한 한국인이었다고 하지 않겠습니까? 이씨 조선이
원효 같은 사람 하나만 있었어도
겨우 오백 년으로 끝나지는 않았을 것입니다.

Sweetness and Light[1]

한국혼의 발전은 늘상 불균형에서 끝이 납니다.
우리 마음속에서 예술과 종교가 서로 어울릴 수 없다면,
그 마음의 숲속에 독사 말고 더 무엇이 살 수 있을 것입니까?
말의 거미줄을 치자는 것이 아니라, 뱀처럼 긴 역사는 서서히
스스로의 긴 꼬리를 삼키면서 살아왔습니다. 역사의 뱀이
허물을 벗을 날이 올 것입니까? 비바람 치는 밤, 세상이 무너지는
사나운 밤, 드디어 번개를 타고 올라갑니다. 오, 이런 얘기
용꿈이 아닌 개꿈이라도 좋습니다.
죽은 가슴에 꿈틀거리게만 하소서.

1   원래 조나단 스위프트의 『책들의 전쟁 *The Battle of the Books*』에서 비롯된 말로 19세기 비평가 매슈 아널드가 유행시킴. 문화는 Sweetness와 Light 양자를 모두 필요로 하는데, 전자는 기쁨을 후자는 지혜를 주며, 전자에 있어 예술적인 측면이 강조되는 반면 후자는 종교적 내지 교육적인 측면이 강조된다.

罷장

제비야, 나의 언니야, 오 노래하는 제비야
나는 언니가 어떻게 가슴에서 노래가 우러나는지
모르겠어.
어떻게 노래가 나오지? 다 과거로써 끝나버린 것이
아니던가?
— 스윈번, 「이틸루스」

작가가 주인공을 찾습니다. 숨바꼭질의 도미노,

계속 자빠지는 도미노, 줄리엣 위로 넘어지는 로미오,

쓰러져야만 승리하는 이름, 일구. 나이: 19세

실종시기: 천구백도둑 년 사 월 십구 일, 생일: 오후

연락처: 무명작가, 전화: 419-1988, 사례: 남자면 악수,

여자면 포옹, 목격자는 신고하고 납치자는 자수 바람.

모든 일은 잘 되기만 한다면 목격 신고나 납치 자수 또는

악수나 포옹을 막론하고 키스까지도 없던 일로 하겠습니다.

진실로 작가가 진실로 주인공을 찾고 있습니다. 그동안

밀렸던 무명세를 치르던 중 뜻밖에 사고가 발생했습니다.

뭘 모르고 유명세를 무명세로 내려다가 그렇게 되었습니다.

만일 작가를 찾고 있는 주인공의 광고를 보신 분이 있으시면

필筆히 외나무다리에서 연락을 기다리겠습니다. 누군가의

뱃속에 숨어있는지 알고 계시는 분은 모 병원

수술실에 누워 있는 작가에게 연락주시기를 바라겠습니다.

이제 찢고 기우는 것은 문제없습니다. 울음소리만

듣게 해주십시오. 산모적인 작가의 기도입니다.

산파적인 독자만이 들어줄 수 있을 것입니다.

─그렇다면 독자의 독서적인 질문이 있습니다. 일구는 그렇다 치고

　그의 이산가족은 어떻게 됐습니까? 계모는

　살았습니까, 죽었습니까? 일구 부친은 어떻게 된 것이며,

　동생 일육은 어떻게 된 것입니까? 만나던 여인은 어떻게 된 것이며,

　무엇보다도 제비공화국의 정국은 지금 어떻게 되어가고 있는지,

어떻게가 어떻게 되었는지 말씀 좀 해보이소. 이 소설이
탄생시킨 것이 하나에서 열까지 유산된 것이 아니면
태어나도 실종된 것밖에 없지 않습니까? 무엇보다도
작가가 주인공을 잃어버렸으니 도대체 말이 되는 소리입니까?
불알이 달렸다고 다 사내란 말이오? 이런 걸 감히
소설이라고 내놓지는 않으시겠지? 다른 소설가들의
생계를 망칠 작정이라면 몰라도. 무엇보다도 이런
귀신같은 제목부터 집어치우시오. 냉귀지가 뭐요?
차라리 붙일 제목이 없으면 돼지 대가리라고 할 일이지.

모르면서 아시는 소리하지 마시오. 냉귀지란
돼지 대가리를 바쳐야만 우리 소설이 제대로
풀릴 수 있다는 겁니다. 선무당 사람 잡는다고
무당 굿하듯이 소설을 읽으시오. 소설은
얘기가 아니라 굿이니까. 태어나지 않은 것들,
낙태한 것들, 시집장가 못간 것들을 불러내는
굿이라, 이런 굿을 말굿 또는 소설굿이라 하는데,
작가의 귀신이 껌같이 끈적끈적 달라붙은 구경꾼을
독자라고 하는데, 독자가 작가의 귀신이 미처 붙지 않아
춤추지 않으면 그 굿은 아무 효험이 없는 굿이라니까,
그러면 딴 동네 가서 부지런히 헛소문이나 퍼트리든지.
마음이 답답하고 체한 자들은 수고하고 짐 진 자들은
냉귀지 돼지 대가리를 구어 삶아 놓고 시원하게
소설 굿을 치르면 편견은 토하게 되고 고집은 설사하고

아무도 고칠 수 없는 불치의 독자병마저
고칠 수가 있다니까. 작가의 귀신이 담뱃불처럼 불 댕겨
그 이상한 연기와 효험이 멍석위에 앉은 사람들은 물론
뼁 둘러선 깨죽나무 탱자나무 울타리까지 퍼지면
눈이 맵고 가슴이 아리고 배탈이나 한숨 못 잔 사람처럼
핼쑥하게 미친다니까. 냉귀지는 굿도 굿이지만 무슨 소리인지
알 수 없는 주문이기도 하니까.
가테가테 파라가테 파라삼가테, 주문을 함부로 역해서는
안 되지만 가다가다 강 건너 가다 뭐 그런 뜻 같은 소리 말이오.
무관심 속에 발을 헛디뎌 빠져죽은 예술가의 넋을 건지는데
달 뜰 때까지 외워야 되는 주문 말이오, 차라리 당신도
무당이나 되시오. 대학 졸업하고 취직할 데가 없으면.
눈치 봐서 말과 욕을 잘 섞으면 대개는 성공하는 것이
그 직업이니까.

— 영험하시다는 소문을 듣고 찾아왔습니다.
— 소문처럼 정확한 것은 없죠. 어떻게 마음의 풍선을 불어드릴까요?
— 냉귀지의 반응이 어떨까요?
— 책값 물어 달라고 하겠소.
— 책을 읽고서 하시는 말씀입니까?
— 내가 독자요? 점쟁이지, 서점쟁이지. 독자를 보고서
  책의 장래를 점치니 당신이 오기도 전에 점괘가 이미 나왔어.
  점괘에 의하면 당신은 작가作家보다 작가作歌를 해야 돼. 얘기보다도
  노래 쪽으로 나가야 된단 말이요. 시를 쓰면 적어도

욕을 거저 얻어먹지는 않을 것이오. 관심이 없으면

　　욕조차 하지 않는 법이니까.

—점쟁이 양반, 과연 당신의 점이 용하기는 하지만

　　그 말 한 마디에 내 마음 갈비뼈가 몽땅 나간 것 같소.

—작가가 되려면 그 정도는 보통이지 뭘 그러시오? 하지만

　　당신의 미래는 현재보다는 덜 고통스러운 것이오. 승부는

　　항상 미래에 건 사람이 이깁니다.

—말씀이 근사하기가 마치 호화아파트 같습니다. 그래도

　　죽어서 백 번 이기느니보다는

　　살아서 한 번 이기는 것이 낫지 않은가요?

—당신 지금 히트를 얘기하는 것이요 아니면 홈런을 얘기하는 거요?

—야구가 아니라 예술을 얘기하는 겁니다. 삼 절까지 부를까요?

—그러면 당신이 북도 치고 짜고 치고 점도 치고 다 하시오.

　　대통령처럼. 나는 할 일 없는 국회의원이나 될 테니.

—정 그렇다면 팔 년만 하겠소. 그 후엔 하라고 해도 않습니다.

　　나라의 지붕에 불이 붙었길래

　　잠시 그것을 끄는 데 걸리는 시간 말입니다.

　　나는 흔들리는 것을 잡아놓고 떠날 뿐입니다.

—나라를 불질러놓고 안방에 들어가 턴 사람은 누굽니까? 물론

　　당신의 소방정권은 본연의 임무를 위해 들어가셨겠지만, 도대체

　　굴뚝을 고쳐서 어떡하겠다는 거요? 고치려면 외양간을 고칠 것이지.

—함부로 말의 휘발유를 뿌리지 마시오.

　　말장난이 불장난보다 안전하다고 생각하다가는 큰 코 다치지.

—납작코가 다치면 얼마나 다치겠소. 불난 김에

말의 성역마저 태워야겠소. 작가는 못하지만
점쟁이는 할 수 있으니까. 그것이 다 타버리면 세상에
무서울 것이 뭣이 있겠소?
―어쩌려고 말이 자꾸 북쪽을 향하시오?
나침반을 보고 하시는 소리요?
―사방은 모두 불바다인데 어디를 가면 살고
어디로 가면 죽는단 말이오? 이렇게 죽는데도
명당이 따로 있소? 불고기가 갈비보다 운이 좋다는 말이오?
진정한 자유와 평화가 있기 전에는 우리는 이미
함흥차사라는 것입니다. 인간 중에 제일 비겁하고 비열한 부류는
의도적으로 말의 꼬투리를 잡는 자들입니다. 잡으면
상투 꼭대기를 잡지 왜 하필이면 말의 꼬투리를 잡느냐 말이오.
날갯죽지에서 어쩌다 빠진 깃털 하나를 집어 들고 그게
온 닭이 저지른 최대의 잘못인 양 징과 북을 쳐대야만 하겠소?
「성역」이란 삶의 함정을 파고서 누군가 재수 없는 놈을
기다리는 패거리들, 그런 자들이 사냥꾼이지 정치가입니까.
사람을 사냥하는 것인지 정치를 하는 것인지 ―
정치사냥에 잡힌 짐승 인간들을 보시오. 감옥에 처넣고
어떻게 하나씩하나씩 먹어치우는가, 닭은
손님이 오는 것이 두렵습니다. 귀한 손님이 오면
씨암탉이 뭐라고 하는지 아십니까? 내 목을 비틀려고 왔구나
그럽니다. 그러니 말꼬투리를 잡는 것은 사람을
닭으로 만드는 것과 같다 할 것이고, 깃털 하나를 집어 드는 것은
곧 온몸의 털과 껍질을 벗기게 되는 시초가 될 것입니다. 또한

「성역」을 정복하는 사람은 홍역을 떼는 건강한 아이요
보통사람이 아닌 초인일 수밖에 없습니다. 차라투스트라는
그렇게 말했습니다. 산을 내려오면서
저리 갔던 사람은 이리오라고.
간첩이 아니라면 당신도 산에서 내려오시오.
오, 잃어버린 작가여 혹은 독자여,

한 줄기 검은 선이 지붕 위로 서서히 내려온다.
처마 밑에 앉아 있던 제비는 고개를 들고
소리 없이 내려앉는 작은 헬리콥터를 바라보았다.
지지배배, 지지배배
두 제비는 순식간에 신호와 소식을 주고받는다.
어쩌면 이 편한 세상
구만리 푸른 하늘을 주름잡는 가장 상징적인 말로, 이들의
몇 마디 속에 과연 얼마나 많은 뜻이 들어 있는지 어찌 알랴
인간은 걸어 다니지만 제비는 날아다니지 않는가.
그들은 하늘에 보다 가깝지 않는가. 진정한 언어는 나는
언어 아닌가? 나는 말 비행기? 그러나 저러나 삶의 현장에서
제비가 나래를 접고 어쩌고 하면서 시비를 걸던
제비 같은 사람 어디 갔어? 그렇다면 나래를 펴고 ―

서울이 밤이라면 강남은 낮이었다. 강남은 또한
서울과 달리 큰 바람이 불고 있었다. 선거바람이다.
이것이 제일 먼저 제비가 전한 소식이 아니었을까?

"선거바람이라니? 바람은 알겠는데 선거는 뭐요?" 제비는
제비의 무식과 무소식을 폭로하면서 묻지 않을 수 없었다.
—강남을 떠난 지가 오래 되셨으면 두고 온 처자식처럼
모르실런지도 모르겠습니다만, 선거는 제비들이
중대사를 결정하는 데 있어 인간적인 방법을 택하는 거지요.
—그 정도쯤은 나도 알고 있죠. 소위 대한민국의 수도,
그 배꼽을 한 눈으로 내려다보면서 살아온 내가
그만한 크기의 견문조차 물어보지 못했겠습니까?
지지배배, 지지배배, 소식이 더 이상 소식이 아니라면
다 읽고 난 신문은 휴지로 취급받아도 할 말이 없겠죠.
강남과 서울이 똑같다면 내가 말하려는 스토리 또한
한 쌍의 날개처럼 똑같기도 할 것입니다.
—그렇지 않죠. 논리라는 것이 존재하는 한 제비의 말과
사람의 말이 다르다면 서울과 강남의 스토리는
부리와 꼬리만큼 차이가 있을 수 없습니다. 돈은 돈이지만
강남의 돈과 서울의 돈이 같을 수가 없지 않습니까?
같은 돈이지만 말입니다. 댁은 해외에 오래 사시더니
수년 동안이나 고국에 안 오시더니 과연 견문과 지식이
처마의 경지를 벗어나신 것 같습니다.
—천만에요 나는 아직도 바람은 알지만 선거는 모르는
제비에 불과할 뿐입니다. 댁으로부터 처음으로
선거바람이란 말을 들었을 때 무슨 생각을 한지 아십니까?
바람은 원래 바다에 의해 일어나야 하는데
그것이 엉뚱하게도 선거에 의해 일어나니

그 비자연적이고 비제비적인 현상이 어떤 것인지
감히 짐작이 어려웠다는 것입니다. 바람이란 무엇입니까?
제비에게 있어 길이 아닙니까?
— 바람이 바람이지 왜 길입니까?
바람은 바람대로 불게 하는 것이 좋지 않을까요?
바람을 길이라고 하는 것은 인간적인 말입니다.
그렇다면 바람이란 말은 아예 빼버리고 합시다.
길만 남겨놓고.
— 길이 있으면 뭐합니까? 어디로 갈 줄을 모르는데?
지지배배, 지지배배, 지지지지 배배배배. 그러나
강남에서 선거바람이 불고 있다는 사실은 데카르트의
고기토 에르고 숨처럼 얼떨떨하게 존재한다는 사실입니다.
고로 문제를 믿음보다도 의심으로 푸는 것이 옳을 것입니다.
만일 선거가 바람을 일으키는 것이 아니고
바람이 선거를 일으킨다면 어떻게 하시겠습니까?
— 그거야 민주주의가 될 때까지 즉 한 사람은 웃고
한 사람은 울 때까지 기다리면 될 것 아닙니까?
— 웃음과 울음의 구별이 없어질 때까지 말입니까?
— 민주주의보다도 훨씬 우월한 제비주의가 이뤄질 때까지 말이죠.
제국주의라뇨? 선거를 한 번도 안 치러 봤으니
모르시는 것은 당연하시겠습니다마는, 제비는 선거에
당선되거나 떨어져도 하늘을 날면서 노래만 하니
울음이 곧 웃음이요 웃음이 또한 울음이라 할 것입니다.
따라서 지금 강남의 제비들은 이미 실현된 제비주의를

또 실현하고자 밥을 죽으로 만들면서 맹렬한

선거바람 속을 비행하고 있습니다. 어떤 일이 있어도

민주주의와 같은 최악의 사태가 발생해서는 안 될 것입니다.

우리는 인간들로부터 이미 많은 것을 보아오지 않았습니까?

— 보기는 많이 봤지만 못 볼 것도 많이 봤기 때문에

본 것을 자랑으로 생각할 수 없습니다. 또한

수많은 경험을 했었지만 기억의 곡간에 거두지도

모아놓지도 않았으니 미래를 위해 준비해놓은 것이 없습니다.

그러나 이번 선거에서 어찌 민주주의가 일어나지 않는다고

장담할 수가 있겠습니까? 변화는 만물을 생육한다고 했습니다.

민주주의라는 겨울이 오면 제비주의란 봄 또한 오게 될 것입니다.

— 이러나저러나 제비에게 있어 해피엔딩은 마찬가지입니다.

기다리기만 하면 됩니다. 그렇다면 선거는 제비들에게 있어

필연적인 변화요, 대자연의 질서가 조화롭게 가동함이니

하등에 피해서 날아갈 위험한 성질의 것이 아니라는 것입니다.

선거는 민주주의로 민주주의는 제비주의로

천국의 계단처럼 올라갈 것입니다. 일리가 없다가도

있는 말씀이오나, 우리 제비들은 하늘을 날으는 까닭에

그 보라매에 살지만 사물을 이상적으로만 생각하는 습관이 있습니다.

우리는 항상 이러한 우리의 이상적인 사고방식을 자신이 가진

최대의 약점으로 비판하면서도 면허 없는 돌파리처럼

자기조차 고치질 못하고 있다는 것입니다.

— 그런데도 약과 돈만 쓴단 말인가요? 제 말은 다른 뜻이 아니고

사실을 알려면 인간을 떠나 제비를 직접 만나고 그들의 삶과

고통에 꼽사리 끼든가 민중문학을 해야 한다는 것입니다. 서울의
처마 지붕 밑에 앉아서 강남 얘기를 백날 지저귀어봤자 강남은
어디까지나 강남이지 서울적인 강남은 아니라는 것입니다.
선거바람에 대한 해석만 해도 말입니다. 선생은 바람 자체를
인간의 관점에서만 보려고 하고 있습니다. 희랍의 철학자인
에라모르겠다던가요? 그 사람이
삶은 흐르는 물과 같다고 했다는데,
우리 제비들이 알아야 할 것은 인간의 삶과 제비의 삶은
하늘과 땅처럼 다를 수 있다는 것입니다.
에라모르겠다가 갈파한 진리는
어디까지나 인간의 눈으로 본 자연법칙이기 때문에
인간 법칙이지 우리 제비들에게 적용되는
자연법칙이 될 수 없다는 사실입니다.
좀 더 구체적으로 표시하자면,
에라모르겠다에 의하면 물은 흐른다고 했는데,
제비에게는 흐르는 것이 아니고 마시는 것이라는 사실입니다.
우리 제비는 인간과는 달리 제비의 삶은 마시는
물과 같다고 말할 수가 있습니다. 그렇게 근사한 해석을
내리기에 앞서 우리는 본능적으로 자연의 법칙을 너무도
잘 알고 있기 때문입니다. 직관이야말로 조물주가 우리
제비에게 내린 가장 큰 선물이며 우리가 인간보다
우월할 수 있는 유일한 자랑인 것입니다.
—선생은 지금 우리 제비들을
너무 이상적으로 생각하시는 것 아닙니까?

우리의 직관과 비약 사이엔

어떤 유사성이 있다고 생각지 않으시는지요?

—직관과 비약은 유사한 것이 아니고 비유컨대

실물과 그림자 같다고 할 수 있습니다. 인간들은 내 말을

이해하지 못하고 십중팔구 오해할 가능성이 많지만, 제비들은

오해의 여지가 없이 이해할 수가 있습니다. 우리에게는 오직

본능적인 직관만이 있기 때문에 화살과 과녁 사이엔 오직

시간과 공간의 문제만 존재할 뿐이라는 것입니다.

제비에게는 논리가 없습니다. 따라서 우회도 없고

수사학이나 변증법도 없습니다.

우리는 먹이를 보면 곧장 날아가지

대한항공처럼 빙 돌아서 가지 않습니다.

이 모든 사실을 물리치고 단도직입적으로 생각해 볼 때,

이번 제비공화국의 선거바람은 제비들의 장래에 있어

상당히 불길한 것이 아닐 수가 없습니다.

이미 그 징조가 구름처럼 일어나고 있습니다.

—불길한 징조라뇨?

—제비의 생리와 자연법에 어긋나게 전개되는

모든 사실들을 의미하죠. 이번 제비들이 시도하려고 하는

선거만 해도 그 선거라는 말 속에는 어떤 논리,

특히 인간적인 논리가 전제되어 있다는 것입니다.

즉, 직접적으로 해결할 수가 없다는 실존적인 절망과

간접적으로나마 해결해보겠다는 불확실한 희망이

이상한 비율로 혼합된 것이 선거라는 개념인 것입니다.

내가 이번 제비국의 선거에 반대하는 이유는

제비가 자기의 타고난 본능과

조물주가 준 직관이란 우수한 자질을 부인하고

구태여 제비만도 못한 인간의 논리적 개념을 도입해서

제비의 앞길을 열어보겠다고 하는 어리석은 행위를

차마 날개 접고 볼 수가 없기 때문입니다.

지금 제비공화국은 선거를 앞두고

떡잎처럼 두 개로 짝 갈라져 있습니다. 하나는

집권당인 구름당이고 또 하나는 야당인 소위 바람당입니다.

구름당은 왕정시대부터 대대로 정권을 잡고 해를 가릴 정도로

세력을 행사하면서 온 강남땅에 야자수처럼 뿌리박고 있는

제비들이지요. 반면 바람당은 주로 한국에 유학을 갔다 오고

해외의 새로운 문물을 접한 소장파 제비들로서 사회의 변화를

하늘이 요란하게 지저귀는 자들이죠. 변화의 바람을 일으킨다 해서

이름이 바람당이 되었는데, 그들은 태초로부터 내려온

독재세력의 타도를 주장하면서 제비들이 모이는 곳이면 그곳이

남의 집 처마든지 빨랫줄이든지 가리지 않고 자리 잡고 앉아

유창하게 선거유세를 펼치고 있습니다. 그러나 과연 자기들 말처럼

바람이 구름을 제거할 수 있을지는 두고 봐야 할 일이죠. 조그만

부리에서 일어나는 바람이 세면 얼마나 세겠습니까? 구름당은

유유하게 자기들의 세력과 조직을 이용해서 제비들을 불러 모으고

그들을 매수하기 위해 수천수백 마리의 비싼 풀벌레들을 풀어

먹이는 것입니다. 어찌 그 효과가 없다 하겠습니까? 그뿐입니까?

구름당은 동시에 수천수만 마리의 말 잘하는 제비당원을 동원해서

최근에 발생한 무서운 태풍을 예로 들어 바람당의 집권에 대한
위험을 경고하고, 제비국의 혼란을 틈타 일어날지도 모르는
구렁이의 공격에 대비해야 한다는 안보이론을 정치적 구호로
내세우고 있습니다.
―「구렁이의 공격」이라니요?
―모르신단 말씀입니까? 조국을 안 와 보기는커녕 거기서 태어나지도
않은 것 아닙니까? 그 유명한 구렁이를 모르시다니요?
―구렁이는 알겠는데 공격을 모를 뿐이죠. 구렁이 공격이라
하시지 않았습니까?
―댁이 모르시는 것은 공격이 아니라 역사입니다.
원래 제비와 구렁이는 원수지간이죠. 우리의 관계는
역시 본능적으로 알다시피 하루도 편할 날이 없었는데,
그 관계가 최악의 절정에 이른 것은
소위 흥부 집의 처마밑사건 때문이었죠.
제비국의 어린 왕자께서 견문을 넓힐 겸
조선으로 수학여행을 갔다가 마침 흥부라는 사람의
처마 밑에 하숙을 치게 되었는데 제비에게 태어나기 전부터
앙심을 품어오던 천 년 묵은 구렁이가
대들보에 있다가 왕자에게 테러를 감행하니
귀하신 몸이 기겁을 하고 놀라 떨어져 커다란 부상을 입었었죠.
다행히 조정의 은덕과 흥부의 도움으로
간신히 목숨을 구하기는 했습니다만, 이때부터 구렁이에 대한
제비들의 공포와 경각심은 국가안보정책으로까지
비약 발전하기에 이르렀던 것입니다. 그래서

구렁이에 대한 얘기만 나오면 제비들은

콘택트렌즈를 낀 반짝이는 뱀눈과 그의 무서운 최면술을

생각하게 되고, 마치 그것과 눈이 마주치기라도 한 것처럼

소름이 끼치고 날개가 뻣뻣이 굳어버리게 되었습니다. 또한

이 역사적인 사건을 계기로 제비들은 겉으로 평화스럽게 보이는

자연세계가 실제로 얼마나 위험한 것이며 그 속에 사는 제비라는

존재가 얼마나 약한 것인지 새삼 깨닫게 되었습니다. 무엇보다도

제비들은 이 세상에는 눈에 보이지 않는 커다란 악의 세력이

도사리고 있다는 사실을 믿게 되었습니다. 특히 정치인들이

자기들의 정치적인 목적을 위해 흥부 집의 처마밑사건을 이용하면서

제비들의 신앙으로까지 변했습니다. 제비정부는 집권의

백년대계를 위해 군대를 양성하고 치안과 안보조직을 강화했습니다.

강남하늘은 그야말로 그물을 활짝 펼쳐놓은 것처럼

참새 한 마리도 빠져나갈 틈이 없는 삼엄한 공간으로

변하게 되었습니다. 제비군대가 하는 일이 무엇인지 아십니까?

물론 국방이지만 전투는 아닙니다. 제비가 어찌 구렁이와 직접

전투를 할 수 있겠습니까? 제비들은 그것을 자살이라고 보지

전투라고 보지는 않습니다. 제비의 전투는 그들이

구렁이에 대해 입수한 정보를 족제비를 비롯한 뱀의 적들에게

알림으로써 그들로 하여금 뱀의 침공을 막게 하는 것입니다. 따라서

제비군대의 국방임무 가운데 가장 중요한 것은 적에 대한

정보를 수집하는 것이고, 다음은 정보에 따라 제비시민들을

안전하게 피신시키는 일입니다.

흥부 집의 처마밑사건이 일어나기 전에는
강남은 졸릴 정도로 평화로운 시대였습니다. 그러나 그 후로
졸린 평화는 사라지고 대신 잠이 안 오는 평화가 어색하게
계속되었습니다. 원래 평화는 제비에게 저절로 있어온 것인데,
시대가 노래지면서 지키고 유지되어야 하는 상태로 변하게
된 것입니다. 그러다 보니 제비군대는 제비왕국에서 필요
불가결한 것이 되어버렸습니다. 또한 군대의 임무 역시
시대의 변화와 더불어 장마에 강물처럼 점점 불안하게 불어나기
시작했습니다. 즉, 제비군대는 적군인 구렁이만을 정찰하는 데
그치지 않고 제비 자신들까지도 의심하고 감시하게 된 것입니다.
외부의 적이니 내부의 적이니 하는 말과 개념이 생기게 된 것도
바로 이 무렵이었습니다. 또한 내부의 적이 외부의 적보다도
더욱 무섭다는 말이 나돌기도 했습니다. 다시 말해서 제비가
뱀보다 더 무섭다는 거지요. 당신과 나 사이에 유행이 지나서
더 이상 저 바다가 없으니 말입니다만, 제비군대로서는
외부의 적을 발견하느니보다는 내부의 적을 찾아내는 것이
훨씬 쉽고 편리했을 것입니다. 평화가 철통같이 완벽하다 보니
전쟁은 일어나지 않고 그러면서도 월급과 보너스를 타고
진급도 해야 하는 갈등 속에서 제비군대는 그렇게라도
발전하지 않으면 안 되었습니다. 군대가 발전해야 나라도
발전한다고 믿으면서 말입니다. 그러나 뜻밖에도 군대가
이대로 발전했다가는 나라가 위태롭게 된다고 생각하는 제비들이
생기게 되었습니다. 그들은 다름 아닌 국왕을 비롯한 좌우
대신들이었습니다. 매해 10월이 되면 제비의 날이라 해서

제비군대의 비상과 공중 퍼레이드가 있게 되는데 그들을 사열하던
왕과 대신들은 엄청난 제비군인들의 숫자와 규모에
놀라지 않을 수가 없었습니다. 제비들이 하늘을 날 때
그것은 제비들의 세상이 아니라
군인들의 세상처럼 보였기 때문입니다.
국왕의 전통적인 권위는 제비군대의 조직적인 힘 앞에서
무릎이 떨리는 것을 느꼈습니다. 어느 날 밤 깊어도 몹시 깊은
밤이었습니다. 바람이 나루터에서 잠들었을 때, 왕과 대신들은
밤새도록 소곤거렸습니다. 그리고 밝아오는 새벽과 더불어 소위
연안국이란 새로운 국가기관을 탄생시켰습니다. 연안이라는 것은
제비의 눈이란 뜻인데 한국으로 치면 중앙정보부에 해당하는
기구였습니다. 안보는 감시가 우선이기 때문에
이름 역시 그렇게 지어졌습니다. 그러나 연안국을 설치한
직접적인 목적은 날로 새끼 치는 제비군대의 세력을
견제하기 위한 것임을 잊어서는 안 될 것입니다. 연안국은
독수리나 매, 올빼미 등 눈이 날카로운 날짐승들을
매수하여 정보를 수집하고, 구렁이와 몰래 내통하여
날개에 힘 주고 다니는 군인제비들을 하나씩 처치했습니다.

에덴동산 이래 구렁이에게 이보다도 더한
황금시대는 없었을 것입니다.
군인제비들은 시민들을 잡아 바치고 연안국제비들은 군인들을
잡아 바쳤으니까요. 땅과 바위를 기어다닐 필요도 없이 한 자리에
칭칭 실타래가 되어 앉아 있어도

먹을 것이 저절로 굴러떨어졌으니까요.
유혹할 필요도 없이 말입니다. 인간에게 인과응보라는 말이 있듯
제비에게는 연과응보라는 것이 있습니다. 역사를 돌이켜보건대
제비집권자들이 받은 연과응보는 무엇이었습니까? 끊임없이
구렁이 밥이 되는 것이었습니다. 그래서 어린 제비에게 구렁이와
제비 중 어느 쪽이 무섭냐고 물으면 어린 것이 무엇을 안다고
제비가 더 무섭다고 말할 정도였습니다. 전에는 제비가
구렁이에게 잡아먹히는 것이 자기 운명이 아니면 재수였지만 이제는
십중팔구 다른 제비의 시기가 아니면 모함이었기 때문이었습니다.
어찌 두 날개를 치면서 통탄할 일이 아니겠습니까?

강남은 날로 어지러워 갔습니다.
적과 친구의 구별이 희미해져 가고 있었으니 말입니다.
또한 세상은 그만큼 무서워졌습니다. 마음이 완악한 제비가
더 활개를 칠 수 있는 세상이었기 때문입니다. 그러나
이런 현상 역시 언젠가는 연과응보의 법칙에 의해 문제에
부딪칠 수밖에 없었습니다. 제비국은 역사상 처음으로
집권세력에 대항하는 재야세력이 둥지를 치기 시작했습니다.
물론 연안국의 감시와 방해로 반항의 둥지는 항상 땅에 떨어지고
지푸라기 되어 바람에 흩어져 버리기가 십상이었지만,
둥지란 처마나 나뭇가지가 아니면
바위틈이나 유행가 속에라도 지을 수 있는 것이어서
둥지를 아주 없애버릴 수는 없었습니다. 그보다
태어나고 머무를 둥지가 없으면 존재마저도 없어지기 때문이죠.

선거를 얘기한다는 것이 그만 역사로 빠지고 말았습니다.

역사는 아무래도 삼천포인 모양입니다.

선거는 얘기일망정 잘못되기 쉽고,

역사는 듣던 대로 과연 멀고 먼 길이 틀림없는 것 같습니다.

좀체로 본론인 선거 얘기로 돌아갈 수가 없으니,

이럴 때는 잽싸게 텅 빈 하늘을 나는 수밖에 없겠지요?

있으나 마나 한 역사, 한 이백 년쯤 날고 건너뛴들 어떻겠습니까?

강남에서 서울로 날아가기는 문제없습니다.

기름과 배짱만 있으면, 내릴 때는 이상하게 지금입니다.

안 봐도 눈에 선합니다. 선거 바람에 야자수처럼 춤추는

강남거리, 김포로 내리자마자 가고파라 가고파입니다.

여당인 구름당은 여전히 해와 하늘을 가리고

야당인 바람당은 온 힘을 다해 녹슬어

열리지 않는 시대의 문을 열고자 할 것입니다.

나는 구름당도 아니고 바람당도 아닙니다.

구태여 당원이라면 아직 만들어지지 않은 이름 없는 당의

당원이라고 만세 불러 주십시오. 그러나 무엇보다도

나의 무소속은 보도의 공정성을 위해서

극히 다행한 일이 아니겠습니까?

지금 한창 선거유세를 벌이고 있는 바람당은

시속 몇 마일로 날고 있는지는 모르겠습니다만,

그들은 강남제비들을 우물 안 개구리로 보고

보다 넓은 시야를 가질 것을 일반 제비국민들에게 호소하고 있습니다.

제비에게 있어 본다는 것은 이미 역사를 통해 말씀드렸다시피
단순히 보는 것에 그치는 것이 아니요,
적을 살피며 자신을 지킨다는 의미를 가지고 있습니다.
넓은 세상을 두루두루 자세히 보아야 할 제비가
정치와 구름의 농간으로 그것을 보지 못할 때
하늘은 깊고 깊은 우물이 되고 제비는 날개 없는 배가
땅에 붙은 개구리 같은 괴물이 된다는 것입니다. 따라서
바람당은 현 정부가 선량한 제비들을
개구리 같은 괴물로 만드는 것을 즉각 중지하고
이제까지의 온갖 정치적인 비행사실을
구름 신문에 보도할 것을 촉구하고 있습니다.
반면에 구름당은 이와 같은 바람당의 요구를
정권을 겨냥한 터무니없는 정치적인 선전으로 덮어버리고,
이런 유의 선거공세가 국가안보에 미칠 여러 가지 위험을
경고하고 있습니다. 구름당의 주장에 의하면
흥부 놀부 사태에 제비의 적은 오직 구렁이 하나였지만,
지금은 그것이 새끼를 치고 자손을 이루어서 지붕 밑 처마는 물론
정부 청사나 관공서, 군대, 모든 언덕과 무덤, 심지어 깊고 깊은
가슴속까지 수많은 숫자를 확보하고
오직 보다 강력한 이념교육과 날개정신만이
구렁이의 적화세력을 막을 수 있다는 것입니다.
과연 누구의 콩과 메주를 믿어야 좋을 것입니까?
수많은 제비들은 공중을 빙빙 돌면서 생각에 잠겼습니다.
바람당이 말하는 개구리가 무서운가,

아니면 구름당이 강조하는 구렁이가 더 무서운가?
무섭기는 둘 다 마찬가지인데,
덜 무서운 것을 택하는 것이 선거란 말인가?
바람당의 말을 안 들으면 개구리가 될 것이고
구름당의 말을 안 믿으면 구렁이의 밥이 되어야 한다니
이거야말로 새장에 갇힌 격이 아닌가? 어떻게 하다
우리는 밥그릇에 떨어지는 모이를 주어먹게 됐단 말입니까?
지지배배 오 지지배배.

바람당에서 국회의원으로 출마한 곤두제비란 제비가 있습니다.
그가 말을 잘 한다기에 그분의 연설을 들으러
다른 제비들과 몰려 날아간 적이 있죠. 듣던 대로
과연 소문보다 못하지는 않았습니다.
그분의 말을 세세히 기억할 수는 없지만,
깃털에 부리로 쓴 메모를 지지배배하면:

강남의 주인이자 자랑스러운 하늘의 시민여러분,
오늘날 우리제비들은 마땅히 보아야 할 것을 보지 못함으로써
우리의 넓은 하늘은 마치 좁고 어두운 우물로 화하고, 우리는
목숨보다도 소중한 날개를 상실한 채 개구리로 변하고 있습니다.
여러분, 개구리가 어떻게 생겼는지 아십니까?
우물 안 개구리를 보신 적이 있습니까?
우물 안 개구리는 우리를 못 보았겠지만
우리는 그들을 보아서 그 날개도 깃털도 없이

무섭고 흉측한 괴물스러움을 너무도 잘 알고 있습니다.

날개 대신 배가 나오고 허리가 없을뿐더러

뒷다리는 너무 길어 목수잣대처럼 접어야 되는 괴물 말입니다.

눈은 튀어나오고 입은 턱에서 턱까지 찢어졌으나

노래는 편도선으로 부풀어 오른 목젖으로 불러대는 괴물입니다.

그런데도 오늘날 위정자들은 제비들에게 시시각각 날아들고 있는

이 엄청난 위험을 못 보고 있습니다. 만일 보았다고 한다면 턱하니

날개 접고 봄이 지나가기까지 좌시하지는 못할 것입니다. 그러나

만일 아직도 못 보았다면 그것은 그들이 이미 우물 안 개구리로

변해버렸다는 것을 증명하게 됩니다. 즉, 제비라면 볼 수 있는데

개구리가 되었기 때문에 보지 못한다는 말이올시다.

그들이 매일 지저귀는 소리를 유심히 들어본 적이 있습니까?

지지배배란 말이 이상하게 들리지 않습니까? 그것은 잘 들어보면

제비의 말인 지지배배가 아니고 개구리 말인 개골개골입니다. 단지

발음이 제비식 발음이어서 아직도 지지배배처럼 들릴 뿐인 것입니다.

그렇다면 제비공화국의 백년대계를 위해서는 무엇보다도

개구리 제비들은 자기들의 흉측한 꼴을 보아서라도 제비정치에서

깨끗이 부리를 씻고 물러나야 할 것입니다. 자고로

개구리가 정치를 해서 제대로 보는 것을 봤습니까?

그들은 졸렬한 올챙이의 야심을 버려야 할 것입니다.

그것만이 자기를 구하고 강남을 구하는 길일 것입니다.

남이 하면 나도 해야 되는 것이 선거유세라면

구름당 역시 가만히 있지만은 않았습니다.

장기처럼 한 쪽이 장군하면 멍군하고
움직이기만 하면 다른 쪽도 반드시 움직임이 있었습니다.
바람당의 선거유세가 한창 벌어지고 있던 날, 같은 시각에
구름당은 관중과 먼지를 동원하고 더욱 큰소리를 부르짖었습니다:

하늘 높은 상상력과 냉철한 판단을 가진 제비국민 여러분,
지금 우리나라에서는 과연 무슨 일이 발생하고 있는지 잘 알고
계시리라 믿습니다. 구태여 두리번거리거나 내리 곤두박질치면서
살펴볼 필요도 없이 우리는 제비공화국 역사상 유례가 없는
민주선거를 앞두고 불철주야 날아다니고 있다는 사실입니다.
민주선거란 무엇입니까? 그것은
소위 바람당 정치가들에게 물어보면 더 잘 알겠지만,
국민이 국가와 자기의 운명을 감히 스스로 결정짓는 일입니다.
불과 작년까지만 해도 민주선거라는 것은 감히
생각할 수도 없었습니다. 제비가 제비의 운명을 스스로
결정짓는다는 것은 감히 생각할 수도 없는 것이었기 때문입니다.
때문에 바람당이 강력히 주장하고 있는 민주선거는 우리의 헌법인
대자연의 법칙을 위반하는 행위일 뿐 아니라 하늘에 대한
직접적인 도전이라는 사실입니다. 이런 사실에도 불구하고
불길하기 짝이 없는 반종교적 반역사적 반제비적인 민주선거를
실시하기로 합의한 것은 정치는 고집과 독선보다는 타협과
화해로서 이루어져야 한다는
평소 우리들의 신념 때문인 것입니다. 특히
무엇보다도 우리에게 중요한 평화를 지켜나가기 위해서는 설사

정치적으로 손해를 보는 한이 있더라도 최대의 양보를 해야
된다고 믿었던 것입니다. 하늘 높은 상상력과 냉철한 판단력을 가진
제비국민 여러분, 여러분도 잘 아시다시피 강남 밖으로 나갔다 오는
바람당의 제비들은 걸핏하면 부리 가득히 무언가를 물어가지고
들어오고 있습니다. 과거 우리 역사를 돌이켜보건대 우리 제비들은
해외에 나갈 때 무엇을 물고 나갔으면 나갔지 물고 들어온 적은
없었습니다. 그 대표적인 예가 우리가 흥부에게 물어다 주었던
유명한 박씨가 아니었습니까? 물고 들어오는 것도 좋다고 합시다.
그러나 과연 무엇을 물고 들어오느냐 하는 것이
더욱더 큰 문제입니다.
그들이 물고 들어오는 것을 보면 맛있는 벌레가 아니라
민주주의라는 보이지도 않고 맛조차 애매모호한
극히 추상적인 관념이라는 것입니다.
여러분들도 잘 알다시피 우리 제비들은 생각을 좋아하지 않습니다.
생각이 떠오르자마자 그 답답한 것을 지지배배 밖으로
내뱉어버리는 것이 우리 제비이지 않습니까?
이런 우리의 생리를 아는지 모르는지
바람당 제비들은 민주주의라는 인간적인 제도와 사고방식을
우리에게 강요하고 있다는 것입니다. 인간들이 십중팔구
실패하기로 유명한 정치제도 말입니다. 민주주의가 있기 전에
제비들은 어떻게 수천만 년을 살아왔는지 새삼 의문을 금할
수가 없습니다. 그러나 이미 말씀드렸다시피, 지금 무엇보다도
중요한 것은 민족의 단합이요 나라의 평화인 것입니다. 우리
구름당 제비들은 바로 이와 같은 민족 단합의 관점에서 민주선거에

응할 수밖에 없었다는 점을 총명하신 제비국민 여러분들께서는
알아주실 줄 믿습니다. 우리 제비들과 조상 대대로 원수지간인
구렁이는 흥부 집 처마밑사건 이후
수천 수만 마리의 새끼들을 치고 군대를 양성,
호시탐탐 우리 제비들을 노리고 있습니다. 그가 에덴동산에서 아담과
이브의 원죄사건을 일으키고 조물주의 무서운 저주를 받은 이래
사람은 물론 얼마나 많은 제비들이 그의 유혹에 넘어갔으며,
죄로 인해 죽음의 대가를 치렀습니까? 그러나 바람당의 제비들은
제비의 숙적인 구렁이에 대한 위험을 근거 없는 것으로 단정하고
과소평가하고 있습니다. 만일 여러분이 이러한 그들의 선전에
넘어간다면 그것은 곧바로 뱀의 유혹에 넘어가는 결과를
초래하리라고 단언하는 바입니다. 제비 여러분, 여러분 중에
뱀이 어떻게 생겼는지 모르는 분이 계십니까? 혹시
말로만 듣고 말로만 무서워하는 제비 여러분이 계실까 봐
하는 말이지만, 뱀의 모습은 언뜻 보아 기다란 나뭇가지같이
생겼습니다. 착각은 바로 여기에서 일어날 수 있습니다.
눈으로 보기에는 죽은 나뭇가지같이 생겼지만, 그것은
자기의 먹이를 발견했다 하면 온몸을 서서히 꿈틀거리면서 움직이기
시작하는 것입니다. 즉, 죽음의 엔진을 가동하는 것이죠. 그래서
처음의 일자一字는 이자二字가 되고 이자二字는 삼자三字 모양으로
혹은 사자四字 모양으로 시시각각 변하는 것입니다.
나는 우리 제비동지들이 뱀에게 희생되는
처참한 장면을 수도 없이 목격했습니다.
제비를 잡은 뱀은 기다란 혓바닥을 내밀어 제비의 두 날개를

꽁꽁 묶은 다음 송편처럼 목구멍 속에 삼켜버립니다. 그러면 그의 배가
전구 모양 부풀어 오르고 그것이 소리 없이 터지면 모든 것이
끝납니다. 어찌 감히 상상이나 할 수 있단 말입니까? 동굴 속 같은
뱀의 입속에 들어가 그 꿈틀거리는 동굴 속을 통과해야
된다는 것 말입니다. 그 캄캄한 길과 긴 죽음의 여행은
과연 무엇에 비교할 수 있단 말입니까? 인간은 그것을
요나가 고래 뱃속에 들어간 것에 비교하고 있습니다만, 고래는
요나를 토해도 뱀은 결코 제비를 토하지 않습니다. 인간은
호랑이에게 물려가도 정신을 차리면 되지만, 제비는
구렁이에게 한번 붙잡히면 아무리 정신을 차려봤자 소용이 없습니다.
아직까지 천운으로 구렁이 뱃속에 자기를 장사지내보지 않은
제비 여러분들은 모를 것입니다. 그러나 제비들의 운은
과거에는 있었지만 미래에도 있으리라고는 장담할 수 없습니다.
나는 두 눈으로 똑똑히 목격했기 때문에 두 날개가
쥐가 나도록 몸서리쳤기 때문에 그 무서움과 공포를 증언하는
것입니다. 그래도 여러분이 구렁이가 무섭지 않다고 말한다면,
그리고 또한 바람당이 주장하듯 구렁이보다 더 무서운 것이
있다고 한다면, 그것은 족제비지 제비는 아닐 것입니다. 제비가
제비다운 제비가 되려면 본래 타고난 대로 무서운 것을
무서운 것으로 보고 느낄 줄 아는 능력이 있어야 할 것입니다.
바람당이 들먹이는 개구리는 못생기고 흉측할망정
제비를 해치지는 않습니다. 제비를 잡아먹는 개구리를 봤습니까?
개구리는 마당을 뛰어다닐망정 처마에 올라오지는 않습니다.
흉물이긴 하지만 어찌 예의범절을 모른다 하겠습니까? 설사

바람당이 말하는 것처럼 우리 구름당 제비들이
우물 안 개구리라 하십시다. 그렇다면 최악의 경우
우리는 흉측하게 보일망정 뱀처럼 제비를 해치지는 않을 것입니다.
나르는 짐승의 영장이자 지혜와 총명이 하늘의 천장까지 닿는
친애하는 제비동포 여러분, 간곡히 부탁하건대 바람당의 뱀처럼
간교한 감언이설에 속지 마시기를 바랍니다.
도대체 우물 안 개구리가 어떻단 말입니까?
우물 속에서 보는 하늘은 어디까지나 우리 제비의 것입니다.
인간인 한국인들의 것이 아니라는 것입니다.
아시겠습니까? 자 따라하시오, 제비나라 제비로서 길이 보전하세.
지지배배 오 지지배배.

구름의 말을 믿어야 할지 바람의 말을 믿어야 할지 제비들은
실로 생각의 날개를 가누기가 어려웠습니다. 생각은
구름당의 말마따나 제비에게는 생리에 안 맞는 것이었습니다.
그러나 생리로 말하자면 제비들이 겪는 정치적인 부자유 역시
생리에 맞는 것은 아니었습니다.
제비들은 타고난 생리대로 살지 못하고 시대에 생리를 맞춰야 되는
자기들의 처지가 한심해졌습니다. 그리고 난생 처음으로
처마 밑에서 코 골고 잠자는 인간들이 부럽게만 느껴졌습니다.

한편 선거일이 다가옴에 따라 집권당인 구름당은 유권자들의
동정을 주시하면서 표를 점검하기 시작했습니다. 그러나
통계를 내본 결과 대다수의 제비들이 결정을 못 내리고

갈팡질팡하고 있다는 것을 알게 되었습니다. 유권자들의
이와 같은 불확실한 상태는 구름당에게는 커다란 불안감을
주지 않을 수 없었습니다. 만일에 표가 바람처럼 반대편으로
쏠리기라도 한다면 그 흐름을 걷잡을 수 없을뿐더러, 이제까지
공들여 쌓은 것이 하루아침에 구름처럼 허무하게 흘러가버린
과거가 되어버릴 것이 되기 때문입니다. 날개에 승리의 견장을
붙이느냐 못 붙이느냐 하는 긴장된 순간이었습니다. 그들은
모여서 대책을 세우기로 결의했습니다. 모이기만 하면 무슨 대책이
자기들을 기다리고 있을 것을 확신하면서.

선거를 한 달 남짓 앞둔 어느 날이었습니다. 여당인 구름당은
자기들의 정치세력을 이용해서 선거에 대한 새로운 법을 짓고
국회에서 날치기로 통과시켰습니다. 새 선거개정법의
주요 내용은 앞으로 선거가 실시되는 모년 모일까지 나무나
빨래줄에서 선거유세를 금한다는 것이었습니다. 제비의
숙적인 구렁이가 제비국의 정치적인 혼란을 틈타 행동을
개시했다는 중대한 정보를 입수했다는 것이었습니다. 이 소식을
전해들은 바람당과 재야제비들은 날개로 가슴을 치면서
분노를 폭발시켰습니다. 그들은 구름당을 가리켜 제비의 탈을 쓴
구렁이라고 욕을 퍼붓는가 하면 인간만도 못한 제비놈들이라고
극언을 하기도 했습니다. 그러나 힘이 없으면 뜻대로 날지도
못하는 것이 제비세계가 아니겠습니까? 깃털과 머리채를 잡아
뽑힌 듯이 분하고 억울하지만, 바람당은 할 수 없이 말뚝을 뽑고
천막을 거두어서 유세장을 구름 위로 옮기지 않을 수 없었습니다.

더 이상 사용하지 않는 구름당의 본거지로. 그러기에 오히려
유일하게 허락된 안전한 집회 장소였으니까요.
그러나 아시다시피 구름은 높아서
그곳까지 모여든 제비들은 불과 손꼽을 정도였습니다.
자기 가족들과 친지들을 제외하면 사실상 아무도 없는 구름의
허허벌판이었습니다. 그런 곳에서 아무리 마이크를 잡고
목청이 터지라고 지지배배를 외친들 무슨 소용이 있겠습니까?
호랑이를 잡으려면 호랑이굴로 들어가야 하고, 구름을 잡으려면
구름 속으로 들어가는 것이 원칙이라면, 제비를 잡으려면
제비 속으로 들어가는 것이 원칙 아니겠습니까? 그런데 오히려
제비를 떠나다니요? 구름 속에서 하는 얘기는 그야말로
구름 속에서 들려오는 것이어서 계시는 될지언정 유세는
될 수가 없었습니다. 어쨌든 바람당의 연사는 아찔한
현기증마저 느끼면서 연설을 시작했습니다.

자유에 대한 고귀한 열망이 흰 구름을 꿰뚫는 사랑하는
제비동지 여러분! 우리는 어쩌다가 이곳에 모이게 되었습니까?
이 구름 벌판은 천둥과 벼락이 살고 있는 위험한 곳이 아닙니까?
우리 제비들이 모험을 좋아해서 여기까지 오게 된 것입니까?
천만에요. 우리는 쫓겨온 것입니다. 가을의 들판에서 농부와
허수아비에게 쫓기는 참새떼처럼 허둥지둥 쫓겨온 것입니다.
날개를 펴고 나르건만 우리가 나래 접고 앉을 땅이 없어
구름의 메이플라워호를 타고 발자국이 꺼지는 구름바위 위에
내린 것입니다. 그러나 우리가 이렇게 되리라는 것은

우리 바람당이 늘 예측해오던 바가 아니었습니까? 예측한 것이
마침내 오고 말았다면 구태여 놀란 표정일랑 짓지 맙시다. 그렇다면
기뻐할 것입니까? 불행 중 다행으로 아니 다행 중 불행으로
예측한 것이 들어맞았으니 말입니다. 그러나 그런 기쁨이라면
이 세상에서 가장 쓰라린 슬픔과 맞바꾸고만 싶습니다. 도대체
강남의 앞날이 어떻게 될 것입니까? 짙은 구름에 앞이 가려
한 치 앞도 볼 수가 없으니, 높은 산과 험한 골짜기를 넘던
바람이 보이지 않는 벽에 갇히다니요? 도대체 제비에게
가장 소중한 것이 무엇입니까? 자유 아닙니까?
날 수 있는 자유, 벌레를 잡을 수 있는 자유, 무엇보다도
자기 생각을 마음대로 지껄일 수 있는 언론의 자유가 아닙니까?
우리의 어깨에 붙어 있는 날개는 무엇하는 물건입니까? 그저
장식으로 붙어 있는 것입니까? 자유를 찾으라고
조물주가 주시지 않았습니까? 그러나 날개는 자유를 찾지 못하고
겨우 나르는 데 불과한 쓸모없는 물건이 되고 말았으니.
강남의 넓고 넓은 대양으로도 날개에 묻은 불명예를
다 씻을 수 없을 것입니다.
우리가 오늘 이 구름벌판에 모인 것은
모일 데라고는 여기밖에 없어서이지만,
달리 말하면 우리는 이렇게 해서라도 우리에게 가장
소중한 자유를 지킬 수밖에 없다는 것입니다. 구름당은 제비에게
자유보다 더 중요한 것이 있다고 말합니다. 그리고 그것을
평화라고 부르고 있습니다. 그러나 평화란 무엇입니까?
눈에 띄는 문제를 요리조리 피해서 날아다니는 것이 평화입니까?

자유가 없는 눈먼 평화는 무엇을 말하는 것입니까?

내가 날개를 가지고도 마음대로 날 수 없다면,

강제로 지상을 떠나 구름위에서나 하고 싶은 말을 지껄일 수 있다면,

제비 된 자랑과 기쁨이 어디에 있을 수 있겠습니까?

그러나 구름 도당들은 여전히 오늘도 내일도 아니 어저께도

오직 평화만이 제비에게 가장 소중한 것이라고 역설하고 있습니다.

평화, 평화, 평화, 기침이 나와도 평화,

콧물이 나와도 평화, 가렵기만 해도 평화니

그놈의 평화는 그들에게 소중하기도 할 것입니다.

평화를 가지고 세상을 만병통치하기에

세상은 너무도 만신창이가 되어버렸습니다.

평화는 평화롭지 못한 것을 감추는 데

약간의 효력을 발생할는지는 몰라도

지금 제비들의 날개는 날지 못해서 녹슬어가고 있습니다.

평화를 사랑하는 것도 좋지만 자유를 불구로 만들어서야 되겠습니까?

자유는 평화를 향해 짚고 있던 목발을 집어던집니다. 대담한

자유의 리듬이 단조로운 평화의 리듬을 깨뜨려도 좋습니다.

자유를 평화의 적이요 원수라고 불러도 좋습니다. 제비가 아침에

본성을 깨달으면 저녁에 죽어도 좋다고 했습니다.

내가 내 본성인 자유를 깨달을진대

저들의 적이 되고 원수가 되는 것은 오히려 자랑스러운 일입니다.

사랑하는 동지 여러분, 우리는 언제까지나

구름속에서 이야기할 것이며 조물주께서 주신 날개로

가슴만을 치고 있을 것입니까? 그것으로 매일 답답함을

부채질하는 것도 한두 번이지 않습니까?

여러분, 보십시오, 양쪽 어깨에 달린 것을.

불필요하고 거추장스러운 것 같지만,

평화보다 불안을 일으킨다지만,

그것 없이는 제비도 제비의 영혼도 없습니다.

날개는 우리의 99%입니다. 그렇다면 여러분,

날개는 축복이요 희망이지 결코 저주와 절망의 상징이 될 수 없습니다.

만일 날개가 행복의 적이요 저주의 증거라면,

늙고 병든 제비야말로 가장 큰 축복을 받았다 할 것입니다.

날지 못하는 이유 하나로 말입니다.

도대체 우리의 고귀한 생각의 날개를

불구로 만드는 그들은 누구입니까? 고귀한 날개를 단 제비가

감히 제비 이하의 비열한 생각을 할 수 있다는 것입니까?

구름당이 부르짖는 평화는 우리를 불안하게 만들고 있습니다.

그것은 참 평화가 아니요, 자유를 문전에서 몰아낸

거짓 평화이기 때문입니다.

그들에게 자유가 평화의 적이라면 우리에겐 평화가

우리들 자유의 적이 되지 않을 수 없습니다. 이는 이로

날개는 날개로 갚으라는 우리 조상들의 말이 있습니다.

사랑하는 제비형제 여러분,

독수리같이 용맹스런 제비동지 여러분,

우리 강남의 하늘에서 평화를 몰아냅시다.

낡은 페인트를 벗겨냅시다.

우리의 날개는 오래 참았습니다.

이제 우리의 날개와 자유를 위해서,
진정한 평화를 위해서
우리가 가진 한 표 한 표를 화살처럼 겨냥합시다.
지지배배 오 지지배배.

바람당의 구름유세가 끝나자마자
갑자기 구름이 짙어지면서 비가 내리기 시작했습니다.
이때 내렸던 비는 보통비가 아니고 소위
「정치적인 비」로 알려진 역사적으로 유명한 비죠. 제비의
선거유세가 신비스런 자연의 조화로 빗방울 속에 녹음이 되어
땅에 떨어진 거죠. 비가 내리자 아름다운 제비의 음성이
하늘에서 내려오는 장관을 이루었습니다. 그것은 어쩌면 마치
르네상스 시대에 유럽 사람들이 밤하늘을 바라보면서 황홀한
천체의 음악을 들었던 것에 비교할 수 있을 것입니다.
수천수만 개의 별들이 자기의 궤도를 돌 때
미풍처럼 일어나는 음악소리 말입니다.
더욱이 언어이자 노래인 제비의 열정적인 지지배배가
빗물에 섞여 내려올 때 그것은 온 천지를 적시고
감동시킬 수밖에 없었습니다. 전설에 의하면,
그때 그 광경을 목격했던 제비들은 마치
온 천지가 하나의 라디오를 틀어 놓은 것처럼
아니면 어떤 초자연적인 거대한 별 하나가
눈에 보이지 않는 연꽃을 향해 날아가는 듯한
환상에 잠겼다는 것입니다.

비가 그치기가 무섭게 정부 당국은 즉각 진상조사에
착수했습니다. 온갖 해괴한 정치적인 유언비어가 나돌았기
때문입니다. 바람당의 선거연설이 빗물에 아롱져 내려오자
제비시민들은 바람당의 승리를 하늘의 뜻으로 해석하게
되었던 것입니다. 연심(제비의 마음)이 구름당에게 불리하게
돌아가자 정부당국은 「정치적인 비」가 바람당이 연심을
현혹시키기 위해 교묘하게 지어낸 조작극이라고 바람당을
공격하기 시작했습니다. 또한 바람당은 한국을 비롯해서
해외를 자주 다녀오기 때문에 인간으로부터 무슨 해괴한 술수를
배웠을 가능성이 있을 것으로 보고 철저히
진상을 밝혀내고야 말 것을 거듭 다짐했습니다.
그러나 일단 동요되기 시작한 연심은
담화문이나 성명서 정도로 쉽사리 가라앉지 않았습니다.
조사 결과 연심은 근원을 알 수 없는 바람을 타고 줄곧
바람당을 향하고 있다는 것이 여실히 드러나게 되었습니다.
이렇게 되자 구름당은 사태를 창당 이래 최대의
정치적인 위기로 판단하고, 다음과 같은 긴급조치를 발표했습니다.

온갖 나는 새들의 영장이자
높고 높은 슬기를 자랑하는 친애하는 제비국민 여러분,
정부는 다음과 같은 긴급한 이유로서
제비국민 총선거를 춘삼월에서 한여름으로
연기했음을 발표하는 바입니다.
첫째, 춘삼월은 대부분의 유권자 제비들이 한국을 비롯한

세계 각지로 춘계여행을 떠나기 때문에
선거에 참여할 수 없는 사실이며,
둘째, 춘삼월 선거는 아직도 계절이 이른 관계로 나뭇잎들이
무성하지 않아 투표용지를 확보하는 데
상당한 애로를 겪어야 하는 점이며,
셋째, 마지막으로 그리고 무엇보다도 중요한 이유로서, 총선을 앞두고
전국에 예측할 수 없는 정치적 혼란이 야기됨으로써 우리의 원수인
구렁이들이 공격의 기회를 노리고 있다는 정보를 입수한 사실입니다.
특히 구렁이들은 최근 「정치적인 비」 사건을 계기로 능구렁이가 되어
과거의 낡은 허물을 벗어 버리고, 비늘과 날개는 물론 여의주까지
준비하고 있다는 보고입니다. 이번 총선거의 목적은 어디까지나
우리 제비들이 자유스럽게 먹이를 구하고 새끼를 칠 수 있는
민주국가를 이룩하는 데 있다고 할 때, 우리의 목적을
털끝만큼이라도 위협하는 사태가 발생한다면,
그것은 차라리 선거를 치르지 않는 것만도 못할 뿐 아니라
오히려 국가 자체의 안전을 파괴하는 중대한 위험을
초래하게 될 것입니다. 따라서 정부는 본연의 임무인
국가의 안전을 구하고 나아가서 대망의 민주선거를
무사하게 치르는 데 최선을 다할 것이며 동시에
제비국민 여러분들의 협조를 부탁드리는 바입니다.

정부의 긴급조치가 발표되자 바람당은 긴급회의를 소집하고
대책을 논의했습니다. 말이 회의지 사실상 수라장이요
회오리 멍석바람이었습니다. 소장파 제비들은 회의장으로

날아들자마자 회의가 필요 없다고 소리쳤습니다. 아니 말을
하기도 전에 의자부터 집어던졌습니다. 그들은 구렁이가 있다면
목구멍 속으로라도 날아들어 갈 기세였습니다. 이때 나이로 보나
정치적 경륜으로 보나 원로격인 제비가
서서히 앉은 자리에서 일어나 솟구쳐 오르면서
다른 제비들을 향해 소리쳤습니다:

정부의 비열한 행동을 보고도 분노를 느끼지 않는다면,
그것은 제비가 아닐 것입니다. 아니 분노에 앞서 수치를 느낍니다.
인간도 아닌 제비가 더욱이 위정자가 되어 가지고 어찌
그럴 수가 있느냐 하는 것입니다. 그러나 제비동지 여러분,
이런 때일수록 날개를 접고 침착합시다. 세상이 시끄러울수록
하늘을 조용조용히 날아야 합니다. 그렇지 않다면 우리가
그들보다 나은 것이 무엇입니까? 거친 바람은 구름을 잠시
밀어낼 수 있을 뿐이지만, 부드러운 바람은 구름을 아예
흩어지게 만듭니다. 졸렬한 구름떼들이 말이 되지 않는
소리를 한다고 해서 우리 바람들 또한 말이 아닌 말을
할 수는 없지 않습니까? 우리는 한시 빨리 구름이 어디엔가
감춰놓은 진리와 논리를 찾아내고, 속도를 줄여, 구름당이
왜 갑자기 총선거를 한여름으로 연기했는지, 도도히 흐르는
시대의 대세를 왜 바람 막으려 하는지 알 수 없는 저의를
밝혀내야만 할 것입니다. 지지배배, 지지배배.

"구름당이 선거를 연기한 것은 하늘이 우리 바람당을 위해

내린 「정치적인 비」의 효력을 감소시키고자 하는 수작이
뻔하지 않습니까?" 이제까지 고함을 지르면서 소란을 피우던
젊은 제비가 일어섰습니다. "먹구름의 검은 속을 몰라서 하시는
말씀입니까 아니면 아시고도 여유를 부리시는 겁니까?
뻔한 사실을 놓고 왈가왈부 하면 제비들이 이해할 수 없는
형이상학이 된다는 것도 모르십니까?"
"그러니까 대책을 생각해 보자는 것 아닙니까?"
"뻔한 것은 뻔하게 얘기해야 된다는 것입니다."
원로제비와 소장제비의 주거니 받거니 이렇게 나아가자
또 다른 혈기 있는 소장 제비가 단상에 날아들었습니다.
"문제는 총선거를 한여름으로 연기하는 것이
아니고, 과연 선거를 하느냐 않느냐가 문제입니다." 그러자
"옳소" 하고 여기저기에서 고함치는 소리가 들렸습니다.
"우리들의 옳소가 과연 옳은 것과 그른 것을 구별할 수만 있다면,
옳소, 나도 옳소. 그러나 이런 모임도 저런 모임도 두루두루
날아다녀 봤지만 옳소치고 옳은 것 못 봤고, 옳소가 나오자마자
되어지는 것은 회의의 분위기가 깨지는 것밖에 없습니다. 우리가
오늘 여기에 온 것은 바람으로서 구름을 깨뜨리려고 하는 것이지
우리들 스스로를 깨뜨리고자 모인 것은 아닙니다. 그렇다면
동지 여러분, 날개로 박수는 칠망정 옳소니 옳다느니 하는
험한 파도 위 배를 기울게 하는 말은 하지 맙시다." 원로제비는
과연 원로답게 말의 위엄을 갖추고 말했습니다. 그러나 그의 말이
채 끝나기도 전에 여기저기에서 옳소가 튀어나왔습니다. 개구리처럼.
옳소라는 말이 왜 생겼는지 모르겠습니다. "정녕 그렇게도

옳소를 버릴 수 없다면, 옳소. 할 수 없지만 나도 옳소. 조금 전
제비 동지의 말처럼 과연 선거를 하느냐 않느냐가 문제입니다.
그러나 동지 여러분, 구름당이 선거를 안 해서가 아니고 선거를
하기 때문에 문제인 것입니다."

"그렇다면 저들이 총선을 실시할 의도가 있다는 것입니까?"
회의장 분위기가 갑자기 조용해지면서 젊은 제비가
도무지 이해할 수 없다는 듯이 질문을 던졌습니다.
"물론이죠. 분명히 말씀드리지만 구름당은 총선거를
실시할 의도가 있습니다. 그러나 춘삼월이 아닌 한여름에
치른다는 사실입니다. 왜 그런지 아십니까? 한여름에
총선거를 실시한다면 현 정권에게 정치적으로 자연적으로
유리하기 때문입니다. 한여름이 어떤 때인지 생각해 보시오.
태풍과 몬순의 계절 아닙니까? 거센 바람이 우리의 날개를 찢고
쏟아지는 비가 앞을 가려 부리가 야자수에 부딪치는
험한 시기가 아닙니까? 그런 때에 선거를 한다고 해보시오.
어떻게 되겠나? 나무 위에 설치한 투표소는 불어오는
강풍에 날아가고 투표함은 연일 내리는 폭우에 다
떠내려 갈 것입니다. 우리 바람당을 지지하는 수많은
한 표 한 표가 청개구리 어머니처럼 물속에 장사를 지낸다고
생각해 보십시오. 현 정권이 어찌 이를 기뻐하지 않을 것입니까?
모르면 몰라도 하늘이 자기들의 승리를 도왔다고 할 것입니다.
그것은 저쪽의 좋은 일은 될지언정 선거는 아닙니다. 만일
우리가 끝내 선거를 고집하고 시기나 조건을 아무래도

상관없다고 한다면, 제일 기뻐할 제비들은 다름 아닌 구름당이요,
현 정권일 것입니다. 승리는 선거의 최대공약수니까."

"옳소, 옳소." 옳소가 메아리까지 합치면 수천 개가 일어나고
경청하던 제비들은 열광적인 찬성의 날개박수를 보냈습니다.
원로제비의 발언이 끝나자마자 다시 한 제비가 단상 위로
날아 올라갔습니다. "그렇습니다. 구름당이 총선거를
한여름으로 연기시킨 데는 반드시 정치적인 함정이 있습니다.
그리고 그들의 함정은 이미 이 모임을 통해서 드러나고
말았습니다. 그들은 제비들의 해외여행이다, 투표용지의 부족이다,
안보다 하는 능구렁이 같은 구실을 내세워 제비 역사상
전무후무한 부정선거를 획책하고 있는 것입니다. 그렇다면
우리는 이러고 있을 것이 아니라 어떤 일이 있더라도 그들의
부정선거와 한여름을 막아야 합니다." 연사가 말을 마치자 곧장
또 한 마리의 제비가 단상으로 올라앉았습니다.

"동지 여러분, 우리가 부정선거를 막는다는 것은 불가능합니다.
한여름 부정선거를 막는 것은 바로
자연의 힘을 막는 것과 다를 바가 없기 때문입니다.
겨우 한 치밖에 안 되는 작은 날개를 가지고
날을 줄밖에 모르는 우리 제비가 무슨 힘이 있다고
독수리보다도 강한 태풍을 막으며 철퇴처럼 떨어지는
폭우를 막을 것입니까? 따라서 우리는 부정선거를 막기보다는
목숨을 걸고 피해야 될 것입니다. 그리고 그것을 피하는 길은

선거 자체를 아예 거부하는 것입니다. 우리가 선거를 거부하는 한
그들은 부정선거를 저지를 기회를 갖지 못할 것이 아니겠습니까?”

연사의 말이 끝나자 이번에는 한 마리도 아닌 수십 마리의
제비들이 한꺼번에 단상을 향해 날아갔습니다. 그중에서
날개 힘이 제일 세고 목소리가 가장 큰 제비가 발언권을 차지했습니다.
“처음부터 이제까지 선거를 하자고 주장한 건 누구입니까?
우리가 아니었단 말입니까? 선거라는 최신 아이디어를
입에 물고 밤낮으로 바다를 건너온 제비들은 누구였느냐
말입니다. 선거를 거부하다니요? 이렇게 자기 얼굴에
침 뱉는 수도 있습니까? 민주선거라는 제비 역사상 유례를
찾아볼 수 없는 새로운 역사창조를 이룩하는 것이 벌레 삼키듯이
쉬우리라고 생각했다는 말입니까? 우리는 어떤 일이 있더라도
선거를 치러야 합니다. 갓난 애기와 같은 우리의 아이디어를
죽게 내버려 둘 수는 없다는 것입니다. 또 선거에 반드시
이길 수만은 없지 않습니까? 설사 저편에서 선거를 한여름에
실시함으로써 부정을 범한다고 합시다. 그러나 저들이 과연
무엇을 어떻게 했다는 것입니까? 제비들이 언제부터 미래를
바라보기 시작했으며 미래의 잘못을 사전에 판단하게 되었습니까?
태풍과 폭우가 구름당의 잘못입니까? 하늘이 부정선거의 음모에
가담하기라도 한다는 말입니까? 이런 식으로 생각하는 단순한
사고방식이야말로 한여름이요 태풍이요 폭우입니다. 저들은
선거의 부정을 저지른다지만 우리는 생각의 부정을 저지르고
있다는 말입니다. 그렇다면 바람제비가 구름제비와 다른 것이 무엇이며

저들에게 보여 줄 것이 무엇이겠습니까? 조상 대대로 걸치고 있는
단벌신사 검은 양복이란 말입니까? 어떻게 눈동자로 세상을 보지 않고
대들보로 티끌을 보려 하십니까? 제비동지 여러분,
우리가 지금에 와서 선거를 거부한다는 것은, 애써 지은
보금자리를 스스로 파괴하는 것은 물론, 우리의 정치철학과 존재
자체를 부인하고 나아가서는 대자연을 거부하고 하늘의 뜻을
거스르는 것이 되는 것입니다.”

그때 갑자기 방청석에서 고함소리가 올라왔습니다.
“도대체 한여름 부정선거를 하자는 겁니까 말자는 겁니까?
보금자리는 무엇이고 정치철학과 존재는 무엇이며
대자연은 무엇이고 하늘의 뜻은 무엇입니까? 지금
말의 국수를 빼는거요 뭐요? 냉면이 길어서 못 먹겠으니 제발
싹둑 싹둑 가위로 자라주시오.” 그러자 단상에 대기하고 있던
다른 제비가 말을 받으면서, “우리는 계속해서 떡 대신
돌 같은 말만 하고 있습니다. 정치니 철학이니 종교니 하는 것은
인간같이 날지 못하는 동물이나 하는 것이지 우리같이
날개를 타고난 제비가 관심을 가질 바가 못 됩니다. 제비가
인간의 문제를 생각할 때 항상 혼란이 일어나게 된다는
것입니다. 무슨 일이 있어도 제비는 제비의 문제로 날아서
되돌아가지 않으면 안 될 것입니다. 지금 우리가 당면한 문제를
단 한 마디로 쪼갠다면, 우리 제비들은 유사 이래 최초의
민주선거를 실시하고자 투쟁해왔다는 것입니다. 집권당인
구름제비들이 우리의 요구에 굴복하고 드디어 선거에 응하기까지

얼마나 많은 날갯죽지가 찢어지고 뾰족한 부리가 뭉툭하게
부러졌습니까? 우리가 흘린 피는 그야말로 바다요, 역사는
우리의 투쟁 그 자체라고 할 수 있을 것입니다. 우리는 지금
어이없게도 이 엄청난 역사를 통해 피범벅이가 된 사실을
까마득히 지워버릴 위기에 처해 있습니다. 하루아침 저쪽에서
갑자기 선거를 연기하자, 우리의 부풀었던 가슴에는
선거에 대한 의심이 구름이 뭉게뭉게 일고 있는 것입니다. 즉,
저들이 선거를 안 하려고 하는 것이 아닌가 하고 정치적인
음모의 가능성을 우려하는가 하면, 또한 저들이 선거를
하기는 하되 자연과 합세해서 부정선거를 하지나 않을까
염려하고 있는 것입니다. 그래서 우리는 부정과 선거,
염려와 가능성 중 어느 하나를 선택해야 되는, 다시 말하면
선거를 하기도 전에 또 하나의 대선거를 치러야 되는
기로에 서게 되었다는 사실입니다. 눈 감고 선거 자체를
밀고나가자니 상대편의 부정 때문에 잡혀 먹힐 것이 뻔하고,
눈뜨고 엉거주춤 앉아 있자니 그동안 지푸라기 하나하나
공들여 쌓아온 보금자리가 허물어질 것이기 때문입니다. 그렇다면
과연 우리는 이 문제를 어떻게 바다 건너 운반해야
옳을 것입니까? 우리는 다음 두 가지 중 어느 하나를
묻지 않으면 안 될 것입니다. 즉 선거를 치르는 것이 중요한가,
아니면 선거에 이기는 것이 중요한가 어느 하나를
결정하는 일입니다. 한 가지는 살리고 한 가지는
죽일 수밖에 없습니다.” “물론 선거를 살려야 합니다.
선거라는 핏덩어리를, 우리의 이상이 잉태한 자식을 죽여서는

안 됩니다." 전에 발언했던 제비가 다시 일어나 소리쳤습니다.
"선거를 살리는 것이 당연히 선거의 승리보다 중요합니다.
중요하다기보다는 더욱더 제비적이요 양심적입니다. 승리는
일시적이지만 선거는 영구적입니다. 선거를 반드시
이길 목적으로 한다면 선거는 다름 아닌 정권을 위한 야욕에
불과할 것입니다. 선거가 참다운 선거가 될 수 있으려면
선거에 질 수 있어야 합니다. 노태우해야 합니다. 반드시
이기고 마는 선거는 소위 인간들이 하고 있는 공산주의식
선거입니다. 이번의 역사상 처음으로 실시하는 선거이기 때문에
역사에 길이 남을 선거다운 선거가 되어야 할 것입니다. 때문에
선거는 선거에 이기는 문제보다 훨씬 우선적일 수밖에 없습니다.
그렇다면 제비동지 여러분, 선거는 선거의 참여가 승리보다
중요하다는 사실을 온 천하에 보여줍시다.
바람이 어떻게 구름과 다른지
지지배배가 왜 말과 다른지 보여주자는 말입니다."

제비들의 말은 계속 빗나가고 있었다. 과녁을 옆 눈으로
흘겨보며 지나가는 화살은 무의미의 의미만을 끝끝내
명중시킬 뿐이었다. 과녁에 그려진 죽은 심장은
누구의 것일까? 일구는 자줏빛 밤하늘을 바라보았다.
생각이 또 하나의 생각을 거칠게 등을 미는 것을 느끼면서.

"두 날개로 가슴을 칠 일입니다."
또 다른 제비가 거친 말을 뱉으면서 일어섰습니다.

"그렇다고 이 답답한 가슴의 안개가 걷히리오만은,
선거의 참여가 선거의 승리보다 중요하다는 것은
도대체 무슨 얘기입니까? 또 그것이 보다
양심적이라는 것은 무슨 뜻입니까? 질 수 있기 때문에
참다운 선거라니요? 비약을 해도 분수가 있지 날개만 있으면
하늘도 우습다는 것입니까? 선거가 중요한 것은 선거에
질 수도 있기 때문이 아니고, 선거가 없으면 선거의 승리도
없기 때문인 것입니다. 선거는 전쟁과 같습니다. 전쟁에서
가장 중요한 것이 무엇입니까? 승리보다 더 중요한 것이
있단 말입니까? 선거는 국민들의 지지라는 보이지 않는 영토를
점령하기 위해 정치적 생명을 건 싸움인 것입니다. 그런데
전쟁이 질 수도 있기 때문에 참된 전쟁이라 한다면 말이
되는 소리입니까? 우리가 저들에게 선거를 하자고 제의했을 때
그것은 단순한 제의가 아니고 선전포고였던 것입니다.
선전포고라는 것은 너희 구름제비들은 오늘부터 우리
바람제비들의 적이요 우리 바람제비들은 너희
구름제비들의 적이라고 제비는 물론 위로는 하늘에
아래로는 인간들에게 자신이 취하게 될 삶의
비행코스를 알리는 것입니다. 그렇다고 선전포고를 하자마자
전쟁에 이겨야 되는 것은 아닙니다. 선전포고 이후의
모든 행위는 전략이어야 합니다. 구름당이 선거를
한여름으로 연기한 것은 어디까지나 전략이었습니다. 그러나
선거의 참여가 승리보다 중요하다는 우리의 판단은
전략이 아니요, 선전포고의 취소요, 전쟁의 패배라

하지 않을 수 없습니다. 제비로서 본능적으로 지녀야 할
승리의 개념이 죽었기 때문입니다. 사랑하는 동지 여러분,
춘삼월 선거냐 한여름 선거냐가 문제가 아닙니다.
바람과 구름이 다르면 어떻고 안 다르면 어떻다는 것입니까?
다른 것이 선거를 이기게라도 해 준단 말입니까? 언제부터
우리 제비들의 생각이 이처럼 소극적이고 부정적으로
변해버렸습니까? 지지배배의 참뜻을 잊어버렸다는 것입니까?
승리를 앞에 놓고 패배만을 논하고 있으니, 힘없는 날개로
가슴을 치고만 싶습니다."

"옳소, 우리는 승리만을 생각하고 승리만을 논해야 합니다.
패배의 그림자 속에 숨은 승리를 찾아냅시다."
"옳소, 지지배배요, 승리를 찾아낼뿐더러
그것이 다시는 우리로부터 달아나지 못하도록 구름에 잡아
매달읍시다. 그보다 더 좋은 방법이 있다면 몰라도."
"이제야 겨우 얘기가 제 길을 찾았나 봅니다. 오만한 승리를
우리의 종으로 삼으려면, 이번 경우 우리들은 어떻게 해서든지
구름당의 한여름 선거음모를 흩어지게 하고, 본래
우리가 계획했던 춘삼월 선거를 집지어야 합니다. 그러나 만일
저들이 우리의 춘삼월 선거를 끝끝내 거부하고 떨어뜨린다면,
우리 역시 그들의 한여름 선거에 우박과 진눈깨비를
떨어뜨릴 수밖에 없습니다. 그리고 날개 밑에 감춰놓았던
새로운 카드를 꺼내는 것입니다. 즉, 초가을 선거를
제의한다는 것입니다. 자기가 뿌린 씨앗은 자기가 거두고

봄에 뿌린 씨앗은 가을에 결실한다 했으니, 저들이 뿌린
나쁜 씨앗은 연과응보에 의해서 가을에 가서 저들에게
벌레 먹은 결실을 가져올 것입니다.
그들이 켠 박덩어리 속에는
귀신과 도깨비들이 육모방망이를 들고 쏟아져 나올 것입니다.
그렇다면 우리의 선거 전략은 하늘을 이용해서 구름당의
날갯죽지를 꺾어놓는 것입니다. 우리가 누구입니까?
바로 제비가 아닙니까? 제비답게 물차고 기찬 생각을
해야 된다는 것입니다." 사투리를 많이 쓰는
시골제비의 말이었습니다.

— 제비들은 역시 제비들인데요.
— 하늘에서 태어나 하늘을 날다가 하늘 속으로 사라지는 만물의
　영장이자 신의 자랑이 아니겠습니까?
　Sky-born, sky-guided, sky-returning race![1]
— 제비들의 역사적인 선거는 과연 어떻게 될 것인지?
— 시간의 비밀을 알려고 하지 말고 믿으시오.
— 믿음이 문제를 해결한다면 조물주가 무엇 때문에
　의심을 만들었겠습니까? 시간은 잔인해서 자기를 섬기는 사제를
　잡아먹습니다. 나는 제비가 아닙니다. 고로 인간입니다.
　당신도 「고로 인간」입니다.
— 그럼 다시 인간들의 이야기로 후퇴할까요?
— 좀 충격적인 이야기인데 괜찮으실는지?
— 새들은 아무리 피를 흘려도 새 발의 피니까.

—그나저나 지금 몇 시입니까?

—여섯 시인데 왜 그러십니까?

—여섯 시가 되면: 그때 주인이여 우리의 일도 끝난다고 말하지
않았던가요? 셰익스피어, 『태풍』 5막.

---

1   "하늘에서 태어나 하늘에 의해 인도되어 하늘로 돌아가는 인간!" 에드워드
     영의 시 『밤의 생각 *The Complaint, or Night Thoughts on Life, Death, and
     Immortality*』에 나오는 일절.

故障

"인생은 외국어, 그래서 모두가 발음이 엉망이야."
— 크리스토퍼 몰리

"여기에 있는 것은 어쩌면 다른 곳에도 있겠지만, 여기에

없는 것은 다른 곳에도 없으리."
— 마하바라타

나를 따르는 말이 자그마치 십만이 넘는다면,
이 수많은 말의 군중을 이끌고 어디로 갈 것인가?
작가가 말을 모는 마부라면, 말머리만 조금 돌려도
정치가 되지 않는가? 목소리를 높여도 정치요,
침묵을 지켜도 정치이니, 종로나 광화문에 가면
검문 검열이 기다릴 것이요, 명동성당으로 가면
불법집회가 되지 않는가? 거물이 되어 오물처럼
마포구 하수구 한강으로 빠질 수도 없고. 그렇다면
이 많은 말들을 어디에 다 집합시킬 것이며
어떻게 처리해야 문제와 골치가 오염과 악취가 없을 것인가?
결국 원고지에 매립할 수밖에 더 있겠는가?
말들에게는 각자 자기만이 가진 역사와 문화와 감정과
분노와 좌절이 고드름 맺혔으니 원고지 바깥에서 그들로 하여금
자유선거를 하게 한다면 나는 반지하나 김지하에
묻히고 말았으리라. 그러니 어찌하면 좋은가? 말들의 입에
재갈을 물리고 길고 긴 행렬을 몰고 가자니 가긴 가도
어디를 왜 갈지도 모르겠고, 언제라도 말들이 고삐를 끊고
뒤로 돌아서 나를 타고 갈지도 모른다는 생각에, 오늘날
수출 한국의 작가처럼 고달픈 인생이 또 어디 있으랴?
수많은 말들의 인파 속에 자기 주인공 하나만이라도
조그만 의미의 수레라도 제대로 끌고 갈 수 있다면,
시작에서 끝까지 검열관의 눈에 벗어나지 않게 고개를 숙이게 하고
행여 실수가 있더라도 원래 실수란 흔한 것이니,
글이란 그런 것이니, 술 취한 사람의 실수처럼 봐줄 정도로만

처신하게 할 수 있다면, 험한 시대를 기어가는 작가로는

손색이 없겠으나 말처럼 꼬투리 잡히기 쉬운 것이 다시없으니

오늘의 안전을 기뻐해도 좋은 것인가? 만일 작가의 처지가

이토록 불안하고 오늘의 안전과 내일의 불안을 분간하기 어렵게 됐다면,

작가도 이제는 말의 쿠데타를 생각해 볼 수밖에 없지 않은가?

영장을 발부하기만 하면 논산훈련소를 이룰 말들이 적어도

십만은 넘을 것이니 내가 지휘하는 말로 하여금

적의 말을 무찌르고 아니 짓밟고, 역사와 정치와 문화는

바로 이런 것이라고 힘과 주장을 과시할 수 있지 않겠는가?

올림픽 경기장처럼. 겨드랑이에 신문과 잡지를 끼고

좌우로 TV와 라디오를 대동하고서 담배 한 대 필 동안

삼천리 방방곡곡을 순회하고, 이제까지 말 잘못해서

감옥에 간 사람들, 사실은 말 잘못한 것 아니니,

바른 말 바른 정치 하에서는 비뚤어진 입으로 바른 말한 것이니

다들 가고 싶은 대로 풀어주고, 마음보다 감옥을 먼저 비운 뒤에

대포 한 잔 마시고 다 잊어버리라고 그러고, 나아가서

좀 더 앞으로 나아가서 옳은 말과 그른 말을 양당으로

갈라지게 하여 옳은 말이 영원토록 장기집권하게 할 수 있다면,

말의 쿠데타와 무력행사는 작가라면 누구나 한 번쯤

거사해보고 싶은 것이 아닌가? 그렇다면 우선 말을

군인이 아니면 적어도 총이나 최루탄 같은 무기로

만들어야 할 것이다. 말을 변장만 시켜가지고는 싸움에

이길 수가 없지 않은가? 우리가 살아오면서 누적되어 온

온갖 더럽고 역겨운 말들, 낡고 추한 말들, 너무도 오랫동안

터를 잡은 나머지 부패와 독소가 가득 찬 말의 일당들을
새로 징집한 말의 훈련병들로 하여금 모조리 쳐부수게 하고
그래도 살아남아 도망가려고 버둥거리는 것들은
운을 없애버려 국민과 역사 앞에 심판을 받게 하는 것이다.
이러한 과제를 「말씀의 육신화」라고 부르리니
신이 주신 인간의 거룩함이 말의 혁명을 통해 성취된다는
뜻이 아니겠는가? 더럽고 추한 것들, 오 더럽고 추한 것들,
실탄을 아끼지 말고 탯줄이 아니면 배꼽과 매듭을 쏠지니라.
무덤을 감은 시간의 태엽이 풀어지도록.

냉귀지: What's in a name?[1]
준엄한 법과 같은 차가움과 귀신의 음성과 같은 진지함과
삶을 채찍질하는 얼음처럼 굳은 의지가 성삼위일체를 이룬
육신적인 말이 필요하기에 무덤 같은 역사의 돌무덤을 열고
일구를 부활 등장시키지 않았는가? 돌무덤이란 말을 못하는
벙어리 답답함을 이름이니 무명으로부터 일구를 일으킴은 바로
이 답답함의 넥타이를 풀고자 함이라. 또한
이 답답함의 어둠에 플래시라이트를 비친 것이 일구가
이 소설 같은 세상에 나온 의미 아닌가? 그러나
신의 아들을 섬기는 데 작가의 힘이 미치지 못하니
돌무덤은커녕 입술조차 열기가 힘이 들지 않는가? 더욱이
미치지 못했던 것은 힘보다도 지혜였으니, 일구의 하루가
예수의 삼 년을 따를 수 없으며 오디세우스의 이십 년과도
비교가 될 수 없음이라. 단지 일구를 이들 선생들과

비교할 만한 구석이 있다면 그가 20세기 한국에서
복잡한 하루를 살았음이라. 그래서 냉귀지가 시간을
초월 내지 무시하고 일구의 천년왕국을 공사하고는 있으나,
문제는 일구가 소설의 최후에 이르러 예루살렘 입성을 결심할 때
작가는 과연 일구에게 어떤 영광을 준비해야 할까 하는 것이다.
십자가가 좋을 것인가 아니면 무사한 귀향으로 끝나고 말 것인가?
비명으로 끝날 것인가 아니면 잠꼬대로 끝날 것인가?
언제 유언을 해봤어야지. 신한테서 꾼 돈 다섯 달란트에 대해선
이자는커녕 일언반구도 없이 — 문 닫아, 잡념 좀 못 들어오게 —
플래시라이트의 건전지가 다 닳기 전에 어둠을 뚫고 도착해야 하는데
내 닭 모가지를 비틀어도 새벽을 부르는 노래가 나오지 않으니
이 소설도 시도 아닌 내 잠꼬꼬댁, 초서의 마담 퍼트롤테,[2]
암탉인 줄 모르고 수탉이라고 썼으니 — 답안지처럼 있는
예루살렘 성, 시험은 통과하고 집은 도착해야 되는데 —
빌라도가 진리가 무어냐고 교수처럼 묻는다면 빌라도라고
오랄 시험을 치르는 예수, 졸업식장에서 유대인의 왕이란
조롱과 명예를 수여받고 자랑스럽게 문턱에 쓰러져 죽었더라.

아무튼 일구는 당나귀 버스에 올라탔다. 빵빵거리는
자동차들의 호산나 합창을 들으면서, 길가에는 교회와
뾰족탑들이 줄지어 섰다. 네온사인의 올리브 잎사귀를 흔들면서
하늘 가는 밝은 길은 켜졌다 꺼졌다 당나귀 버스는 가다가는 멎고 —
고혈압 환자처럼— 일구는 그럴 때마다 흔들거렸다. 결심처럼.
과연 어떻게 자신을 끝내야 좋은 것인가? 할 수만 있다면

나의 문장과 리듬과 삶이 서로 떨어지지 않게 하시고,
마지막 단어가 마침표의 쓴 잔을 마신 후 떨어지지 않게 하소서.
그러나 내 뜻대로 마시고 내 삶의 작문을 쓰고 계시는
당신 뜻대로 하소서. 죽음 옆에 영생이란 말을 나란히 적으소서.
곱게 벗어놓은 신발짝처럼. 죽음은 삶으로 건너가는
징검다리 아닌가. 운명적인 전날 밤에 예루살렘 같은 서울,
바빌론 강가에서 내 가슴은 서울을 바라보고 울었나니
이 도시야말로 나를 핍박하리라. 남산의 골고다가 있음이여,
형무소의 회칠한 무덤이 기다리고 있지 않은가? 머지않아
경찰서의 로마 병정들은 나를 잡으러 오리니, 나는 이미
내가 어둠속에서 거래되는 것을 보지 않았는가? 그들은
내 교복을 벗기고 그것으로 정치적 노름을 하며,
네가 세상을 구하겠다는 학생이냐고 조롱하리라.
세상은 빌라도처럼 진리가 무엇이냐고 좋은 질문을 하필이면
나쁜 때 골라서 하고 대답조차 기다리지도 않은 채 사라질 것이고,
십자가 높은 꼭대기에 시계처럼 걸린 나,
누가 내 얼굴을 쳐다보고 역사의 자정임을 깨닫는단 말인가?
기필코 더러운 세상의 치마폭을 찢어놓으리라.
어둠의 정수리에 빛의 도끼를 내리치리라.
떠나는 자의 팔목에 내리는 능력이여,
그 무자비한 자비여.

돌아가라 돌아가라 돌아가라 돌아가라.
적어도 네 번쯤은 반복해야 시원한 말,

아무도 기다리지 않는 집으로 그곳은 어둠과 미움이
언제나 넘치옵니다. 아버지 집에서 살게 하소서.
하늘마당이나 쓸면서. 아니면
얼굴에 책의 초가지붕을 덮고 향긋한 잉크냄새 맡으면서
낮잠이나 자든가.

뭐라고? 코야 골든가 말든가 돌아가라니까, 꿈길로.

현실: 일구는 도대체 어떻게 된 거죠? 아무리 생일이라지만,
　　　책갈피에 끼운 꽃잎처럼 숨어버렸으니 이 수많은 서울 거리
　　　몇 페이지에 있는지 비록 내가 저를 낳고 멱국을 들이키는
　　　영광을 못 차지했지만, 언젠가는 내 뱃속으로 들어오고야 말걸.
　　　내가 저를 냉수처럼 들이마시고 말거야. 고래가 요나 마시듯,
　　　제 아무리 이상이 제 길을 가고자 하나 행선지는 현실의
　　　아가리와 뱃속인 것을, 그래서 그는 돌아오기 마련 아닌가.
　　　오늘은 제 날이지만 나머지 날은 모두 내 날이거든.
　　　생일은 하루지만 제삿날은 일 년 열두 달이야. 제가
　　　나를 미워하는 한 그 미움은 끊임없이 저를 체포하게 되지.
　　　미움이 파문처럼 번지게 되면 더 큰 미움은
　　　작은 미움을 감싸 안게 되고,
　　　잡아먹느냐 먹히느냐의 싸움에서 나처럼 승리를 거둔 자가 또
　　　누가 있단 말인가? 일구는 지금 십자로에 서 있을까 아니면
　　　바늘구멍 같은 골목길을 뚫고 들어오고 있을까? 길은 진리요
　　　생명이니 그 길에 서 있지 말고 어서 집안으로 기어들어 와야 하는데

부모 같은 마음으로 내가 기다리는 것도 모르고— 물론 저는 나에게
효도를 한다지만, 시시비비를 따지는 효도가 무슨 효도냐 말야.
그런 것도 섬김이라더냐 말야. 나는 누가 뭐래도
예수의 재림까지는 이런 식으로 살아 갈 거니까.
젖가슴 사이에 가라지를 키우면서,
선과 악을 양쪽 무릎에 앉히고, 비록 하나님의 세계에
세를 들어 살기는 하나 주인이 나가라고 할 때까지는
내 집처럼 살 작정이야. 나라 살림의 주인인 정치가들이
나에게 아첨하고 백성들까지도 나를 최고의 신으로 받드는데
내가 꿇릴 것이 뭣이란 말인가?
일구란 놈이 나를 미워하기는 하지만
나에겐 친자식과도 같은 일육이가 있지 않은가?
하나는 내가 변하는 것을 좋아하고 또 하나는
나의 있는 그대로를 좋아하니, 천성이 게으른 나는 자연히
후자를 좋아할 수밖에. 훗날 제가 나를 마음대로 주무르지 않는다면
차라리 일육이와 가까운 것이 낫지 않은가?
일육아 일육아, 자니?

일육: 자다니요? 눈뜨고 지켜야지요. 기회가 있으면 쳐들어오는
　　　세상을 눈 감고 기다린단 말인가요? 칼은 먼저 뽑고 총은 먼저
　　　당겨야 합니다. 일구라는 카인은 가인이 아니어서 언제 내
　　　제사상을 뒤엎고 내 이마를 돌로 칠지 모릅니다. 자칫 잘못하다간
　　　내가 잡은 양이 죽은 눈을 뜨고 나를 비웃지 않겠어요?
　　　우리는 조상 때부터 원수였습니다. 우리가 변방을 지키며

칼을 갈고 있을 때 그들은 방안에 들어앉아 먹을 갈고 있었습니다.

본래 서로가 하는 일이 이리도 다르건만 그들은 붓끝으로

우리를 조롱하는 것을 일삼았습니다. 심지어

잔칫날은 우리 얼굴에 술을 끼얹고 수염을 잡아 뽑질 않았어요?

말이 양반이지 우리 무반은

언제나 문반의 상 밑에 엎드려야 했습니다.

이러고서야 어찌 국토강산을 제대로 보전할 수 있었겠습니까?

우리의 적들이 격문이나 시조를 읽고 감탄해서

물러간단 말입니까?

힘은 없는데 멋만 들었던 나라, 나는 칼을 짚고

일어서지 않을 수 없었습니다. 부정과 부패를 단칼로 베어버리고,

무능과 무기력을 내쫓고, 국력의 바탕 위에 국가를 올려놓기로

결심한 것입니다. 저들은 물론 분노한 나머지

이빨의 맷돌을 갈겠지요.

칼의 무서움과 잔인함을 붓으로 그리겠지요. 혹자는 우리가 나라를

뺏었다고 말할 것입니다. 그러나 우리가 강도입니까? 부패한

관리들의 재산을 뺏어 가난한 사람들에게 나눠주는 것이 강도라면

우리는 강도지요. 권력을 그런데 쓰지 않고

또 어디에 쓴단 말입니까?

그래서 국민들은 우리 강도들을 좋아합니다.

자기들과 같은 패니까요.

경제부흥이 어떻게 일어날 수 있었겠습니까? 언제 보릿고개가

없어졌는지 아십니까? 자고로 배부르면 끝나는 것이

백성이라는 것입니다. 장사가 방해되어 데모를 싫어하는 것이

시민입니다. 집에서 기르는 돼지새끼나 뭐가 다릅니까? 굶주린
돼지가 무섭다는 것을 나는 잘 알고 있습니다. 배고프면
울타리까지 씹어 먹지 않습니까? 돼지들에게 백날 시를 써주고
노래를 불러 줘보시오. 그들이 당신을 밥으로 보지 않겠는지.
칼은 붓보다 강합니다. 상식 아닙니까? 우리나라도 상식이
권력을 쥘 때가 왔습니다. 이 평범한 상식이 영감을 줄 수 있다는
사실입니다. 일구는 항상 나보고 돌대가리라고 놀려대지만
이 나라는 앞으로 돌대가리가 머리 써서 사는 줄 아시오.
그렇지 않아도 수재들이 석두를 무서워하는 세상을 창조하고
싶었던 참이오. 고등고시가
육사시험보다 어렵대서야 말이 됩니까?
법으로 금지된 과외공부를 해서라도 육사에 붙으려고 하는
젊은이들, 한 번 그들의 듬직한 어깨와 배짱을 믿어보시오.
이 작은 나라를 항우처럼 공중에 번쩍 들어 올릴 것입니다.
앞으로는 군가가 유행할 것입니다. 백두산까지 앞으로 젊은
야심을 밀고 밀어 대령이 되고 장군이 되고 장관이 되고
대통령이 될 때까지 될 대로 될 때까지 두만강 건너서
어서 빨리 물러가라 민간정부여 문관 고문관들이여.

삼일: 일구 이놈은 도대체 어떻게 된 거야?
　　기권도 분수가 있지— 계모의 안색이 변색하고
　　일육이는 군복을 입었다 벗었다 하는데, 제 생일이
　　끝나가고 있는 것도 모른단 말인가? 종만 울리면
　　신데렐라는 거지처녀로 변하지 않는가? 너도 구두

한 짝을 잃어버리려고 이 한밤중을 헤맨단 말이냐?
네가 떨어뜨린 구두 한 짝을 증거로 삼아 너를
찾는 자가 있지 않는가? 세상에 태어나서 할 일도
많다만은 노래는 그렇게 하면서도 할 일도 하도 없어
사냥개처럼 냄새를 맡으면서 구석구석을 뒤지는 자가 있나니,
그들은 혹시 오늘 밤 내 용감한 아들을 잡아다가
강제로 목욕시키는 것이 아닌지? 그들이 너의 죽음을
준비하기 위해 그리하였으니, 내 너의 멍든 시체를 보면
무슨 말을 할 거나? 잘 가거라, 애비는 할 말이 많아서
할 말이 없다. 입이란 출구는 하나인데 한꺼번에
빠져나가고 싶은 말은 수천수만이니 말이
말을 짓밟는구나. 너는 얼마나 무서운 놈이었으면
세상이 너를 재로 만들어 버렸을까. 애비는 허공에
산산이 흩어진 너의 이름을 주워 모으나니, 어찌 알리
잿더미 속에 산 불씨가 있을지는. 침묵이 침묵에 부딪쳐
소리가 되고 노래가 되어 메아리가 에밀레 하고 울지 않을는지.
그러나 나는 더 이상 이 세상에서 부를 노래가 없구나.
봄을 뺏기고 노래마저 뺏겼으니 너의 죽음이 내 생의
막다른 골목일 줄이야. 앞을 가로막은 벽이 너무도 높아
차마 눈을 들기가 무섭고 그것을 밀어붙이기엔
내 그림자가 너무 작구나. 위 셸 오버컴 같은 희망가를 가지고는
어림도 없다. 너도 살아생전에 많이 불렀겠지만, 그런
구식 노래 가지고는 안 돼. 데모는 유행도 모른다더냐?
동사를 놓고 주어와 주어가 자리바꿈을 하는 것이

이 풍진 세상이라면, 우리가 만들어가는 역사라면,
우리와 그들이 임무교대를 할 뿐인데, 정작 우리의
인간 된 아픔을 해결하는 길은 그런 것이 아니지 않느냐?
이겼다고 해서 기뻐할 필요가 없는 삶의 승리를
만끽하는 것으로 좋아하면 됐지. 지금부터 칠십 년 전
파고다공원 기미년 삼 월 일 일, 바로 내 생일날,
세조가 사람을 많이 죽이고 큰 죄를 지었다 해서 스스로
자기는 죄인이라고 증거 삼아 세웠던 그 탑을 무거운 짐처럼
등에 짊어지고 모두들 촌사람 서울사람 할 것 없이
작은 울타리처럼 모였느니라. 임금처럼 나라와 세상 앞에
죄인이 되지 않으려고 말이다. 그때 독립 선언서엔
한자가 많았지만, 시대가 유식해서 큰소리로 읽으면
다들 알아들었느니라. 대한민국 만세, 지금은
돌멩이 만세를 부르지만, 그때는 맨주먹 만세였느니라.
마구 사정없이 마치 남편 사랑을 잃어버린 여인처럼
하늘 남편의 가슴팍을 치고 할퀴었지. 그러자 늙은 나라가
갑자기 입덧을 시작하고 그 이상한 헛구역질 속에
애기 울음소리가 들리는 것 같더란 말이지. 그 울음소리를 듣고서
어찌 나라가 경수가 그치고 죽었다고 생각하랴. 나라를
사랑하는 마음, 애국, 그것은 나에게 있어 성령이었어, 뮤즈였고,
애국의 성령은 나를 감동시키고 변화시켰지. 위대하신 애국은
종교조차 거듭나게 했지. 기독교와 불교, 천도교가 다 같이
제전에 참석했고, 우리는 모두 성령으로 섬긴다고 고백했거든.
나라가 있고서야 마음대로 종교도 있을 것이니

종교인이기에 앞서 애국인이어야 함은 당연하지 않았던가.

일육: 그렇습니다. 군인이 있어야 국방이 있고
　　 국방이 있어야 국가와 국민이 있습니다.
　　 지도가 바뀌면 국민교육에 지장이 있습니다.

삼일: 그럼 지도자가 바뀌면? 도둑놈 같으니라고!
　　 나라에서 공짜로 밥 먹여 주는 사람은 네 놈들밖에 없어!
　　 적반하장은 너를 따를 자가 없으리.

일육: 차라리 솔직해서 좋지 않습니까? 겉옷을 속에 입고
　　 속옷을 겉에 껴입으니, 이 정도로 몸소 실천한다면 가히
　　 혁명정신이라 하지 않겠습니까?

삼일: 뒤집기만 하고 좋은 것 나쁜 것을 가릴 줄 모르는 것이
　　 너의 혁명정신이야. 뭐 솔직한 것이 좋아? 솔직도 솔직 나름이지
　　 구린내 나는 속내의 같은 솔직도 솔직이냐? 소쩍새가 너를 보고
　　 노래할라 솔직솔직이라고. 뒤집는 것은 폭력이요 가리는 것은
　　 비판이자 아량이야. 너는 가릴 줄은 모르고 뒤집기만 좋아하니,
　　 병만 진단하고 약 쓸 줄은 모르니, 너는 의사로 치면 돌팔이고
　　 사람으로 치면 반인반수고, 정부로 치면 반정부야. 머지않아
　　 너는 비폭력에 맞아 죽을 것이니 그때까지만이라도 가진 것은
　　 아껴 쓰는 것이 좋아. 목숨과 시간 말이다.

일육:지금 아버지는 제 욕을 하고 계십니까? 아니면 당신을

　　　욕하고 계십니까? 삼일이 조화가 잘못되어 불발탄이 되고

　　　실패했다는 사실은 모르는 사람이 없습니다.

　　　파고다공원에 모여 소란 좀 피운 걸 가지고 독립운동이라 합시다.

　　　독립을 찾는 데 실패했지만 삼일운동은

　　　실패가 아니라고 말하겠지요?

　　　솔직하게 말합시다. 성공한 것도 아니지 않습니까?

　　　성공도 실패도 아닌 운동을 가리켜 나는 절반운동이라 부릅니다.

　　　독립선언서만 읽을 줄 알았지 유학과 유식만 했지

　　　독립할 줄은 몰랐으니 그것은 오히려 반독립이나 다름없었습니다.

　　　나쁜 전례를 남겼기 때문입니다. 그럼에도 불구하고

　　　아버지는 무슨 자존심과 분노의 여분이 남아돌아가기에

　　　걸핏하면 나만을 탓하시는 겁니까?

　　　군인이 무슨 장난감인지 아십니까?

　　　국방이 무슨 병정놀음입니까?

현실:아버지에게 대드는 것은 역사에 대드는 것이야.

　　　역사에게 말대꾸를 할 작정이냐?

삼일:제 버릇 개를 줄까?

일육:주라고 해도 안 줍니다. 그것을 개에게 주었다가 어떻게 하라고요?

　　　잘못된 역사의 멱살을 바로잡으려면 잘못된 버릇이 필요한데

　　　주먹의 역사를 되살려

버릇대로 역사에 대드는 수밖에 없지 않습니까?
역사를 개밥으로 만들어야겠습니까?

삼일:이것은 역사의 문제가 아냐. 우리 집 족보의 문제지.
어쩌다 너를 낳았던가? 너는 내가 가장 기분 나빠하는 자니라.

현실:아니, 여보. 어찌 그런 말씀을? 천사들은 다 어디 간 거야?

일육:그런다고 엎질러진 물이 담아지나요?
이미 내 기억의 전광판에 선명하게 새겨진 것을.
나는 누구처럼 독생자도 아니고
나일강을 떠내려가다 건져지지도 않았으니까.
아테네처럼 아버지 이마를 깨고 군복을 입은 채로
세상에 뛰쳐나왔으면 좋으련만, 나는 여자가 아니니
살아 있는 한 신화가 되기는 틀렸는걸요.

현실:왜들 이래? 이게 무슨 전쟁이야? 도대체
일구는 어디를 갔기에 아직도 안 들어와? 난리 났네 난리,
내 가슴에 불난리 났어. 누가 이 불을 꺼줘야지.
이 집안나라 싸움을 누가 말려야지.

―잠깐! 잠깐! 나도 한마디 낍시다.
―댁이 낄 자리가 아니지 않소?
―이 대사가 여기서 잘 안 풀리면 독자가 신경질 내겠소.

그동안 이놈의 것을 읽으면서 참고 참았던 것이 한꺼번에
폭발해 버린다 그 말이지.
—독자는 둘째치고 내가 신경질 내겠다. 군인들이 정치하는 것도
신경질 나는데 엑스트라가 주역보고 이러쿵 저러쿵이라니.
—당신은 말끝마다 나를 엑스트라 엑스트라 엑기스트라 하는데
그건 당신이 몰라서 그렇지. 요새 말로 하면 엑스트라는
비평가란 말이요. 비록 무대에서 대사는 주어지지 않지만
이놈의 연극 세상이, 굿Good 마당이, 왜 굿하지 않고
바이만 하고 흘러가는지 오히려 주역보다도 잘 아는 사람이
나요 엑스트라요. 하루 종일 한 마디만 하면 되는 사람.
—그럼 내가 여론을 참작해서 올림픽 개막식에는 안 나갈 테니
니가 한 번 해봐라. 내 참 더러워서. 왜들 나만 가지고 그래?
지긋지긋하고 몸서리치는 언론재판. 어쩌다가
이름이 순자가 돼가지고. 아야. 도대체 내 이름에서
여사는 어디 갔어?
—잘못이 재판되고 재방송되지 않으려면 별 수 없이
재판을 해야 되니까. 국정감사를 카메라처럼 따라다니다
보니까 남 체면 봐주고 윙크하고 인심 쓰던 시대는
벌써 지났습니다요. 공직公職이 공직空職이 될망정
어디까지나 공직은 공직이어야지.
말썽이 생기면 물러나는 것만 못한 것이 그것이더라니께.
—도대체 엑스트라인 니가 할 말이 뭐여?
엊그제 들어온 신입사원 주제에, 뭘 밝히라고
주역을 호출하고 무대 위를 걸어가라 넘어져라 함부로

마이크 붙잡고 말을 던지는 거냐 말여?

— 이번에 내가 보니께 주어진 감사 자료를 일일이

　살펴보니께 냉귀지가 이 고사故事에서 요렇게 나가서는 못쓰것소.

　비록 과거는 잘못 나갔다 하더라도 이제는 세상이 달라졌으니께

　냉귀지도 잘못된 것은 바로잡고 분명히 할 것은

　분명히 해야 하지 않소?

— 그럼 분명히 하자고. 그런데 뭘?

— 내가 국정감사의 역사적인 기록을 후세에

　남기기 위해서라도 한 마디 묻겠는데, 지금까지 일구는

　소위 말하는 우리의 주인공이라는 사람은 어디서 뭘 하고 있었소?

— 내가 이미 답변을 통해 분명히 제시했지 않는가? 일구는

　아침 일찍이 밥을 먹고 집을 나가 학교에 들러 지옥구경을 하고

　그 후 머리 좀 식힐 겸해서 창경원에 가서 애인을 만나고

　이런저런 잡다한 생각들을 하루 종일 씹으면서

　해찰만 하고 다니다가 밤늦게 통금시간이 되어 이제 방금

　집구석이라고 기어들어왔지. 그런데 그게 뭐 어째서?

　무슨 비리라도 저질렀소? 일구라는 보통 사람이 이해가 안 돼?

　하려면 잘 하쇼. 감시하면서 트집만 잡지 말고.

일구: 그 싸움은 말리는 싸움이 아닙니다. 불꽃에다 오히려

　　　향내 나는 기름을 부어야 합니다.

현실: 도대체 어딜 갔다 호랑이처럼 엉금엉금 엉금하게 기어오니?

　　　이 무성한 잡초 좀 봐라. 집안이 쑥대밭이야.

일구: 생일은 용서하는 날입니다. 통금도 없는 자유로운 세상인데
못 돌아다닐 것도 없지 않습니까? 부자간의 싸움이야
인간 정신병의 근원적인 것인데, 싸움을 말리라니 나보고
인류의 병을 고치라는 겁니까? 뭡니까? 나를 생일이 비슷한
석가모니로 생각하는 것 아닙니까? 오늘은 초파일이 아니라
사구일입니다. 싸움 없이 지나가면 맥 풀리는 날이 아니라
매 풀리는 날입니다. 죽이지만 말고 크게 다치지만 말고
병원에 입원해서 나올 정도로만 싸운다면 과히
나쁠 것도 없을 것입니다.

오늘은 자유와 정의가 활개 치는 날입니다. 살다 보면
그런 날도 있어야 하지 않겠습니까? 아버지는 힘이 없고
아들은 버릇이 없는 세상입니다. 내가 밖에 나가지 않고
집안에 장롱처럼 들어앉았다면 우리 집안 세상이
더 나아질 수 있었다는 말씀입니까? 나는 오늘 길을 걸으면서
걷는 듯 달리면서 물러가라 물러가라 소리를 염불처럼
외우고 다녔습니다. 물론 마호멧처럼 물러갈 것은
물러가지 않고 다가올 것은 다가오지 않아
내가 물러가고 내가 다가갔지만,
그래서 내가 내 생일에 다가갈 수 있었지만, 세상은
다가오지 않고 한 걸음도 다가오지 않고, 다가오는 것은
군가를 부르면서 다가오는 것은 더 큰 부정과 부패요
독재와 억압이었습니다. 내 주문이

뭔가 잘못되었던 모양입니다. 차라리 대학도 못 나온
강증산의 개벽주문을 외웠더라면 걸군굿 초라니패
남사당 여사당 삼대치…… 이것들이 아닌 놈들은
물러가라 물러가라, 이 소리를 듣고 화를 내면 벼락 맞아
죽을 것이니라. 물러가라 물러가다 내 체면과 위엄을 봐서라도
물러가라고 외쳤던들 어찌 이런 흉측한 잡귀들이
다가올 수 있었겠습니까?

나는 오늘 한바탕 나와 싸웠습니다.
나는 사우나하는 고로 존재하는 사람이니까요. 기름을 보면
불같이 싸우지요. 나를 보면 가만 안 놔두지요. 아 나는 오늘
한바탕 나와 싸웠습니다. 영혼의 솔로 복싱 말입니다. 간신히
내 그림자를 KO 시켰습니다. 온몸에 흘러내리는
땀 좀 보십시오. 내일을 위해 기름을 아껴야 좋을지?
하루에 다 타버리기는 억울하지 않습니까?

삼일: 그렇다. 하루에 다 타버리는 억울함이야말로 억울함이지.
고귀하게 탄 것은 재 가루도 버리지 말라. 재 가루는 우리의
기름이니까. 기미년 삼 월 초하루, 그 하늘은 오늘도 떴더라만은
왜 그 하늘은 점점 오그라만 들고 여학생 손거울이 되어 버렸는지.
그래도 거기 찢어진 두루마기가 대한민국 지도처럼 너덜거리고
모인 군중도 사방으로 뿔뿔이 찢어지는데, 그 틈에도 어딘가
활짝 핀 내 맨 주먹의 양귀비 꽃봉오리, 그들에겐 금단의
꽃이 아니었던가? 내 오죽하면 그 독립, 그 자유, 그 개성의

환각제를 잠깐만 아주 잠깐만이라도 먹고 싶어 맨주먹 양귀비꽃을
피웠겠느냐? 아픔의 아편 꽃 말이다.

일구: 저야말로 그때 아버지의 꽃씨를 받았습니다.

제 마음이 온통 꽃밭인 것도 바로 그 때문입니다. 나는
아버지께서 가꾸신 정원입니다. 그러나 나의 에덴은 외롭습니다.
괴로운 봄을 주시기에 앞서 나를 잠으로 흙 덮으시고 갈비뼈를
묘목처럼 뽑으세요. 함께 어깨동무하고 질주할
동지를 만들어 주십시오. 자기가 사는 세상과 시대에
외톨나무가 되지 말게 하시고, 부디 은행나무 같은 짝을 주시사,
뼈 중에 뼈 살 중에 살이라 부를 자를 찾게 해 주십시오.
혁명의 대를 잇는 것이 시급하지 않습니까?

현실: 너는 생각하는 것이 어찌 모조리 내 가슴을 발칵

뒤집는 것뿐이냐? 네가 황소 같은 뿔로 들이받는 바람에
내 엉덩이는 온통 풋사과같이 멍이 들었어. 어미의
젖가슴을 생각한다면, 그 뽀얀 젖 색깔의 기억을 더듬는다면
너의 더운 콧김의 온도를 낮춰야 할 것 아니냐? 나를
곤두박질치지 않게 하는 것이 효도요 충성이라는 것을.
내가 안정되어야 너와 일육이가 화목할 수 있고 온 식구가
생일 하루만이라도 무사하게 보낼 수 있어.

일구: 무사하게 지나간 날은 수치의 날입니다.

일육:아니, 운이 좋은 날이지. 하지만 나도 차라리 적군에게
　　　항복을 할망정 무사한 것은 싫습니다. 무사를 비웃지 않는
　　　무사가 어디 무사이겠습니까?

현실:칼을 녹슬게 하고 총을 집어던지게 하는 것은
　　　어미의 마음이자 민심이야.

일구:붓이 칼의 형님이 되어 형이 동생을 두들겨 패야 되는 것은
　　　천심입니다. 그런 경우 형은 놀부가 되고
　　　아우는 흥부가 되도 상관없습니다.
　　　이 땅에 천심을 거적같이 펼 수 없다면 그때까지는 단 하루도
　　　수치의 날이 아닌 날이 없을 것입니다.
　　　죽은 화산을 가동시켜야 합니다.
　　　활활 불을 질러야 됩니다. 구석구석마다 쥐구멍 속까지
　　　한길 마음속까지 숨은 것은 놀래 뛰쳐나와야 되고
　　　일단 나온 것은 다시는 구멍을 못 찾아야 하고
　　　더럽게 쌓이고 누적된 것은 새 불을 만들어
　　　깨끗이 태워버려야 합니다.

일육:칼이 붓의 오만과 타락을 다스리지 못한다면, 논리의 대열을
　　　힘의 탱크로 밀어붙이지 못한다면, 내 어찌
　　　아버지의 아들이라고 하겠습니까?

삼일:너는 소위 정통성이란 것도 모르느냐? 권력과 정통으로

정을 통한 놈이니 정통이 뭔지 볼 수나 있나. 권력을 쥐고
눈 안 나빠진 놈 없나니 —

일육:정통은 타고난 것이 아니고 만들고 수립해나가는 것입니다.
　　　그래서 나는 후천적 정통주의자요 후천개벽의
　　　후천적인 주인공이올시다. 이제까지는
　　　아버지가 아들을 낳았지만 앞으로는 아들이 아버지를
　　　낳을 것입니다. 필요하다면 산아제한 할 것 없이
　　　둘이고 셋이고 정력이 허락할 때까지. 그러나
　　　내가 다시 아버지를 낳는다면
　　　아버지 같은 아버지를 낳지는 않을 것입니다.
　　　실패한 작전의 전형적인 케이스니까요.

삼일:내 차라리 일본놈의 손에 죽었던들
　　　그때 그놈들의 총칼을 뱃속에 담았던들 오늘날
　　　너의 더러운 말을 귀에 담지는 않았을 것을.

일구:저놈이 아버지 비행기 뱃속에서 낙하산처럼 떨어졌으면서도
　　　겁도 없이 주둥아리 대공 미사일을 팡팡 쏴대니, 아버지,
　　　저 놈은 언젠가 공산군이 죽여줄 것입니다. 그때까지는
　　　말 못해 썩어버린 혓바닥이나 깨물으십시다.
　　　부정과 부패는 정의의 밥이 아닙니까? 반드시
　　　점심시간은 오고야 말 것입니다.
　　　예수의 재림이 있다면 하물며 그런 날이 없을 것입니까?

그날이 도둑같이 오면 도둑놈들은 주인 같은 도둑놈들은
정작 주인의 손에 도둑놈같이 죽습니다. 군인은 나라 밖을 지키고
학생은 나라 안을 지킵니다. 군인은 침략을 막고
학생은 도둑질을 막습니다. 부정과 기만으로 나라의 안방을 터는
도둑놈 말입니다. 도둑놈은 밖에 있을 때보다 안에 들어있을 때
더욱 위험한 법인데, 학생들의 본분이
도둑질을 막는 것이라면 몰라도,
군인들 하는 일이 정권을 훔치는 것이라면 몰라도, 정말 학생이
군인을 지키는 것은 무리입니다. 아무리 세상의 소금이라지만
짜지는 데도 맛을 내는 데도 한계가 있습니다. 군복을 벗고
정치인이라고 파랗다가 갑자기 하얗게 변해버리는 군인들을
지키기에 학생들은 재수생처럼 지쳐 있다는 것입니다.
교과서 밖으로 뛰쳐나가는 것도 한두 번이지
굿도 가끔가다 해야지 일 년 삼백육십오 일을
데모잔치만 한다면 공부살림이 어떻게 되겠습니까? 데모하면서
얻어맞는 것도 억울한데 낙제까지 하다니요? 학생의 숫자와
경찰의 숫자가 정비례하기로 말하면, 진리추구와 사회 안정은
반비례적일 수밖에 없습니다. 검은 양과 반역자를 길러내는 사회,
죄인이 무고한 사람을 감옥에 가두는 사회에 우리는 아주
당연한 것처럼 살고 있습니다. 원숭이가 과학자를 가두고
실험하는 격이 아닙니까? 이럴 때 문학이 얼마만큼 문턱에
나서야 좋은 것인지는 모르겠습니다만, 당신과
백지장을 맞드는 것으로 생각하고 붓끝으로
울분의 산수화를 한 폭 치고자 하는 것입니다.

나 일구가 밤낮을 혼동하면서 생각해온 것은 어떻게
나를 새롭게 하고 세상을 새롭게 하느냐 하는 것입니다.
유신이란 말을 도둑맞아 안타깝게도 사용할 수가 없습니다만,
아무튼 새로워지는 것은 시간의 원리이자
존재의 원리가 아니겠습니까? 새로움이 자기는
더 이상 새롭지 않아 또 다른 새로움에
발걸음을 양보하는 것을 순리라고 하지 않습니까?
보이지는 않지만 사물은 끊임없이 바통을 주고받고 있습니다.
그러나 동시에 바통을 품에 감추고 삶의 경기를 망치는
비겁한 행위가 일어나고 있다는 것입니다. 가진 것을
내놓지 않으려고 시간의 치마폭이 찢어지게 매달릴 때,
그로 인해 삶의 경기가 마비가 될 때
날카롭게 호루라기를 부는 것을 혁명이라고 부릅니다. 역사는
누군가 불어대는 호루라기 소리로 가득 차 있습니다.
이 호루라기 소리를 듣지 못하는 사람들, 들어도 못 들은 척
하는 사람들, 삶의 규칙을 모르고 반칙의 규칙을 지키는
이상한 선수들, 이들은 타오르는 혁명의 땔감이고
역사와 심판자의 눈요기라는 것입니다. 어느 게임
어느 세상이건 반칙이 없을 수는 없습니다. 그러나
반칙 때문에 이기는 사람이 있으면 안 될 것입니다.
그렇게 말하는 사람은 바로 당신입니다. 세상의 게임은
언젠가 당신이 부르는 호루라기 소리에 끝나게 될 것입니다.
<u>호르르 호르 호르르르 와르르르.</u>

삼일:실로 옳은 말이야. 내 침침한 눈이 다 밝아지는 것 같다.

　　　이 풍진 세상에 이빨까지 쑤셔주는 아들은 너밖에 없구나.

일육:아버지의 편애가 이토록 심할 수가 있습니까?

　　　똑같이 혁명의 피를 받고 장성했는데 내 피는 물이란 말입니까?

삼일:네가 감히 맹물만도 못한 피를 내세울 작정이냐?

　　　장미가시 같은 놈아, 물은 피를 씻을 수 있으나

　　　피는 물을 씻지 못해. 그 따위 썩은 피를 가지고

　　　입에 피를 튀기면서 얘기한단 말이냐?

　　　일구는 맨주먹 맨발로 시작했으나 일을 이루었고

　　　너는 총 들고 탱크에 올라타서 진격했으나 일을 그르쳤어.

　　　일구는 불끈 일어난 것으로 족했으나 일육이 너는

　　　족한 상태를 짓밟고 권력의 자리까지 쳐들어갔단 말야.

　　　그 자리는 네 놈이 앉을 자리가 아닌데도 20년이 넘도록

　　　핑계만 바퀴처럼 갈아 끼우면서 굴러먹었으니

　　　혁명의 명예와 가는 길을 버려 놓지 않았느냐?

　　　너 같은 놈이 살아있기에 엉덩이만 들고 일어나면

　　　출세하리라고 생각하는 수십만 명의 애벌레와 젊은 구더기들이

　　　이 땅에 득실대고 있는 것이야. 도대체 언제부터 이 나라가

　　　권력과 출세의 전염병이 돌고 돌며 구토와 악취가

　　　코를 찌르는지 알기나 한단 말이냐?

　　　바로 네놈이 유산도 되지 않고 세상에 나오면서부터

　　　그렇게 된 것이야. 너의 출생은 조국의 죽음이었어.

우리가 조상들로부터 어떤 땅을 물려받았는데
시골 논둑에 송사리와 우렁님들이 다 죽고 없단 말이냐?
너는 사람만 죽인 것이 아니고 광주만 죽인 것이 아니고
자연과 미물까지 죽였으니 내 이빨이 아직도 남았다면
어찌 갈지 않을 것이며 눈깔이 있다면 충혈되지 않겠는가?
내 피를 오염시킨 놈이 감히 피를
논하다니 피라먹을 놈 같으니라고!

일구: 그렇습니다. 아버지. 내 고장 난 맥박이 이제야 제대로
벼룩처럼 점프하는 것 같습니다. 아버지가 내 속에 거하고
내가 아버지 속에 거하는 듯합니다. 내 마음이
바람 부는 날 연처럼 하늘높이 올라가는 것 같습니다.
박카스처럼 청량하신 선전 말씀 가슴의 광장에 퍼질 때
백 원짜리는 백만 원이 되는 기분이고, 카인은 아벨을 미워하고
질투하는 것조차 잊어버릴 지경입니다. 그러나
아버지, 자비로우신 I am, 한편 생각하면
일육이는 불쌍한 놈입니다. 아버지에게 버림받은 것
하나만으로도 그는 천애고아입니다. 더욱이
천둥과 벼락을 맞으면서 키가 컸으니 몸과 마음에 또렷한 것은
흉터와 화상자국밖에 없습니다.
반면에 저는 형제가 있으면서도 마치 외아들처럼 자랐습니다.
이스마엘이 있었지만 있으나 마나였고 이삭은 등에
나무를 짊어지고 산을 올라가면서 나무처럼 자랐습니다.
여기에는 어찌 도덕을 초월하는

허물이 없다 하겠습니까? 허물이 있는 이상 어찌 일육이만을
나무랄 수 있겠습니까? 장자랍시고 글 읽는답시고 풍류랍시고
하고 있을 때 장자가 아니어서 글을 안 읽어서 풍류를 몰라
전방에 가서 팔다리를 벌목당하고 통나무처럼 넘어져 죽었으니
허물을 논하자면 나무랄 수 없고, 미워하는 것으로 해결되는
미움은 없습니다. 미움은 존재를 말살시킬 것 같지만 사실은
최악의 상태로 영속시켜 줄 뿐입니다. 미움은 오직
원수를 강하게 해줄 뿐입니다. 그렇다면 우리는
우리의 미움을 먼저 미워해야 하지 않습니까? 달리 묘수가
생각나지 않는 한 사랑과 이해는 궁극적인 방법일 수밖에 없습니다.
우리는 어찌 이 최후의 방법을 쓰지 않습니까.
사랑을 통한 혁명 말입니다. 혁명이란 들고 있던
밥그릇을 뒤집어엎고 걷어차는 것과는 다릅니다.
그런 혁명은 며칠 못 가서 또 뒤집어질 것이고, 뒤집어질 줄
알면서 뒤집는 것처럼 어리석고 무모한 일은 없을 것입니다.
혁명은 적어도 더 이상 뒤집어질 수 없는 상태를 전제로
뒤집는 것이 되어야 하지 않습니까? 미움으로 혁명을 하면
밥그릇을 뒤집어엎는 거나 다름없습니다. 그 밥그릇은,
그 혁명은 끊임없이 뒤집어지고 그 속에 밥은
누구 입에도 들어가지 않은 채 버려지고 말 것입니다.
결국 파괴의 커다란 아가리가 그 남은 찌꺼기를
삼킬 뿐입니다. 붓이 칼을 누르고 칼이 붓을 꺾는 것은
다툼이지 혁명이 아닙니다. 상대방의 성질을 바꿔놓겠다니요?
그렇게 해서 말입니까?

일시적인 승리가 승리가 아니라면 혁명은 영원한 승리에 대한
영원한 텔레비전이 있어야 합니다. 이 텔레비전은
생명의 외침 속에 코드와 바탕을 두고 있습니다.
어린애가 태어나 첫 울음을 방영할 때
그때의 울음소리를 관심 있게 시청해나가야 합니다.
바른 길을 놔두고 갈지 자 걸음을 걷는 것들,
생명의 울음소리를 속된 길로 인도하는 요망한 것들을
혁명은 제일차적으로 물리치지만, 혁명은 항상
새로운 방법을 통해 가장 원초적인 것을 회복하는 운동인 것입니다.
혁명은 죄악으로 무기력한 인간의 삶 속에서 하나님이 주신
삶의 원동력을 찾고자 함입니다. 이렇게 마음의 지평선을
아득하게 하고 삶의 주변을 정답게 두리번거린다면
마음처럼 하찮은 빈 깡통이 다시없고
혁명은 헌 신발짝같이 걸어온 길은 물론 자아도취마저
잊어버리게 됩니다. 나는 오늘 내 생일을 맞아 나를 잊어버리려고
애를 썼습니다. 처음엔 피가 마르기를 기다렸고 지금은
마른 피가 물에 지워지기를 기다리고 있습니다.
역시 쉬운 일이 아니었습니다.
마음에 고삐를 매고 걸어온 길을 가게 하느니보다도
고삐를 물고 제 마음대로 가고 싶은 길을 가라고 하는 것은
역시 쉬운 일은 아니었습니다. 쉬웠다면 또 싫어서
혁명하고 싶었을는지도 모르지만, 마음이 자유로운 길을 가자니
부자유스런 것들을 만나지 않을 수 없었습니다. 그럴 때 혁명은
자기 길을 막는 것을 이놈아 비켜라

와락 밀쳐 버리는 것에 불과하지 않습니까? 이때
여인이 남자 밀쳐버림은 종이 상전 밀쳐 쓰러뜨림은
폭력을 쓰고자 함이 아니요 생명의 분노가
꽃처럼 잠시 활짝 핀 것에 불과합니다. 보기와 달리
생명 속에는 폭력이 없지 않습니다.
생명의 자연스러움은 핵과 같은 무서운 파괴력을
지니고 있으니까요. 그러기에 가냘픈 풀 한 포기가
소리 없는 생명의 핵폭발로 바위를 깨지 않지 않습니까?

삼일: 네가 거기에 가 있구나!

일구: 자유는 정치적인 개념이 아닙니다. 자유는
생명에서 파생된 지혜입니다. 인간이 세상에 태어날 때
태어나게 하신 자의 뜻과 태어난 사람의 권리가
보장될 수 있는 길이 자유인 것입니다.
이 자유의 길을 가지 않는 것이 어리석음이요,
그것을 막는 것을 죄라 할 것입니다. 따라서 혁명은
인간에게 생명의 길이 막혔을 때 그 막힘에 저항하여
앞길을 트는 것입니다. 앞길을 트는 것이 자유라면
자유는 생명을 위해서 지혜로울 수밖에 없습니다.
내 나이 금년 19세, 아직 선거권도 없는 어린 나이지만,
제대로 선거할 일이 없는 세상에서
현명한 어른들은 자유 대신 안정이란 구속을 택하는 고로
어리석게도 무관심을 부패의 공범으로 만들었습니다.

삶은 원래 물처럼 흘러가야 하는데
그들은 둑을 쌓고 있습니다. 세상과 나는 원래부터
관계가 불편했습니다만, 나는 이 땅에 내 말의 씨앗을 심고
씨앗이 자라고 열매 맺는 것을 끝까지 지켜볼 작정입니다.
세상이 악해서 싫은 것보다도 어리석어서 싫습니다.
어리석음이야말로 우리 사회의 죄악입니다.
먼 것과 가까운 것을 구분하지 못하니
우리의 눈길이 코의 언덕을 넘을 수만 있어도
지난 수천 년의 쳇바퀴 길을 가지는 않을 것입니다.
자유는 창조요 길은 모색입니다.
생명의 길인 자유는 너무도 신비하기만 해서
그 길을 걷기만 하면 창조는 저절로 이루어질 것입니다.
그러나 그 길은 또한 어려워서 계속 넘어지고 쓰러지고
무릎이 까지지 않고서는 찾지 못할 것입니다.
길을 찾는 과정에서 젊음을 잃어버리고 피를 잃어버리고
지혜를 찾게 됩니다. 그 캄캄한 어둠속에
진흙하고 뒤섞인 눈밭 위에 남아있는 어지러운
기러기 발자국들, 훗날의 사람들에게는 고마운
힌트가 아닐 수 없습니다. 파고다 공원 주변에 흩어졌던
아버지의 발자국, 그것은 바람에 날려 흩어진
화투짝 같은 것은 아니었습니다. 아버지가 어둠속에
발자국의 도장을 찍었기에 저 또한 조국의 위기에서
제일 먼저 내 한 몸의 희생을 인당수에 심청하게 되었고,
현실로부터 탈영해서 현실을 향해 우향우좌향좌

뒤로 돌아 갓 귀대할 수 있었습니다. 아버지나 저나

자유의 길을 찾지 못하고 여전히 허탕만 치고 있습니다만

길이 어디쯤일 것이라는 사실은 세상에 충분히

알릴 수 있지 않았습니까?

쓰리 맞을 뻔했던 역사에 충분히 알릴 수 있지 않았습니까?

쓰리 맞을 뻔했던 역사를 생각해보면 모든 것은 정말

김대중 정치 목숨만큼이나 아슬아슬했습니다.

이렇게 말하는 저는 이순신 같은 충신도 아니고

안중근 같은 의사도 아니고 안창호 같은 애국자도 아닙니다.

나는 아무것도 아니어서 오히려 위대한 나입니다.

저 자신을 애국자라는 틀에 액자 끼운다면 저는

벽에 박힌 듯 너무도 답답할 것입니다. 저는 그저

자유인이 되고 싶습니다. 자유인이 되고 싶기에

혁명가가 될 수밖에 없습니다. 저는 당신을 위해서가 아니고

자신이 가기 위해서 고속도로를 내기도 합니다.

저는 민중이다 민중 신학이다, 민중문학이다,

그런 거에는 관심 없습니다. 저는

민중이 누구인지도 모르고 모르는 거에다 신학이다 문학이다,

간판을 걸어놓은 것 자체를 가증스럽게 생각합니다. 저는

거미처럼 제 뱃속에서 나온 것으로 집을 지을 뿐입니다.

영국의 스위프트와 전쟁을 벌이고 싶지는 않지만

나는 내 팔각형의 집 한가운데 가만히 앉아 있다가

민중은 역사의 주체이니 어쩌느니

말 같지도 않은 소리를 지껄이면서 지나가는 벌이 있으면

내 똥구멍에서 밧줄을 뽑아 그의 날개를 꽁꽁 묶고
벌을 주고자 합니다. 젊음과 학생이
역사의 주체라 해도 신통치 않을 텐데 난데없이
민중이라니 추석 때 내려갈 때마다 기차간에서
나를 짓밟는 사람들보고 주체라니, 도대체
주체와 객체가 어디 있으며, 응원단보고
선수라고 하는 것이 주책이지 비평입니까?
나 같은 혁명가나 자유인은
주체니 객체니 검은 머리니 흰 머리니 따지는
작은 마누라 큰 마누라라도 되고 싶지 않습니다.
윙크와 미소로 안 되면 등과 머리를 쓰다듬어 줄망정
십계와 칠거지악을 들어 문밖으로
골치를 내쫓지는 않습니다. 문제라는 것은
덮어놓고 감쌀 것도 아니지만
자꾸만 분당하고 상표를 부치니까
아닌 것도 그런 것 같기도 하고 이해와 오해를
뒤섞어놓아 생각의 여지마저 남겨놓지 않고
무덤처럼 꽉 메워 버리게 됩니다. 나는
내 생각의 버스가 만원이 되면
더 이상 태우지 않고 떠나는 사람입니다.
오라이, 발음이야 틀렸든 맞든
떠나주는 버스, 그것이 자유인입니다.

현실: 웬 날씨가 갑자기 비가 오고 천둥번개가 칠까?

일구: 난중일기니까요. 얼굴에 묻은 피를 씻고

　　　마음에 묻은 원한을 씻으라고 비가 내리죠.

　　　긴 이야기를 단칼에 끝내라고 천둥번개가 치고요.

　　　흔들리는 촛불 한 개를 꺼뜨리고자 하늘이

　　　비바람을 보냈으리요만은 사천만 개의 벽이 있다고 해서

　　　무너지지 않으리라는 보장도 없겠지요.

　　　가끔 가다가 섬도 떠내려가는 시대에 내 불면증 하나가

　　　겨레의 편안한 잠을 가져오기는 틀렸지요.

　　　한반도 번개 밝은 밤에 붓 잡고 앉았으니

　　　잠 안 와 부은 눈에는 눈곱도 안 끼나니.

일육: 감히 충무공을 모욕하다니

　　　충을 비웃고 군대를 업신여기다니 이것은

　　　왜놈이 나라를 쳐들어온 것보다 훨씬 막중한

　　　성역을 침범한 죄로 억세게 다스려야 하리.

　　　원균인지 병균인지 겨우 오줌과 똥만 가릴 줄 알았지

　　　적군인지 아군인지 가릴 줄 모르고 상소만 올리고

　　　잔칫상만 지켰던 자와 같은 쓸모없는 자의

　　　쓸모없는 발언이 아닌가?

일구: 장군하면 멍군하는 것이 발언인데 네깐 놈이 무엇을 안다고

　　　장군 멍군 또다시 칼을 간단 말이냐?

　　　현충사만 뺀질나게 들락거리면

충무공의 호적에라도 오를 것 같으냐?
Beware the fury of a patient man![3] 이 시대에
백의종군하는 사람은 충무공을 충문공이라 부르고
그가 오뚜기 같은 적을 이긴 것은 무보다 문이 뛰어난 까닭이라
역사책을 바르고 자상하게 읽어 주느리라.

일육: 역사에 대한 주석이나 방울은 자기 목에나 매달으라고
    나는 틈만 나면 역사를 바꾸고 인감도장을 위조할 테니까.
    충무공을 충문공이라니 왜 한국 역사가 당파싸움으로 시작했다고
    말하지 않지? 단군을 당군으로 고치고 커다란 주석방울을 울리시지.
    그때마다 나는 역사를 고치고 팔아넘길 테니까. 안정된 현 시세로
    예수의 몸값이 적어도 30냥이라.

일구: 뭐 한국 역사의 갈비뼈를 모조리 뽑아 구이로 만들어
    어떻게 먹어 해치운다고? 굴속에 들어갔다 하루도 못 견디고
    뛰쳐나온 놈이 마늘 냄새 풍기면서 뭐가 어째?
    내가 밤낮으로 학교를 등교하면서도 수업을 빼먹고
    시험에 낙제해가면서 네 놈의 날카로운 칼(무)이
    사람을 못 찌르게 칼집(ㄴ)을 씌어 주려고(문)
    가스와 눈물을 안 가렸거늘, 해석이니 주석이니
    술독에 낫 가는 소리를 하고 있으니
    고문해 목 졸라 죽이고 사건만 숨겨주는 게 의리렷다.
    죽은 사람의 생각은 물어보지도 않고 그것을
    의리라고 해석하는 법정이라니. 그것은 무공이

판사들을 오랏줄로 묶어놓고 법정에서 사무 보시는
까닭이 아닌가? 네놈의 칼이 아직도 나라의 방방꼭꼭
먼지 긴 구석까지 아니 벌어진 이빨 사이까지 쑤시고 있으니,
그 잘 웃는 웃음조차 웃을 수도 없고
비싼 돈 주고 해박은 금이빨을 감출 수밖에. 무공이 높으면
문공은 맥을 못 추고 허리조차 가누지 못하게 되니
이게 바로 충무공의 백의종군의 논리란 말인가?
공산당을 욕하던 놈이 악수는 제일 먼저 하더라.
공산당만큼도 주체가 없으니 충문사상을 암기주입 교육시켜
올림픽 남북통일하리, 서로가 서로의 밥이 되더라도
판문점을 파문으로 하여 말이 행동까지 되게
부산에서 함흥까지 올라가리. 올라가리 올라가리.

일육: 말은 고장 나지도 않나? 연발로 쏴대고서도
      실탄이 남아돌아가니 도대체 우리 공화국은
      말 못하고 죽은 사람, 말 못해서 죽으려는 사람이
      몇이나 된단 말인가? 각 대학마다 데모에 살고 데모에 죽은
      아스팔트광장을 걸어 다니는 데모크라테스들이
      대충 2백여 명 미만이라는데, 대학 정원을 2만으로 잡으면
      겨우 1%에 불과하지 않은가? 그래도 4천만의 1%라면
      사백만 명이니, 그것은 육해공군 다 합한 것보다도
      숫자가 많지 않은가? 이거 내가 중과부족으로
      당하고 있는 거 아니야? 숫자를 늘려야겠어. 정규군에다
      예비군, 전경, 정보부, 거기에 안기부까지 안겨

적어도 사백만은 확보해야 그 주둥아리들을 바늘로 꿰매겠어.
적어도 내 임기 동안은 실밥이 틀어지지 않게 단단히 꿰매놔야지.
언론의 대가리부터 개머리판으로 후려쳐놓고
공무원은 빠따 방망이로 대통령은 공갈로 포위하고 싸인하라고
있으나 마나 한 국회의원들은 해외나 나가서 놀다 오라고 하고,
북한이 가끔 엉뚱한 짓을 해서 도와주기만 한다면
임기를 채우고 연장에 연장을 하는 것쯤이야.
휴가증을 가지고 외출하는 것처럼 간단한 일이지. 어차피 찍힌 군인
이것 말고 할 것이 뭣이 있겠는가?

일구: 데모에 버린 성질 같아서는 당장 해체시켜버리고 싶다만
　　　육십만이 하나하나가 되게. 뭉치면 죽고 헤치면 살게.
　　　조직이 있으면 세력이 생기고 세력이 있으면
　　　횡포와 남용이 있게 되니 내 무슨 도끼로 내리찍어야
　　　이것을 넘어뜨릴 수 있을 것인가? 말 도끼로는 아무리
　　　내리 찍어봤자 다이어트를 하지 않는 조직은 점점
　　　비대해지기만 할 뿐. 지금 덴민국 조그만 토끼 땅은
　　　조직과 그물에 가려 조심하기에만 바쁘고, 행진에
　　　발이 틀리고 구령을 맞출 수 없는 사람들은 대통령이
　　　보통사람이 될 때까지 기다릴 수밖에 없을 것인가?
　　　채권장수처럼 가방만 들고 다니는 보통사람, 아예
　　　비서와 부관도 없애 버리지. 아무나 청와대에
　　　마실 갈 수 있다면 드디어 보통사람의 보통시대가 왔다고
　　　꼬끼오 고개를 끄덕여주지. 「보통」 사려, 「보통」 사려,

당신을 대신해서 내가 당신의 채권을 팔아주지. 공짜로.

삼일:나는 그만 자야겠다. 무덤방으로 건너갈 테니
　　남은 숙제가 있거든 끝내고 자거라. 이 애비는
　　숙제하라는 말밖에는 더 할 말이 없구나.
　　밀린 숙제가 얼마나 많으냐? 내가 너희였을 때
　　아무리 예습과 복습을 해도 역사는 알 수가 없더라.
　　뱀장어 잡아서 진흙 창에 올려놓으면
　　요리저리 골목길처럼 구부러지다가 제자리에
　　구멍을 파기도 하고 때로는 허물 벗고 용이 될 때까지
　　죽은 듯이 가만있고 우리 역사도 꼭 그런 것만 같더라.
　　필요한 것은 물이 아니었더냐? 물 한 바가지 말이다.
　　길게 축쳐진 것 물에 다시 집어넣으면 번개같이 휘어지고
　　구부러지면서 잽싸게 나아가니 필요한 것은 물이 아니었더냐?
　　숙제를 할 때는 물이란 정답을 왜 몰랐는지?
　　왜 목마르면서도 불만 찾았는지? 나는 그만 자야겠다.
　　심지 낮춘 불꽃처럼. 기름도 다 떨어져가고, 시간은 촛불처럼
　　방울방울 녹는구나. 그러나 너희들은 남은 숙제가 있을 것이니
　　항상 못 다하는 숙제나 다하고 자거라. 오늘도 못 다할망정.
　　이 말밖에는 할 말이 없구나.

일육:어서 주무세요. 주문이나 외시면서 바람에 불꽃처럼 꺼지든가.
　　나에게는 유리할 뿐이니까. 올림픽이 내일 모레인데 숙제라니.
　　미뤄도 시원찮을 숙제를 앞당기라니. 역사는 언제나 맞추고

조작하는 건데 그것을 뱀장어보다 모르고 있으니.
모르는 것은 차라리 구워 잡수시고 가만있으시면
간단할 것 아닌가? 그 매끈하고 털도 안 난 것,
계집처럼 쪽 빠진 것, 왼쪽에 부딪치면 다음엔
오른쪽 차례가 오는 것은 당연하지.
예언이 무슨 필요가 있어? 독재가 싫다면
민주화를 시켜주겠다는데. 다시 독재로 돌아갈망정.
만일 숙제가 싫다면 그것도 없애주지.
통금이나 과외공부처럼. 학생이 원한다면야. 그러면서
나도 민주주의에 공헌하는 거지. 내 방식과 작전대로.

일구:손자가 손자 같은 네 놈을 보고 무덤에서 배를 잡고 웃을라.
네놈의 적은 공산당이 아니라 바로 네놈 자신이야.
그리고 너는 벌써 졌어. 병법은 모르고 군법만 알아서
뭘 어쩌겠다는 거야? 60만 대 4천만으로
한 번 해보겠다는 거야?
손자의 병법보다도 어려운 것이 헌법이야.
애매한 것이 아닌 것이 헌법이란 말이다. 그것만 제대로 지켜도
충분히 이길 수 있는데, 따로 무슨 작전이 필요하다는 것이야?
잔소리 말고 이양해. 아양 떨지 말고,
작전권인지 정권인지. 88년까지 진군했으면, 또 더 큰 봉우리를
넘고 싶으면, 입고 있는 푸른 제복처럼 88하게,
올림픽을 오리피로 만들지 말고.

일육: 한 번 한다면 한다는데 왜 이래? 8년도 못 기다리고? 그러면
또 5년은 어떻게 기다릴 거야? 한 번 뱉은 것을 또 뱉으라니
정말 X년까지 정권을 붙잡고 있어 볼까? 죄라면
동생 하나 잘못 둔 죄밖에 없어.
새마을을 더 새롭게 고치려고 하다가
무리가 일어나긴 했지만, 뚜드려 부시고 새로 세우는 데 어찌
먼지가 안 날 수 있나? 심지어 빈호주머니를 털어도 먼지가 나는데.
그런데 나보고 지미 카터라고 하지는 않고 현 정권을
전정권이라고 하다니 이천 명을 죽일 것을 이백 명만 죽인
고마움도 모른단 말인가? 현대 자동차 따라 미국에 나가보라고.
현대 한국을 다시 보게 될 테니까. 그뿐인가? 80년대 한국은
내 엉덩이 밑에서 별 따기보다도 힘든 미국시장에 두 개의
또렷한 별자리를 더했으니 바로 삼성과 금성 아니겠는가?
한국에서 만든 것마다 다 이 정도라면 내 정치 역시 과히
저질은 아니지 않는가? 모든 우뚝 솟은 것, 더 커지고 늘어난 것,
한국의 콧대를 높인 것들을 본 다음에 판단하라고.
그걸 자세히 보면 내 죄는 욕 얻어먹느라고 수고한
죄밖에 없다는 것을 알게 될 테니까.
수고한 사람을 칭찬하지는 못할망정 그가 벗어놓은 허물을 함부로
입에 걸치다니, 나 두환은 언제까지나 우환이란 말인가?
대통령이 되어 식구가 좀 불어난 것을 가지고
이러쿵저러쿵 말방아니
장군보다도 소위시절이 좋았어. 안 그래, 순자?
지긋지긋한 세상 축구, 볼처럼 차버릴까 보다.

국회의사당 유리창을 향해.

해외로 못 나간다니? 누구다리고 누구나라인데?

허수아비 새끼들, 이제는 살아서.

쫓으려면 참새나 쫓을 것이지.

일구: 허수아비가 다시 사람이 된다는 게 얼마나 좋으냐?

군인이 민간인 되는 것보다야 낫지. 이제 허수아비는

참새뿐만 아니라 방앗간도 쫓을 것이니라.

일육: 사당으로 갈라져 사색당쟁을 벌이는데도?

알맹이 대신 쭉정이만 갖고 떠드는데도?

밖에서는 돌멩이 갖고 떠들고?

일구: 올림픽은 바퀴가 다섯이나 돼도 잘만 굴러가더라.

우리가 사는 서울까지 굴러오다니 굴러먹지 않으면

어떻게 굴러왔겠니? 쭉정이 사려. 한국 사람

이미지를 잘 팔아야지. 짝쩍이 사려. 한국 사람의 겉과 속을

잘 팔아야지. 잘들 관광하시게. 경찰이 학생을 개 패듯 두들겨 패는 것,

뒷골목 어딘가에 숨어 있는 보신탕집까지 일일이. 그러나 정말로

정치에 관심이 있다면 국회의사당으로 가보시게

신기하게도 여당이 작고 야당이 크지 않은가?

이 사람들은 올림픽이 끝나고 당신들 떠나기만 기다리고 있지.

진짜 구경이 시간이 걸린다면 청와대로 가보시게.

놀랍게도 보통사람이 대통령일 테니까. 이거야말로

보통 구경이 아니지 않는가? 예스가 아니고 노라니까.

답답하기는. 이런 구경들이 다 시시하다면,

당신 갈 데라곤 술집밖에 없구먼. 도대체 몇 개나 되는지

숫자를 헤아릴 수 없는 게 한국의 술집이지. 술집이

그렇게 많으니 거기에 취직한 술집여자, 또 술집여자의

술밥을 먹고 사는 식구 찌거미들은 얼마나 많겠는가?

지나가는 처녀 붙잡고 물어보게. 술집에 나가지 않느냐고?

한국에 여성 실직자가 왜 없는지 알겠지? 그래서

자고로 한국을 동방예의지국이라고 불러왔는데 요즈음엔

왜 그런지 그 문자를 안 쓰더군. 교육수준이 높으면 높을수록

옛날 문자들을 안 쓰더군. 여소야대다 뭐 그런 문자는 더러

만들어 쓰면서. 무식하게.

일육:문자로 말하면, 군사혁명이 일어나고 국민들이

상당히 유식해졌지.

경제개발이다, 산업화다, 첨단기술이다, 경제학까지 가르쳤으니까.

삼등국민을 인수인계해서 일등병으로 만들고 훈련시켰지.

새마을이란 훈련소, 눈 먼 날을 위한 기초공사, 군사혁명이란

문자가 생긴 것이 1960년대였던가? 전에는 겨우

무신의 난 정도였는데, 정신 차리고 두리번거릴 때는 이미 늦었지.

거리엔 온통 군인과 철모가 깔리고 세상엔 새로운 작대기와

계급이 생겼으니까. 아차, 학생들은 피를 보고 부모들은 땅을 치고,

이제까지 등록금을 쓰레기통에 버렸으니 어른 아들새끼들

학교를 바꾸고 전공을 바꿔치기하려고 아우성, 아우성.

아차 하는 사이 육사가 서울대학이 되고 공대와 상대가
입시지옥의 천국이 되었지. 길고 지루한 우리 역사
하루아침에 가치관마저 바꾼 사건이 몇 번이나 있었던가?
앞으로 갓! 뒤로 돌아 갓! 맘대로 갓! 신나는 구령.

일구: 아무것도 몰랐던 국민들 독재 하에서 착실히 민주교육을 받고
수십 년간 배운 것을 한 번 써먹어야겠기에 드디어 1988년
정치가들 교육을 시작하다. 요즈음엔 통일교육이 한창이지만
맨 처음 독재자들을 앉은 자리에서 일어서게 하고,
대통령 선거에서는 야심보다 양심을 강조하고, 국회의원 선거에서는
강자보다 약자를 붙들어 힘의 균형을 일으키니
누가 알았으리요? 겨울공화국이 새봄에 녹아버릴 줄을.
이제는 앞으로는 내각책임제가 아닌 국민책임제로 하지.
국민이 조금만 신경을 쓰면 잘되는 정치로. 그러나
아직도 소수가 다수를 교육시키기는 쉬워도 다수가 소수를
교육시키기는 어려우니 학생들이 과연 정부를 교문에서
판문점까지 끌고 갈 수 있을지? 가르친다는 것은 역시 힘들구먼.
배우는 것도 힘들었지만. 정부와 대학은 역시 사년제가 좋아.
대통령은 단임제가 좋고. 아차하면 물러가게. 안 물러가면
여소야대로 안다리 걸지. 천하장사 대한국민
아니 천하국민 "쿵" 그리고 "와!"

일육: 아 또 그 소리, 뱉고 또 뱉고. 침은 마르지도 않나?
군인은 정치에 불만 없어. 인사관리만 잘 하라고.

일선에서 물러날 테니까. 후방이 좋다는 건 군인이면
잘 알고 있지 않은가? 어느 무쇠대가리가
정치의 전방근무를 원한단 말인가?

일구: 아직도 미련으로 녹슨 대가리지. 정치가들 노는 꼴
    아니꼽게 쳐다보고 슬금슬금 민심을 감시하면서
    부하와 국민을, 정치와 지휘를 계속 혼동하다가
    인사관리가 잘못되면 예수쟁이 아멘처럼 헐레루야
    뛰쳐나오는 무쇠대가리지.

일육: 울려고 내가 왔던가 욕할려고 왔던가?
    웃을려고 왔던가 때릴려고 왔던가? 원래 얻어맞는 것은
    내 장기가 아닌데, 좋게 말할 때 말 방망이 치우라고.
    보초 서다 깜빡 졸면 어떡헐라고 그래? 사천만을 한밤중에
    기상시킬려고 이러는 거야? 이제는 피난 갈 데도 없어.
    한강다리 멀쩡해도. 앉은자리에서 죽는단 말야.
    불타는 허수아비처럼. 죽으려고 왔던가
    말대꾸하려고 왔던가? 아 찬비만 내리네.

일구: 땀이나 칭칭나네, 싸우나 혀서나네,
    뭐? 피난할 데 갈 데가 없어?
    병원에서 안 죽고 앉은 자리에서 죽어? 육이오동란보다
    오일육동란이 오히려 더 무섭다는 걸 깡통 모른단 말이냐?

육이오는 3년이었지만 오일육은 아직도 끝나지 않았으니
서서히 죽이는 게 바로 죽이는 것보다 더 무섭지 않느냐?
피난은 왜 죄 없는 사람들이 가야 하니? 갈려면 네 놈이 가지.
발 붙일 데 없는 곳으로. 굳세어라, 돈보따리여 너를 잡은 손목이여.
마르코스 독재코스. 푹 숙인 고개 영도다리 *끄덕끄덕*
아 보슬비가 소리도 없이 찬비만 내리네. 만인이 현인이 되어
위샬오버캄하야 겨우 아하 ─ 서울의 밤이여. 네온소리
반짝반짝 별빛도 하다. 지나가는 관광객아.
주머니를 뒤져보아라.
포장마차냐 카바레냐 아저씨냐 아가씨냐.
문제를 뒤져보아라. 명동성당 종소리가 울리어 온다. 역시
송Song당이라 다르구나.
내 가슴 깜둥해서 두만강 소리만 들으면
술집에서도 눈이 캄캄하게 감동해서 김정구를 선생이라고 부르고
죽어도 우리의 소원을 통일하여 호랑이 우는 백두산 꼭대기에서
산신령을 지도자로 모시고 남북한 학생 야경운동을 벌여야지.
일성은 이성을 찾게 하고 정일이는 종아리를 걷게 하고
태우는 대우를 받게 하고, 사나이로 태어나서 할 일도 많다만,
고달픈 학생 숙제도 해야 하고 데모에 나가 얻어맞기도 해야 하고
벌레 먹을 세상 학점 거저 줄 때까지 달리면서 싸우리. 그러나
우리의 구호는 어디까지나 광주 아니면 통일이지. 광주사태 해결보다
통일하는 것이 쉬울 걸? 공산당보다 학생이 더 무서울 테니까.
시민은 광주시민이 제일 무섭고. 군인은 공산당 때려잡고 학생은
군인을 때려잡고. 졸업만 하지 않으면 나이만 먹지 않으면

시민들이 못 본 듯이 봐주기만 하면 돌멩이 든 학생이 최고지.
젊음이 어리석어 혼자 잘났지. 졸업하고 시집장가 가면 끝나는 학생.
어지러운 전성시대. 금방 선배가 되어버리는 후배들. 그런데 일육아.
일육아. 자냐? 정말 자고 있지 않는가? 형님 생일날,
한산섬 달 밝은 밤에 보초를 서지 않고 바다 깊이 잠이 들다니
설악산 흔들바위처럼 흔들리기만 하고 제 옆에 누운 총보다도
더 깊이 잠이 들었으니, 총이 널 깨울 때까지 임무교대도 잊어버리고
잘 자라 군인아, 그동안 나는 시나 한 수 읊어야겠구나.
전라도 사투리로.

죄와 벌

사람은 분명히 죽었는디,
죽어도 많이 죽었는디, 죽어도
죽었다는 자는 하나도 없고
죽은 자는 말이 없으니

그럴려믄 차라리 아무 일도 없었던 걸로 허지 그려.
도둑맞은 역사를 찾았으믄 그만이니께.
확실한 증걸랑은 화석으로나 냉기고
모든 것이 잘 돼가는 판에 떠들면 해가 되니께.

다들 떼져서 판문점으로 몰려가면

뭘 또 어쩌겠다는 거여?
뺨은 광주에서 때리고 악수는 평양에서 할랑가?
설마 모두 북쪽만 보고 남쪽을 잊어버리자는 건 아니것지?

세월 참 빠르이. 얼렁둥땅.
8년 전이 엊그제 아닌가?
그러니께 더더구나 잊어버리잔 말은 못할 것이로구만.
사람이건 귀신이건 이번엔 가만 안 있을 테니께.

그런데 아직도 세상 돼가는 걸 보믄
뭣이 바뀐 것두 같고 안 바뀐 것두 같고
죄가 있음 의당히 벌도 있어야 되는 것인디
법이라는 게 있으니께, 안 그려?
어째 죄는 있고 벌은 없어야 한다?
그게 무슨 소리여?

김재규 살았을 제는
그런 소리 한 마디두 없다가
느닷없이 그게 무슨 소리여?
총도 있고 총알도 있으믄서
죄만 있고 벌은 없으라?
아무튼, 우리나라
좋은 나라니께.

한삼섬도 외롭고 항상 섬이니께

섬에 앉은 사람도 외롭고 도인島人이니께. 그의 시는

안 읽히고 나의 시는 금지당하고, 각기 16세기와 20세기에

파견 나와 벌룬 달처럼 둥실 떠서 하늘로 날아가지 못하고

왜놈같이 밀려오는 서양 물결을 째려보자니

날마다 애간장이 나빠지고,

그는 순신하고 나는 분신하면서 백의종군하더니

그는 따라가고 나는 끌려가고 그는 복귀하고 나는 풀려나고

그는 적군 총에 맞고 나는 아군 총에 맞고. 그는 내가 죽었다고

알리지 말라고 말하고 나는 내가 미쳐 말 못하고 죽었다 말하라

말 못하고 그는 죽은 후 공이 되고 나는 죽은 후 열사가 되고,

가만있어라, 이렇게 심각한 문제를 국가의 대사를

고, 고, 리듬으로 나갈 게 아니라, 오리 새끼 미꾸라지 잡아먹듯

고개 처박을 게 아니라 고개를 높이 쳐들고

With my head raised so high, 별과 이마를

거만하게 부딪치리 Then shall I strike the stars![4]

그것이 빗나가고 이마에 혹이 나지 않으면,

접속사를 Que다가 Arma virumque cano[5]라 전쟁과 군인을

노래한다는 식으로 떳떳하고 엉뚱하게 나가보던가?

냉귀지가 구장이라 고장이 나서

뜻과 발음이 바느질이 돼야 말이지.

일과 구가 접선이 되어도 죽은 이름이라

감전과 감동이 돼야 말이지.

또 말이 말이지로 나가는 것 좀 봐.

입이 조금만 삐뚤어지면 이렇다니까.

Me miserable! Which way shall I fly[6]

눈 먼 시인의 눈뜬 공식으로 헤엄쳐 나가든가 아니면

마늘 냄새나는 뮤즈의 숨결을 애걸하는가.

Say first…say first what cause…[7]

십구 년 동안 몸과 마음을 셋방으로 내놨건만 뮤즈는

밀린 월세는커녕 들어오지도 않고 만날 수조차 없지 않는가?

그 긴 소월小月 동안 나는 시와 시간만 낭비하지 않았는가? 그러면

이제 내 잔고마냥 남은 것은 졸작의 절정을 이룰 작가의

작품에 대한 파산선고와 공백과 고백밖에, 나는 작가로서

오직 쓸 만한 게 없다는 것만을 알 뿐이다. 그렇지만 나는 쓴다.

눈먼 사람처럼 끄적거린다 고로 존재한다 치사하게 때로는 근사하게

작품은 작가의 호적초본이요 주민등록증이니까 존재를 증명하는 길은

아직까지는 쓰는 길밖에 없으니까 또 나는 생각하는 자로서

오직 생각할 만한 것이 없다는 것만을 생각한다. 생각할 만한 것은

죽은 사람들이 다 생각해버려서 생각을 아무리 하려고 해도

더 이상 없다고 생각한다. 아니 생각도 죽었다고 생각한다. 그러나

나는 생각한다 고로 존재한다 강가에 혹은 응접실 화병에.

이십 세기 한국에 말뚝 박은 갈대 — 허리가 가장 아름다운 풀,

바람의 정원사가 가꾸는 풀, 나는 갈대가 될 자격이 없다. 흔들리지만

냉귀지는 이렇게 영감의 쌀독이 바닥나는 게 싫다.

이제는 꾸는 것도 지겹다. 꿰는 것은 물론이고 가꾸는 것도.

심봉사 젖 꾸러 다니다 보면 심청이마저 베기 싫다.

눈물 베개가 싫다. 그러니까 나는 미래를 향해
겨우 한두 마디 적어 놓을 테니까 나중에 오는 작가여
독자들이여 나머지는 당신들이 알아서 처치하라고. 나는 다만
아무것도 모르고 쓰기만 하는 더 이상 생각을 생각할 수 없는
고로 존재하는 아직도 막히지 않고 휑 뚫린 그래서 잘 나고
못 나가고 가엾는 자신 없는 자신만을 노래할 테니까. 가끔
뒤통수를 망치로 치면서 한숨과 탄식을 섞으면서
중머리 자진머리 요즈음 유행하는 상고머리 톡톡 치면서
리듬과 가락을 사귀면서 내 이슬 노래 한밤중 땀과 더불어
누군가의 이마를 적실 수 있다면 독창을 합창으로 변케 할 수 있다면
그 뜨거운 열기에 냉귀지에서 냉자도 없어지고 귀자도 없어지고
겨우 마지막으로 지자만이 무슨 소리인지 알 수 없게
식은땀처럼 남아 내 작품이 공산화되고 말면 민주주의를 위해
어찌 다행한 일이 아니겠는가? 군인들이 퇴로를 차단하지 않는 한,
민주주의가 민중주의로 나가지 않는 한, 일구는
덴민국 민주열사 그리고 역사, 잠긴 문의 열쇠라고 해도 좋고.
냉귀지는 한국소설의 고지 내지 산동네고.
영감의 수돗물이 안 나오기는 하지만 틀어서 나오기보다도
저절로 나오는 것을 좋아하는 샘물. 비록 지금은 냉거지지만
냉국처럼 간단하게 들어마시지는 못하리라고 자신하는 과신.
냉귀지는 말한다. 알죠 스프라케Also sprache — [8] 아조 건방지게.
냉귀지의 산동네는 꼬방동네와 다르다고. 달동네에 뜬 달은 싫다고.
그런 것만 보면 한국에서 죽어라고 도망치고 싶다고. 달은 달이지만
달달 무슨 달이냐가 중요하다고. 아직도 아름다운 것을 추하게 보고

추한 것을 아름답게 보는 마음을 혁명하지 못해서
뵙기에 거북이한 것이면 토끼하고 한참 가다가 뒤돌아보고
낮잠이나 자고 싶은 일구라고. 아 일고의 가치도 없는 일구.
산동네라지만 사실은 죽은 동네. 사일구가 오일육과 다른 게 무엇이며
양반과 상놈의 차이가 가진 것 말고 무엇인가? 너는 빈 소리로
가득 찬 빈 소라껍질이 아닌가? 주둥아리를 귀라고 듣는다니
시도 장국밥도 아닌 알 수 없는 파도소리 꼭도의 꼭두각시.

군화 속 동굴 깊은 밤 일구는 더 깊은 생각의 수심에 잠겼다.
생과 생일의 바다 밑바닥 거기 보물선처럼 누워 있는 그것을
튼튼한 리듬의 밧줄로 잡아 묶어 이리 오랏줄로 꽁꽁 묶어
갑판을 갑판으로 겁난 것을 겁 없이 끌어올릴 수는 없을까?
이렇게 이렇게 예를 들면 이렇게 무거운 것을 가볍게
말의 리듬과 부력을 이용하여.

올라와 올라와 올라오라는데
높은 자리로 헐레벌떡 숨차게 올라오라는데
왜 단상만 세워놓고 기다리게만 하고 안 올라와
버티기만 하고 안 올라와 개미새끼 한 마리도 안 기어 올라와
고함은 우우雨雨 돌멩이는 씽씽sing sing
본전과 이자를 몽땅 바다에 털려서 좋고 싫구나.
광주시민 여러분 이러시면 안 됩니다. 저러셔도 안 됩니다.
마이크시험 중일 때는 정치는 말로 하는 것입니다. 믿어주세요.
내려가라 내려가라. 광주시민 여러분, 정말 이러시면 안 됩니다.

잘나도 안 되고 못나도 안 됩니다. 이럴 땔수록 이겨도 안 되고
져도 안 됩니다. 정치는 총보다 말로 하는 것입니다.
군軍소리 하고 울지 말고 내려가라는데 부대로 들어가라는데
경호원들로 김밥 말아 우리 목구멍 속으로 내려가라는데
올라오기는 왜 올라와가지고 너도나도 와와와와를 와와 토하나
고함은 우우 돌멩이는 씽씽 광주에서 던진 돌멩이
대구에 떨어지는데 떨어진 별똥을 다시 주워 광주로 부쳐주면서
이러시면 안 된다는 것을 내 이름도 제로가 세 개라는 것을
학실히 믿는 바입니다. 올라가라 올라가라 소리를
참말로 알고 올라갔다가 치쇼치쇼 비켜비켜
앞에 있는 것은 비키고 뒤에 있는 건 차버리고,
돌멩이 여러분께 길 터줘,
조그만 것들 얼마든지 모기새끼 날아오라고 해.
지까지께 쏴봤자 가렵기밖에 더 하려고. 내 이 독재같이 지독한
죽음의 멱살을 죽자 살자 엉겨잡고, 비켜비켜 치쇼치쇼
죽을 때까지 이 리듬 이 걸음으로 나갈 테니께
비키란 말여 치란 말여 목숨이 소중하면 대중이 아니니께
박정희 전두환도 못 건드린 목숨인디 돌멩이 깡패새끼들이
이 거창한 나를 어쩔 거여? 치쇼치쇼 비켜비켜 백만 대 일
천만 대 일도 좋으니께 정치에서 지면 역사에서 이기고
이세상에서 떨어지면 저세상 가서는 틀림없이 당선될 테니께.
서울시민 여러분, 오늘로서 모든 것이 끝이 났습니다.
서울이 광주가 되었습니다. 여의도가 이렇게 끝이 없을 줄이야.
이제 경상도만 남았습니다. 여러분을 몰아 다 나에게 와 주십시오.

나 김대중이는 이렇게 생각합니다.

이거 민주주의를 하고 있는 건가 연습을 하고 있는 건가?
정치무대는 왜 이렇게 복합해? 절간처럼 조용하지 못하고
유세장에 목탁 좀 나눠주라고. 몽둥이 대신에. 두들기면
두들길수록 조용해지는 선거유세를 자포자기 펼쳐야지.
목소리하고 방망이하고 박자가 안 맞으니 유세마다 모두가
공염불이 되지 않는가? 바다바다 사람바다 많다시에
관은 자제보살하시고 민도 자제보살하시고 군도 자제보살하시고
당선 즉 낙선이요 낙선 즉 당선이라 인기는 표와 다르고
연기는 실제와 다르고 미소는 인상을 지운 것이니
봐라봐라 사람봐라 바다시에 마음을 비우시라 자물쇠를 채우시라
공심空心이 정심正心이요 정심正心이 공심空心이라
공약公約은 공약空約이요 공약空約 또한 공약公約이라
깨지지 않으면 부서지고 흥하면서 망하는 것이 인생이라
아무리 수상한 행식을 해봤자 바다의 울타리를 넘으면
거기는 「안개」처럼 안개만이 자욱하고 의식은 없나니
무의식도 없나니 무무명 역무무명진 이름은커녕 빛도 없고
없는 것이 끝도 없나니, 사람들아 우리 어찌 먼지 티끌 무대에서
불생불멸하며 구경열반할 것인가?
옴 바나미니 바아바제 모하야 아하 모하니 사바하,
학생나무아비 허수아비 대가리를 목탁 두들기면서, 제발
좌경 말고 독경하세. 제발 좌경 말고 독경하세.
옴 아례 삼만염 사바하.

민민투 자민투, 나도 학생이지만, 어째 이름이
좀 이상하지 않는가? 한국이름에 투자 돌림도 있단 말인가?
내 비록 작명가는 아니지만 투자보다는 당자가 되는 것이 맞을 것 같소.
민민당, 자민당, 얼마나 좋은가? 특히 동지들 과외정치활동과
어울리지 않는가? 그래도 이름이 맘에 안 든다면 차라리
학생당이라고 하던가?

정치의 발전은 주먹 싸움에서 말싸움으로 나가야 할 것입니다.
정치가 발전하고 문화 또한 어깨동무하고 나가려면
말싸움은 그것으로만 그치지 말고 못난 자신과도 한 번 붙어야 합니다.
그런데 우리는 자신과의 싸움은 무기한 연기하고 이제 혼이 났으니
정신 차렸다는 총장과 교수들만 못살게 굴고 있으니
이 끊임없는 선생노릇이 정치 활동이지 뭐요?
이빨 사이에 낀 고춧가루가 뭐 그리 우습고 대단하오?
자기 겨드랑이 냄새는 모르면서 남의 김치 냄새만 가지고
수업도 안 들어가고 냄새나게 떠들어대야 하겠소? 언제까지나
서울거리를 억지로 울면서 다녀야 되느냐 말이오?
손수 건하지는 못할망정.
비폭력이 겁쟁이들이 만들어낸 말인 줄 아시오? 문 안 닫고
장사 제대로 하게 하는 것이 평화시장에서는 평화일 것이오. 혁명은
리듬이 중요하건만 나갈 때도 있고 쉴 때도 있어야 하건만 그래서
그것은 철학이요 예술이요 삶의 거듭남이 될 수 있는 것이련만 당신들은
지쳐도 쉴 줄도 모르고 계속 밀어붙이기만 하고 있으니 결과는
막다른 골목들의 결사적인 반항과 반작용밖에 더 일으키겠는가?

사회악을 뿌리 채 뽑는 것은 결코 혁명이 될 수 없소. 그러려면
사천만 중 과연 몇 명이나 살아남겠소? 우리 중에 과연
누가 의인이요? 누가 열 명 중에 하나요? 양심이 살아있다는 것을
옳고 그른 것이 무엇인가를 옛 질서를 약간 바꿈으로써 증명하는 것
정도가 혁명이요. 부정 탄 사회에 굵은 소금을 찌그리는 정도가
혁명일 수밖에 없다는 거죠. 물론 피상적이죠. 그러나 피상적인 것이
세상 아닌가? 피상적인 세상을 수락할 수 없다면 그것을 불 질러
영적으로 타오르게 만드는 것이 혁명이지. 그러나 세상이 타오르고
영적인 화염이 하늘높이 치솟으면 깨끗이 거른
수돗물 속의 금붕어는 과연 몇 마리나 살아남을 것 같소? 영적인 세계가
어디엔가 있을 수 있다는 것만 알리고 피상적인 세계를
눈썹으로 덮어두는 것이 혁명이지. 혁명가라면 마땅히 자신의 한계부터
계산하는 게 옳지 않는가? 그것이 훨씬 더 양심적이요
야심적이 아니겠는가?

사회를 혁명하는 것은 당신 직업이지만
혁명을 혁명하는 것은 내 직업이요. 당신이 앞줄에 서고
내가 뒷줄에 서는 것은 상관없지만 지나친 폭력은 자포자기일 뿐이요.
이 나라가 어떻게 해서 맨드래미진 나라요? 아무리 생각해도
민민투보다는 만민투가 좋다고 생각하오. 그러나 투 다음엔 기필코
쟁이 따라붙을 것이니 투자에 투자를 하는 것은
한 번 생각 좀 해봐야겠소.

— 아니 힘없는 학생을 힘없는 목소리로나마 도와주지는 못할망정

이렇게 말의 공포탄을 쏴 최루탄으로 흘린 눈물을 멈추게 할 거요?
할 일 없으면 감옥이나 갔다 올 일이지 학생이 돼가지고 예의 없이
자기 얼굴에 침을 뱉다니. 지금 독재와 민주의, 갑과 을의
고무줄 같은 팽팽한 긴장관계를 알고나 하는 소리요? 독재는
하나로 굳게 뭉쳐 땅굴을 파고 있는데 우리는 공부와 데모로
분단되어야 한다니, 더구나 행동을 약화시키는
공부와 발언을 일삼으니
무식보다도 못한 유식이여, 경찰서에 가서 얻어맞고 감옥에 가서
잠자면서 유식 좀 깨우쳐야지. 제발 학문 망신 좀 그만 시키시오.
당할 만큼 당했으면. 당신 같은 사람이 있으니까
공부할 마음이 없어지고 데모만 하고 싶지.
— 당신 같은 사람이 있으니까 데모가 하기 싫고
하기 싫은 공부가 하고 싶지. 데모를 하게 한 것은 군사독재지만
데모를 싫어하게 만든 자는 당신 같은 학생들이야. 하필이면 왜
나를 독재세력과 이심전심이 되게 만들어? 나는 자네가 싫고
그 때문에 나 자신도 싫어지네. 나라를 기어이 미움과 사랑으로
갈라놓아야 속이 시원하다는 말인가?
— 희생은 욕심의 반대일진대, 내가 데모해서 날 위해 얻은 것이
무엇이요? 상장에다 욕을 써서 주는 법이 어디 있소?
— 방망이 도전에 돌멩이로 응답하지 않고 감히 감옥에
소풍까지 갔다 왔으면 희생이지. 그러나 답안지를 연필이 아닌
폭력으로 잘못 써서 감옥에 갔다면 비록 거기서 꼼짝없이
비폭력상태로 머물러 있었다 해도 그것이 상습인 이상 그대는
이미 받을 것을 다 받았어. 나는 그런 것을 희생이라고 하지 않네.

희열이라고 하지. 희뜩하고 번뜩하다 마는 것.

—지독하군.

—그러니까 냉귀지 아닌가?

I permit to speak at every hazard,

nature without check with orignal energy.[9] 성역은

각하뿐만 아니라 학생도 없어야지. 자네는 얻어맞아도

나보다 오래 살 거야. 대가리와 숫자가 많으니까.

얻어터져 복 터졌네, 자네.

하늘과 못마 땅 사이 나 같은 유아독종은 갈 곳이 없어라. 그러니

말의 야간열차나 타고 집 없는 사람처럼 생각과 더불어 떠돌 수밖에.

생일이건만 생일도 아니고 혁명으로 태어났건만 애국가같이

건설적인 노래 한 마디 안 불러주고 만세 순서는 빼버리고

개천절, 광복절, 심지어 우리 아버지 삼일절도 각기 노래가 있는데

나 사일구만 나이가 어려 노래가 없다니 내 타는 목마름이여.

나는 정말 해피버스데이송도 없어야 된단 말인가?

거리마다 파도친다 / 젊음의 물결 / 곳곳마다 타오른다 / 젊음의 불꽃.

잠깐, 잠깐. 즉흥도 좋지만 해피해야 할 노래가

군가처럼 유치하게 나가면 안 되니까. 유사 이래

처음으로 뽑는 노래인데 명곡이 아니면 가곡조로

사씨 성이 불사하게. 이 깊은 밤에. 홀로 울게 하여라.

사일구 노래

오 우뚝 솟아라 학생들아 겨레의 자랑이여,
오 줄기차거라 젊음들아 민족의 산맥이여,
사리사욕 부정부패 조국 앞날 가리우니
어찌 아니 일어서랴 어찌 아니 나아가랴.

오 질러라 고함 질러라 타오르는 목소리로
오 일어나라 파도야 가슴에 부딪쳐라.
나만 알고 남모르는 양심도둑 나라도둑
물러가라 물러가라 물러가라 물러가라.

오 잡아라 바로 잡아라 굳건히 하여라.
오 펼쳐라 하늘가득 펼쳐라 너의 꿈을.
진리와 정의 믿음과 사랑 높이 들어 나아가니
우리 영혼 영원하여 깃발처럼 나부낀다.

오 새로워져라 학생들아 날마다 새로워라.
오 노래하여라 젊음들아 희망을 큰소리로
우리 조국 우리 민족 어리어깨 우리의 짐
짊어지고 나아가리 짊어지고 나아가리.

자 생일 노래도 자장가도 뜬 눈으로 들었으니 나의 말돈나

밤도 목거지에 이르렀구나, 구장까지 오다보니 발이 부르텄구나.
자자 자자 잠시 죽자 세상의 윗목에 쓰러져 죽자, 그러나
자고 죽기 전에 이제까지 내뱉었던 독설역설횡설수설 입으로 지은
온갖 구업 설설히 모두 사해주소서 말 도끼 연못에 씻어 이것이
네 것이라고 금도끼로 바꿔 주소서. 정구업 진언, 정구업 진언,
수리수리 마하수리 수수리 사바하.

Then did I meet a marvellous sweven.[10]
그때 나는 한 놀라운 꿈을 꾸게 되었다.

오늘은 바로 내가 죽었던 날입니다.
당신이 내 이름을 불러주니까 내가 바로 그 사람이었던
기억이 납니다. 물론 벌레 먹은 머리에
무슨 기억의 싹이 움트리오만, 그때 오늘 나는
길거리를 달리다가 나를 잃어버렸습니다. 나도 모르게.
달아나는 발걸음에 길은 끈적끈적 달라붙는데
먼저 책가방을 잃어버리고 어느 사이 신발이 벗겨지고
안경에 얼핏 광화문이 어른거리는데 갑자기, 모든 것이
캄캄하고 조용해졌습니다 ─ 지하실처럼 ─ 온 세상이
불이 나가 버린 것처럼 ─ 그리고 땅속에서 엘리베이터가 올라와
나를 싣더니만 기계의 신음소리를 내면서 땅 속으로 땅 속으로
내려갔습니다. 있는 힘을 다해 소리를 질러 보았습니다.
위에 누구 없느냐고 그러나 내 굳어진 입술은 열리지 않고
나는 목소리마저 잃어버린 것을 깨닫게 될 뿐이었습니다. 그때

땅의 천정을 걸어다니는 발자국 소리가 차츰 멀어져갔습니다.
슬리퍼를 끄는 발소리가 복도 끝으로 사라지듯
세상의 발자국은 내 청각 끝으로 사라졌습니다.
현재가 과거가 되어버리는 기분을 아십니까? 살아 있는 사람이
종이에 그린 그림이 되고 그 어떤 보이지 않는 지우개 손에 의해
온몸의 윤곽이 지워져가는 것 말입니다. 종이처럼 얄팍한 존재가
거센 바람에 펄럭이며 찢어지는 것 말입니다.
이것이 죽는 기분입니다. 당신이 핏기 없는 내 말을 믿는다면
이것이 바로 죽는 기분입니다. 세상에서 마지막으로 느꼈던 느낌을
어찌 잊을 수 있는 것입니까?

이제 생각이 납니다. 내가 그날 무엇 때문에 그렇게
거리를 달렸는지. 종로, 광화문, 아아 이제 생각이 납니다.
마취가 풀리듯 서서히 마취가 풀리듯 아프게 생각이 납니다.
아 아 동아일보, 보신각, 내 온몸의 미라를 감은 붕대를 풀면 풀수록
오늘밤은 가장 죽음에 가까운 밤입니다. 죽음이
삶과 접선할 때 저 형광등은 달빛처럼 빛나지 않습니까? 그래서인지
오늘밤 나는 세상을 선보는 것 같고 불빛의 충격과 흥분 속에서
내 썩은 뼈에 생각의 새 살이 돋는 것을 느낍니다. 죽은 후
이런 기분은 처음입니다. 고통을 통해 감각이
되돌아오는 것을 느낍니다. 그리고 고통은 왠지 이상하게도
낯이 익습니다. 그때나 지금이나 세상은 달라진 게 없습니다.
그래서 그때는 지금입니다. 아니 지금이 그때가 아닌지요? 그보다도
여기에 앉아 있는 여러분은 나보다도 먼저 죽었던 사람들 아닙니까?

백 년 전 혹은 천 년 전, 이 우주의 맨 앞줄에 앉아 있지 않았습니까?
그런데 오늘은 어찌하여 나만 죽고 당신들은 다 살아있습니까? 이것이
귀신의 착각이란 말입니까? 당신들은 내게 저세상 얘기를
들려주지 않았습니까? 아무리 생각해도 이것은
내 눈동자가 잃어버렸던 그 낯익은 세계임에 틀림없는데 ― 그렇다면
왜 내 봄은 그토록 짧아야 했습니까? 이 세상 깊고 깊은 고해 속에
무슨 빛나는 진주가 있다고 젊음과 생명이란 엄청난 값을 주고
샀더란 말입니까? 어리석게도, 내 피의 화려함을 맨땅에
자랑하기 위해서였습니까? 콘크리트 바닥, 콘크리트 바닥,
오 목마른 땅, 내 거기 베개도 없이 누워 황홀한 어지러움 속에서
이글거리는 태양을 본 것이 무슨 승리를 뜻한다는 것입니까?
산 사람이 귀신이 된 것이 승리라는 말입니까? 나에게
그렇게 가르치신 당신들, 아직도 살아 있는 선생님들,
산 사람이 귀신을 괴롭히고 있는 것이 역사란 말입니까? 정말로
당신이 내 핏기 없는 말을 믿는다면, 말해주시오, 어째서 내 봄이
봄을 넘길 수가 없었는지. 도대체 누가 태양을 만들었습니까?
그 케케묵은 고물이 새롭다니요? 그놈의 태양 때문에
멀쩡한 한국시가 시들어 죽는 것도 모른단 말입니까? 그것은
나무를 가리키는 뱀처럼 우리를 속이지 않습니까? 자유니 애국이니
진리니 그런 말들, 거짓 육신들, 그것들을 믿는단 말입니까? 그것들은
당신 속에서 우러난 것이 아니지 않소? 나는 그때 그들을
잠시 껴안았을 뿐입니다. 자유는 속옷처럼
그것만 걸치기에는 허전합니다. 사랑이란 겉옷이 없으면 자유는
오히려 부끄럽습니다. 그러나 세상은 벌거벗은 임금님처럼

아무것도 안 걸치고 돌아다니고 있지 않습니까. 그때나 지금이나
옛날 얘기일 뿐입니다. 그렇다면 왜 내 봄은
한 겨울로 뒷걸음질 쳐야 했습니까? 차라리 겨울에 머물렀더라면
내 젊음의 꽃이 모란꽃보다도 명이 짧지는 않았을 것 아닙니까?
누굽니까? 내 등짝을 떠다 밀은 것은? 누가 나를
살벌한 역사의 현장으로 보냈느냐 말입니다.

오 내 말의 꽃씨를 받으시오.
저승에서 가져온 귀한 씨앗입니다.
꽃이 핀다는 것은 무서운 일입니다. 뿌리는 흙으로부터
달아날 수가 없습니다. 하늘과 땅 사이
가냘픈 한 줄기로 서 있을 때
어딘가 거센 바람은 언덕을 달려오고 죽음은 이파리처럼
꽃봉오리에 가까이 있습니다. 아니 죽음의 손이
생명의 턱을 괴고 있습니다. 그래서 겨울은 봄의 그림자인데
오 꽃잎이 부르짖는 꽃봉오리 소리,
꽃잎이 부르짖는 꽃봉오리 소리,
내 뿌리의 뿌리 깊은 신음소리
지하수 검은 물결에 떨어져 흘러갑니다.
인간도 자연도 폭력으로밖에 자신을 표현할 수 없습니다.
오 나는 이것을 혁명하고 싶었건만,
몸뚱아리와 몸뚱아리는, 영혼과 영혼은,
포옹에 실패한 나머지 부딪쳐 깨어집니다.
눈에 보이는 것은 파편이 아니면 아픔입니다.

꽃이 어떻게 피고 어떻게 숨지는지
증인처럼 지켜본 적이 있습니까?
폭력의 리듬이 역사를 관통하고 있습니다. 그렇다면
내가 외치다 죽었던 자유의 의미가 무엇입니까?
무엇 때문에 내가 꽃처럼 피었으며
무엇을 향해 내 그림자를 길게 내던졌습니까? 왜 내가
내가 던진 돌멩이처럼 죽었느냐 말입니다.
아픔을 아프게 하는 것이 아픔입니까?
비와 바람과 햇살 속에서 굳어진 내 몸뚱아리
내 발 딛고 자란 땅에 세차게 부딪쳐 깨지면서
이 세상 한낱 낯설고 낯선 것이 되어
낯설게 죽어 갔어야 했느냐 말입니다.

살아 있는 여러분,
살아 있는 당신의 눈빛으로 말해줄 수 있습니까?
나는 나를 돌멩이처럼 내던지지 않았다고 말입니다.
내가 허공을 무릅쓰고 던진 것은 돌멩이가 아니라
이십 년간 줄기차게 목표를 향해 달렸던 내 영혼의
유성이었습니다. 구태여 돌멩이라면
내가 외치다 죽은 가치의 무덤 앞에라도 집어 던지시오.
그러다보면 어찌 비석이 되지 않으리? 그리고
빈 말이나마 죽었어도 살았다고
비석이 거짓말한다고 겨울나무처럼
푸른 잎사귀만을 잃어버렸다고 속삭여주시오.

한때 내 가슴을 활개 쳤던 것들,

걸핏하면 흘러넘치고 엎질러졌던 것들,

시간의 먼지를 털고 햇살에 꺼내어 시와 음악이 되게 해주시오.

산 자는 죽은 자의 부탁을 들어줄 의무가 있습니다. 그러면

죽은 자는 산 자를 위해 죽음의 평화를 희생할 것입니다.

나와 함께 죽은 자들, 나를 죽게 한 자들, 지금

모두 함께 모여 이웃처럼 살고 있는데

햇빛이 살 수 없는 그곳이지만, 눈부신 기도로,

죽은 자는 산 자를 위해 죽음의 평화를 희생할 것입니다.

자기의 모든 것을 주어버리고 오직 목소리만 남은 목소리,

외가닥, 외기러기, 일구는 꿈속에서 자기의 나이팅게일 목소리가

에밀레 하는 것을 느꼈다. Do I wake or sleep?[11]

물러가라 물러가라 다가오라 다가오라 닭아 닭아 녹두새야.

새벽아 개벽아 새 사람아, 아침과 나팔, 눈물과 눈곱,

억지 영차 억지 영차, 아 졸려. 아버지의 어서 어서가 없으니 더 졸려.

주열이, 한열이, 종철이…… 먼저 달려간 애들. 뒤따라가는 애들,

끊임없는 선착순. 아 숨 차라. 숨 막혀라. 깨진 벽 틈바구니로

스며드는 절규, 누군가 기합 받는 소리, 뚝. 뚝. 땅에 떨어지는

핏방울 마침표. 찍고 또 찍고 기필코. 음 — 아니 — 옴.

1   셰익스피어 『로미오와 줄리엣*Romeo and Juliet*』 2막 2장에 나오는 줄리엣의
     말.
2   마담 퍼트롤테: 『캔터베리 이야기*The Canterbury Tales*』, 「수녀들과 동행한
     사제의 이야기」에 나오는 현명한 암탉의 이름.
3   '인내하는 자의 분노를 조심하라'는 의미. 기원전 1세기 로마 시인 Pubulilius
     Syrus의 말로, 영국 시인 존 드라이든이 "압살롬과 아키토펠"이란 시에서
     인용.
4   로마 시인 호레이스의 *The Odes*에 나오는 유명한 시구.
5   '나는 전쟁과 사람을 노래한다'는 의미. 로마시인 버질의 서사시 *The Aeneid*의
     시작.
6   '비참하여라! 어느 쪽을 택할 것인가……'라는 의미. 영국 시인 밀턴의
     『실락원*Paradise Lost*』 4권.
7   『실락원』 1권.
8   Also sprache: 니체의 『차라투스트라는 말하다*Also Sprache Zarathustra*』.
9   '나는 위험을 무릅쓰고 말한다. / 원초적인 에너지로 가득찬 나머지 누구도
     억제할 수 없는 자신으로 하여금 말하게 한다'는 의미. 휘트만의 『풀잎*Leaves
     of Glass*』, 「나의 노래*Song of Myself*」.
10   '그때 나는 한 놀라운 꿈을 꾸기 시작했다'는 의미. 14세기 영국시인 윌리엄
     랭랜드의 『피어스 플라우맨의 환상*The Vision Concerning Piers Ploughman*』.
11   '나는 깨어 있는 것인가, 잠든 것인가?'라는 의미. 영국 시인 존 키이츠의 시
     「나이팅게일에게 부치는 노래*Ode to a Nightingale*」.

저자 해설

<table>
<tr><td>1</td><td>『냉귀지』가 세상에 태어난 이야기</td></tr>
</table>

묘한 것이 인연이라지만 나와 『냉귀지』처럼 묘한 인연이 또 어디 있을
까? 나는 미국에서 오래 살다가 지난 해 고국을 잠시 방문한 적이 있다.
오랜만에 나왔지만 며칠밖에 머물 수 없는 형편이어서 숨 가쁘게 집안
어른과 친척들을 찾아보고 친구도 만나고 시집간 옛 애인까지 만나다
보니 출국일자가 눈앞에 다가오던 어느 날이었다. 그날은 만사 제쳐놓고
명동에 나가 구경도 하고 쇼핑도 하면서 추억과 감회를 만끽하기로 마
음먹었다. 계획대로 미도파와 신세계를 돌아다니면서 눈요기 배요기를
실컷 하고 몸도 맘도 가득 차 서서히 밖으로 걸어 나오는데, 그때가 아마
늦은 오후가 아니면 저녁 무렵이었을 것이다. 또 하루가 이렇게 해서 다
가는구나 아쉽게 느껴졌으니까. 그런데 백화점을 나서니 갑자기 눈이 맵
고 기침이 나지 않는가? 당시 한국은 학생 데모가 극심하고 혼란한 상태
였다. 내가 명동을 나간 날은 우연히 6·25였는데 모르면 몰라도 6·25를
방불케 할 만큼 학생과 경찰의 충돌이 치열했었다. 나는 데모를 피하려
다가도 한편 구경하고 싶기도 해서 미처 마음을 못 정한 상태로 길을 멈
추고 멈추었다가는 또다시 계속 걸어가고 있었다. 물론 눈물은 범벅이고
기침은 연속이었다. 손수건으로 두 눈을 거의 붕대처럼 감고 가는데, 갑
자기 무언가 무거운 것이 내가 들고 있던 쇼핑백 속에 떨어지지 않겠는
가? 동시에 어디선가 호루라기 소리가 울리고 "잡아라!" 하는 날카로운
고함소리가 들려왔다. 모든 것이 순식간에 일어났기에 어찌된 영문인지

알 수 없었으나 사복 차림의 경찰들이 누군가를 다급하게 뒤쫓고 있었다. 쫓기는 사람은 모르면 몰라도 학생일 것만 같았다.

돌이켜보건대 이 사건이 내가 『냉귀지』와 만나게 된 원인이며 어쩌면 『냉귀지』가 이 세상에 태어나게 된 동기이자 최초의 출생신고라고 할 수 있다. 『냉귀지』의 저자가 이 세상에 존재한다면 내 말에 이의를 제기할지는 알 수 없으나 아직까지도 그의 신원이나 생사조차 알 수 없는 이상, 『냉귀지』는 원고지 핏덩어리로 내 쇼핑백에 떨어졌을 때 태어났다고 해도 과언은 아닐 듯싶다.

물건을 주우면 주인을 찾아주거나 못 찾으면 경찰에 신고하는 것이 원칙이다. 나는 데모가 끝나고 밤이 어두워질 때까지 부근을 배회하면서 떨어진 물건의 주인공이 나타나기를 기다렸다. 그러나 시간만 가고 밤만 깊어갈 뿐 아무도 나타나질 않는 것이었다. 그 사람은 어떻게 되었을까? 숨었단 말인가, 잡혔단 말인가? 박종철은 이미 죽었으니 그가 그일 리는 없고, 그렇다면 또 하나의 박종철이 이 세상 어딘가에서 발버둥치고 있단 말인가? 나는 어떻게 해야 좋을지 어떻게 생각해야 좋을지 도무지 알 수가 없었다. 결국 무작정 기다릴 수만도 없는 일이어서 나는 인근 다방에 들어가 도대체 내 가방 속에 떨어진 물건이 무엇인지 살펴보았다. 그것은 뜻밖에도 마치 급히 도망이라도 치듯 어지럽게 흘겨 쓴 원고뭉치가 아닌가? 그리고 첫 장에는 "냉귀지"라고 무슨 뜻인지 알 수 없는 제목이 붙어 있었다.

나는 숙소로 돌아와 어떻게 하면 좋을지 궁리를 해보았다. 경찰에 신고하는 것은 별로 좋은 아이디어인 것 같지 않았다. 경찰을 어떻게 믿을 수 있단 말인가? 경찰이 수상하게 찾는 것이니 오히려 숨기고 보호하는 것이 옳지 않은가? 그렇게 생각하니 의도와는 상관없이 지금 내가 불법을 범하고 있는 것이나 아닌지 불안해지기조차 했다. 과연 어찌하면 좋단 말인가? 또, 주운 것은 주운 자 맘대로라지만 만일 주운 것이 아니고 맡겼다면 『냉귀지』의 신원과 소재를 경찰에 알리는 것은 주인에 대한 배반이 아니겠는가? 그가 누구인지 알 수 없으나 자기의 가장 소중한 것을 지나가는 행인의 보따리 속에 집어던져야 했을 때 어찌 그의 간절한 기도와 신뢰를 저버릴 수 있단 말인가? 애기 같은 핏덩어리 원고, 내 자식으로라도 키워야 될 것 아닌가?

2 　　　작품이 작가를 찾습니다.

다음날 신문사를 찾아갔다. "작품이 작가를 찾아요?" 광고부 직원이 고개를 갸우뚱하더니만 나에게 물었다. 나는 또 난처해졌다. 사실대로 설명하자면 너무 복잡하고 믿지도 않을 것만 같고 의심스런 나머지 자칫하면 신문에 안 실어 줄는지도 모르기 때문이었다. 또 말을 잘못했다간 경찰서에 신고할지도 몰랐다. 그 순간 책상 위에 놓인 수십 대의 전화기들이 눈에 띄면서 일제히 울릴 것만 같았다. 그래서 나는 그럴 사정이 있노라고 얼버무리고 실어만 주신다면 돈 내고도 고맙겠다고 사정했다. 직원의 갸우뚱했던 고개가 마지못해 끄덕여졌다.

　미국으로 출발하려면 약 사흘밖에 안 남았다. 그런데 신문광고에는 아무런 반응조차 없지 않은가? 밖에 나갔다 들어오기만 하면 어디서 전화 연락 없었느냐고 초조하게 물었다. 서울 시민들은 데모기사만 읽고 광고 같은 것은 안 읽는단 말인가? 나중에는 혹시 광고의 어딘가가 잘못되지 않았나 하는 의심마저 들기 시작했다. 그래서 신문사에 전화해서 광고를 고쳐달라고 부탁했다. "명동에서 고의적인 실수로 중요한 서류를 잃어버린 분을 찾습니다." 그 말을 전해들은 광고부 직원이 "아니 지금 수수께끼를 내시는 겁니까? 아니면, 광고를 내시는 겁니까? 고의로 잃어버린 물건을 찾아가라니요. 도대체 무슨 물건이기에 그렇게 밝히기를 꺼려 하십니까? 주인을 못 찾으면 경찰서에 갖다 주면 그만이지 돈 내고 광고까지 하시는 분은 광고사상 처음 봤습니다." 말인즉 옳았으나 남의 속을 모르는 말이었다. "그러면 이렇게 하면 어떻겠소? 명동에서 원고뭉치를 읽어버린 사람을 찾는다고?"

소식이 없기는 마찬가지였다. 서울 사람들은 광고도 안 읽나? 학생들은 뭘 하기에 광고 읽을 시간도 없는가? 책이라도 읽는단 말인가? 결국 나는 『냉귀지』의 저자를 찾지 못하고 미국으로 돌아왔다. 뭔가 잃어버린 기분으로. 찾지 못한 기분은 잃어버린 기분이니까.

3   출판사의 이유

미국에 돌아온 나는 『냉귀지』 때문에 늘 마음이 편치가 않았다. 책상 위에 놓여 있는 『냉귀지』는 내가 일을 갔다 돌아오면 마치 호소하는 눈길로 나를 바라보는 것이었다. 도대체 왜 내가 미국에 왔느냐고, 한국말이 영어 속에서 무엇을 하느냐고 푸념과 불평을 토하는 것만 같았다. 죽어도 한국에서 죽고 썩어도 한국에서 썩고 쓰레기통에 버려져도 한국의 쓰레기통에 버려지고 싶다고, 그러니 어찌하면 좋단 말인가? 고민에 고민을 거듭하던 중 문득 한 아이디어가 떠올랐다. 즉 『냉귀지』를 출판하면 작가를 찾을 수 있을는지도 모른다는 생각이었다. 다음날 나는 은행에 가서 10전짜리 은전을 잔뜩 바꿔가지고 시립도서관에 있는 복사기로 『냉귀지』의 사본을 만들었다. 그런 다음 한국에 있는 유명 출판사들에게 간단한 편지와 더불어 『냉귀지』를 우송했다. 『냉귀지』를 우체국에 가지고 가 한국으로 부치던 날 나는 참으로 오래간만에 마음이 가벼워지는 것을 느꼈다. 『냉귀지』가 운명적으로 나를 만난 것처럼 또한 운명적으로 자기의 주인과 극적인 상봉을 할 수 있을는지도 모르기 때문이었다.

그 후 나는 한국으로부터 『냉귀지』에 대한 소식이 오기만 기다렸다. 집에 돌아와 우체통이 비어 있으면 그렇게 섭섭할 수가 없었다. 한 달이 지나고 두 달이 지나고, 나는 도저히 더 이상 기다릴 수가 없어 한국에 있는 출판사에다가 직접 전화를 걸었다. 용건을 말했더니, 전화를 받는 사람마다 자기는 잘 모르겠으니 다른 사람에게 물어보라고 자꾸만 다른 사람을 바꿔주었다. 참다 못해 전화를 끊을까 말까 포기하려는 찰나 약간 사투리가 섞인 목소리가 들려왔다: "미국이라고요?" "아 그 제목이 뭐더라, 이상한 원고 말인가요? 그렇죠, 『냉귀지』죠, 이제 알겠습니다. 그런데 그게 말입니다." 나는 잘 알았노라고 전화를 끊었다. 나는 이왕 내친 김에 또 다른 출판사에다가 전화를 걸었다. 다른 출판사 역시 대답은 마찬가지였다. "예술성은 몰라도 상품성은, 글쎄요, 정치성은 강하더구만, 글쎄요, 적어도 제 출판 경험에 의하면 이런 작품은, 물론 힘들게 쓰셨겠지만, 대단히 죄송한 말씀이나." 『냉귀지』는 내 작품이 아니라고 대답하자 상대방은 몹시 뜻밖이라는 듯이 "그러면 부탁을 받으셨습니까?" 하고 반문했다. 그래서 그것 역시 아니고 사실은 길거리에서 우연히 주운 거나 다름없다고 대답했다. "그렇다면 선생에게 솔직히 말씀드리겠는데, 임자도 없는 원고를 출판하려고 국제적으로 애쓰시느니 차라리 처음 주웠던 자리에다 다시 버리시는 게 좋을 것입니다. 지금 우리는 사회가 저질이라서 그런지는 몰라도 고상한 것은 안 먹히고 안 팔립니다. 『냉귀지』가 아니고 『삼국지』라면 모르지만, 그게 고질이죠. 『냉귀지』 속에 있는 말마따나 저질은 고질이죠. 출판사는 독자적獨自的이어야 하는데 독자적讀者的이죠. 그래서 출판과 노름판이 다른 겁니다."